Memoria de Almator

Novela

Rosa Regàs
Memoria de Almator

🌐 Planeta

El papel utilizado para la impresión de este libro es cien por cien libre de cloro y está calificado como **papel ecológico**.

No se permite la reproducción total o parcial de este libro,
ni su incorporación a un sistema informático, ni su transmisión
en cualquier forma o por cualquier medio, sea éste electrónico,
mecánico, por fotocopia, por grabación u otros métodos,
sin el permiso previo y por escrito del editor. La infracción
de los derechos mencionados puede ser constitutiva de delito
contra la propiedad intelectual (Art. 270 y siguientes del Código Penal).
Diríjase a CEDRO (Centro Español de Derechos Reprográficos) si necesita
fotocopiar o escanear algún fragmento de esta obra. Puede contactar
con CEDRO a través de la web www.conlicencia.com
o por teléfono en el 91 702 19 70 / 93 272 04 47

© Rosa Regàs, 1991
© Editorial Planeta, S. A., 2024
    Avinguda Diagonal, 662, 6.ª planta. 08034 Barcelona (España)
    www.planetadelibros.com

Ilustración de la cubierta: Joseph Berruelo, *L'eixida*, 1990
Fotografía de la autora: © María Espeus
Primera edición en esta presentación en Colección Booket: abril de 2012
Segunda impresión: julio de 2024

Depósito legal: B. 4.067-2012
ISBN: 978-84-08-00436-3
Impresión y encuadernación: QP Print
Printed in Spain - Impreso en España

Biografía

Cuando estalló la guerra civil, Rosa Regàs (Barcelona, 1933 – Llofriu, Gerona, 2024) fue enviada a Francia, donde estudió con otros niños españoles acogidos por el famoso pedagogo Célestin Freinet. A los seis años volvió a España. En los años sesenta se licenció en Filosofía y trabajó en Seix Barral, y años después fundó su propia editorial, La Gaya Ciencia. Regàs publicó las novelas *Memoria de Almator* (1991), *Azul* (1994), por la que recibió el Premio Nadal, *Luna lunera* (1999), galardonada con el Premio Ciutat de Barcelona, *La canción de Dorotea* (2001), que recibió el Premio Planeta, y *Música de cámara* (2013), que le valió el Premio Biblioteca Breve. Cultivó la narrativa breve en volúmenes como *Pobre corazón* (1966) o *Viento armado* (2005); la literatura de viajes en libros como *Ginebra* (1988; Seix Barral, 2009), *Viaje a la luz del Cham* (1994) o *Volcanes dormidos* (2005), que escribió junto con Pedro Molina Temboury y que recibió el Premio Grandes Viajeros; obras de carácter periodístico y social, y ensayos como *La desgracia de ser mujer* (2011) o *Contra la tiranía del dinero* (2012). Rosa Regàs fue traductora en la ONU, directora del Ateneo Americano de la Casa de América y de la Biblioteca Nacional de España, y colaboró en diversos medios de comunicación.

Memoria de Almator es mi primera novela. La escribí entre 1989 y 1991 con esa sensación extraña y misteriosa de adentrarme en un ámbito profesional, el de la escritura que siempre había visto desde la barrera, y a pensar en la jubilación. Era como iniciar una nueva vida, como si se me hubiera dado la facultad de renacer, como si los dioses me hubieran concedido la inmensa gracia de encontrar un nuevo camino que podía recorrer sin desprenderme de la experiencia que había conseguido en la vida anterior.

Bien es cierto que siempre había deseado escribir y lo había hecho aunque de una forma diletante, consciente de que no hacía más que entretenerme en los prolegómenos de lo que habría de ser mi vida de escritora. Cuadernos imitando revistas en el colegio, textos esporádicos durante mi juventud e incluso un esbozo de novela que llamé sin ningún rubor *Los vasos azules de Virginia*, una mezcla de manifestación íntima de sentimientos personales que me parecieron de una inusitada profundidad y sucesos un tanto autobiográficos entendidos como excepciones, algo común en esa edad en que, tal vez por la intensidad y la fuerza que ponemos en ella, cualquier nimiedad la vivimos como un hecho extraordinario.

Hay muchas personas que tienen una sola vocación, pero yo no pertenezco a ese grupo de elegidos. He tenido y sigo teniendo innumerables vocaciones a las que me dedico en cuerpo y alma que me inspiran y me agarran y no dejan lugar para las demás en ese cuarto oscuro donde se fraguan las obsesiones. Y la literatura tuvo que esperar su turno.

Comencé a escribir tarde, con mucho esfuerzo y con una inusitada atención en las palabras, las frases, el ritmo del lenguaje y la estructura del relato. Tuve que comenzar por el principio ese oficio del que nunca somos maestros, y cuando me lancé a la primera novela había publicado ya mi primer libro, *Ginebra*. El día que abrí la puerta de mi departamento en la ciudad centroeuropea donde vivía entonces a una hora tan tardía y tan inusual en aquellos parajes que me hizo pensar en una calamidad inesperada y recibí del cartero un paquete que contenía el primer ejemplar de mi primera novela, me ha quedado grabado en la mente y en la retina como uno de los grandes momentos de mi vida. Rasgué el sobre, tuve en las manos inmóviles aquel libro único para mí con el asombro con que contemplamos un recién nacido, miré la cubierta y la sobrecubierta y, por esa costumbre que siempre he tenido de abrir los libros, las revistas y los periódicos por la última página como si hubiera en mis genes sangre de un antepasado árabe, me detuve en uno de los últimos párrafos que todavía colgaba como un jirón perdido de mi fantasía dispuesto a adentrarse en el olvido. Y allí estaba la errata, esa errata imposible de erradicar que tiene el don de sobresalir del resto del texto como si estuviera escrita en negrita. Allí estaba esa «o» en lugar de la «a» que cambiaba por completo el sentido no ya del párrafo y del final, sino el origen de los misteriosos pasos que suenan por la noche en la solana de la casa de campo donde transcurre buena parte de la novela, el estado emocional que por ellos se atribuye a la protagonista y las múltiples consecuencias que provocan, es decir, buena parte de la trama. Todavía ahora el recuerdo de «los pasos que sonaron en los pasillos de mi conciencia», en lugar de «los pasos que sonaran en los pasillos de...» me retuerce el entendimiento con la misma crueldad que el texto retorció la coherencia de la historia.

Para quien pretende ser o es escritor, para quien ha sido o es editor, una errata es siempre una herida, una herida incurable, una señal indeleble que inquieta y duele, aunque se tenga la vaga sospecha de que nadie más reparará en ella ni habrá quien sea consciente del desastre que arrastra consigo.

Pero esta errata ya no existe. A la satisfacción de ver una nueva edición de *Memoria de Almator* que tal vez por el olvido a que ha sido sometida va siendo cada día más mi novela preferida, se une ahora el deleite de ver el texto limpio, diciendo únicamente lo que tiene que decir.

Era la única corrección que habría hecho. Con un libro acabado ocurre lo que con un hijo: sea como sea, es exactamente como tiene que ser y aún con sus defectos que vemos y reconocemos, no cambiaríamos nada en él, ni por supuesto en la novela.

Dediqué la primera edición de *Memoria de Almator* a mis madres, y a ellas han ido e irán dedicadas todas sus ediciones y traducciones. Pero para esta edición de bolsillo quiero reiterar el amor con que les ofrecí mi primera novela, a ellas que tanto confiaron en mí y que con tanta emoción y entusiasmo la recibieron, la leyeron y la releyeron. En cierta manera y para ese nuevo homenaje, poco importa que ya no estén aquí para aceptarlo, porque de lo que se trata hoy es de mantener viva con mi insistencia la llama de su existir que, de otro modo y sin la pasión que me anima al recordarlas, estaría mucho más cerca de su extinción verdadera. A ellas pues, Mariona y Matilde, mis madres, de nuevo y con amor creciente, esta memoria que también fue suya de paisajes y de perros.

ROSA REGÀS,
Llofriu, junio de 2003

*A mis madres,
Mariona y Matilde*

Los personajes y situaciones que aparecen en este libro son totalmente imaginarios, lo que no quiere decir que no coincidan a veces con otros reales porque ya se sabe cuán iguales son los sentimientos de los hombres y qué repetidas pueden llegar a ser sus combinaciones. Sí, en cambio, vivieron y fueron exactamente como están descritos todos los perros que aparecen en sus páginas. A los que murieron y a los que todavía viven, cuyo final en la historia en modo alguno quisiera ser una premonición, va dedicado este libro en segunda instancia.

Un jour où je lui demandais s'il était retourné à Illiers depuis, il me répondit:
—Non, jamais.
—Et pourquoi cela, Monsieur?
—Parce que, Céleste, les paradis perdus, il n'y a qu'en soi qu'on les retrouve.

Céleste Albaret, *Monsieur Proust*

Es cierto que cuando en febrero florecían las mimosas y el amarillo intenso asomaba a los patios acosados por altos edificios en las empinadas calles de mi ciudad mediterránea y el aire cálido me traía ráfagas de aromas que alejaban el invierno, recorría mi cuerpo un estremecimiento de inquietud, vaga nostalgia de otras formas de vida indefinidas, desconocidas, con espacios más amplios, con suelos menos duros, con cielos más abiertos y un tiempo menos comprimido, más volátil, más remoto.

Y es cierto también que cuando, unas semanas más tarde, desbordando los muros desnudos de las últimas casas burguesas, aparecían los racimos azules de las glicinas ya no eran ráfagas lo que me atormentaba sino la fragancia precisa que anegaba la calle e invadía la quietud de aquellos barrios privilegiados, y mis deseos vagos se convertían en ansias definidas de noches frías de luna, de aullar de perros, de olor a tierra mojada y del monótono ruido de la lluvia sobre las hojas.

Pero la sensación era breve y los apetitos que despertaba morían en sí mismos, ahogados y suplantados por otros menesteres más rutinarios y acuciantes, y así habría seguido otros muchos años, acusando a esas oscuras nostalgias de provocar el abatimiento, exacerbar el malhumor y quizá afianzar ese talante resignado y sumiso que creía haber heredado, de no haberse producido un cúmulo de coincidencias encadenadas en las que yo tuve muy poco que ver.

A veces pasan años sin que nada ocurra. El entorno se transforma tan lenta y armoniosamente en el devenir plácido de los días que harían falta siglos para reparar en el cambio: se palpa la inmovilidad en el aire y en las infinitas motas de polvo sostenidas en él, el silencio adquiere la densidad de la arena y la seguridad se afianza a nuestro alrededor y nos convence de que es inamovible y eterna.

Pero basta tan sólo un pequeño acontecimiento apenas perceptible para desencadenar una vorágine de profundas transformaciones, del mismo modo que se desmorona una estructura al retirar la diminuta cuña o provoca un alud la caída de un guijarro dejando tal vez al descubierto el acceso a un palacio encantado pero liberando también escorpiones y cucarachas ocultos hasta entonces. Y sólo mucho más tarde, cuando renace la calma, podemos reparar en la alteración que ha sucedido al desastre cuya secuela más brutal somos nosotros, y nos miramos con el asombro con que se contempla un ser esencialmente distinto, como se enfrenta al espejo el hombre que amanece con el cabello blanco después de una noche de angustia o la libélula deja tras de sí la oruga que fue ayer.

Quizá todo comenzó aquel 21 de marzo a la hora de comer al presentarse el portero con una carta urgente para mí. Al principio no supe ver el poder de aquel inesperado sobre de color azul con un sello extranjero y una letra vagamente conocida en cuyo interior, sin pretexto alguno, un viejo amigo casi olvidado me anunciaba la llegada de la primavera. Con esa trivial y decimonónica excusa cargada de ternuras y presagios comenzó una historia que a primera vista no reconocí. Debería haber desconfiado al encontrarme a mí misma aquella noche en el cuarto de baño, como un párvulo, releyendo la carta por tercera vez, pero mi vida había entrado desde hacía tantos años en el camino llano de la monotonía segura, conformada y confortable que constituye el objetivo inalcanzable y último de tantos mortales que tomé el mensaje como un pequeño alto en la rutina diaria sin mayores consecuencias. Sin embargo no fue así, y lo que al principio se limitó a un inocente escarceo de los que yo habría olvidado ya de haberlos practicado alguna vez, al cabo de unas semanas me exigía tal urgencia que poco a poco comenzó a distorsionar la placidez de mi vida conyugal y dio al traste con la profunda convicción que siempre me había acompañado de que había de acabar mis días en la misma dulce y placentera compañía que había escogido hacía quince años en los claustros de la vieja universidad.

Al principio de nuestra vida en común yo creía que acabaría teniendo mi propia y numerosa familia, hambrienta como estaba de gritos, de complicidades, de juegos que no tuve, pero esa familia nunca llegó tal vez porque ya no nos alcanzó la tímida y decreciente fertilidad de nuestros padres y abuelos, familias de hijos únicos como adelantándose a su tiempo, y me limité a perpetuar en mi pareja la única forma de relación que conocía, la que me reservaba el papel de escuchar y aprender y aceptar sin poder, ni quizá querer, enterarme de cuál habría sido mi canción de haber tenido que recorrer el camino sin la sombra protectora de mi padre o de mi marido.

Desde que nos habíamos conocido en aquellas tediosas y abarrotadas clases prácticas y habíamos comenzado a amarnos lenta y paulatinamente, nuestra vida había sido de trabajo y recogimiento, dedicados al principio al estudio y después a la profesión con el mismo delirio e igual exclusividad con que se entra en religión o se consagra la vida a la política. Como si nos hubiéramos unido sólo para acrecentar nuestras capacidades siguiendo una ley según la cual uno más uno era mucho más que dos. Habíamos estudiado lo mismo y al mismo tiempo, trabajábamos en lo mismo y en el mismo lugar. No se trataba de control sino de total transparencia, de caminar al mismo paso, de tener la mirada fija en el mismo punto. Una vida compartida en la oscuridad de la noche y en el ajetreo más superficial, en las apetencias y en las aversiones.

Pero un objetivo de ese orden nos había impedido desde siempre albergar la pasión y el entusiasmo. Y tanta seriedad la acusaron el color de nuestra piel y la mirada perdida tras las gafas de concha de uno y otro y se cristalizó en el porte reposado de nuestro hacer y de nuestro devenir que, no pudiendo envejecernos porque éramos extremadamente jóvenes todavía, nos había dejado sin edad y con un alma y un cuerpo en los que no cabían protuberancias ni oquedades, como paredes lisas, como infinitas llanuras de trigo, nivelados, uniformes, sin sorpresas.

Mi única actividad extraconyugal era la escritura que yo consideraba una infidelidad de menor cuantía en ese cerrado y compacto sistema de comprensión, trabajo y amor, y quizá por eso nunca le había dedicado el tiempo y la atención suficientes para saber a ciencia cierta si los relatos y reseñas que publicaba aquí y allá desde hacía tantos años y de forma casi vergonzante en desconocidas revistas comarcales o en los folletos culturales de instituciones de barrio o en almanaques especializados, eran todo cuanto yo podía decir o si, por el contrario, de haber logrado despejar mi entendimiento de los intereses de mi profesión, de nuestra profesión, y de haber sabido variar el ángulo de mi mirada, sería capaz de adentrarme en otras cordilleras. Tenía notas y páginas escritas casi a escondidas de mí misma para un relato más largo al que, me decía, sólo le faltaba tiempo: pensamientos borrosos iniciados en noches de insomnio o durante los escasos viajes que hacía sola o en la antesala del dentista, más como un hábito adquirido que como una necesidad porque cuando nuestra vida se rige por un patrón es difícil escapar a él y el mío era el de la rutina y el de la costumbre. Y aunque no me permitía pensar en cómo ni cuándo iba a tejer tales notas, convencida de que nunca había de tener el tiempo y la voluntad necesarios, un día, tres años antes, dejándome llevar de quién sabe qué presentimiento, había solicitado a escondidas también una beca para escritores cuyo anuncio había recortado de la página cultural de un periódico como si yo misma creyera posible que algún día habría de disponer de esos veinticuatro meses que la beca subvencionaba, y año tras año me tomaba el trabajo de renovar la petición en cuanto se confirmaba que yo no formaba parte de la lista de galardonados, quizá con cierto desfallecimiento pero sobre todo con alivio al comprobar que el curso de mi vida seguiría inalterable ya que, de haber ganado esa beca, la tristeza con que habría tenido que renunciar a ella habría probablemente desequilibrado nuestro paso y, con él, el trabajo que tan a conciencia llevábamos a cabo los dos desde hacía tantos años.

Nuestro mundo se había vuelto impenetrable no porque nos cerráramos intencionadamente al exterior, sino porque había dejado de interesarnos todo cuanto no fuera la constante y mesurada investigación y porque tampoco nosotros inspirábamos curiosidad ni constituíamos un atractivo para nadie ni para nada pues la convicción de que éste y no otro era nuestro camino nos había vuelto opacos y huidizos.

Por eso nunca supe por qué rendija se introdujo aquel intruso, ni qué oculta fascinación ejerció sobre él un personaje como el que yo era entonces, agrisado por la rutina y la seguridad, ni qué le hizo venir de tan lejos e insistir hasta arrancarme una cena inocente, impensable para mí hasta cinco minutos antes de producirse y para la cual tuve que inventar la primera de una sarta interminable de mentiras. Pero una vez la brecha estuvo abierta fue creciendo a tal velocidad que cuando reparé en la sima no había retorno posible.

La fortaleza de mi personalidad con años de maestría en la obediencia y la pasividad se vino abajo como un castillo de naipes y no me hizo falta más que atisbar dónde se encontraba la pasión para olvidar la compañía de quince años, los horarios regulares, la vida sana y ordenada, la responsabilidad, la aquiescencia, el respeto a las instituciones y hasta el profundo y sólido compromiso conyugal, y con una imaginación que no me conocía me lancé al torbellino de un verano de amores enloquecidos, desafiantes, de noches tan largas que se confundían con los días, con un ardor sin precedente en mi memoria y tan obsesionada por el objeto de mi amor que no oía las preguntas, los reproches, ni los gritos. Entraba y salía de casa y faltaba al trabajo sin dar explicaciones ni inventar excusas como si hubiera olvidado quién era y a quién me debía, con una naturalidad sólo compartida por quienes han perdido el juicio y una actitud de desafío ajena a mis propias intenciones.

El bautismo de aquel verano me había transformado. Porque yo, como todos los que pasan por este trance, no sólo le amaba y me había enamorado de él, sino sobre todo de mi imagen tal como él la devolvía. Y así descubrí con asombro que si el sol había dorado mi piel macilenta y gris, el ardor había cambiado el color de mis ojos que ya no eran pardos sino del color de la miel, y esa trenza única, pajiza, que rehacía con esmero cada mañana había dejado de ser el signo de la mujer progresista y *noucentista* cuyo modelo había adoptado hacía tantos años y que en opinión de mi marido me confería un aire circunspecto y aun así mucho más moderno del que en realidad me habría correspondido. Yo misma asistí maravillada al milagro de mi propia transformación asustada a veces ante tanta osadía porque había aprendido a sostener la mirada y paseaba ahora radiante la exagerada longitud de mis piernas sin acordarme de los altos tacones que tanto habría deseado en el pasado de haber tenido una estatura más común.

Sumergida en ese presente y en sus descubrimientos vertiginosos, no atiné a ver todo lo que iba a desencadenarse, demasiado obsesionada por los amores extemporáneos que renovaban mi azoramiento e incrementaban mi deseo, y cuando un día me detuve a tomar aliento me encontré con la sorpresa de que era yo por una vez quien tenía que escoger y decidir.

Pertenecía entonces a esa clase de seres que a lo largo de su vida nunca han tomado decisiones porque los acontecimientos siempre se les han adelantado y que se limitan a contemplar cómo se resuelve su vida desde la frontera de la voluntad. Nada hice porque nada sabía hacer y ante mi pasividad y una indiferencia que me dejó confundida y sorprendida mi matrimonio se hundió para siempre en la miseria.

Comprendí entonces, por la falta de dolor y de resentimiento y por la rapidez y la suavidad con que se realizaron las diligencias del desenlace, que ese fulgor llevaba extinguido desde tiempo inmemorial aunque ninguno de los dos habíamos reparado en ello, quizá porque los avatares del corazón se rigen a veces por las mismas misteriosas leyes que permiten a las estrellas seguir tachonando los cielos muchos siglos después de haber dejado de existir.

Todo sucedió tan rápidamente que no alcancé a reaccionar, porque en el mismo momento en que yo habría comenzado a sentirme amenazada por el fantasma de la íntima desconfianza y a impacientarme por la demora con que avanzábamos en la dirección que yo había esperado, convencida de que el cataclismo no había sido más que un preludio para emprender el camino al socaire del nuevo protector, llegaron por sorpresa, como si hubieran estado agazapadas esperando el momento exacto de irrumpir para marcar sin ambages el cambio de rumbo que el destino me había adjudicado, dos noticias: me fue concedida la beca que había solicitado en vano cuatro veces consecutivas, y el mismo día un notario me comunicó la muerte de mi abuela a la que no había visto desde mis lejanos diez años y me leyó el testamento que me dejaba en herencia una casa en el campo, al norte de la ciudad, donde había pasado con mis padres las vacaciones de mi niñez y donde había vivido con ella lo que me quedaba de infancia al morir mi madre.

El horizonte era tan claro —dijo él y yo lo creí— que no había lugar para la duda: ese tiempo nos serviría para tranquilizarnos y para terminar los trámites burocráticos que habían de darnos la igualdad de situaciones en el futuro que pensábamos construir juntos. Teníamos tantos asuntos que decidir, tantos planes que hacer y tantos cambios que llevar a cabo que dos años casi parecían pocos, y además —añadió— la espera avalaría la firmeza de nuestra decisión.

Así que pedí una excedencia, recogí de mi antigua casa, sin dolor ni nostalgia, una maleta con libros, libretas y carpetas de notas desordenadas y una máquina de escribir portátil, recuperé los pocos objetos que había decidido llevarme, hice el equipaje y, convencida de que por ese camino alguien me concedería la preponderancia de las horas, una lluviosa tarde de septiembre tomé el tren con dirección a Almator donde sólo había de permanecer un año y medio de los dos que había previsto. Aún ahora al recordarlos desde la distancia me cuesta ver la conexión entre todos los acontecimientos que se sucedieron y tengo tendencia a considerarlos, como entonces, universos separados cada uno con su propio y solitario devenir cuyo destino común sólo descubrí pocos días antes de irme cuando el último —o los últimos— de ellos iluminó y reunió a todos los demás dándoles un sentido único, como la última pieza de un rompecabezas hace surgir del caos un paisaje ordenado y racional.

La casa de mi abuela estaba situada en un valle corto y ancho detrás de una suave cordillera paralela al mar que partiendo de la carretera comarcal ascendía de norte a sur. Al poco tiempo de morir mi madre, el mismo día que cumplí los ocho años, me llevaron a esa casa. Entonces no había en Almator más que seis masías habitadas y otra perdida en el bosque y casi cubierta por la hiedra y la maleza, una ruina sin aristas en la que se guarecían los rebaños cuando les sorprendía la lluvia y los mochuelos y las lechuzas en las noches de verano.

En cuanto el camino vecinal dejaba la carretera, y tras varias revueltas entre bosques de encinas y alcornoques, ascendía suavemente entre campos de maíz, cebada o trigo, algunas viñas en la ladera de una gran masía con una palmera junto a la entrada y un islote de monte bajo, y desembocaba en la parte más ancha y más fértil del valle donde el torrente corría paralelo al camino, bordeado aquí y allá por chopos y olmos altísimos y con los ribazos cubiertos de cañas que todos los años se cortaban y volvían a crecer a toda velocidad hasta alcanzar de nuevo una altura de dos o tres metros. En ese punto arrancaban otros dos caminos en direcciones opuestas que se detenían a media ladera de cada uno de los flancos del valle: el de la ladera este bordeando una chopera de árboles jóvenes, en la masía de Pontus Abreu, y el de la ladera oeste en la casa de mi abuela.

Almator estaba a muy pocos kilómetros del mar y siguiendo el último y empinado tramo del camino vecinal se llegaba a un promontorio que dominaba todo el valle desde donde los días claros surgía apacible la línea azul del horizonte mediterráneo. En lo alto de ese promontorio se levantaba la Casa Grande que presidía los campos y los bosques y todas las casas y, cuando al atardecer de los días soleados la abatían los últimos rayos de sol, las demás casas del valle, sumidas ya en la penumbra, no tenían más remedio que reconocer de dónde llegaba la supremacía.

Pero antes de esa cuesta final, cuando ya se había dejado a la derecha la avenida con las dos hileras de plátanos que conducía a la casa de mi abuela, otro sendero empinado le discutía el cauce al torrente que aprovechaba cuatro gotas de lluvia para deshacerlo, arrastrando piedras y abriendo surcos y pozas. El camino pasaba bajo nuestras viñas y seguía ascendiendo como podía hasta adentrarse en un bosque de retorcidos enebros y pinos abigarrados que formaban un túnel largo y frondoso después del cual se llegaba a un llano rodeado de bosque, una pequeña meseta que dominaba otro valle más a poniente, de parcelas cultivadas con primor de jardinero, escasamente protegidas del viento por la espesura y un muro de cipreses gigantes. Entonces el camino se bifurcaba en dos senderos que conducían a dos masías exactamente iguales, ambas de espaldas al norte, de construcción sólida y de poca altura, como dos inmensas vacas paciendo al sol.

El valle de Almator terminaba en la Casa Grande detrás de la cual se extendían hectáreas de bosque de encinas, y por esa parte quedaba aislado y cerrado. Por el camino vecinal circulaban muy pocas personas, los carros de los payeses que iban al mercado a vender sus lechugas y sus huevos y algún coche muy de vez en cuando.

Según lo que recordaba de la larga lectura del testamento que el notario me había obligado a escuchar mientras en mi mente se mezclaban imágenes olvidadas y proyectos fugaces, la finca constaba de la casa y de unas veinte hectáreas de terreno, de las cuales por lo menos diez eran también de bosque de encinas y alcornoques y monte bajo donde crecían retamas y olorosas matas de tomillo y romero; dos hectáreas más eran viñedos y el resto campos de secano en la montaña.

Cuando yo era pequeña me gustaba esta casa más que ninguna otra en el mundo. Era para mí el modelo de todas las casas y estaba convencida de que la belleza y la solidez de las demás se medía únicamente por su distancia con ella. La fachada, cubierta en parte por una buganvilla, era casi tan ancha como alta, con planta, piso y desván, y una hilera de ventanas en forma de arco bajo la cubierta de tejas a dos aguas. Tenía a su alrededor infinidad de cobertizos y techados, y pequeñas construcciones adosadas que servían para guardar arneses o grano, albergaban los gallineros o se utilizaban como garaje de coches y carros, y donde podía encontrarse toda clase de desechos de cuero y madera cuidadosamente amontonados en las esquinas. Frente a la puerta de entrada se extendía una amplia explanada, una solana pavimentada con grandes losas gastadas y brillantes, un poco levantada sobre las terrazas de viña que descendían en escalera hasta llegar a los huertos, el pozo y el camino vecinal. Las dos hileras de plátanos de la avenida de acceso, única en leguas a la redonda, que subía hasta la solana de la casa debió de haberlas plantado, después de arrancar parte de las cepas y dividir las viñas, algún antepasado con humos de grandeza porque la majestuosa sombra de sus copas pobladas y la geométrica alineación casi militar de ambas hileras era un elemento extraño en aquel paisaje tolerante de almendros con ramaje de visillo, de retorcidas higueras y de torpes encinas de corcho.

Como todas las casas de campo de aquella zona estaba orientada al sur, de espaldas a la tramontana, porque la tramontana es el viento del norte, potente y tenaz, y cuando sopla no hay lugar donde guarecerse si no se encuentra un muro de piedra o de ciprés. En invierno, cuando los árboles estaban completamente desnudos y a la parra que daba sombra al portalón de entrada no le quedaba ni una hoja, se podía estar sentado al sol mientras la tramontana azotaba sin piedad el muro norte y los laterales de la casa. Es un viento frío y seco que deja el cielo completamente azul y el aire transparente, con un brillo casi metálico que agranda el horizonte y aleja el firmamento pero penetra sin piedad en el pensamiento de las gentes. Se dice que la tramontana vuelve locos a los habitantes de estos parajes y que cuando sopla se producen la mayoría de los suicidios. *Un cop de tra-*

montana,[1] concluyen. Las gentes del lugar le atribuyen una vocación matemática quizá para compensar la incongruencia de todos los fenómenos de la naturaleza. Hay quien asegura que la tramontana no puede durar menos de tres días ni más de nueve; para otros en cambio aparece únicamente los miércoles y difícilmente dura hasta el siguiente martes. A su paso se secan los campos y los árboles, se resquebraja la tierra y se inclinan los postes del teléfono y los troncos de las moreras y los almendros, y tiene tal fuerza que los paisajes muy azotados por la tramontana parecen siempre un poco escorados.

Desde que fuera construida en 1748, como rezaban las letras y cifras escritas en el dintel de la puerta, hasta poco después de la guerra civil, la casa de mi abuela había sido una casa de labor cuyo gobierno y propiedad habían pasado siempre del padre al primogénito. El hermano mayor de mi abuelo, el heredero de la masía, tenía que haber sido un hombre huraño y adusto y con genio de perro rabioso porque cuando un atardecer de invierno después de un día de caza volvieron los perros solos, ninguno de sus vecinos ni de sus jornaleros quiso salir a buscarle. Tuvieron que organizar una batida los guardas forestales que después de recorrer los bosques de los alrededores volvieron a las pocas horas sin haberlo encontrado. Nadie más quiso intentarlo siquiera otra vez porque incluso los perros que lo habían acompañado, libres ya de sus voces y de sus azotes, se negaron a moverse de la casa y los vecinos dijeron que durante todas aquellas noches habían ladrado despavoridos al vacío; y aun cuando los obligaron a salir y a buscar el rastro atados con correas no lograron dar con la pista correcta. No obstante, sin que nadie pu-

---

1. Un golpe de tramontana.

diera explicarlo, varias semanas después su cuerpo apareció sin vida en una trampa para animales que él mismo debió de haber armado muy cerca de la casa, y dedujo el forense que tenía la pierna desgarrada de tantos esfuerzos por zafarse del cepo sin haber conseguido otra cosa que empeorar, con el dolor, los días de su agonía.

Como era soltero y había muerto sin descendencia heredó la propiedad el abuelo que entonces ya vivía en la ciudad donde tenía un bufete de abogado. En la época en que mi abuelo era joven, a los segundones de las masías se los enviaba al seminario porque no había herencia para ellos, pero él había tenido más suerte: se había ido a la ciudad muy joven, había estudiado y trabajado de pasante para pagarse los estudios y a los pocos años había conseguido pasar a formar parte del bufete de su antiguo patrón. Mi abuelo estaba muy orgulloso de ello y en cuanto encontraba a alguien que no conocía la historia se la contaba con todo detalle sin olvidarse jamás de mencionar la placa dorada que había clavado en la pared junto a la puerta de entrada de su oficina donde en segundo lugar y antes de la palabra Asociados figuraba su nombre y su apellido.

El abuelo no tenía ninguna gana de irse a vivir otra vez al campo. Su vida estaba organizada en la ciudad, se había casado con la hija de un político conservador nacionalista, una mujer a su entender modelo de virtudes familiares, era vicepresidente o miembro de varias sociedades filatélicas y musicales, gozaba de cierto prestigio como jurista, asistía a una peña en un céntrico café donde pasaba dos horas todos los días antes de ir a cenar y una vez terminada la guerra civil, recuperada la normalidad de su vida y gracias a los méritos ganados en la zona nacional, formaba parte de la comitiva que el día de Corpus precedía el paso de la custodia en las calles de la ciudad alfombradas de retama y claveles, mientras en el balcón de su casa la esposa y la hija y los amigos que todos los años asistían a ver el paso de la procesión y a tomar una copa de jerez con pastas saladas y aceitunas, le arrojaban serpentinas y bolas de *confetti* sin que él perdiera el paso ni les devolviera una mirada ni hiciera el menor gesto para desprenderlas de su elegante chaqué.

No estaba dispuesto a dejar todos esos privilegios para volver a la casa de sus mayores y ocuparse de nuevo del ganado y de las cosechas y del precio de la hora de los jornaleros, un trabajo por lo demás en el que no habría sabido cómo comenzar. Así que llegó a un acuerdo con sus vecinos para que cultivaran buena parte de los campos, vendió los que estaban más alejados, las vacas, los terneros, los cerdos y los conejos, contrató a un capataz para que se encargara de las viñas y de los vendimiadores, regentara una pequeña industria de conservas y mermeladas y cuidara de las gallinas, y también a su mujer para el servicio doméstico; y modernizó la masía según criterios y cánones profundamente conservadores, religiosos y nacionalistas que la convirtieron en el lugar donde como prohombre le correspondía pasar los veranos, las navidades y los primeros fines de semana de que se tiene memoria en esas tierras.

El sendero que frente a la avenida de plátanos subía por la otra ladera del valle, después de bordear la chopera y un banco resguardado de la tramontana por un murete encarado al norte, se detenía casi a la misma altura, pero era más estrecho y tortuoso. La masía era mucho mayor que la casa de mis abuelos, tenía más bosques y campos y también eran más las personas que vivían en ella: varios hermanos que trabajaban para el primogénito, Pontus Abreu, con sus hijos y sus mujeres, y algunas abuelas que liaban cebollas y ajos o desgranaban legumbres en la puerta de la casa o caminaban por el monte con los niños pequeños o recogían hierbas para los animales, pero yo nunca llegué a conocerlos a todos. La única que me importaba era Palmira, la hija menor de Pontus Abreu, una niña pelirroja como una maldición, como un albino de raza negra para aquellas gentes cuyos ascendientes nunca habían tenido más color de cabello que el castaño oscuro ni más tono de piel que el que pudiera soportar el sol y el agostamiento de la tramontana.

Palmira tenía la piel transparente de una princesa del norte y unas pocas pecas en la punta de la nariz, y todos los días de sol fuerte, en invierno y en verano, la cara y las manos se le ponían rojas como amapolas sin que ni el tiempo ni la insistencia del clima lograran curtirla ni otorgarle la más leve sombra de bronceado ni siquiera por acumulación de pecas. Su madre le calmaba las rojeces con cataplasmas de agua y vinagre, y ella andaba siempre con un inmenso sombrero de paja que yo conocí ya con los bordes llenos de flecos y que todavía llevaba puesto el día en que me marché.

De aquella casa recordaba la chopera del camino, cuyos árboles tenían la misma edad que Palmira para que, una vez crecidos como ella, se cortaran y se vendieran y fuera su dote la madera; el limonero de la entrada, alto como una catedral, siempre colmado de limones y hojas verdes de charol, protegido en el invierno por su propia casita de brezo sostenido con alambres a cuatro postes para resguardarlo de la escarcha; y aquella abertura del segundo piso, sin postigos ni contraventanas, en cuyo alféizar se había colocado una bañera blanca, tan natural en el paisaje que yo nunca me pregunté qué hacía allí y cuál era su función. La casa estaba rodeada también de cobertizos, corrales, tendederos, tiestos y montones de productos indefinibles, correas, instrumentos de labranza, ruedas de carro, mangos de azada, paquetes de sogas y maromas negras, cañas secas arrimadas a los rincones, arneses usados que pendían de grandes clavos oxidados, y flotaba en ella ese inolvidable olor a heno y paja y cuero y rescoldo y estiércol que mezclados en distintas proporciones impregnan las paredes de las masías y les dan a cada una su olor característico siempre distinto del de las demás.

Debajo de la ventana de la bañera había otra semientornada detrás de la cual la abuela de Palmira permanecía día tras día sosteniendo el postigo con la mano sin soltarlo jamás, como si temiera que, de apartarla, se cerraría y ya no podría ver quién llegaba por el camino.

—¿Qué hace tu abuela detrás de la ventana? —le pregunté a Palmira al poco tiempo de llegar a Almator.

—Está esperando.

—¿Qué espera?

—No sé, que venga alguien.

—Pero ¿quién?

—No sé —se impacientó.

Al cabo de unas semanas volví a insistir:

—¿Tu abuela sigue esperando?

—Sí —me dijo sin prestarme demasiada atención.

—¿Está siempre allí?

—Sí.

—¿Desde cuándo espera?

—No sé, nunca se mueve de la ventana.

Al principio me asustaba un poco aquella mujer de pelo blanco de la que casi no podía distinguir las facciones cuando pasaba ante su ventana, pero luego, como todos los demás habitantes de Almator, me acostumbré a ver sus ojitos amarillos y brillantes, lo único que parecía tener vida en aquella figura inerte, fisgando por la rendija con la mano transparente de una muerta casi debajo de la barbilla. Y después de cenar, cuando iba a dar las buenas noches a la abuela, miraba fascinada desde la ventana de su dormitorio aquella única grieta de luz tenue de la masía de enfrente que seguía acechando en la oscuridad.

Nunca debe dormir, pensaba yo con admiración y temor. Y luego para tranquilizarme volvía la vista a la Casa Grande.

Porque la Casa Grande estaba siempre iluminada, incluso las noches de tormenta. Las masías en cambio no tenían más que una luz y era fácil saber a qué hora se acostaban sus habitantes porque coincidía con el momento en que apagaban aquella única bombilla sobre el dintel de la puerta principal, escasamente una hora más tarde en verano que en invierno. Y de noche el valle quedaba iluminado por las luces entre sombras de la Casa Grande distorsionada por los reflejos en los árboles o los muros que agrandaban todavía más sus dimensiones y la teñían de misterio. De día era casi invisible porque la hiedra cubría las paredes y los muretes de contención de los terraplenes que descendían siguiendo la pendiente del monte hasta muy por debajo de la casa.

En contra de todas las tradiciones y desafiando la sabiduría ancestral con que se habían construido las demás casas de aquella zona azotada por el viento, la fachada principal de la Casa Grande —aunque no su entrada— miraba al norte, es decir, dominaba el valle y no sólo porque estuviera en un altozano sino porque era la única desde la que podían verse todas las demás a la vez. Se había construido muy pocos años antes de que mi padre me llevara a Almator en una parte de la finca cubierta de sauces, encinas y almendros e infinidad de arbustos, junto a las ruinas de una masía que debió de haber sido como todas las del lugar. Aquellas ruinas se conservaron y adecentaron y sirvieron para albergar las dependencias de la casa nueva levantada de espaldas a ella, y acabaron también cubiertas de hiedra verde como un monumento estático al romanticismo, coronado su techo por un depósito de agua pintado de rojo oscuro que parecía sostenerse milagrosamente sobre una de las cubiertas de tejas enmohecidas y doradas por los años y las lluvias y el sol y, a medida que se espesaba y crecía la vegetación, se iba convirtiendo en el elemento más visible de la casa, dibujado contra el cielo como la silueta de un carguero anclado en un muelle fluvial y medio escondido por la selva.

El dueño de la Casa Grande era un inglés afincado en el país desde hacía años al que llamaban el Señor sin nombre ni apellido como dando a entender que en aquel valle no había más señor que uno aun siendo extranjero, porque su propiedad era con mucho la mayor y no había un solo vecino que no se ocupara de alguno de sus campos o viñas. Era un hombre alto y delgado que hablaba poco y en voz baja, con un acento peculiar que delataba su origen, y que caminaba pausadamente aunque siempre con cierta y abstracta prisa. Llegaba de la ciudad casi cada semana con su mujer y su hijo Darío, que tenía la misma edad que yo, y otras dos hijas mayores, altas y delgadas y tan parecidas la una a la otra que nunca llegué a distinguirlas, y entonces la casa estaba doblemente iluminada.

—Ya ha llegado el Señor —decía Manuela los viernes por la noche mientras me daba de cenar, mirando por la ventana las luces del coche que se abrían paso cuesta arriba. Y en las demás masías debían de repetirse las mismas palabras, como dando fe de un rito que marcaba el paso del tiempo, tan certero como la llegada de las estaciones o el pago de la contribución. Y yo corría al extremo de la solana escapando a la persecución y las voces de Manuela, y buscaba la cara de Darío pegada al cristal de la ventanilla trasera que algunas veces lograba adivinar desde lejos, cuando el coche cruzaba la única y exigua farola ya en la pendiente final; pero otras, noches oscuras de lluvia o de ráfagas de viento que arrastraban consigo las imágenes, el coche pasaba demasiado rápido o yo llegaba demasiado tarde y no podía estar segura de haberlo visto. Entonces ni la constancia con que había venido todos los viernes del año lograba tranquilizarme, y la ansiedad y el temor no cesaban hasta el día siguiente, cuando después de dar los buenos días a la abuela y tomar el tazón de leche, atravesaba las viñas sorteando las cepas y, perdiendo el aliento, subía por la cuesta de la Casa Grande porque ya había descubierto la endeble silueta de Darío corriendo descontrolada por la pendiente.

Lo mismo ocurría los domingos en dirección contraria, pero verlo entonces era siempre más casual porque el coche descendía por el camino lentamente, sin marcha, sin ruido, casi de madrugada, un poco después de que se apagaran la mayor parte de las luces de la casa que adquiría de nuevo su aspecto de castillo misterioso y altivo.

Del Señor se contaban historias fabulosas, viajes míticos y aventuras en países lejanos, en condiciones precarias. Se le atribuían virtudes también míticas como una resistencia inigualable al dolor y al cansancio y la capacidad de convertir en oro todo lo que tocaba, pero era admirado sobre todo porque se decía que desde pequeño nunca había bajado su mirada ingenua y tímida ante nadie y que, como Sansón, perdería la fuerza el día que alguien le obligara a desviarla. Nadie excepto la abuela, con quien el Señor tomaba el té todos los domingos que estaba en Almator, parecía conocer otra cosa de su vida y de sus orígenes.

El Señor, Sebástian, como lo llamaba la abuela acentuando cuidadosamente la primera A, tenía la mirada minuciosa y atenta que se posaba paulatinamente en lo que le rodeaba como si pasara revista y archivara con detenimiento las imágenes que se le presentaban por primera vez.

En invierno, antes del atardecer aparecían por la avenida de plátanos que cruzaba las viñas el Señor y la Señora envueltos en mantas de cachemir, cubierta la cabeza con sombreros tostados y empuñando un bastón que les daba un aspecto todavía más reposado, flanqueados por dos exóticos perros que se habían traído de un viaje al África, dos «ridge back», como una estampa de refinamiento exquisito en aquel paisaje elemental. A veces él hacía alguna pregunta breve y escuchaba vagamente la respuesta, y ella sonreía exagerando todavía más sus pómulos y seguían luego su camino con pausa silbando de vez en cuando a un perro que se alejaba demasiado, sin estridencias, convencidos ambos de su autoridad sobre aquellos perros foráneos. Y desaparecían camino arriba hasta adentrarse en el bosque para continuar su paseo semanal.

Otras veces, sobre todo los días de tramontana, el Señor paseaba sólo con un perro negro llamado Terry, el verdadero guardián de la Casa Grande, el amo incuestionable del valle. Era un inmenso perro alano de orejas pequeñas y tiesas y cola de zorra que, siendo todavía un cachorro escuálido y sarnoso venido de nadie sabía dónde, había rescatado el Señor, cuando estaba la casa todavía en obras, de una horca improvisada que los albañiles le habían preparado entre risotadas como castigo por haber comido el bocadillo del desayuno de uno de ellos. A partir de aquel momento Terry no se había movido de Almator y al tiempo que crecía había ido adquiriendo sobre todos los demás perros y todos los habitantes del lugar esa supremacía incontestable que sólo puede tener quien ha sido ungido y rescatado de la muerte. Era un perro cariñoso pero altivo y fiel hasta el delirio a su amo, al que seguía sin perder jamás distancia arrimado a la rueda trasera de su Norton durante kilómetros, pero sin aceptar ni pedir tampoco familiaridades domésticas ni gestos de reconocimiento que habrían significado sumisión y sometimiento. Terry nunca se acercaba a la puerta de la cocina, ni pedía de comer frenéticamente como los demás, ni corría detrás del guarda cuando éste se acercaba con una gran olla llena de arroz y carne, ni nadie le hacía sostenerse a dos patas a la vista de un hueso, ni esperaba ansioso junto a quienes comían para recibir un mendrugo. Se mantenía al margen de confianzas excesivas tumbado majestuosamente en un altozano contiguo a la casa desde donde dominaba el valle, la casa, los bosques y algunos días claros el mar, sin aligerar la tensión de los músculos de su cerviz que movía a pequeños trompicones siguiendo quién sabe qué efluvios o pistas que le traían el aire o las sombras o los leves murmullos de los arbustos o un ruido desconocido, y de un salto se lanzaba a la carrera barranco abajo a velocidades de vértigo para descubrir qué oculto animal se atrevía a moverse subrepticiamente junto al arroyo, o qué hombre o perro había osado adentrarse en su territorio. Ladraba enfurecido a los gorriones, a las mariposas y a las moscas de octubre. Volvía siempre de sus excursiones malherido pero victorioso y aun manando sangre no perdía jamás la parsimonia ni la compostura. Su fama de custodio feroz trascendía los límites de Almator de tal modo que no había forastero que se atreviera a hollar el valle en toda su amplitud si no iba acompañado por un habitual del lugar.

En todo el tiempo que duró la construcción de la Casa Grande se mantuvo alejado de los albañiles pero invariablemente todas las mañanas y por las noches cuando se iban, les dedicaba un gruñido feroz que los mantenía a distancia, llenos de temor y odio por aquel cachorro que los había suplantado en importancia y puesto en evidencia ante su señor.

Terry nunca fue amigo de los demás perros de la Casa Grande a los que consideraba delicados y comodones, y a los que no habría consentido ni la compañía ni la ayuda en sus rastreos y escapadas, y muchísimo menos la usurpación del ministerio que, a su entender, le había confiado el Señor al aflojar la cuerda que ya apretaba su gaznate.

Poco a poco la Casa Grande se fue poblando de perros, una jauría descoyuntada de orígenes diversos que corrían por el valle libres, felices e irresponsables y que se atrevían a llegar hasta las masías cercanas donde eran bien recibidos porque no les hacía falta ir en son de guerra ni tenían que pelear a morir cada vez que veían aparecer un desconocido. Ese menester se lo dejaban a Terry, al que reconocieron siempre la máxima autoridad y, quizá por esto, se vieron libres de la necesidad de tomar responsabilidades porque nunca le discutieron el derecho y el deber de salvaguardar la casa de intrusos.

Me acuerdo de todos ellos juntos aunque no coincidieran probablemente en el tiempo, ni sé cuál fue el primero en llegar y el último en desaparecer. Había tres bassets de pelo blanco y marrón, de ojos lánguidos y húmedos, con las patas cortas y el cuerpo demasiado largo, torpes como patos, que intentaban seguir a los demás sin haber logrado nunca, ni siquiera cuando fueron cachorros, más que un trotecillo descontrolado y retrasado, arrastrando por el suelo las orejas llenas de espinos. Se tumbaban al sol en cuanto podían porque eran perezosos y carecían del ímpetu necesario para cualquier esfuerzo. Uno de ellos, Mistu, más lánguido aún que Nina y Hugo, tenía un solo objetivo en la vida, el único estímulo que lograba sacarlo de su letargo habitual: comer. Era el terror de las mujeres, sobre todo de Manuela, por su apetito insaciable y porque en cuanto podía se escurría silenciosamente en la cocina, las puertas de cuyas neveras y alacenas había aprendido a abrir, y comía todo lo que lograba agarrar con su pata tan corta que sólo alcanzaba hasta la mitad del anaquel, ya fuera un pollo entero, una fuente de verdura, una cazuela de compota de manzana o dos docenas de chuletas, que luego le dejaban una barriga con la que no podía ni siquiera arrastrarse. Una mañana estaban las mujeres cogiendo higos, echándolos unas en cestos y cajas de madera mientras otras los ataban en ristras para secarlos luego al sol, cuando las llamaron de la cocina. Y para cuando volvieron Mistu se había comido todas las ristras con el cordel incluido. Hugo y Nina eran quizá igualmente voraces pero la pereza los dominaba: se tumbaban al sol espanzurrados y no se movían ni para mear. A Nina que era la más hermosa la debieron de robar, Mistu murió bajo las ruedas de un tractor y a Hugo se lo llevó una solterona austriaca, amiga del Señor que, dijeron, se había enamorado perdidamente de él o quizá de su mirada triste y prolongada.

Quino fue otro de los perros que acabó bajo las ruedas de un tractor. Era pequeño y estaba mal hecho como muchos perros de las casas de campo a los que siempre parece que algo les falta o les sobra aunque es difícil saber en qué consiste la anomalía: o tienen las patas demasiado largas o demasiado cortas, o las orejas demasiado pequeñas o grandes, o carecen de cuello o tienen la cola excesivamente larga y enroscada como la de un cerdo, o un color distinto en cada parte del cuerpo como si fueran restos de serie. Quino era un perro humilde, consciente de su poca gracia y de que no estaba nunca en situación de igualdad con los demás. Conocía su lugar y lo ocupaba sin tristeza ni resentimiento: se sabía inferior sin más y lo aceptaba no alegremente pero sí con naturalidad. En las peleas, se apartaba y desaparecía en el acto porque era pacífico por naturaleza y quería dejar bien claro que no había tenido intervención ninguna en el asunto; le constaba que él era carne de cañón y que cuando dos pelean siempre recibe un tercero, y él era ese tercero.

Y Lea, la perra cazadora del color de los garbanzos que perseguía las abubillas más por diversión que por ganas de cazar; o Fiba que vivía en la primera masía del valle, la de la palmera, aunque andaba día y noche con los perros de la Casa Grande y debía de ser hija de alguna zorra y de Terry porque tenía su corpulencia negra y la cola larga, poblada y sedosa como una estola de lujo y la movía con tal ímpetu que siempre estaba manchada de sangre; y Ron, el dulce, tierno y sentimental Ron que el día que vino mi padre a buscarme no siguió el coche ni lo ladró como hacía siempre, sino que permaneció inmóvil, sentado en el camino mirando cómo se alejaba porque sabía que ya no había de verme nunca más, y que yo no había de volver hasta que vivieran en Almator los hijos de sus biznietos tan mezclados entre sí que ni a mí, que lo había amado y acariciado tanto, me sería posible reconocer la huella de su linaje.

En todo el tiempo que yo lo conocí Terry sólo aceptó la compañía de una perra delgada y ágil como un galgo, de pelo corto y levemente tostado y claro que a veces, cuando el cielo estaba gris y el aire húmedo, se volvía asalmonado, escurridiza y tímida, sin permitir jamás acercarse a nadie, inclinada la cabeza en un gesto de turbación y temor como para dar a entender que no era arisca, ni huraña, ni le movía el odio, y si no aceptaba los contactos era simplemente por un temor inexplicable a los humanos, un temor tan arraigado que nada se lo había de quitar, ni siquiera el trato afectuoso que recibió durante meses, ni la prueba de que nadie había de hacerle daño.

En las tardes de mayo y junio se los veía cruzar en diagonal como flechas los campos de trigo, apareciendo y desapareciendo sus cuerpos elásticos entre las espigas al compás de un galope casi horizontal para escurrirse por una cañada persiguiendo enemigos imaginarios o adentrándose en los bosques por caminos entre la maleza que sólo ellos conocían, siguiendo el rastro de una presa. Debían sentirse más seguros al amparo de las espigas altas que les protegían de miradas porque cuando terminaba la siega y aparecían sobre la tierra las pacas prensadas como mojones marcando los cuadrados de un damero gigantesco, daban un rodeo buscando zanjas y gargantas que escondieran su aprensión a correr a campo abierto y desnudo, y si no tenían más remedio que atravesarlo porque los apremiaba el temor a perder una pista, adquirían el mismo aire un tanto indefenso y avergonzado de los perros pastores y de las ovejas cuando los acaban de esquilar.

La guarda que había entonces en la Casa Grande contaba que Linda había llegado escuálida y asustadiza un amanecer de aquel verano que fue caluroso, seco y polvoriento, con otra perra igual que ella aunque mucho mayor, y que se habían acercado lenta y silenciosamente a la piscina para beber, y ella al verlas tan depauperadas les había puesto un plato con restos de arroz y patatas al que no se acercaron a pesar del hambre hasta mucho después de haber comprobado que ya no quedaba un ser vivo junto a la comida que ventilaron en un abrir y cerrar de ojos. Y después, sin saber cómo, la madre había huido cuando la perra pequeña dormía dejándola junto a Terry que había aparecido por el prado y del que ya no se separó.

Linda se quedó en Almator durante el día pero nadie sabía dónde dormía de noche. Desaparecía de vez en cuando durante semanas y la guarda decía que se iba con los suyos, perros salvajes y montaraces que corrían por las montañas de bosque tupido en la extensa zona de selva que se extiende hacia poniente y de donde descendían los perros cimarrones cuando ya no soportaban la sed porque los arroyos de montaña estaban secos por el agostamiento de veranos como aquél, y una versión más elaborada de la misma historia atribuía a la anciana madre de Linda esporádicas y furtivas visitas a la piscina las noches de luna, aullando de soledad y añoranza.

Lo cierto es que cuando Linda ya formaba parte de Almator desapareció otra vez tan silenciosamente y misteriosamente como había venido. Los guardas y los jornaleros que le habían tomado el mismo afecto que se les toma a las personas humildes en exceso que nunca se enfrentan a nuestra voluntad ni causan la menor molestia, salieron al monte y se adentraron en los bosques en busca de esas trampas cuya autoría queda siempre en el anonimato y cuya utilidad es difícil de descubrir, porque era el tiempo en que se había abierto la veda y las gentes del campo les temen a los cazadores, pero buscaron inútilmente su cadáver. Al poco de dar por terminada la exploración, Linda cayó en el olvido como poco a poco iban cayendo todos los perros de Almator víctimas de la crueldad de los humanos o de su propia e ilimitada ansia de libertad.

La marcha de Linda no afectó a Terry. Seguía acechando el horizonte desde su atalaya, o persiguiendo conejos o animales que enterraba en lugares misteriosos, o caminando altivo junto a su amo como si aquella perra humilde y tímida de la que no se había separado en tantos meses de correrías no le hubiera dejado huella en el corazón o quizá, nos decíamos, su dignidad no le permitiera mostrar añoranza o desconcierto ante su inesperada desaparición. Pero nos convencimos de que la imperturbabilidad no procedía de su arrogancia, cuando una tarde lluviosa, muchos meses después, descubrimos la silueta familiar de Terry cabalgando junto a Linda en el campo de olivos de la masía de enfrente como en los tiempos felices, para desaparecer ella de nuevo durante semanas o meses. Otras veces nos sorprendían recortados contra el cielo en lo alto de una roca tapizada de matas de romero y en invierno, decía la guarda de la Casa Grande, Linda aparecía ladrando en la viña detrás de los cobertizos de las vacas hasta que Terry emergía de la oscuridad y se le unía, e iban ambos a desenterrar sus trofeos que guardaban celosamente en un lugar escondido. Hasta que de repente ya nunca volvió.

A medida que envejecía, Terry se iba cubriendo de cicatrices cada vez más visibles al mismo ritmo que aumentaba el progresivo deterioro de sus facultades de lucha, sin que por ello se sintiera derrotado ni cediera su lugar de jefe supremo a ninguno de los demás perros que seguían corriendo felices por el valle, ajenos a todo lo que no fuera su propio placer e incapaces de estructurar una jerarquía de la que surgiera un sustituto, sucediéndose y sustituyéndose unos a otros en un ciclo de nacimientos, muertes y desapariciones como si lo único que importara fuera su ser colectivo. Perdió un ojo en una pelea a muerte, sabe Dios con qué perro, hombre o jabalí, caminaba con una pierna algo envarada fruto de un golpe o una caída que debió de luxar un hueso que ya nunca había de volver a su sitio, y en el lomo las cicatrices de dentelladas y desgarros, como un cinturón de muescas que contabilizara sus innumerables batallas, dejaban al descubierto buena parte de su maltrecho pellejo. Se levantaba con mucha mayor dificultad, había perdido elasticidad y agilidad, pero su trote era, fue durante mucho tiempo aún, sólido y seguro aunque eran precisos más alicientes para sacarlo de su ensimismamiento, y sólo en los últimos tiempos, su paso se tornó cansino y mesurado.

Ya al final la mirada de su único ojo perdió ferocidad y adquirió un aire vagamente lánguido que no reclamaba piedad para su cuerpo maltrecho ni conmiseración, sino que reflejaba la misma pesadumbre que debió oscurecer la mirada de los ancianos cuando eran todavía portadores de la sabiduría del mundo.

En su larga y azarosa vida, Terry nunca había mendigado, nunca había molestado, no se le conocían fechorías ni siquiera cuando fue cachorro, ni se lo había atrapado jamás robando gallinas de las masías del valle, y debía alimentarse sólo de lo que cazaba o robaba en otras tierras porque jamás exigió alimento, ni protección, ni cobijo. Vivía de sí mismo y entregado a su misión, considerando que nadie tenía por qué darle nunca nada porque ya había cobrado de antemano el salario de toda una vida el día que su adorado amo se la había salvado, y cuando se cercioró de que su tiempo terminaba, para soslayar el inevitable espectáculo de su fin, desapareció un día para siempre para dejarse morir quién sabe si acurrucado en la misma guarida donde pernoctaba con Linda en los tiempos felices de sus cacerías de invierno, o en un claro del bosque donde los rayos del sol mantuvieran el calor unos instantes más cuando se acercara a su cuerpo el frío de la muerte.

Fueron muchos los perros de la Casa Grande que aparecieron y desaparecieron víctimas de los tractores, de las trampas del monte, de los tiros jocosos o indignados de los cazadores o simplemente de su propia curiosidad y despreocupación porque se alejaron demasiado y salieron a la carretera y acabaron bajo las ruedas de un camión.

En la casa de los abuelos, en cambio, hubo solamente uno, un perro de ciudad que ya era mayor cuando yo lo conocí. Mientras vivió el abuelo iba y venía con ellos los fines de semana pero luego se quedó con la abuela en Almator y allí estaba todavía, aunque muy viejo y enfermo, cuando yo me marché. Se llamaba Tristán y entre sus muchos y variados antepasados debía contar con un doberman del que heredó la envergadura y el color pero de ningún modo la ferocidad ni la crueldad. Nunca logró mantener las dos orejas levantadas a la vez y cuando oía un ruido que despertaba su curiosidad o su interés torcía la cabeza mirando un punto fijo, y aunque lo intentaba sólo conseguía enderezarlas hasta la mitad, de tal forma que quedaban dobladas en ángulo recto hacia el exterior, lo que le daba un vago aire de gaviota con las alas desplegadas. Tristán era un perro mimado y consentido: dormía en un canasto con colchón en el planchador, tenía permiso para tumbarse donde le apeteciera y hasta podía hacer su hueco en los sofás incluso cuando había visitas. Entraba y salía de la casa constantemente y, cuando en contra de su voluntad la puerta estaba cerrada, emitía unos ladridos a golpes sordos y roncos que él creía amenazadores. Sin ser arisco no era amigo de caricias aunque siempre necesitaba la cercanía de la gente que lo quería, se ponía debajo de la mesa cuando intuía que íbamos a comer, y se consideraba a sí mismo el dueño absoluto de la casa y del jardín, derecho que nadie, ni siquiera Terry, le había discutido jamás. Tristán daba pequeños paseos por la acera de baldosas que rodeaba la casa y levantaba la pata para soltar su minúscula micción cada dos o tres pasos como si estuviera en la ciudad, y algunas veces salía de los límites de la solana y se adentraba en la viña, pero jamás pasaba de allí, y mucho menos las noches de fiesta en que llegaban del pueblo los estallidos de las tracas, de los cohetes y de los petardos verbeneros. A la primera detonación, o incluso un segundo antes, buscaba un hueco en un rincón o en la parte vacía de un estante de libros, metía la cabeza hasta donde le era posible y permanecía de pie con el cuerpo descubierto temblando de terror hasta que al alba desaparecían con la luz los últimos estallidos de la feria. Entonces ciego de agotamiento por la tensión y la hora, se metía en mi habitación, se enroscaba contra mis rodillas y dormía profundamente hasta que Manuela, por la mañana, lo sacaba de la cama riñéndole como a otro niño.

Un día Darío y yo estábamos jugando —Darío debía haberse hecho daño en la pierna porque andaba con muletas— no recuerdo muy bien a qué entre la casa y el jardín. Tristán merodeaba por las cercanías haciendo hoyos en los parterres en busca de lombrices que nunca encontraba o si encontraba lo hacían huir ladrando despavorido. Había llovido mucho durante semanas enteras y el campo y los caminos eran barrizales, y había tanta humedad en el aire que parecía seguir cayendo una lluvia menuda y fina. El cielo estaba plagado de nubes y la verdadera lluvia no tardaría mucho en desplomarse de nuevo sobre la tierra. No puedo decir lo que ocurrió ni cómo, pero en un instante Tristán, que debió de haber traspasado los límites que le permitía Terry, y Terry que al comprobarlo había bajado de su atalaya a la carrera atravesando el campo convertido en ciénaga bajo la tarde tan gris y oscura que ni siquiera habíamos reparado en él, se agarraron por la yugular luchando y rugiendo como dos fieras, cerrados en un espasmo de rabia unos colmillos que no les conocíamos, sin querer ni poder soltarse y hundiéndose cada vez más en el fango. En su lucha se levantaban sobre las patas traseras con lo que alcanzaban una altura mucho mayor que la nuestra y, a medida que los rugidos y la ira iban en aumento, giraban cada vez más alocadamente como un siniestro tiovivo, envueltos en su propia e irrefrenable cólera. Darío y yo estábamos aterrorizados y no sabíamos qué hacer. Habíamos visto muchas peleas entre perros, pero nunca nos habíamos sentido obligados a separarlos porque entendíamos que se defendían de un desconocido invasor o porque cuando peleaban entre sí, los perros de la Casa Grande, de verdad no peleaban por nada importante. Darío se acercó un poco más y levantó una muleta para intentar asustarlos con un golpe, pero la otra resbaló, perdió el equilibrio, cayó y se hundió en el fango. Comenzó a llover otra vez y yo andaba despavorida intentando levantarlo, amenazados ambos por la lucha de Tristán y Terry que cada vez teníamos más cerca porque en su rabia estaban ciegos para todo cuanto estuviera más allá de su quijada. De repente Darío gritó:

—¡Agua! ¡Trae agua!

Lo dejé en el fango salpicado por las coces y saltos de aquel monstruo de perros enloquecidos y me fui a la casa perseguida por los aullidos sordos y entrecortados de sus fauces agarrotadas y con el cuerpo sacudido de temblor más por el miedo que por el frío y la humedad de la lluvia que arreciaba y me estaba calando. Agarré un cubo y lo llené en el grifo de la fuente de la solana y, arrastrándolo con las dos manos y descansando cada pocos pasos, logré llegar al lugar de la pelea donde los perros chorreaban sudor y lluvia y Darío se había convertido en una figurilla de terracota, cubierto de fango de la cabeza a los pies. No sé cómo logró levantarse y sostenerse con las muletas. Tampoco sé cómo logramos izar el cubo entre los dos, debíamos de tener ocho años solamente, ambos éramos de constitución enclenque y estábamos paralizados de frío y de miedo, ni cómo pudimos echar toda el agua sobre los perros, que al instante se soltaron y miraron atónitos a su alrededor con el pasmo en los ojos, sin saber dónde estaban ni qué había ocurrido porque en un segundo la amnesia los había despojado de la rabia. Se dejaron caer en el suelo pantanoso jadeando y gimiendo como si les faltara el aire, medio desmayados por el esfuerzo, sin un atisbo de vigor para levantar la cabeza y mirarse o mirarnos.

Salió Manuela danto gritos de horror al vernos a los cuatro en aquel estado lamentable y sin hacer distinciones de ningún tipo nos hizo entrar en la casa, nos acercó a la chimenea encendida de la cocina y nos quitó la ropa mojada. Luego fue a por unas toallas y nos secó y frotó de arriba abajo uno tras otro, primero a mí, luego a Tristán, luego a Darío y finalmente a Terry, para dejar bien sentado cómo funcionaba la jerarquía en aquella casa, y antes de ir a prepararnos cuatro tazones de leche caliente, nos sentó en las sillas bajas de anea donde se sentaban las mujeres a desgranar las habas o a limpiar las lentejas, nos cubrió con mantas como a refugiados, cubrió también a los perros, que apoyaron la cabeza sobre las patas un poco avergonzados de su aspecto estrafalario, desnudos ya de anteriores hombradas y felices al no tener que demostrar siquiera por una vez quién era más perro, ni tener que defender su territorio frente al otro, tumbados los dos a nuestros pies al amor de la lumbre.

No había vuelto a Almator desde hacía veinticinco años y ahora, al enfilar el camino en el taxi que me llevaba desde la estación, sentía junto al placer profundo de reconocer, la sorpresa de comprobar que el valle era poco más que una vaguada y que las distancias se habían encogido en relación inversa al aumento de la envergadura de los árboles. Los bosques de encinas eran más chicos, pero también más densos, los campos más pequeños y la pendiente mucho menos pronunciada. El Almator de mi recuerdo tuvo que encogerse para adecuarse al que tenía delante, y hubo un momento de ensimismamiento en que me pareció el mismo de entonces sólo que visto desde muy lejos. Ahora, a la vuelta del próximo recodo vería la casa, y me invadió el temor de que también se hubiera encogido, de que el tiempo al pasar se hubiera convertido en distancia. Esa casa ahora era mía, quién lo diría, y me la había dejado en herencia junto con una suma de dinero que me permitiría mantenerla decentemente la abuela, aun después de tantos años de no saber nada de mí porque se había mantenido distante e inaccesible desde el día en que mi padre había ido a buscarme a Almator.

No sabía qué había ocurrido en ella desde entonces, ni en qué estado la encontraría; había venido, ahora me daba cuenta, casi a pecho descubierto fiándome de unos recuerdos lejanos, petrificados en la memoria. Dos días antes había llamado por teléfono a Manuela pero me había aclarado muy poco. Manuela seguía mezclando a las frases de interés inmediato parrafadas de detalles minuciosos de anécdotas remotas sin relación alguna con lo que se estaba dirimiendo, tan clara y precisamente como si nunca me hubiera apartado de su mundo. Mantenía su cerrado acento andaluz que no había menguado ni una pizca en todo ese tiempo y todavía hablaba por teléfono a voz en grito, una voz que sí se había transformado en otra más ronca, entrecortada por los sollozos y lamentos dedicados al tiempo que no volvería y al intrincado destino de los humanos y de los acontecimientos. Sin que viniera a cuento y quizá porque para ella la muerte era un concepto general que nos englobaba a todos, me había hablado de la muerte del abuelo y de mi madre —pero no de la abuela— con tal desconsuelo y sentimiento y en medio de tantos sollozos que al principio creí que iba perdiendo el juicio y me pareció que volvíamos atrás en la historia y estábamos llorando las mismas muertes de entonces cuando ella se había convertido en la persona responsable, el apoyo de la abuela y la encargada de controlar lo que iba quedando de los trabajos de la casa. Porque a partir de entonces fue ella quien dirigió aquel pequeño ejército de mujeres que todas las mañanas venían del pueblo a limpiar los establos, a dar de comer a los animales, a hacer la limpieza, la colada y las mermeladas, y que al atardecer se iban de nuevo riendo y cantando seguidas de los jornaleros.

La muerte del abuelo, casi un año día por día antes de que muriera mi madre, había dejado a la abuela sumida en la soledad y el silencio, y a partir de entonces, después de haber cerrado la casa de la ciudad y haberse traído a Almator todo lo que contenía, se había vestido de negro de la cabeza a los pies en invierno y en verano y pasaba las horas encerrada en su cuarto sentada con la espalda muy tiesa contra el respaldo de su sillón forrado de terciopelo granate con brazos de madera, y con una manta en las rodillas y los pies sobre un escabel. No bajaba al salón más que para tomar el té con el Señor, Sebástian, y para recibir la visita de sus vecinos, los payeses de Almator, que iban en familia a rendirle pleitesía y ofrecerle un pavo la víspera de Navidad, las barandas por San Juan y un odre con el primer vino nuevo después de la vendimia. La abuela les preguntaba por la marcha de sus asuntos y ellos escuchaban respetuosamente sus consejos o reconvenciones y, al irse, por riguroso orden de jerarquía familiar, se inclinaban y besaban la mano que ella les tendía, vestida para esas ocasiones con sus anillos de piedras como un obispo. Después de esas pequeñas ceremonias que afianzaban el inmejorable concepto que tenía de sí misma y la hacían caminar más enhiesta aún, se recluía de nuevo en su habitación. Tenía siempre al alcance de la mano sobre una mesa camilla, una bolsa de terciopelo negro en la que guardaba su eucologio de lomo dorado, un fichero lleno de postales ordenadas meticulosamente por países donde ella misma archivaba las que llegaban, un almohadón con puntillas de bolillos y una colección de cuadernos escritos con su letra puntiaguda y levemente inclinada, igualmente perfecta en la primera página que en la última, con recetas de cocina recopiladas a lo largo de toda su vida debajo de las cuales figuraba la fecha, la ocasión y el nombre de los invitados a los que se la había ofrecido, que leía a veces suspirando casi imperceptiblemente. Cada mañana Manuela, una vez me había lavado la cara, hecho las trenzas tan apretadas como cuerdas y abrochado todos los botones de mi delantal de cuadros limpio y recién planchado, me acompañaba a darle los buenos días antes de bajar conmigo a la cocina y sentarme ante un tazón de leche con unos bollos de pasta tan espesa y apretada como las trenzas; mientras tanto las mujeres entraban y salían trajinando por la casa y los corrales y los huertos, y luego, cuando había terminado de desayunar, me llevaban de una mano a otra para que remedara sus trabajos y jugara con sus niños y a veces iba al gallinero y me dejaban coger un huevo recién puesto que yo podía beber por el agujero de un alfiler y guardar la cáscara vacía y entera en el fondo de la mesilla de noche para que nadie pudiera encontrarla. Por las noches, cuando ya había cenado y se me caían los párpados de sueño, me llevaba otra vez a darle las buenas noches, ya dentro de mi camisón de felpa y una bata azul que se fue quedando estrecha y corta, y que ya al final de mi estancia en Almator tiraba tanto en las axilas que casi no podía levantar los brazos. Entonces, mientras subía la escalera, yo oía cada vez con mayor nitidez el suave cascabeleo de la madera de los bolillos y sabía que, una vez había llamado a la puerta con los nudillos, debía permanecer detrás de ella hasta que cesara y oyera la voz de la abuela. Puedes pasar, decía, y una vez dentro veía el almohadón inclinado sobre el respaldo del otro sillón, enrollada en lo alto la interminable puntilla y cubierta con un paño blanco caído sobre ella, los bolillos divididos en dos mitades a ambos lados del cojín como dos trenzas ligadas con cintas rojas, y a la abuela sentada inmóvil, con las manos sobre el regazo y la vista fija en un punto ante sus ojos, como si así hubiera estado toda la tarde. Yo nunca la vi hacer bolillos y aunque muchas veces oía el tintineo y me acercaba silenciosamente a la puerta, al empujarla levemente para espiar la encontraba siempre cerrada, como si se avergonzara de que alguien descubriera que no siempre miraba al infinito pensando en sus muertos.

El cuarto era muy grande y estaba siempre en la penumbra, y yo casi no podía ver más que el busto en bronce del abuelo de tamaño mucho mayor que el natural, el sillón parejo al de ella en el otro ángulo de la ventana y una gran consola con cubierta de mármol blanco llena de cajitas de todas las formas y medidas que la abuela me dejaba abrir una a una sólo algunos días especiales que yo conocía al entrar porque su gesto se había dulcificado, se diría que ella misma había adquirido movimiento y hasta alguna vez se había levantado, la encontrábamos de pie junto a la ventana que daba a levante mirando nostálgicamente las viñas y los bosques de encinas y enebros, y susurrando al ver a Manuela, ese viento, ese viento. Después se volvía hacia mí interrumpiendo sus ensoñaciones: *A totes les capsetes hi ha una coseta*[2] decía haciendo un esfuerzo inútil por hablarme como creía que se les hablaba a los niños y en una lengua que al principio yo no entendía. Con mucho cuidado yo abría las tres cajas que me autorizaba cada una de aquellas noches excepcionales, fascinada por las minúsculas sorpresas que contenían: canicas de colores, un pendiente, una moneda de cobre, una vela de color rosa en forma de corazón, pétalos de flores secas, una pequeñísima manita de metal, un alfiler de perla... Había cajitas de plata con dibujos labrados, de concha, de cerámica, de ópalo, de azabache, de malaquita, una coleccion inacaba-

2. En todas las cajitas hay una cosita.

ble que llenaba la encimera y el primer cajón y las mesillas de noche, pero nunca tuve tiempo de abrirlas todas porque cada día las cajitas estaban dispuestas de forma distinta y eran tantas que yo las confundía y muchas veces volvía a abrir la misma del día anterior y los permisos de la abuela iban siendo cada vez más espaciados a medida que ella se alejaba también de mí, de Manuela y de todas las cosas de este mundo. Porque la abuela lo guardaba todo, me contaba Manuela, todas las menudencias inútiles, siguiendo un criterio que nadie conoció jamás. Tenía incluso las figuritas del Roscón de Reyes y las habas de todos los años de su matrimonio, exceptuando los tres de guerra transcurridos en Burgos, que recogía disimuladamente de la mesa cuando los afortunados las dejaban olvidadas sobre el mantel, añadía Manuela con cierto desdén aprendido de la abuela.

Éste era todo el contacto que yo tenía con ella, a la que contemplaba con una mezcla de temor y respeto pero con la misma ausencia de ternura que ella se empeñaba en mostrarme.

Quizá fuera, ahora me parecía comprenderlo, el silencio en que la dejaron aquellas dos muertes tan seguidas, la de su marido y la de su hija, lo que le llenó el alma de esa amargura que quiso disimular con el disfraz de la resignación, y probablemente debió de parecerle un insulto de la divinidad que de su familia sólo quedáramos mi padre y yo, tan ajenos a su mundo, tan lejanos, tan distintos a los suyos. Porque una vez muerta mi madre ya siempre fuimos para ella unos extranjeros que, no se privaba de decir, hablábamos la lengua del invasor, una lengua que entonces ella detestaba con la fuerza del fanático converso pero que sin embargo después de la victoria había adoptado voluntariamente, como la mayoría de la burguesía nacionalista, sobre todo en familia con su propia hija, mi madre, desterrando durante unos años la propia. De haber sabido yo que el invasor era el mismo que había mandado fusilar al padre de mi padre y el mismo que los había acogido a ellos, los abuelos, cuando al estallar la guerra huyeron ambos a la zona nacional porque no podían soportar las atrocidades de quienes defendían lo que la abuela reclamó más tarde, me habría costado mucho comprender la naturaleza de ese odio enmarañado y profundo que sólo había de descubrir muchos años después en Almator, cuando, desaparecida ya de la tierra, hubiera dejado tras de sí todavía vigente el rencor que le había dado fuerzas para desviar la última voluntad de mi madre.

Pero durante mi infancia, aun sin entenderlo, yo sentía que el odio de la abuela enrarecía el ambiente de la casa, porque no podía disimular cuánta aversión tenía a mi padre. A veces, al verlo hablar con el abuelo murmuraba: ¡alma de portera!, sin mirarlo, sin ni siquiera levantar la vista de su labor pero con tal encono que la voz quedaba en el aire vibrando electrizada. Él juraba que lo odiaba por ser charnego, hijo de rojos, pobre y nacido en el sur, y por ser además músico. Y era cierto que a ella no le gustaba que fuera tenor, pero sobre todo que no fuera un tenor famoso sino sólo un hombre sin futuro —lo llamaba— que se ganaba la vida cantando arias para concierto y *Lieder*, y trotaba por las salas de recitales de toda Europa. Y si bien alguna vez, sólo muy de tarde en tarde, conseguía un papel secundario y breve en una compañía de ópera en ciudades lejanas, nunca eran tan importantes como para que su nombre apareciera en los periódicos que leían la abuela y sus amistades, y pudieran olvidar con ello la profesión que había elegido y ver con otros ojos ese apellido plebeyo y foráneo que había manchado a su estirpe, a su única descendiente, es decir, a mí.

Mi padre había recorrido con mi madre, y yo con ellos, todas esas y muchas más ciudades, un vagabundeo que la abuela jamás le perdonó; y cuando más tarde murió mi madre de parto y con ella el recién nacido en un hospital de la capital de un país nórdico, esa muerte tan desolada e inusual fue para ella la consecuencia lógica de la mediocridad de mi padre, el forastero al que nunca, ni aun antes de casarse con su hija, había respetado por nada y mucho menos por sus dotes musicales.

—Tiene una voz pequeña, pero muy bonita —dijo una vez el abuelo cuyo racismo era más económico que visceral pero la abuela lo miró con tal desprecio que nunca volvió a insistir.

Mi padre y mi abuelo, en cambio, se llevaban relativamente bien, porque el abuelo tenía verdadera pasión por la música, sobre todo, como buen nacionalista, por las cantatas de Bach y las óperas de Wagner, aunque debía parecerle una vocación superflua ser tenor de conciertos y cantar aires y arias de Mozart y de Schubert. Y a mi padre, hijo de un campesino cordobés fusilado en el 36 por los nacionales, orgulloso de haber sido uno de los pocos estudiantes con beca en el conservatorio de la ciudad que en los años cincuenta había tenido la valentía de unirse a las primeras manifestaciones de resistencia a la dictadura, le olía a fascista tanto amor a Wagner y ese punto de decoración wagneriana que tenían las salas voluntariamente desnudas y las anchas bóvedas de piedra de la masía de los abuelos. Pero aun así se soportaban y cuando asistíamos casualmente a una de las comidas que cada semana reunía a la familia en la ciudad o íbamos a pasar las Navidades o las vacaciones con ellos a Almator, el abuelo no se movía del salón escuchando a mi padre tocar y cantar una y otra vez los *Lieder* de su repertorio, esas cancioncillas, así los llamaba displicentemente como para justificar ante sí mismo y ante los demás su permanencia junto al piano durante tantas horas.

Mi padre nunca quiso contarme por qué, a las pocas semanas de morir mi madre, había interrumpido la gira de conciertos por el norte de Europa, habíamos tomado un avión a toda prisa, me había dejado en Almator con la abuela y durante el tiempo que permanecí allí, excepto alguna breve visita rápida de poco más de un día, había tenido sólo noticias suyas por alguna larga carta o una postal de lejanos países que desde Almator parecían todavía más fantásticos y distantes que cuando los recorría con él y con mi madre; ni tampoco por qué un día casi tres años más tarde y sin previo aviso, llegó con su coche a la casa, se fue directamente a la habitación de la abuela, abrió la puerta de una embestida y a gritos le dijo algo que no logramos entender, después de lo cual con un portazo y sin esperar a que Manuela acabara de meter mis cosas en una maleta ni atender a sus gritos y sollozos, me puso el abrigo que encontró colgado en el perchero de la entrada y arrastrándome de la mano me metió en el coche, arrancó y nos fuimos dando tumbos por el camino que bajaba a la carretera porque estaba tan alterado que ni siquiera se preocupaba de evitar los baches llenos de agua de la lluvia, mientras yo con la cabeza tímidamente vuelta hacia atrás me llevaba conmigo aquel último recuerdo de Almator borroso de lágrimas que nunca llegaron a caer y que había de permanecer intacto en mi memoria hasta esa tarde lluviosa también, veinticinco años después.

Debió de haber alguna historia turbia relacionada con el testamento de mi madre que, según supe más tarde, había desaparecido, y quizá mi padre descubrió lo que la abuela había mangoneado aprovechando el prestigio de su difunto marido entre los vencedores, prestigio que seguía vigente aún a pesar de los casi veinte años transcurridos desde que volviera de la zona nacional, y de su dedicación en el último período de su vida a la incipiente oposición burguesa y a su ferviente y repentino nacionalismo, porque mi padre, una vez me hubo sacado de la casa de la abuela, nunca quiso volver a Almator y ponía mala cara o simplemente no respondía cuando, a lo largo de todos los años que vivimos juntos, de nuevo de un concierto a otro, de una ciudad a otra, yo le preguntaba qué había ocurrido; con el tiempo ya no quise insistir porque aprendí que no habría de tener respuesta o quizá porque la casa de mi infancia se fue alejando en la memoria, perdida y casi olvidada entre la azarosa vida nómada de hoteles y estaciones y aeropuertos y ciudades lluviosas desconocidas, y las veces siempre más espaciadas que yo me refería a la casa de Almator, unas palabras que acabé pronunciando con falsa normalidad y con cierto tono de oculto desafío no sé muy bien a qué ni a quién, mi padre me corregía invariablemente, pacientemente: tu casa de Almator, nuestra casa de Almator. Era el punto final de sus explicaciones y no admitía más comentarios —ni se permitía ironías o sarcasmos él, capaz de reírse de sus propios muertos— que cortaba de raíz cambiando de conversación e iniciando una serie de escalas y arpegios en el teclado mudo cuando hablábamos en el tren o en un hotel, y si estábamos en casa —fueron tantas que casi no recuerdo más que una mezca de todas ellas— se levantaba y decía que iba a salir, porque tenía ganas de aire o quería caminar un rato. Y cuando un mes escaso antes le había comunicado que la abuela me había dejado en herencia la casa de Almator, el resentimiento de tantos años le impidió alegrarse por la noticia y no pudo evitar que la voz se le pusiera ronca y agorera al decir: no me fío de tu abuela ni aun después de muerta.

Entre las brumas del misterio y las cada vez más densas del recuerdo, la casa de Almator fue adquiriendo en mi memoria la consistencia del hogar perdido, consistencia que resistió los descubrimientos de mi adolescencia, las exaltaciones y la furia desmitificadora de mi juventud, y los atisbos de serenidad y prudencia que preceden la inexorable llegada de los años de madurez.

Al subir por el camino de los plátanos a la luz mortecina del oscurecer vi que la casa ya no tenía la misma silueta ni el mismo perfil contra el cielo. Habían desaparecido los corrales de las vacas y las gallinas y esa serie de construcciones adosadas unas a las otras o unidas por arcos bajo los cuales se guarecían los carros y las carretas, las caballerizas, los pajares, la leñera y la fuente, y todas aquellas cocinas exteriores donde las mujeres hacían confituras y conservas y mermeladas. Quedaba sólo el caserón escuálido que así desnudo parecía mucho mayor. Donde estuvieron antes las dependencias no había más que una gran extensión de césped verde salpicado de calvas, un poco seco y amarillento y mal cortado, con la hierba muy crecida en las esquinas y junto a los bordes de los parterres, quizá por falta de riego y del cuidado extremo que la abuela debía de haber exigido, o para recordar que éste no era un país de pastos ni de prados ni de céspedes lujosos.

Pero ahí estaba la solana enlosada, la parra de la puerta de entrada mucho más torturada y extendida, la buganvilla invadiendo la fachada y las viñas recién vendimiadas, colmadas de hojas doradas y rojizas que señalaban el transcurso de ese cálido y húmedo mes de septiembre.

Encontré a Manuela mucho más vieja. Había engordado y nada más verla se me ocurrió que en cuanto se sentara su regazo se desparramaría y rebasaría los bordes del asiento. Cuando yo era niña me gustaba acucurrarme en él sin pensar en nada mientras sus brazos cruzados sobre mí cerraban aquel santuario cálido de mil olores mezclados al amparo de contingencias. En cuanto me abrió la puerta del taxi eludió devolver los besos que yo le di y se puso a hablar y a llorar y así siguió al sacar las dos maletas y abriéndome paso se dirigió a la casa por la entrada principal dejando en el suelo de vez en cuando una u otra, bien para enjugar una lágrima machacándose literalmente los ojos con el pañuelo que tenía apretujado en una bola compacta dentro del puño cerrado, bien para acompañar con un gesto la explicación de un detalle que parecía continuar un discurso pendiente desde el día anterior.

Lloraba pero no preguntaba nada. Tampoco parecía sorprendida de que yo fuera una mujer del doble de estatura y con veinticinco años más que cuando me había visto por última vez. Al bajar del taxi me había mirado apenas y enseguida se había abalanzado sobre las maletas repitiendo como para sí, mi niña, mi niña, pero sin que pareciera que tales palabras me fueran dirigidas. Luego, una vez en la casa me dio toda clase de informaciones superfluas sobre un cristal roto y sobre lo que le había ocurrido al hermano de unas gentes cuya existencia me era desconocida. Me hablaba como les había hablado siempre a la abuela y a las mujeres de la casa, como al imprescindible público, y me había tratado de usted desde el primer momento con tal naturalidad que no me atreví a protestar. Seguía de vez en cuando secándose las lágrimas que intentaba reprimir porque yo le recordaba aquella otra niña que se había marchado hacía tanto tiempo. Aquélla era su niña, no yo. Y su niña, ahora lo entendía, había muerto, yo no era más que la confirmación de su muerte, yo había venido a hacérselo saber, a convencerla de que efectivamente no volvería, a decirle que la esperanza ya no tenía sentido, y ella seguía secándose los ojos de vez en cuando mientras me traía una tortilla de cebolla y una ensalada y unas croquetas, cada vez más abatida y tan inconsolable que resultaron inútiles los esfuerzos por contenerse, y ya ni disimulaba la prisa que tenía por acabar de darme la cena a mí, una extraña, y largarse a su casa con su nueva tristeza a contársela interminablemente también a Cosme, su marido, sin importarle que la televisión sofocara su discurso, porque era el único signo de vida que reconocía. Y cuando bien entrada la noche desapareciera la última imagen se calmaría su voz y su dolor y apagaría las luces de la casa y del jardín y dejaría sólo la de la solana, por costumbre quizá, y atrancaría las puertas, y entonces yo tendría que subir las escaleras y meterme en la cama de la abuela que Manuela había preparado para mí, tal vez con las mismas sábanas que la habían acogido en los ultimos días de su vida, frescas todavía del aire, blancas de sol y recién planchadas, donde me acostaría sola por primera vez en muchos años y donde sola habría de permanecer hasta que yo misma o el tiempo o quién sabe si algún ángel decidieran lo contrario.

Hacía frío en la casa a pesar de que todavía no había comenzado octubre y de que el fuego estaba encendido en la gran sala central del primer piso. Aunque nada había cambiado en apariencia me llamó la atención la exagerada ausencia de objetos sobre los muebles y la desaparición de casi todos los cuadros. No recordaba muy bien dónde estaban ni cómo eran pero habría jurado que a pesar de la sobriedad casi monástica que el abuelo había querido imprimir a la casa cuando la reconstruyó, las paredes no estaban entonces tan desnudas como ahora.

Deambulé por las habitaciones silenciosas muchas de las cuales apenas reconocí. No oía los ruidos familiares en la cocina como en mi infancia cuando me enviaban a dormir, ni todas las luces de la casa estaban encendidas como entonces porque no le gustaba la oscuridad a la abuela —la misma anciana fría y hierática que jamás había respondido a mis cartas ni se había puesto al teléfono—, ni el regazo de Manuela era un regazo para mí, ni dormiría en la habitación pequeña, la del ventanuco sobre el patio del almendro, ni habría nadie en las demás habitaciones. Yo era una persona mayor y no hacía falta que Manuela durmiera en el cuarto contiguo al mío: ella estaría en el suyo, en la casita del otro lado del patio. En cuanto se atrancaran las puertas me quedaría sola en aquel caserón que ahora parecía mucho mayor y que distorsionaba los recuerdos de tal forma que la casa no iba a caber en lo que había quedado del valle de mi infancia.

Reconocí el cuarto por el olor que seguía impregnando los muebles, una mezcla de nogalina, cera y espliego y, sin prestarle demasiada atención, reparé en que el busto de bronce del abuelo no estaba en su peana y no había frente a la ventana más que uno de los dos sillones tapizados de terciopelo granate con brazos de madera, pero hasta muchos meses después no caí en la cuenta de que lo que daba a la antigua habitación de los abuelos, de la abuela sobre todo, su aspecto austero y desolado no eran sus paredes desnudas y recién encaladas ni la economía de objetos sobre los muebles y dentro de los cajones, sino la ausencia de las cajitas de colores que en mi recuerdo cubrían enteramente el mármol de la cómoda. Y quizá también ese lúgubre tapiz bordado en tonos sombríos que yo no había visto jamás, firmado y rubricado en hilo de oro por una tal Hermana de la Asunción, 1888, que reproducía la agonía de una novicia recibiendo la comunión y la extremaunción de manos de un sacerdote en presencia de toda la comunidad y del diablo transformado para la ocasión en lagarto verde y negro que esperaba su momento agazapado bajo la cama de la moribunda.

Me asomé a la ventana. En la masía de enfrente, mucho más escondida ahora por la espesura de la vegetación, me pareció que brillaba aquella línea de luz en la rendija de la ventana bajo la bañera, y en lo alto de la loma al final del camino el castillo misterioso de mis sueños con sus luces fantasmagóricas seguía transformando los árboles en leones despeinados y flagelados por el viento.

Yo también habría podido llorar por aquella niña que había muerto pero no lo hice. Me fui a la cama. Ese mañana que ahora parecía tan irreal y lejano acabaría por llegar y abrir el camino. No tenía más que cerrar los ojos y dormir.

Lo primero que hice al día siguiente fue llevar la maleta de los libros a la biblioteca del abuelo, una habitación muy grande que comunicaba con la alcoba, forrada enteramente de estantes, muchos de ellos repletos de libros, y con una mesa de roble frente a la amplia ventana abierta durante la renovación de la casa. Estaba formada por tres grandes aberturas en forma de arcos altos y estrechos que desde el exterior daban a esa parte de la casa un aspecto totalmente distinto de la fachada sur con su cubierta a dos aguas y su diseño elemental y artesano, como si esos tres arcos enlazados por goznes más propios de un caserón gótico que de una masía del siglo XVIII, se jactaran de mayor antigüedad y de orígenes más ilustrados.

Las paredes de la habitación eran tan altas que, cuando muy de mañana el primer rayo de sol apareció tras las colinas dejando en la penumbra la masía de enfrente, atravesó en una línea oblicua los cristales de la triple ventana y se quedó adherido a las vigas negras del techo. Era la habitación más apacible y silenciosa de toda la casa, y cuando aquel primer día hube colocado la maleta sobre el sofá chester, de espaldas a la gran mesa, creí que todo estaba a punto para ponerme a trabajar. Escribir en esa biblioteca habría de ser no sólo fácil sino también un envidiable placer.

Me dediqué a mirar los libros con atención, por curiosidad y por el placer de recorrer los estantes en busca de títulos conocidos, o lomos o diseños o colecciones que me remitieran a otros ya olvidados, para familiarizarme con ellos y reconocerlos poco a poco con la vista, y acomodarme al ambiente propicio que quería conseguir en esta habitación.

Pero la biblioteca del abuelo levantó como una barrera sus muros forrados de libros y de diccionarios cuyos autores ni siquiera reconocía porque eran casi todos jurídicos, tan extraños como si estuvieran escritos en alfabetos y grafías ignorados. Ni conocía ni reconocía los lomos, las medidas, el orden, las encuadernaciones, y por más que miraba y volvía a mirar una misma hilera no lograba recordar lo que había visto anteriormente. La habitación se volvió entonces ajena y extraña, agresiva casi, y la vi con ojos distintos. De pronto se me hizo imposible permanecer en ella y me pareció que lo mejor sería dejar la maleta como estaba y esperar a otro día para abrirla y poder comenzar mi trabajo.

Pero todos los días sucedía lo mismo. Me acostaba pronto y me despertaba cansada e inquieta casi al alba. La luz se filtraba siempre por la misma rendija de la ventana y decidía no encender la lámpara para no desvelarme todavía más. Desde mi llegada no había dormido bien y tenía las horas alteradas tal vez porque mi cuerpo acostumbrado a otros horarios creyó que me había desplazado a un nuevo continente o a un lugar todavía más lejano y distinto, y necesitaba tomar su tiempo para acomodarse a él. Y cuando decidía ir a la biblioteca siempre me detenía ese muro de libros uniformes y desconocidos que me acusaban a gritos de intrusismo.

Por más que busqué no pude encontrar el volumen que la abuela llamaba de los antepasados con el dibujo de un árbol en la cubierta, cuyas ramas se extendían hasta los nombres y apellidos de quienes formaban su estirpe, ni ninguna de las grandes ediciones ilustradas que el abuelo me dejaba mirar o que a veces él mismo me explicaba, ediciones de papel fino y letras diminutas que yo abría sobre las rodillas para mirar los dibujos a plumilla, tan detallados que la contemplación de una de ellas podía durar una hora entera. Busqué también sin encontrarlos los álbumes de fotografías que el abuelo mantenía al día y que la abuela, las pocas veces que disminuía un tanto su severidad habitual, me enseñaba nombrando a cada persona y explicándome pacientemente la relación familiar que los unía a ella. Además de los libros jurídicos encuadernados en piel, tapizando uniformemente los estantes, había montones de legajos con cintas descoloridas, amontonados en las vitrinas y los armarios inferiores y, como curiosidad única, una colección encuadernada también en piel de una revista semanal publicada en la ciudad en tomos por trimestres que llegaban hasta 1958, el año que había muerto el abuelo.

Ocurría en la biblioteca lo mismo que en el resto de las habitaciones y salas, no lograba encontrar ningún objeto que yo recordara ni que diera fe de que aquella casa había pertenecido a mis abuelos. No había viejas fotos en los cajones, ni sobre las consolas, ni vestidos en los roperos, ni objetos de tocador usados. Las cómodas estaban vacías y ni siquiera me fue posible encontrar las sábanas con el embozo de puntillas o la colcha que cubría la cama de la abuela con las iniciales de ambos apellidos entrelazadas en un dibujo que se repetía en azul marino en las grandes toallas blancas que también habían desaparecido. En el armario de la ropa blanca, ordenados como para pasar una inspección, se apilaban varios juegos de sábanas todas de color azul celeste, toallas de diversas medidas y manteles y servilletas también del mismo color, sin iniciales, de compra reciente y sin estrenar.

La casa, con sus bóvedas y sus paredes desnudas, las mesas vacías de objetos y la profusión de plantas que Manuela colocaba en todas partes tal vez para disimular ese vacío manifiesto, más parecía un hotel o un parador que el hogar de mis antepasados. Había preguntado con insistencia a Manuela sobre el paradero de esa ropa, del otro sillón de la habitación de la abuela, del busto de bronce y la peana, de los tres barcos que se alineaban sobre la repisa de la chimenea y de otros objetos y cuadros que logré recordar, pero le quitó importancia y me contó, como se repite una lección aprendida, que la abuela había mandado comprar sábanas y toallas nuevas tan poco tiempo antes de morir que no había habido siquiera tiempo de utilizarlas, y de las demás cosas, dijo, ella no se acordaba. Y luego se fue con demasiada prisa a sus menesteres y ya no me fue posible sacar nada en claro.

En algún lugar tenían que estar esos objetos y otros muchos que no lograba recuperar del fondo de la memoria pero que, estaba segura, reconocería en cuanto los viera. Quizá algún día los encontraría, quizá algún día tendría ánimo y energía para fisgar en los arcones de las habitaciones o subir al desván y comenzar a registrar los baúles, quizá más adelante cuando me hubiera hecho a esta casa que cada vez era más grande y estaba más vacía. Tendría que acostumbrarme a todo.

Porque todo era distinto. A pesar de que aquel octubre fue claro y sin nubes aunque ventoso, a las siete y media había oscurecido y la noche en el campo es más noche que en la ciudad. Así no me quedará más remedio que trabajar, me decía, pero ese pensamiento si bien me consolaba no lograba movilizarme.

Ya había transcurrido casi un mes desde mi llegada y no hacía más que dejar correr las horas, primero con el pretexto de que esperaba el equipaje y después fumando un cigarrillo tras otro, adormilada o languideciendo de añoranza por los rincones y reviviendo en la pantalla de la memoria la imagen de mi amado de pie en el andén el día en que yo había dejado la ciudad, levantada la cabeza hacia mí que asomaba la mía por la ventanilla, sonriente e inmóvil después de que hubo acomodado las dos maletas una sobre otra en el pasillo de forma que no molestaran y que yo pudiera al mismo tiempo controlarlas desde mi asiento, con esa previsión perfeccionista sobre la que habíamos vivido todo aquel largo y cálido verano, y una vez que hubimos agotado el último beso, más apasionado en el recuerdo de lo que probablemente había sido entre el apresurado vaivén de viajeros, que ahora aparecía sometiendo otros recuerdos quizá más intensos pero nunca tan realmente completos ni tan acabados y enmarcados como esa despedida en la antigua estación de ferrocarril. La cubierta de hierro y la luz cenital de cristales grises de humos ya olvidados y brumas de siglos, y los pitidos aislados, y el rumor de máquinas maniobrando, y los choques de los topes, y las voces de fondo, formaban una bóveda compacta que me separaba todavía más de la ciudad que iba a dejar. Y para precisar el recuerdo, la visión de su imagen diciendo adiós, cada vez más pequeña, un punto en el arco que en un instante se convierte en un túnel y la desaparición repentina al retirarme de la ventanilla y sentarme y descubrir la presencia de los viajeros, las maletas de nuevo y el monótono ritmo del tren, balanceando mi cuerpo sacudido por la exitación y el desamparo de caminar hacia una aventura que por primera vez no se iniciaba a dos.

El primer fin de semana no había venido, ni el segundo, ni después, porque era un hombre que viajaba y los hombres que viajan, ya se sabe, tienen la cabeza y el corazón donde tienen la reserva del hotel. Marineros supersónicos que han suprimido las largas travesías y picotean los puertos sin amarrar jamás, sin otro frenesí que seguir viajando, un movimiento continuo del alma que los enardece y los hace olvidar o esconder más aún quién sabe qué oculta decepción, y los impide ver el paso del tiempo y su propio e inevitable camino hacia la nada. Son miles, millones los hombres y las mujeres que cubren el planeta como una compacta capa de briznas de metal en movimiento, todos ellos afanados, industriosos, sin reposo, esclavos sumisos de sus horarios, de sus objetivos, de sus obsesiones, máquinas especiales para contrarrestar las añoranzas, diluir las pasiones y olvidar los encuentros.

Está bien, me dije otra vez, así podré trabajar.

Trabajar para mí significaba ponerme a pensar en este libro que me había comprometido a escribir y que tenía que entregar dentro de dos años, los mismos dos años que faltaban para que se salvaran las barreras que nos separaban. Él me había dicho que este invierno comenzaría una serie de negocios importantes que exigían su atención y que necesitaba tiempo para solventar conflictos domésticos, dejar clara su situación e iniciar los trámites de divorcio. Entretanto yo podría escribir, había añadido. Como si quisiera convencerme, como si fuera imprescindible que yo tuviera la mente ocupada.

Nunca se me ocurrió que trabajar fuera cuidar del jardín u ordenar y tomar posesión de la casa, del mismo modo que durante los años de mi matrimonio tampoco fue trabajar, cocinar o adecentar el piso y el estudio. Bien es verdad que nada o muy poco me ocupaba del jardín ahora y aparte de buscar algún objeto que acudía a mis recuerdos perdía las horas sin saber en qué. En los días que llevaba en Almator no había hecho más que deambular de un lugar a otro reconociendo parajes o descubriendo cambios, preguntando por personas cuyo recuerdo acudía de repente a mi memoria o recordando con nostalgia escenas lejanas de días ya olvidados, pero ni siquiera había ido a visitar a mis vecinos que veía a lo lejos desde la ventana de mi cuarto, porque me invadía la timidez y la curiosidad me había abandonado. Alguna vez entraba en el gran salón de la planta baja donde me sentaba al piano sólo para iniciar una sonata o un impromptu que dejaba siempre sin terminar.

Veía la televisión y me quedaba dormida a todas horas. Y cuando finalmente llegó el equipaje, unas cajas de embalaje con todas mis pertenencias, lo dejé sin abrir llevada por la inercia y sin poder reaccionar como si el objeto de mi estancia en Almator se hubiera escondido detrás de las nubes y yo esperara indolentemente, sin la menor expectación, a que escampara.

A medida que pasaban los días aumentaba la pereza y la apatía y ya sólo entraba en la biblioteca para escoger al azar un tomo de la revista que me llevaba a la cama y pasaba la vista de un año a otro, de una fotografía a otra, sin lograr fijar la atención en nada hasta que me vencía el sueño debilitada por tanta inactividad, atosigada por el remordimiento y con un trasfondo de inquietud y angustia que afloraba un poco más todos los días porque cada vez veía menos claro cómo iba a pasar las horas.

Una mañana me desperté, como cada día, torturada por el tiempo que llevaba perdido. La única solución, me dije, es tener un horario inflexible, aunque sólo trabaje dos o tres horas diarias, qué más da. Al cabo del mes son muchas horas y puesto que no tengo nada más que hacer bien las puedo dedicar a trabajar. Aun así, el día me parecía ahora mucho más largo de lo que los días son normalmente. Quizá con una buena distribución del tiempo... un horario, quizá. No estaba acostumbrada a trabajar sin horario. Eso es lo que necesito.

A continuación me levanté a buscar lápiz y papel, y sentí el primer atisbo de entusiasmo desde mi llegada.

Los horarios que mi padre trazaba en una hoja cuadriculada para compensar la ausencia de disciplina y de escuela, y para que no se me olvidara a qué hora venían los profesores que cambiaban al ritmo de nuestros traslados, seguían siendo el modelo. Los hacía casi automáticamente: seis líneas verticales que separaban los días de la semana y las líneas horizontales que repartían las horas del día. Cuando fui un poco mayor, era yo quien los dibujaba. Los había hecho a miles y en todas las circunstancias, pero ni los años ni los fracasos me habían enseñado que no hay horario que resista al desánimo ni proyecto que no sucumba a la apatía. Por eso lo comencé segura de que la planificación me sacaría del pozo y habría de durar hasta el último minuto de mi estancia en Almator.

Decidí levantarme a las ocho, una buena hora, pensé. No tiene sentido madrugar más aunque en el campo la gente se levante más pronto para aprovechar la luz, pero no hay que exagerar. En la columna de la izquierda escribí un 8 y a continuación en todos los días la palabra levantarme.

¿A qué hora trabajo? Mejor será por la mañana porque por la tarde me entrará el sueño. Así que dejé un espacio para el desayuno y escribí 10-1 en la columna de la izquierda y a continuación, trabajar, que repetí también en todos los días. Tres horas sería suficiente: si escribo tres páginas diarias, calculé, al cabo del mes tendré 90 y ya podré comenzar a corregir, y puedo tener el libro acabado incluso con la última corrección a finales de marzo de tal modo que me quedan libres la primavera y el verano, la época mejor para disfrutar del campo, y hasta Navidad serán puras vacaciones. Y si la Fundación decide publicarlo esperaré la llegada de las galeradas para corregirlas sin prisas en el otoño y el libro estará listo en la primavera del año siguiente.

En cuanto al tiempo libre no hacía falta señalarlo, decidí, no tenía más que dejar un espacio después de comer y a partir de las cinco de la tarde reservar el tiempo para el paseo. Pero a las cinco en invierno ya es de noche. Bien, pues las tres es una buena hora para pasear. ¿Y la siesta? Siesta no, porque si duermo ocho horas no estaré cansada como en la ciudad donde siempre nos acostábamos tarde y no me quedaba más remedio que dormir después de la comida. Aquí no habría salidas de noche, quizá algún día fuera al cine, pero tenía la impresión de que en el pueblo sólo funcionaba los sábados y domingos. Tendría que enterarme. Seguí: iría al mercado semanal los lunes y al cine los domingos. La modestia de las distracciones me descorazonó, pero no quise dejarme vencer.

Cogí una hoja en blanco y rehíce sin tachaduras las líneas horizontales y las verticales y llené cuidadosamente las casillas con letra clara para dar al horario el aspecto más convincente posible. Pero eran tan monótonos sus días completamente iguales y tan inútil el propósito, que al llegar al jueves había dejado de interesarme. Sin embargo lo acabé porque me parecía de mal agüero dejar a medio hacer lo primero que me proponía, lo metí en una funda de plástico transparente y lo clavé con una tachuela en la pared de la biblioteca frente a la mesa donde había decidido trabajar. Detrás de ella seguían, como el día en que llegué, la máquina de escribir y la maleta de los libros. Pero por hoy ya había hecho bastante.

Fui de un lugar a otro sin rumbo el resto de la mañana y después de comer entré en el garaje, detrás de la casa, donde estaba el coche de la abuela que Cosme había cuidado y seguía haciéndolo aun después de su muerte. Me costó ponerlo en marcha pero luego funcionó a la perfección, casi sin ruido. Pasé horas dando vueltas por la comarca, llegué hasta el mar y finalmente me senté en un merendero de la playa al último sol de la tarde y cuando comenzó a oscurecer me fui a casa un poco perdida y desorientada.

Manuela había preparado la cena, como siempre, en la mesa redonda de la cocina donde había también un gran televisor que ella encendió cuando entré.

—Así estará usted más entretenida, que es una lata comer ahí sola como una vela —había dicho y repetido los primeros días.

Tengo que decirle que ponga la comida en el comedor. Y tengo que decírselo ahora, al principio, porque luego ya no podré, pensé entonces. Pero ¿qué hago yo en aquel comedor tan grande? Puedo leer, claro, puedo leer el periódico mientras como. Aunque la vista del campo y de las viñas desde mi lugar es muy hermosa. Mi sitio, es verdad, ¿cuál es mi sitio? ¿El de la abuela?, ¿el del abuelo? ¿Dónde me voy a sentar todos los días de este año? En el lugar de la abuela. La cama de la abuela, la silla de la abuela, la mesa de la abuela.

Desde mi llegada siempre había comido en la cocina, pero hasta entonces todo había sido provisional, un lapso de tiempo de preparación, de adaptación. Un día u otro debía comenzar a decidir. Hoy era el día.

Cuando se acercó Manuela con la tortilla de ajos tiernos mucho mayor de la que en casa comíamos incluso cuando había invitados, con pan y tomate y una ensalada, le dije en el tono más natural y a la vez autoritario que pude:

—Manuela, a partir de mañana me gustaría cenar y comer siempre en el comedor.

—¿En el comedor? ¿Tan grande y con la mesa tan larga? En invierno hará mucho frío, pero es lo que yo digo, la que manda es usted. A su abuela le gustaba siempre comer junto al fuego, aquí en la cocina, y por eso se hizo poner la televisión. Aunque al final en los últimos años ya ni... —se interrumpió. Me di cuenta de que era la primera vez que hablaba de la abuela. Cada vez que yo le había preguntado había callado y cambiado de conversación. Añadió—: Tan sola y con el comedor tan grande. Ya verá cómo se cansa.

No supe qué decir. No estaba acostumbrada a mandar y era una situación un tanto insólita porque yo no sabía muy bien por qué quería comer en el comedor y no en la cocina, por lo tanto no tenía argumentos para convencerla. Si le ordeno que haga lo que yo digo quizá se ofenda y si no insisto se acostumbrará a mandar ella y yo estaré para siempre en sus manos.

—Bueno, cuando me canse ya se lo diré.

—Lo que usted diga, lo que usted diga —y dignamente se fue al fondo de la cocina cuchicheando algo que no logré entender.

Al día siguiente me levanté a la hora prevista en el horario. Era un día radiante, plácido y dorado de finales de octubre. Me asomé a la ventana. Quedaban ya pocas hojas tostadas en los plátanos de la avenida y la sombra de las cepas sobre el suelo era tan larga a esa hora temprana que se extendía más allá de la cuarta o quinta hilera formando con ellas cuadrículas de claroscuro en forma de rombos. Debajo de mi ventana junto a la puerta principal dos perros dormían al tenue sol de la mañana. No había un soplo de aire y de vez en cuando el silencio se rompía con esos ruidos secos de golpes de madera o metal que dan al campo su dimensión humana. A lo lejos, del otro lado del valle, un payés de la masía de enfrente araba como si fuera la figura de un belén. En algún campo vecino se había echado abono y en el aire flotaba el olor a estiércol. De vez en cuando se oía cloquear una gallina. El cielo tenía un color azul vago como visto a través de un objetivo cubierto con un velo. Sólo falta el tañido de una campana, pensé.

Bajé a desayunar llena de energía.

Me tomé como todos los días zumo de naranja, tostadas y varias tazas de café.

Ahora a trabajar, me dije, sintiendo una pereza mortal.

¿Y si hoy que de verdad es el primer día, leyera el periódico debajo de la parra, al sol? No perdería mucho rato y luego trabajaré con más ganas. Sí, esto voy a hacer.

Saqué un sillón de mimbre de la entrada y lo coloqué en la solana junto a la mesa redonda de mármol bajo la parra desnuda, me preparé otra taza de café, una silla para los pies, fui a buscar un cigarrillo, las cerillas y el cenicero y... ¡el periódico! ¿De dónde saco yo el periódico? No es cuestión de ir ahora al pueblo a por el periódico. Coger el coche, ¡qué pereza!, pero, me dije, será sólo un momento.

Salí corriendo hacia el cobertizo de brezo, detrás de la casa, donde lo había dejado. Lo puse en marcha y me fui al pueblo, aparqué en la plaza y busqué la librería, que encontré en la calle principal.

—Un periódico, por favor.

—No llega hasta la una.

—¿Por qué hasta la una? ¿No cierran a la una?

—Sí, y como no abrimos hasta las cuatro de hecho no se vende hasta las cuatro. Tendrá que ir a Toldrá.

Toldrá era un pueblo mucho mayor, a unos diez kilómetros pero en dirección opuesta. Mientras iba y venía me di cuenta de que llevaba más de tres semanas sin abrir un periódico. ¿Cómo podía haber pasado sin él? En la ciudad, aunque no siempre lo leyera, la idea de no tenerlo me habría asustado.

Puedo pedirle a Cosme que lo traiga todos los días, pero aun así no voy a tenerlo nunca antes de la una y media.

Cosme, el marido de Manuela, había sido el chófer de la abuela pero ahora que se había jubilado trabajaba por las mañanas de guarda en una fábrica de vidrio, en Toldrá precisamente. Era un andaluz con apariencia ceñuda y hosca pero amable en el fondo. Si se lo pedía me lo traería y si no lo tenía hasta la una y media, la hora en que él llegaba a casa a comer, no importaba demasiado. Así coincidiría con el final del trabajo, de diez a una, recordé el horario, y antes de comer lo leería tranquilamente bajo la parra. A esta hora, si no llovía podría estar fuera incluso en pleno invierno y aunque soplara la tramontana estaría a resguardo.

Al llegar pregunté a Manuela:

—¿Quién trae aquí el correo?

—Yo de eso no entiendo, en cuanto venga mi marido se lo puede usted preguntar. Pero me parece a mí que de correo y de esas cosas por aquí no las hay. La señora, que descanse en paz, recibía las cartas en el pueblo y mi marido se las traía una o dos veces a la semana.

Claro, me hace falta un apartado. Porque aquí nadie me va a traer nada. Mañana iré al pueblo y lo arreglaré.

Finalmente me senté en la silla de mimbre que había preparado y para cuando terminé de leer el periódico ya era la hora de comer.

La comida, naturalmente, estaba puesta en la mesa de la cocina frente al televisor en marcha. Sabía que tenía que protestar pero eso supondría un enfrentamiento. Si me negaba a comer en la cocina, que después de todo era lo más cómodo, sería la guerra. Y yo ni la quería ni sabía dónde encontrar el valor para declararla y mantenerla. Y mucho menos ganarla.

Levanté las tapaderas de los platos. Tenía sopa, pescado en salsa y patatas, queso y fruta. Voy a engordar, pensé, pero comencé a comer con buen apetito, sometida a la voluntad de Manuela y a sus manjares y decisiones.

Terminé cuando comenzaron las noticias y aunque ya las conocía por el periódico allí me quedé mirando sin saber muy bien qué hacer después. Estaba perezosa y un poco abatida. ¿En qué voy a emplear todas las horas de la tarde hasta la hora de cenar? La idea de ponerme a trabajar me parecía tan improbable y ajena que ni siquiera me levanté. Mejor será que comience mañana por la mañana. Me dejé caer en el sillón frente al televisor y me quedé dormida ante una tragedia de viñedos poblados de altas mujeres vestidas de oro y plata.

Me despertó el ladrido de un perro.
¡Cielos, el paseo!
Según el horario el paseo debía comenzar a las tres y el reloj de la cocina marcaba casi las cuatro y media. Me había quedado dormida y mientras tanto Manuela había venido, había fregado los platos y retirado el servicio. La televisión seguía funcionando y un par de personas se habían enzarzado en un diálogo que no logré comprender.

De todas las actividades que me había propuesto cuando decidí ir a vivir al campo la única que no admitía discusiones ni dudas era el paseo con los perros. Me veía a mí misma con unos buenos zapatos ingleses de color marrón que me permitieran caminar cómodamente por toda clase de terrenos, una chaqueta de lana, a ser posible con trabilla, larga y entallada, unos pantalones tostados y un jersey de cuello alto, paseando todos los días y descubriendo caminos ocultos, rodeada de perros que iban y venían pero acababan siempre a mi lado. Esa imagen me reconfortaba.

En aquel momento no llevaba los hermosos zapatos con cordones que había comprado en la ciudad, la chaqueta no hacía ninguna falta porque la temperatura era cálida y me sobraba el jersey que llevaba puesto. En cuanto a los perros apenas me conocían.

En la casa había sólo dos. Uno se llamaba Cano, un viejísimo perro negro que podría haber sido descendiente de Terry aunque tenía una constitución más sólida y un paso mucho más cansino por todos los años que arrastraba. Era un perro de la Casa Grande, pero acostumbraba a venir y tumbarse en la solana esperando una palabra o un hueso. Algunos días lo había visto aparecer por la avenida de plátanos caminando lentamente, con cuidado, para no aumentar el dolor de sus huesos reumáticos y tumbarse al sol o bajo el porche donde se quedaba todo el día y toda la noche. Cuando yo salía por la puerta se levantaba con dificultad, se acercaba y me seguía un momento, luego se detenía, quizá porque no le veía el sentido a caminar detrás de una desconocida, se dejaba caer de nuevo en el suelo y miraba al infinito.

El otro, Sultán, era del color de la canela, ambigua mezcla de mastín y razas desconocidas con hermosas patas y buena talla. El temblor de las orejas cuando olfateaba el peligro diluía un poco la fiereza de su expresión y lo convertía en un perro bonachón. Debía de tener unos cuatro o cinco años y había llegado mucho antes que yo, nadie sabía de dónde. Llevaba puesto un collar de cuero ancho y fuerte con tachuelas y una chapa de acero con su nombre y un número de teléfono al que Cosme había llamado reiteradamente sin recibir respuesta. A Manuela esa carlanca le impresionaba:

—Debe ser un perro de casa buena —decía—, mire usted cómo brillan las púas del collar, no es oro, ya lo sé, pero ese metal se me hace a mí que es noble —y aunque al principio le había dado de comer esperanzada por la recompensa que iba a obtener, poco a poco se había dejado seducir por la forma en que se arrastraba por el suelo cuando la veía, y ya se acostumbró a él y lo dejaba quedarse en la casa. A mí, en cambio, me ignoraba; yo era simplemente una forastera a la que Manuela aceptaba, sin más.

Cuando salí, todavía ladraba extremadamente irritado al coche que se había detenido. Manuela hablaba con el ocupante mientras con grandes aspavientos intentaba alejar a Sultán.

—Quita, perro. —Aunque sabía que se llamaba Sultán nunca lo llamaba por su nombre para señalarle que a esa casa no pertenecía y aunque le daba de comer no le concedía el privilegio de nombrarlo.

Me acerqué, aunque mi verdadera intención era recuperar el tiempo perdido y comenzar el paseo cuanto antes. Y sobre todo lo que quería era llevarme a Sultán. A Cano no se lo veía por ninguna parte y el paseo sin perro no me apetecía demasiado. Pero aunque Sultán de alguna forma había comprendido que a partir de ahora yo sería importante en su vida, me miraba todavía con cierto escepticismo esperando a ver en qué acabaría todo y qué tipo de persona iba yo a ser.

—Vamos, vamos —le dije incitándole del modo más natural como se hace con los perros que uno ya conoce. Pero Sultán, interpretó mi presencia como la prescripción de su responsabilidad de ladrar a los extraños, se limitó a echarme una mirada de condescendencia como las de los niños cuando los mayores les dan una orden equivocada, y con un bostezo que dedicó a toda la amplitud del horizonte asentó la cabeza sobre las patas y se puso a dormir.

No me dio tiempo a insistir porque ya se acercaba Manuela con el visitante, que resultó ser un ingeniero hidráulico. Venía de parte del administrador de la finca para asesorarme sobre los problemas del agua. Estuvo en casa el resto de la tarde y cuando se fue me había dado un curso completo sobre aguas profundas, corrientes, depósitos, desagües, aprovechamiento de aguas superficiales, pozos artesianos, formas de perforación, conducciones de agua pública... Porque al parecer comenzábamos a tener escasez de agua. Esto era, por lo menos, lo que me había dicho el administrador cuando poco después de que el notario me comunicara la noticia de la muerte de la abuela y de su herencia, tuve que visitarle. Lo recordaba, aunque mucho más joven, de cuando iba todas las semanas a visitar a la abuela. Tenía ahora el mismo talante discreto y humilde, y veinticinco años después era tan igual a sí mismo que parecía el de entonces después de salir de las manos de un maquillador que le hubiera pintado las canas y dibujado a lápiz las arrugas del entrecejo y de las comisuras de los labios para otorgarle la gravedad que el paso del tiempo y la naturaleza le habían negado. Hablaba lentamente, miraba al suelo y sólo levantaba la vista cuando era absolutamente imprescindible conocer la respuesta por la expresión del rostro de su oponente. En aquella ocasión me había saludado ceremoniosamente y dado su sentido pésame, me había señalado un sillón y él se había sentado frente a mí. Acto seguido me había comunicado que según el testamento de la abuela era precisamente él quien había de seguir administrando no sólo la que había de ser mi casa, sino también otras fincas y propiedades que pasaban a manos distintas de las mías o las rentas de las que por su voluntad se beneficiarían otros familiares o personas que habían estado a su servicio.

—La finca que me ha dejado ¿no es la finca completa del abuelo? —pregunté.

—Sí, la finca sí, pero su abuelo tenía otros campos del otro lado del pueblo —replicó un poco azorado—, cuatro campos de algo más de dos hectáreas cada uno, que por voluntad de su señora abuela han pasado a ser propiedad de cada uno de sus vecinos de Almator. ¿Tiene algo que objetar? —preguntó con deferencia.

—No, no en absoluto.

Era curioso que la abuela, que tenía su propia familia, hubiera desviado parte de la herencia. Pero me interesaba más la noticia de que el administrador iba a ocuparse de todos mis asuntos, y no volví a pensar en ello. La idea me pareció buena, pero quise saber qué entendía él por administrar. Cuando oyó mi pregunta inspiró, se detuvo brevemente, tomó aire y preparó la larga explicación que había de seguir muy a pesar suyo y me comunicó con grandes circunloquios y sin olvidar nunca añadir a las palabras «su señora abuela» la coletilla «que en gloria esté», que ella había destinado también una suma anual procedente de rentas de otras propiedades y negocios para el mantenimiento de la casa y los sueldos de las personas que en ella trabajaran. Esa disposición tenía una vigencia de diez años y la suma que en ella se especificaba era la que él debía administrar. Me informó de que la casa seguía estando al cuidado de Manuela, muy mayor y algo torpe de movimientos, pero todavía capaz y con ganas de seguir desempeñando las tareas que había llevado a cabo durante casi treinta años. Me dijo también que en la casa no había ya capataz ni se contrataba a jornaleros porque hacía unos años, mi señora abuela había decidido arrendar la mayor parte de los campos, que de hecho sólo producían cereales y forraje para el ganado, a un campesino que vivía en el pueblo; en cuanto a las viñas, era la familia de Pontus Abreu, el vecino de la masía de enfrente, quien se ocupaba de podar las cepas, limpiarlas y vendimiarlas. A cambio se quedaba con el vino, con excepción de un pequeño tonel de veinticinco litros que entregaban a la abuela y ahora me entregaría a mí todos los años, pero si con eso no me bastaba estaba seguro de que muy gustosamente me darían lo que les pidiera. Había otros dos campos hacia poniente que estaban a cargo de los vecinos de las masías gemelas desde que el abuelo había heredado la casa. Los escasos beneficios se dedicaban también al mantenimiento de la finca. Él, por supuesto, no había de tomar ninguna decisión sin mi consentimiento de la misma forma que su padre antes y él mismo en los últimos años habían administrado los bienes de su señora abuela, que en gloria esté, sin dejar de consultarle ni una sola vez. Y precisamente la primera cosa que había que decidir era el problema del agua. Nuestra casa —decía empleando un plural mayéstatico con cierto deleite—, como todas las masías de la zona, tenía un pozo de unos seis o siete metros de profundidad que comenzaba a ser insuficiente, sobre todo si, como yo había señalado, tenía la intención de pasar en ella un par de años y no sólo los fines de semana y los veranos. Por eso se permitía aconsejarme que oyera las explicaciones de un experto, el señor Alamán, que me visitaría para asesorarme sobre las formas más convenientes de abastecer la casa de agua. Él, en cuanto administrador que era, aprobaría sin duda lo que nosotros decidiéramos, porque tenía gran confianza en el señor Alamán, un amigo de su familia que había demostrado ser siempre un profesional competente. Si a mí me parecía bien, le diría que me visitara cuando yo estuviera instalada en la casa.

El señor Alamán había escogido aquel día precisamente y se fue dejándome una serie de folletos, direcciones y, sobre todo, la mente tan repleta de conocimientos nuevos que me sentía como en los tiempos de exámenes, intentando aprender en una sola tarde toda la asignatura que no había asimilado en el curso entero. ¿Qué hacer? Si no llovía en el invierno como, según decían, había ocurrido el año anterior, en verano no habría agua. Se podía traer del pueblo, con lo cual el Ayuntamiento nos cobraría la casi totalidad de lo que la abuela había dispuesto para dos años. Se podía construir una cisterna donde estancar el agua de la lluvia en caso de que lloviera. Se podían llenar los tejados de la casa de canalones para recogerla e instalar depósitos donde almacenarla, pero eso sería también para cuando lloviera y, además, los depósitos nunca serían de capacidad superior a 200 litros. ¿Había dicho 200 litros? o ¿2.000 litros? o ¿200.000 litros? No recordaba nada. Otra posibilidad era la de profundizar el pozo actual o perforar otro, no de aguas someras como el que ya teníamos, sino de corrientes más profundas. En ese caso habría que saber qué parte de la finca tenía agua y, aunque pareciera cosa de magia, la mejor forma era llamar a un zahorí que con una varilla o un péndulo conseguía localizar la corriente en las profundidades de la tierra. Me dejó el número de teléfono del zahorí, el del albañil, el de varias empresas de perforación y después de aconsejarme que lo primero que había que hacer era procurar convencer a mis vecinos de que entre todos pidiéramos el agua del pueblo y repartiéramos los gastos, se fue dejándome perpleja y atosigada por problemas acuciantes.

Aquella noche después de cenar ni siquiera pensé en acercarme a la biblioteca. No hacía más que darle vueltas al asunto del agua, pero en cuanto me acosté me quedé dormida.

El día siguiente era viernes y por la mañana fui al pueblo a comprar un libro sobre pozos, aljibes y cisternas y formas distintas de almacenar agua en los países secos; comencé a leerlo sin acordarme del horario ni de la máquina de escribir ni de la maleta de los libros. Por la tarde seguí leyendo hasta que la voz de Manuela me sacó de mi recogimiento:

—Ya ha llegado el Señor. Habrá vuelto del extranjero. Ése siempre está fuera.

—¿Qué señor?

—¡Qué Señor va a ser! El de la Casa Grande.

—Pero ¿no había muerto el Señor, Manuela?

—Huy sí, ¡qué lástima!, que en paz descanse, hace muchos años, pero ahora el Señor es su hijo, Darío. ¿No se acuerda usted de Darío?

¿Cómo no me iba a acordar? Darío, aquel niño tímido y flaco, el amigo inseparable que yo esperaba ansiosa toda la semana, el compañero de las clases del verano. Con él, y a veces con Palmira si su madre la dejaba, recorríamos juntos los bosques y construíamos cabañas en los árboles, distinguíamos el canto de los jilgueros del de los gorriones o petirrojos desde sus nidos en las grandes vigas de madera del porche, perseguíamos con los perros las abubillas que escarbaban los campos recién segados en busca de lombrices y nos escondíamos siguiendo el reclamo del cuco en las noches de primavera y verano, y cuando llegaba el buen tiempo recogíamos pieles secas de las serpientes que guardábamos como trofeos escondidas en los huecos de los troncos porque en su casa estaban prohibidas y en la mía Manuela las habría echado al fuego, y a veces en invierno junto a la chimenea mirábamos libros interminablemente, libros ilustrados, de papel brillante y colores suaves, en una lengua que me fue al principio extraña pero en la que entré simplemente con esa facilidad de los niños por hacerse con mundos distintos y que tanto me habría de ayudar unos años después en las estancias y los viajes que hice con mi padre por los países de Europa. Darío estaba tan pálido y delgado que siempre parecía convaleciente de alguna enfermedad y algo debía de tener porque todos los días y a todas horas tomaba reconstituyentes y jarabes contra la tos, y lo tenían en el campo para que mejorara, decían, incluso algunas temporadas en que sus padres se quedaban en la ciudad.

Al día siguiente por la tarde subí la cuesta de la Casa Grande para ver a Darío con el pretexto de hablarle del problema del agua.

La casa y el jardín estaban ahora rodeados por una cerca muy alta que debieron de colocar hacía ya muchos años porque la hiedra que la cubría por ambos lados era tan espesa que no podía saberse de qué material estaba construida ni qué forma tenía.

En cuanto abrí la verja salió a recibirme; nos quedamos un rato frente a frente buscando la forma de acoplar el recuerdo a esa aparición, y sin saber qué decir. Luego entramos en la casa y nos vimos obligados a contarnos qué había sido de nuestras vidas desde que, sin tiempo a decirnos adiós, nos habíamos separado, pero para nosotros esa muestra de confianza era difícil y no nos aportó mayor sosiego, porque aunque nos limitamos a enumerar unos hechos que de habernos movido en el mismo círculo conoceríamos sobradamente, no eran las palabras ni las confidencias lo que había definido el ámbito de nuestra intimidad durante todos aquellos años. ¿Cuánto tiempo fue exactamente? El tiempo de la infancia se dilata y se encoge y se distorsiona. El tiempo que un niño espera en su escondite a que lo descubran puede ser tan largo como una noche entera y cada verano transcurrido a campo abierto dura lo mismo que un año, quizá porque se multiplica el efecto de dilatación de los larguísimos atardeceres. El tiempo que pasé en Almator se extiende y cubre toda mi infancia porque no tengo más recuerdos anteriores que alguna imagen aislada de mis primeros años, y el período posterior pertenece ya a mi adolescencia, y no obstante no debí de estar más de tres años, ¿sólo tres años?, ¿quizá cuatro?... Recordamos anécdotas de entonces, anécdotas que cada uno ya había recordado con otras personas, o que habíamos oído contar, pero no conseguimos entre los dos revivir una tarde de lluvia, ni el sabor de una merienda, ni aquel olor a agosto que tenían los campos segados y secos. Y guardamos cada uno para sí el desconsuelo de la repentina y obligada separación y sus secuelas, y no hicimos más que repetir lo que sabíamos sin añadirle nada nuevo. ¡Qué poco recordaba todo aquello! Aun habiendo vivido en la misma ciudad durante tantos años no encontramos ni una persona común en nuestro entorno, y nuestros caminos debieron de haber sido tan distintos que nunca tuvimos siquiera la posibilidad de cruzarnos. Y nos quedamos atónitos ante tanta desconexión, mucho más abismal que los años transcurridos.

Darío era ahora un hombre de negocios. Había estudiado en los Estados Unidos y a la muerte de su padre se había puesto al frente de sus empresas que hoy, me dijo, se habían fusionado con otras alemanas, lo que lo obligaba a vivir buena parte del año en Frankfurt. Venía muy poco a la Casa Grande y nunca encontraba el tiempo para decidir qué reformas había de hacer, porque la casa las necesitaba. Aparte de los trabajos elementales y una mano de pintura todos los veranos, nada se había hecho en aquellos veinticinco años. La casa, no obstante, había cambiado. Había perdido luz, quizá porque las hiedras reducían los marcos de las ventanas o por el azul de las tapicerías que yo recordaba de color marfil. Y era verdad que incluso recién pintada y bien conservada y extremadamente cuidada, envejecía sin acumular pátina como les ocurre a ciertas arquitecturas que fueron vanguardistas en su momento. Subimos luego a la terraza más alta, porque Darío quería enseñarme una cisterna que había construido junto al depósito rojo. Desde allí el panorama que se extendía hasta las montañas y la breve y lejana línea de mar entre las lomas había perdido profundidad y los horizontes ya no eran vastos e inalcanzables como los que Terry dominaba desde su atalaya. El valle se había vuelto doméstico y real y las distancias habían dejado de ser infinitas para adecuarse a la medida de los humanos, como si al salir del ámbito de la memoria adquirieran su verdadera dimensión y sólo mantuviera su fidelidad al recuerdo la cólera sibilante de la tramontana.

Seguimos hablando todavía un buen rato, esta vez de pozos y de canalizaciones. Darío estaba de acuerdo en pedir el agua del pueblo siempre que los demás vecinos se avinieran a sumarse a nosotros. De lo contrario él se arreglaría como hasta entonces. Venía muy poco y con los depósitos y su propio pozo le bastaba. Y cuando no quedaba más remedio recurría a los camiones cisterna, una solución cara pero eficaz en los veranos secos y calurosos.

Cuando ya casi de noche me levanté para irme él lo hizo también y me acompañó. Antes de llegar a la verja se metió en un cobertizo del que salió al cabo de un momento con un cachorro de pastor alemán, de pelaje blanquecino y negro, de ojos tristes y de movimientos torpes.

—Toma —me dijo y al pasármelo retuvo un segundo más de lo preciso su mano sobre la mía, y por un momento volvimos los dos a tener ocho años y a saber que la falta de palabras y de conversación no nos aislaba como a las personas mayores que éramos ahora.

Cogí al perro y lo apreté contra mí y ahuyenté con ese gesto los ojos brillantes y el leve temblor del labio que me impedía abandonarme a esa inesperada emoción, la primera desde mi llegada, desde la cual finalmente conectaba con el mundo de mi infancia.

Bajé por el camino oscuro con el cachorro en los brazos tratando de no tropezar y caer, hasta que mis ojos se hicieron a la oscuridad y pude distinguir incluso las piedras y los surcos, y los hilos del teléfono rasgando el cielo. No había luna, pero se había esparcido por el aire un halo de claridad difusa como si el resplandor de una ciudad lejana se reflejara en la bóveda entera de la noche sin nubes y sin viento, atravesando los árboles cada vez más desnudos de follaje que ya comenzaban a dibujar su esqueleto. Me detuve a escuchar el canto de un grillo o quizá también yuxtaponiéndose a él el chirrido de una cigarra rezagada. Desde la loma de la Casa Grande alcanzaba a ver todo el valle y a esa hora la tenue bombilla de cada una de las casas temblaba como un indicio de protección en la distancia, como señales de vida en el pasmo de la noche, como dispersos puntos cardinales que marcaban los límites de Almator.

Después de cenar estuve jugando con el cachorro hasta que cayó exhausto sobre el jergón que le había preparado en el lavadero. Pero no se dormía, me miraba con sus grandes ojos de ámbar y con su llanto sin lágrimas intentaba preguntarme dónde estaban los suyos. A la mañana siguiente, arrastrando una noche de sueño interrumpido por sus gemidos, todavía frágiles pero constantes, que me llegaron atravesando el silencio, decidí llamarlo Drake para que el nombre le infundiera el coraje y la fuerza con que soportar la añoranza de los demás cachorros y resistir la falta de calor del vientre de su madre.

En cuanto hube desayunado me fui a la masía de enfrente, la de la payesa, así la llamaba Manuela. Atravesé la chopera de Palmira y dejé a mi derecha el banco recoleto junto al muro. Subí por el caminito que ascendía arrimado a una hilera de altísimos chopos y olmos tan estrecho como cuando yo era niña, porque el acceso de los carros y los coches quedaba mucho más allá y había que tomarlo casi junto a la carretera. Los olmos estaban muertos pero seguían manteniendo su esqueleto ennegrecido de ramas desnudas y troncos cubiertos de hiedra que avanzaba su solapado camino en busca de apoyo. A los chopos no les quedaban más que unas pocas hojas amarillas en las ramas superiores que el viento no tardaría en arrancar también.

A media ladera me salió al paso Tana, la madre de Palmira, y nos saludamos con cierta reserva. Estábamos las dos un tanto azoradas porque teníamos poco que decirnos y los años que habían pasado me habían convertido en una mujer y ahora éramos dos desconocidas. La recordaba una mujer alta y fuerte que caminaba todo el día por el campo de un lado a otro con una caña en la mano llevando las ocas por el sendero, limpiando la tierra del huerto de malas hierbas, recogiendo piñas, dando de comer a los animales, plantando y trasplantando esquejes de geranios en botes de aceitunas o en cubos viejos que llenaban el suelo a ambos lados de la puerta de entrada. Los días de mercado preparaba las lechugas o guisantes o judías en cestas para llevarlos a vender y los demás días trajinaba por la casa, cuidaba de su numerosa familia y se las arreglaba como podía con aquella madre que le había caído del cielo. Conservaba la costumbre de levantar los hombros y poner los brazos en jarras cuando alguien venía a hablarle y entonces parecía la estampa del desafío y la arrogancia. Tana había envejecido y estaba más voluminosa, pero era tan alta que el exceso de peso le otorgaba más prestancia y solidez de la que tenía cuando era joven, y su rostro y su cuerpo habían cristalizado en un prototipo de mujer mediterránea de piernas sólidas y anchos hombros, una *ben plantada* envejecida y olvidada en aquel rincón de país pero tan altiva y erguida como si hubiera merecido alguna vez el efímero aplauso del éxito y del reconocimiento.

Se acercó un poco más, me dirigió una mirada lejana y desconfiada, y comenzó a hablar formulando una serie de preguntas banales, entrecortadas y vagas, ensartadas unas a otras sin esperar la respuesta y suspiró ostentosamente escudriñándome ahora con más atrevimiento para indicar qué rápido pasaba el tiempo y cómo a cada uno le llegaba su hora. Por un momento creí que iba a hablar de la abuela pero no lo hizo. Se quedó en silencio un minuto, y enseguida llamó a su marido porque ni ella ni yo sabíamos cómo continuar aquella conversación.

Pontus Abreu subía la cuesta con dificultad. Era un hombre alto, casi un gigante, y ahora ya anciano era todavía sólido y fuerte como un leñador de tiempos míticos, aunque comenzaba a encorvarse lentamente. Ante la mirada de censura de sus ojos astutos y atentos pensé al principio que iba a reconvenirme por no haber ido a saludarles antes. Pero muy pronto advertí mi error y me di cuenta de que su acusación era de otro orden. Pontus Abreu dijo simplemente:

—*I doncs?*[3]

3. ¿Y pues?

Una pregunta que no tenía más respuesta que:
—Ya ve.
E inmediatamente, pasando por alto toda introducción o averiguación, concluyó:
—*Què hi ha de fer, sola aquí, sense un home, sense res?*[4]

Tenía los ojos medio entornados y la cabeza cubierta por una gorra negra, levemente torcida en actitud inquisitoria cargada de desconfianza.

Balbucée una excusa casi incomprensible con las mejillas ardiendo y las manos húmedas. Tana me miraba detrás de su distante sonrisa. Yo no sabía qué más decir ni qué hacer. El tiempo parecía haberse detenido: estábamos los tres inmóviles y yo oía, como si fueran ruidos de otro mundo, el cloqueo de las ocas y de las gallinas un poco más arriba junto a la casa y otra vez esos golpes metálicos de yunque, distantes y precisos, que rasgan el aire del monte los días de calma. En aquel momento un perro que yo no había visto, en un movimiento tan rápido que nadie alcanzó a detenerlo, se lanzó sobre una oca que picoteaba a unos metros de la acequia y de un golpe certero agarró al animal por el largo cuello blanco y escapó ladera abajo cruzando los campos. Casi en el mismo momento que oímos el ruido seco de huesos triturados, Tana salió corriendo tras el perro que ya le llevaba muchos metros de ventaja, con tal furia y a tal velocidad que antes de llegar al pozo de mi casa, abajo en el camino, ya le había dado alcance. Desde donde estábamos nos llegó el eco de la paliza y las voces de sus imprecaciones y los gemidos del animal que en cuanto pudo huyó medio destrozado y con la cola entre las patas cojeando por cañadas y márgenes con saltos de

---

4. ¿Qué se le ha perdido a usted aquí, sola, sin un hombre, sin nada?

gacela. Tana subió de nuevo la cuesta arrastrando la oca como un pelele para oír los reproches de Pontus, y jadeando por la edad que, en cambio, no le había impedido correr campo a través como una muchacha.

Tenía las mejillas coloradas y respiraba ruidosamente y al recuperar el aliento se llevaba una greña rebelde detrás de la oreja repitiendo una y otra vez ese gesto completamente inútil que mantenía el pelo un solo instante en el lugar adjudicado para caer de nuevo esperando la mano de la mujer. Pontus Abreu la increpó por su descuido, por perder el tiempo hablando y por dejar que los perros se acercaran a las ocas. Había engordado y el paso del tiempo era más evidente en él. Durante todo el mes lo había visto desde mi casa yendo y viniendo de un campo a otro, y entonces su silueta era más parecida al recuerdo que yo tenía de él que su imagen ahora frente a mí. Si bien nada o casi nada había cambiado parecía sin embargo su propio abuelo. Quizá los cabellos más blancos y el cristal de las gafas más grueso, pero todo lo demás seguía igual, incluso aquellos pantalones de pana de un color indefinido, gastados y satinados cuyos surcos habían desaparecido en las rodillas y las posaderas a pesar de lo cual habían resistido seguramente los avatares e inclemencias de los últimos veinticinco años, y esas zapatillas de fieltro con suela de goma y cordones que calzaba desde siempre no sólo él sino toda la familia.

Llevaba por lo menos cinco minutos regañando a su mujer por el episodio de la oca cuando lo interrumpí en parte por detener aquellos improperios y en parte por iniciar la cuestión que me había traído allí.

—¿Cómo va de agua Pontus?
—*Vaig millor de vi.*[5]

---

5. Voy mejor de vino.

—¿Y en verano?

—*Ja l'hem passat l'estiu*[6] —y me seguía mirando como para darme a mí la vez de responder.

—¿Les basta con el agua del pozo?

—*Per nosaltres, prou.*[7]

No adelantábamos, así que me dejé de mayores cautelas, un estilo que yo dominaba poco y que acababa impacientándome, le conté la historia de mi pozo y le expuse la posibilidad de pedir el agua del pueblo entre todos los vecinos de Almator. Le dije que el Señor ya había dado su consentimiento y que si él se avenía iría a ver a los de las dos masías gemelas, y quizá al de la masía de la palmera, por si querían añadirse.

No me contestó ni que sí ni que no. Farfulló unas palabras con la barbilla hundida en el pecho mirándome siempre por encima de las gafas y luego para terminar el discurso que sólo debió de entender su mujer, dijo:

—*Per nosaltres i el bestiar ja n'hi ha prou.*[8]

Tímidamente intenté explicar las ventajas del agua del pueblo, pero mi escaso entusiasmo decayó completamente cuando reparé en que me miraban como si yo me dirigiera a otra persona y mi presencia allí fuera fortuita.

Dejé de hablar del agua y aunque la conversación se hizo más tranquila y yo la cité en varias ocasiones tampoco entonces Tana ni Pontus se refirieron a la abuela, de forma tan ostentosa que, sin entender la oculta relación entre ella y su silencio, me sentí acorralada. Igual que con Manuela la primera noche y las siguientes, como si temieran pronunciar su nom-

6. Ya hemos pasado el verano.
7. Para nosotros, claro.
8. Para nosotros y el ganado es suficiente.

bre, y aunque a pesar de todo insistí, cada vez que la nombraba su respuesta era el silencio.

Por otra parte no tenían demasiado interés en lo que yo pudiera contarles ni hicieron pregunta alguna sobre mi vuelta ni el tiempo que pensaba quedarme porque debían de conocer la historia y la respuesta, y porque al fin y al cabo yo era una forastera, un espécimen extraño fruto de un producto también extraño que no tenía idea de lo que había ocurrido en Almator ni en los últimos años, ni nunca. Y lo que ocurría ahora y lo que sin duda iba a ocurrir lo sabían ellos mucho mejor que yo. Eso decían sus ojos.

Cuando a pesar de mi insistencia la conversación languideció, Pontus preguntó sin venir a tono:

—*Que ja ho sap que aquesta casa està* maldita?[9]

—¿Maldita?

—*Que no ho sap que s'hi varen penjar dos homes de l'ametller del darrere de la casa de vostè?*[10]

Yo hice un gesto para indicar que no sabía de lo que me estaba hablando. Y Pontus me contó entonces que mi bisabuelo, o quizá mi tatarabuelo y su hermano, se habían ahorcado colgándose de la rama de un almendro, fulminado y abatido por un rayo años más tarde —o tal vez condenado también por la maldición—, situado en el mismo lugar donde ahora se levantaba un vástago de aquél, el almendro del patio que casi un siglo más tarde yo había de contemplar embelesada por el ventanuco de mi cuarto de baño cuando a principios de febrero se cubría de flores blancas. Mi antepasado y su hermano, prosiguió, se habían ahorcado después de varios años de sequías que les habían dejado sin pastos ni forrajes; los

9. ¿Ya sabe que esta casa está maldita?
10. ¿No sabe que se ahorcaron dos hombres en el almendro que está detrás de su casa?

animales murieron de inanición, y la ruina se cernió sobre su casa. Aquéllos eran malos tiempos para las gentes del campo, y añadió su mujer:

—*Sempre ho són.*[11]

De aquellos hombres sólo quedaba el recuerdo de sus cuerpos balanceados sin vida en el árbol para señalar a las generaciones venideras la vigencia de la maldición. Y a partir de ese momento se sucedieron las calamidades y desventuras sin descanso, o quizá, explicó Pontus, fue entonces cuando la familia reparó en el maleficio que debía de llevar años, o siglos, suspendido sobre la casa. Desgracias inexplicables que escapaban a la razón, como el cuerpo desaparecido del hermano de mi abuelo que ni siquiera sus perros pudieron encontrar y que fue hallado, sin embargo, muy cerca de la casa cogido en una trampa —dijo Pontus— que había sido examinada cien veces y siempre se había encontrado vacía. O las muertes repentinas una detrás de otra de mi abuelo y de mi madre, o la de aquel niño de una de las mujeres que trabajaban en la casa ahogado por la hinchazón en los ojos y la garganta de las picaduras de un enjambre de avispas que lo dejaron ciego y sin aire, o el rayo que cayó sobre el almendro un día sereno y sin nubes, y otro en el mismo lugar hacía casi quince años, cuando vivía todavía la abuela, que derribó parte de los corrales con los animales dentro, y las plagas de lagartos que cubrían las paredes de la casa como un mal augurio y marcaban el inicio de una nueva hecatombe...

—*I tantes, tantes coses. Jo poc hi dormiria en aquella casa*[12] —y señaló mi casa que desde esta parte del valle mostraba un aspecto peculiar y distinto. Y

---

11. Siempre lo son.
12. Y tantas y tantas cosas. Yo no dormiría en aquella casa.

añadió, llevado de la excitación que el pavor de lo que contaba despertaba en él, que según decían, las almas de los dos hombres se levantaban por la noche y caminaban por la solana.

—¿Las noches de luna? —pregunté yo.

—*No se'n foti, cregui'm.*[13]

—¿Quién ha oído los pasos, Pontus? —pregunté esta vez con menos ironía.

—*Jo no, pero els que hi viuen sí.*[14]

—¿Manuela también?

—*La Manuela no els pot sentir: és forastera.*[15]

—¿Y yo?

—*Vostè sabrà*[16] —me dijo con la misma gravedad que si me conminara a escoger mi propio destino. Y cuando le pareció que su mirada punzante había penetrado mi alma suficientemente, se quitó las gafas de concha, comenzó a limpiarlas meticulosamente con un pañuelo oscuro que sacó del bolsillo, dio la conversación por terminada y se fue llevándose la mano a la gorra pero sin decir una palabra.

También yo quería volver a casa.

—¿Y Palmira? —pregunté antes de irme.

Pontus, que ya estaba lejos, se volvió al oír el nombre de su hija y miró a la mujer y la mujer lanzó un profundo suspiro, cerró los ojos y los volvió a abrir para mirar al Altísimo:

—Allá está —y señaló la puerta de la casa, unos metros más arriba.

Algo había cambiado en aquella mezcla de objetos que se apoyaban en los muros de la casa y del porche que no obstante parecían estar allí desde

---

13. No se lo tome en coña.
14. Yo no, pero los que viven en ella sí.
15. Manuela no los puede oír, es forastera.
16. Usted sabrá.

siempre. Ya no eran ruedas de carro, ni arneses, ni cordeles o cuerdas, sino cubiertas y cámaras de caucho inservibles, montones de chatarra y pilas de sacos de abono vacíos de un plástico negro y brillante movido levemente por la brisa, como el lomo de un animal dormido.

Palmira estaba sentada en el poyo de piedra junto a la puerta de entrada, uno más de aquellos objetos de utilidad indescifrable que rodeaban la casa. Movía la cabeza en un constante vaivén como el de los ancianos que eternizan en ese temblor la incomprensión de un mundo que va quedando lejos, con el cuerpo vagamente inclinado recostado en el muro y miraba sin mirar lo que tenía delante. El largo cabello rojo, liso y brillante que antes movía a latigazos para quitárselo de la cara o tenía anudado en una larga cola de caballo, se le había vuelto rígido y áspero y lo llevaba cortado a media oreja tan recto como si se hubiera utilizado una olla para acertar la medida, y para que no se encresparan los mechones rebeldes ni le cayeran greñas se lo habían recogido con dos pasadores, uno a cada lado de la frente, como las niñas de los orfelinatos o las enfermas ancianas o incurables de los asilos o de los hospitales o de los manicomios. Vestía una bata de manga corta sobre un jersey oscuro y calzaba zapatillas de fieltro con un pompón rojo y suela de goma oscura como su madre y sus tías.

Difícilmente podía reconocer a la niña que había corrido conmigo por los campos y que lloraba desconsolada sosteniéndose el eterno sombrero deshilachado cuando Darío y yo no la esperábamos y nos escondíamos, con una aflicción tan profunda y tan vehemente que sólo podía venir de su infinita y ciega necesidad de amor que, crecida con los años, habría de convertirla en ese despojo de sí misma. Había perdido la expresión de la cara y ya ni siquiera parecía absorta en sus pensamientos, como si incluso su rostro se hubiera ido detras del objeto de su amor y de su ensimismamiento. Porque Palmira sufría mal de amores. Ese mal del que en otros tiempos morían las muchachas, que comenzaba por languidecerlas y desfallecían poco a poco consumidas por el recuerdo del hombre que las había abandonado pero cuya imagen permanecía grabada en la mente con señales más profundas que las del fuego y el hierro. Hacía años que Palmira se iba alejando y desmoronando, y ahora ya no se sabía cuál era su papel en este mundo, rodeada de gallinas y ocas y perros y neumáticos y ollas con geranios, ajena al frío, al viento y a los humanos, ida para siempre, incapaz de concentrarse en nada que no fuera su propio dolor tan gastado por los años y la inutilidad que la había deteriorado convirtiéndola en un ser en la frontera de lo humano. Nunca supe muy bien lo que había ocurrido, pero la historia debió de ser como todas las historias tristes de amor que se nos llevan la voluntad y el deseo y la inspiración y los proyectos y las lágrimas, y nos dejan secos y exhaustos para muchos años, quizá para todos, no tanto por haber vaciado nuestra alma de los elementos indispensables para vivir cuanto por el sentimiento de ira y despecho al reconocer que tanta devoción ni siquiera había alcanzado rango de pasión verdadera. Y puesto que la confundimos con la pasión y sus consecuencias fueron tan devastadoras como las de la pasión, para paliar tanto fracaso y tanto error y mantener quizá una pizca de respeto por uno mismo, no queda más remedio que dar a la soledad que sigue al desenlace el tratamiento de tragedia. Probablemente a Palmira no le pasó por la imaginación la idea del suicidio porque era demasiado natural en el mundo en que vivía, donde todos los años se sabía de hombres y mujeres que se echaban al pozo un día de tramontana o en una noche de luna se ataban la soga al cuello y se colgaban de la rama de un árbol sin ninguna razón especial más que la del propio abatimiento o quién sabe si únicamente el hastío. Desde su nacimiento habría aprendido a calibrar la robustez de una encina por su capacidad de sostener la soga de un ahorcado de la misma manera que le habían enseñado a despreciar los vegetales yermos sin otra utilidad que la de quitar el sol a los sembrados. Lo único que debió de cruzar su mente torturada fue dejarse morir lentamente, pero quizá la acosaron el hambre y la sed, y comió y bebió, y así la muerte no tenía visos de llegar y debió de ocurrírsele otra muerte, más solapada pero igualmente certera, la de alejarse, olvidar, no pensar, dejar que el cuerpo ya no fuera el suyo sino una carcasa que su madre ayudaba a trasladar mientras ella desaparecía en las mismas profundidades de su inútil dolor.

Manuela me había contado diez veces por lo menos en aquellas pocas semanas la tragedia de Palmira con tal cúmulo de detalles y tanta parsimonia alejándose de la narración para imbricarse en otro relato lateral y tardaba tanto en volver a retomar el hilo, que yo acababa por no saber de qué me estaba hablando y nunca logré recomponer completamente la historia. Pero tampoco ella la conocía más que a grandes rasgos: un hombre no aceptado por la familia, encuentros nocturnos descubiertos más tarde y quién sabe qué preparativos y anhelos para una huida que nunca se produjo.

—Debe de estar mal de la cabeza, pobrecita —decía—. Cuentan que Tana cuando estaba embarazada y ya a punto de que ella naciera, comió una perdiz que había cazado su marido. Por eso Palmira duerme con los ojos abiertos, y eso durante toda la vida no puede ser bueno. Le vendrá también de familia porque mire usted su abuela. ¡Dios Santo si no hace tiempo que espera en la ventana! Cuando yo llegué a esta casa, en vida de su abuelo que en paz descanse, ya la veía yo encogidita detrás de los cristales al ir a la masía a por la leche. ¿Qué esperará esa mujer? ¡Tantos años! Y no sale jamás, ¿quiere usted creer que en tantos años yo nunca la he visto fuera de casa? Si debe de tener la piel reconcomida y reseca de los muertos.

Así hablaba un día, y al siguiente decía otra cosa porque las explicaciones de Manuela nunca se repetían. A veces parecía reproducir la versión oficial de los hechos, otras por el contrario se atenía a rumores ya olvidados o apaciguados, y en ocasiones se dedicaba a dar su propia versión en la que intervenía una lógica misteriosa difícil de descifrar, aunque incomprensiblemente no constituían una estrafalaria colección de contradicciones sino que cada nueva interpretación le añadía un matiz, cierto conocimiento, de tal forma que si se hubieran podido reunir todas las versiones habrían formado una descripción consumada y cabal y acabaríamos sabiendo la historia de amor de Palmira.

Cuando para abreviar su discurso yo la interrumpía y le preguntaba:

—Manuela, ¿qué espera la abuela de Palmira?

Manuela respondía cansada de repetirlo tantas veces:

—Pues ¡qué va a esperar! Nada de nada. Ella ya ni se acuerda. ¡Qué lástima! Qué se va a acordar después de tantos años. ¡Pobrecita!, pero ella no le hace mal a nadie.

No pude saber si Palmira me había reconocido aquel día ni muchos otros que la vi sentada en el mismo lugar sin preocuparse de las moscas ni del paso del tiempo, o en el banco del camino bajo los chopos donde la dejaban los hermanos mientras ellos pasaban el tractor o la cosechadora. Ni me miró ni reparó en mí; era difícil saber si, medio dormida seguía con los ojos abiertos, o estaba despierta y los tenía medio entornados; de repente comenzó un murmullo de sonidos deslavazados como si intentara recordar en voz alta una melodía que había olvidado. Me senté a su lado y le tomé la mano, que tampoco reaccionó bajo mi presión. Tenía la piel rasposa y rojiza, los dedos abotargados que tienen las lavanderas y desde tan cerca emanaba un olor, una especie de leve tufillo a rancio, a polvoriento, a encerrado, como si la hubiera invadido el olor del pasado.

No me atreví a preguntar por su abuela, a la que no había logrado ver ni siquiera oculta a medias detrás de los cristales. Pero al irme miré de soslayo la ventana bajo la bañera y me sobresalté. Allí seguía la mirada amarilla y acerada de la abuela de Palmira petrificada por el tiempo, única luz en aquella rendija oscura, más cerca del suelo que entonces porque yo había crecido y la ventana a la que antes casi no me alcanzaban los ojos ahora me llegaba a la cintura o tal vez porque ni la tensión de su infructuosa espera durante tantos años había logrado contrarrestar el inexorable proceso de reducción de su cuerpo marchito e inmóvil.

Al bajar la cuesta lentamente con la imagen de Palmira en mi mente dejando tras la rendija los ojos fosilizados de la vieja, la maldición que pesaba sobre mi casa me pareció benigna e inofensiva.

Tana me había seguido con varios limones en las manos haciendo una bolsa con el delantal, y me los entregó sin suficiencia, ni desprecio, pero tampoco con ternura o cariño. Al tomarlos y para disimular mi azoramiento y la tristeza que me temblaba en el alma, le pregunté señalando el árbol al que le quedaban sólo unos pocos frutos brillantes con el amarillo vivo de la mala suerte:

—¿Cuándo volverá a dar limones?

—Ahora ya hasta la Purísima —respondió—. La Purísima es el ocho de diciembre —añadió— y por lo tanto falta sólo poco más de un mes.

—¿Y luego hasta el año que viene?

—No, hasta la Virgen de Agosto.

—Y ¿luego?

—La de septiembre.

—Y ¿ya está?

—No, la del Roser. Lo llaman el limonero de las Vírgenes.

Descendí lentamente la cuesta pensando en los misterios de la vida sobrenatural, sus conexiones con la función reproductora de las plantas, y sin haber solucionado el problema del agua. Si Pontus Abreu no se había avenido a solicitarla lo más probable es que tampoco los vecinos de las masías gemelas aceptaran. Yo iría a verles de todos modos.

Pero al día siguiente, cuando preparaba el discurso que había de convencerlos, vinieron a casa uno tras otro. Había corrido la noticia quién sabe por qué extraños vericuetos del rumor o qué corrientes misteriosas de la comunicación, pensé yo, pero más tarde Manuela detalló el recorrido completo y no porque se lo hubiera contado nadie sino porque con los años que llevaba en Almator a ella, como a todos los demás, ya no se le escapaba nada de lo que ocurría aunque fueran pensamientos ocultos y decisiones tomadas en el más absoluto secreto.

La primera en saber la noticia había sido Adela, la guarda de la Casa Grande que según Manuela debía de haber escuchado mi conversación con Darío. Ella lo debió comentar en la carnicería del pueblo donde trabajaba como dependienta Berta, la hija de

Xofre, el hombre rubio que vivía en una de las masías gemelas. Xofre lo habría dicho a Pontus Abreu, con quien esos días compartía el tractor porque habían comenzado a arar los campos y a echarles abono. Manuela, que como todos ellos veía muy bien de lejos, había visto por casualidad a Iliana, la mujer de Feliciano, el de la otra casa gemela, subir la cuesta de la masía de enfrente, donde había ido a quejarse de que uno de los perros de Pontus le había destrozado las escarolas. Manuela estaba segura de que a esto había ido porque a la vuelta llevaba consigo unas escarolas y no cabía la posibilidad de que Tana se las hubiera vendido ni, mucho menos, regalado, y podía jurar que además de las escarolas le había dado la noticia del agua.

Cada vez que Manuela avanzaba un paso en la narración añadía «digo yo», para evitar que yo supusiera que andaba cotilleando con uno o con otra. Y fue por ella por quien supe, antes de que ellos mismos me lo dijeran, que ninguno de los dos necesitaba agua.

Primero vino Xofre, el más joven, un hombre de unos cincuenta años que casi sin saludar, sin entrar en la casa por más que se lo rogué y sin preámbulo alguno, me dijo que con su pozo se arreglaba muy bien y no tenía ninguna intención de pedir el agua del pueblo.

—¿Y Feliciano, su vecino? —le pregunté.

Me miró con ojos tan penetrantes que procuré recordar si había dicho alguna inconveniencia. Al cabo de un momento estalló:

—*Ni sé res, ni res en vull saber.*[17]

Se tocó la gorra con la mano brevemente y desapareció sin darme tiempo a reaccionar.

17. No sé nada, ni nada quiero saber.

Seguía yo en la puerta de la casa repitiendo la conversación para mí, cuando desde lejos Feliciano, el de la otra masía gemela, al que yo veía pasar por el camino bajo las viñas algunos días al atardecer, me llamó con un grito:

—¡Ei!

Bajé por la avenida de plátanos hasta el pozo y me detuve al llegar junto a él.

—Yo no quiero el agua del pueblo —espetó ceñudo sin preámbulos y con marcado acento andaluz. Parecía impaciente por hacerme conocer su voluntad.

—¿Por qué no?

—Porque no.

Se me quedó mirando como si esperara que yo fuera a hablar y al ver que seguía callada inició el camino hacia su casa y desapareció por el bosquecillo sin darse la vuelta ni una sola vez, ni detenerse, ni aminorar la marcha de su paso cansado, sorteando hábilmente los pedruscos del camino que conocía hasta la saciedad. Era un hombre viejo, llevaba una camisa a cuadros de colores chillones que no habían logrado apaciguar las infinitas coladas. Era altivo como un aristócrata italiano y de no haber tenido las cejas y el bigote espesos y negros y de haber desgranado su larga vida en otros derroteros se le habría manifestado sin lugar a dudas esa elegancia que otorga a ciertos ancianos altos y delgados el pelo abundante y blanco, los grandes surcos sustituyendo las arrugas de la cara, la nariz prominente y la piel tostada por el aire y el viento.

Apenas habían tenido tiempo de hablar los unos con los otros y no obstante todos estaban al corriente y parecían haberse puesto de acuerdo. Yo estaba convencida entonces de que no era la solidaridad de vecinos ni el prurito de mantener una postura común lo que les unía, sino la renuencia a pagar su parte. La noche anterior me había dicho Cosme, el marido de Manuela, que si el Señor y yo pedíamos el agua del pueblo, ellos no tenían más que esperar un año y se les autorizaría a conectar con nuestro ramal sin desembolso alguno. Pero no era sólo eso: tendría que deshacer muchos nudos y encontrar muchas piezas perdidas hasta recomponer su actitud y comprender cabalmente el verdadero sentido de aquella negativa.

—Además, esos de las masías gemelas están peleados —dijo Manuela.

—Sí, ya me he dado cuenta —respondí creyendo que con ello la habría callado. Mientras preparaba la cena y la servía, Manuela me contó sólo una parte de la historia de las masías gemelas o dejé de prestarle atención porque antes de acabar el discurso se le fue a otras tribulaciones de las vecinas de su pueblo allá en Andalucía, y de su padre que en paz descanse que trabajaba en correos y que por así decir... La contó entera algún tiempo después, como colofón de una serie de acontecimientos que se sucedieron al cabo de tres o cuatro semanas.

El primero de ellos ocurrió un día muy frío del mes de diciembre. Yo seguía rondando la casa y los campos sin haberme puesto todavía a trabajar y sin haber vuelto a mirar el horario, pero no por desidia ni apatía como al principio sino porque había comenzado a sumergirme en otros menesteres que poco a poco fueron llenando todas las horas de los días y los sueños de las noches, mitigando en parte las añoranzas, diluyendo las dudas, y sustituyendo las ensoñaciones de un futuro asentado en la deslumbrante compañía de ese hombre al que yo no hacía más que esperar.

Aquella tarde había venido a visitarme una señora de la Sociedad Protectora de Animales. Era una dama ya entrada en años, vestida con esa sencillez de zapato plano que emplean las conferenciantes, e iba arreglada con tal pulcritud y esmero que por un momento pensé que se trataba de una de mis tías, hermanas menores de la abuela, de las que no había vuelto a tener noticias desde que el notario las había nombrado al referirse a otros capítulos de la herencia. Pero aunque se presentó con el empaque y la solemnidad que yo recordaba en ellas, nada tenían que ver. Comenzó dando su nombre de soltera y a continuación el de casada con la misma solemnidad que si hubiera enumerado una lista de títulos nobiliarios. Cuando yo a mi vez dije el mío, antes de que hubiera tenido tiempo de terminar el apellido me detuvo con un gesto teatral para indicar que no hacía ninguna falta, y a continuación comenzó a caminar arriba y abajo del gran salón donde yo la había introducido y donde ella se movía con total comodidad, yendo de un lugar a otro, sin quitarse el abrigo ni el minúsculo sombrerito y concentrando su atención en los guantes que se sacaba dedo a dedo y con un gesto estudiado se detenía, se miraba las manos, levantaba los ojos repentinamente y seguía hablando después de esbozar una sonrisa exagerada que no concordaba con lo que decía. Yo, por el contrario, estaba un poco desconcertada y me sentía algo molesta porque me había pillado haciendo astillas de las ramas de los árboles que el jardinero acababa de podar, sucia, despeinada y acalorada a pesar del frío intenso e inerte de esa tarde apagada, y no había tenido tiempo más que para dejar el hacha en el suelo, limpiarme las manos en el bolsillo trasero del pantalón e intentar echar hacia atrás el pelo rebelde que se había escapado de la trenza. Después de admirar someramente unos preciosos ramos de flores secas que Manuela había dispuesto en todos los rincones del salón, me dijo que había venido porque sabía que yo buscaba un perro y ella creía tener el que a mí me convenía. No tenía el gusto de conocerme pero por lo que se decía de mí y de mi probado amor a los animales y a las plantas, además de a la naturaleza en general, y sólo por este momento que habíamos pasado juntas que si bien había sido breve ella juzgaba suficiente para conocer lo mejor de mí, ya que esa primera impresión podía ser más certera muchas veces que una amistad de años, creía estar en condiciones de poder asegurar que precisamente yo era la persona adecuada para albergar en mi casa a un perro que, se diría, había caído en sus manos por voluntad de Dios.

Intenté interrumpirla pero con el mismo gesto autoritario me detuvo por segunda vez y continuó: un perro que si bien no era de pura raza tenía muchas, quizá más, de las cualidades que difícilmente pueden ser patrimonio del pedigrí, lo cual, por otra parte, por lo poco que había visto de mí —insistió— sabía que no había de importarme porque ella adivinaba que no era la raza lo que yo apreciaba en los animales, ni la casta o el linaje en los humanos, sino algo mucho más profundo que marca los caracteres más que el color del pelo o el tamaño de las orejas.

Yo me resigné a callar. Me habría gustado explicarle que ya tenía a Drake, que en la casa vivía Sultán desde hacía tiempo, que no necesitaba más perros, pero vi que me sería imposible meter baza así que me dispuse a escuchar el torrente que fluía de su boca, pausado pero incontenible, con la mayor atención de que era capaz mientras disimuladamente me limpiaba con la mano izquierda las uñas de la derecha que, ahora me daba cuenta, se habían puesto más negras que el tizón.

Me vino a decir que Tom —ése era su nombre— había sufrido mucho. Fiel guardián como pocos, había sido el segundo perro en una casa donde había vivido el año y medio que tenía de vida, y si bien ella podía responder del trato que había recibido, algo debía de haber ocurrido porque había desarrollado un verdadero terror por los humanos de tal forma que no había quien se le acercara ni quien le diera un poco de cariño que, por otra parte, según la larga experiencia que ella tenía en animales, era lo único que le faltaba. Se podía afirmar sin temor a equivocarse que Tom tenía un pasado, un pasado desconocido para nosotras pero que había marcado su corta vida dejando unas huellas que, o mucho se equivocaba, o habían de tardar años en borrarse aun teniendo en cuenta el trato afectuoso que a no dudarlo había de recibir de mí. Ella creía, añadió, que Tom había estado atado constantemente y que el otro perro de la casa, mayor y más fuerte, el verdadero amo, lo había torturado y mordido sin piedad. En mi casa Tom había de encontrar, estaba segura, la libertad y el cariño que le había faltado en la infancia.

Quise preguntarle por qué tenía miedo de los humanos un perro que había sido maltratado por otro perro, pero renuncié porque entendí que tal pregunta nos llevaría por lo menos dos horas más y porque ya se extendía en pormenores sobre la alimentación, la salud, la conveniencia de tenerlo atado durante los primeros días y una retahíla de consejos que, dijo, no tenía más remedio que darme aun a tenor de hacerse gravosa.

Cuando dio por terminado su discurso, me enseñó la cartilla con todos los certificados de vacunación al día y, siempre sin dejarme hablar y tomándome de la mano con la misma autoridad de la que había dado muestras desde que entró, me hizo salir de la casa a pesar del frío punzante que me atenazaba porque yo no llevaba abrigo ni estaba ya acalorada por el esfuerzo, y una vez en el coche me mostró al protagonista de sus encomiables esfuerzos por encontrarle un hogar, Tom.

Efectivamente, Tom tenía la mirada huidiza y estaba tan echado hacia atrás que parecía estampado y sin relieve en la tapicería del asiento trasero. Le costó lo suyo hacerlo salir, y entonces se arrimaba a la puerta mirando con tal timidez y espanto que me dio lástima. Es verdad que la raza era la última categoría que se le habría podido atribuir de haberse decidido a cuál pertenecía porque si bien el cuerpo era de lobo, las patas en cambio parecían de galgo, la cabeza de fox terrier y el pelaje de tres colores, marrón, negro y blanco, aunque suave y sedoso, no dejaba lugar a dudas sobre su múltiple y variado linaje.

La señora seguía hablando y hablando y casi sin que yo me diera cuenta me puso en la mano la correa y en la otra una bolsa de plástico con una lata de carne y un paquete de pienso como para darme a entender, esta vez sin palabras, que los perros como los recién nacidos llegan con un pan debajo del brazo; me entregó una tarjeta con su domicilio donde la encontraría siempre que la necesitara, me besó en las dos mejillas ahora que éramos amigas, dijo, y que nos habíamos entendido tan bien, se metió en su coche, y condujo despacio por el camino que bordeaba la casa y que entroncaba con la avenida de plátanos por donde desapareció de mi vista y de mi vida, pensé yo entonces.

Tom me miraba con terror. Se sentía acorralado y parecía estar seguro de que ahora me tocaba a mí el turno de maltratarlo. Intenté acariciarlo y a poco me muerde, pero luego con calma y cautela y mucho tiempo, logré colocarle una mano sobre el lomo sin que se asustara aunque se quedó inmóvil mirando de reojo sin saber todavía si había llegado su hora. No perdió la rigidez en ningún momento y en cuanto pudo se alejó todo lo que la correa daba de sí.

—Bien —me dije resignada—, ya tengo otro perro.

Y lo llevé al cobertizo junto a la cocina, en la parte trasera de la casa, donde había comida y agua y donde dormían los demás.

Tom estuvo atado durante una semana después de la cual sin haber perdido completamente el miedo que no podían disimular sus ojos cautos ni sus movimientos huidizos, pareció calmarse y pude desatarlo. De inmediato se entendió bien con Sultán. Ese perro bastardo, decía Manuela, que vivía en casa de prestado y que frente a Tom se comportaba como el dueño absoluto de los dominios; en cambio se arrastraba miserablemente ante Cano, el anciano que paseaba su anquilosamiento con dignidad y cautela por todas las casas de Almator sin que ningún perro le negara la entrada ni le discutiera su autoridad. Pero desde el mismo momento en que lo desaté la emprendió con Drake, que ya tenía cinco meses. En cuanto lo veía se le abalanzaba rugiendo amenazador para arrebatarle con igual furia el hueso que roía, la caricia que recibía o el juego que compartía.

—Déjelos —me dijo el veterinario el día que lo llamé para que los vacunara a todos—, ésta es una lucha que decidirá cuál de los dos ha de ser el amo de la casa.

—Déjelos —había de insistir sin recordar haberlo dicho anteriormente seis meses más tarde, cuando ya Drake había adquirido su altura cabal.

Pero el tiempo pasó y Tom continuó hostigándolo para arrebatarle un puesto que Drake nunca tuvo el anhelo ni el coraje de ocupar. Drake era paciente y soportaba el acoso con resignación como se soporta a un hermano consentido y celoso, tal vez porque sabía que los rugidos no pasarían de las amenazas ni sus fauces habrían de cerrarse jamás en la carne de sus ijares.

Pero para mí era una pesadilla constante. No podía acercarme a Drake sin que inmediatamente acudiera Tom dispuesto a atacarlo con furia lanzando al cielo unos ladridos tan encolerizados que lograba asustarme incluso a mí que ya comenzaba a conocerlo. Y aunque procuré desde el primer momento reñirlo e incluso amenazarlo, su actitud permaneció inalterable con respecto a Drake, del que sentía unos celos tan irrefrenables que se aferró a mí con un desvelo y una pasión que me mortificaban. A las tres semanas de llegar, Tom, con un miedo tenaz a ser nuevamente abandonado que no había de perder jamás, me seguía a donde fuera e incluso respondía a los mimos con efusión aunque con cierta brusquedad, pero más por falta de costumbre que por temor, como cuando las personas criadas sin besos ni carantoñas deciden levantar la mano para ofrecer la primera caricia sin haber aprendido a medir la distancia ni la intensidad y se les va la timidez en gestos descontrolados que más parecen sacudidas y que no logran desvelar la ternura que acumulan.

Al mes y medio Tom era tan fiel guardián que ladraba desaforadamente a cualquier caminante por el mero hecho de mirar hacia la casa. No permitía el paso más que a los habituales, y aun después de tales ladridos que todo el valle retumbaba. Había noches que, irritado por la presencia subrepticia de algún animal nocturno, registraba los contornos y lo acorralaba y le ladraba sin parar, constante e interminablemente hasta que yo salía a la ventana y le daba un grito que en parte lo tranquilizaba pero no le impedía reanudar su acoso al poco rato, y yo volvía a la cama exhausta y sin esperanza hasta que finalmente sus aullidos acompasados se perdían lentamente en mis sueños.

Más tarde, no contento con ladrar a los extraños, adquirió la costumbre de atacar y se lanzaba viñas abajo hacia el camino en cuanto oía un coche o una moto, y yo apartaba la vista para no verlo correr casi rozando el coche, porque se enfurecía de tal modo que, me decía con temor, el día menos pensado su ceguera lo lanzará inexorablemente bajo las ruedas de uno de ellos. Nada podía detenerlo cuando salía disparado al encuentro del zumbido de un motor que detectaba al enfilar el camino desde la carretera. Y además arrastraba consigo a Drake, o Drake simplemente por imitación lo seguía y, aunque había crecido mucho en aquellos tres meses, era todavía un cachorro torpe y demasiado temerario.

Mucho más tarde, en febrero sería, un día que soplaba una tramontana fría como la hoja de un cuchillo, el jardinero iba a subir al monte a buscar matas de romero para plantarlas en el jardín y yo había decidido ir con él. Me disponía a entrar en casa para recoger un gorro, una chaqueta y una bufanda cuando me di cuenta de que una pareja de la Guardia Civil subía por la avenida de plátanos. Avanzaban con dificultad, sus sombras sesgadas por el viento. El frío era tan atroz y la tramontana aullaba con tal demencia que por un momento creí que mi mente había sucumbido a su fuerza destructora y el tiempo se había vuelto atrás, a los años en que los guardias de dos en dos hacían las rondas por los caminos del monte. No podía saber entonces que ya no volvería a ver esa estampa y quizá alertada por un sentido oculto y desconocido les presté más atención por su emblemática imagen que por la curiosidad de saber a qué se debía su presencia.

Se acercaron con parsimonia y se detuvieron

frente a la puerta. Estaba claro que era a mí a quien querían ver. Venían sólo a dar un aviso, dijeron, pero si las cosas continuaban de este modo no les quedaría más remedio que multarme y llevarse el perro a la perrera municipal, con independencia de las reclamaciones que pudiera entablar el perjudicado. Explicaron con todos los pormenores que mi vecino, el señor Xofre Pellegrí Montsant que vivía en una de las dos masías de la montaña, había ido al cuartel a presentar una denuncia contra mí porque uno de mis perros había mordido a su hija. Cada noche, al volver del trabajo la perseguía por el camino y el pasado martes poco antes de llegar al bosque se había echado sobre ella de un salto y aunque la chica logró evitarlo, el perro le había desgarrado el pantalón. Por lo tanto y en primer lugar, al día siguiente debía llevarles los certificados de vacunación, y en segundo lugar debía entender esta visita como un aviso y poner remedio a la situación, de lo contrario tomarían las medidas que preveía la ley. Y después de sacar la mano de debajo de la capa y llevársela al tricornio de charol, un símbolo que aunque diluido por los años yo seguía temiendo como me había enseñado mi padre, se fueron entre las dos hileras de árboles desnudos camino abajo con la misma parsimonia e igual simetría con la que habían llegado, envueltos en las capas y aguantando con la mano el tricornio para que no se lo arrancara el viento; y se llevaron consigo una imagen que yo no había de ver más por los caminos ni las carreteras de mi país.

Hecha una furia me olvidé del frío, del romero, del monte y del jardinero que esperaba pacientemente soplándose las manos descascarilladas y rojas, y salí corriendo por la viña, salté el margen sobre el camino y me interné en el bosque de enebros hasta llegar a la casa de mi vecino el señor Xofre Pellegrí. Lo conocía tan poco que ni siquiera sabía cuál de las dos casas era la suya. Me hostigaba la indignación. ¿Por qué ese hombre no había ido a verme primero a mí? ¿No éramos vecinos? ¿No cultivaba algunos de mis campos sin que yo le exigiera nada a cambio? ¿Qué le habría costado decírmelo en lugar de denunciarme a la Guardia Civil?

Tan alterada estaba y tan enfrascada en los reproches que ni me di cuenta de que lo tenía frente a mí, cerrándome el paso antes de que el camino se bifurcara.

—*I doncs?*[18] —preguntó como si no hubiera otra forma de saludar.

Las dos casas mostraban sus fachadas iguales con el mismo tejado, igual reloj de sol sobre la ventana central, los mismos cobertizos para el ganado, el mismo altísimo ciprés a la izquierda de los mismos portalones de madera estriada y maciza debajo del mismo dintel de piedra donde se había grabado la misma inscripción, Juan Oms Riudort, 1802.

Oyó mi exaltado discurso tranquilamente con una expresión; que no pude saber si era un esbozo de sonrisa socarrona o sólo una mueca para mantener la boca cerrada frente al viento.

—*Jo no vull dir res* —dijo finalmente—. *Jo ja he fet el que havia de fer.*[19]

Es todo lo que dijo. Varias veces le reproché que me hubiera denunciado, pero él insistió en su breve y escueto mensaje.

—¿Y qué quiere que haga con el perro, que lo mate?

—*Lligui'l.*[20]

18. ¿Y pues?
19. Yo no quiero decir nada. Ya he hecho lo que tenía que hacer.
20. Átelo.

¿Cómo iba a tener un perro atado en pleno campo? Como esos perros de los pasos a nivel que se les va la vida encadenados mirando al horizonte prohibido que se extiende a su vista.

Pero algo habrá que hacer, me dije por debajo de la ira; lo que menos me convenía era pelearme con mi vecino. Ahora, visto bajo esa luz contemporizadora no parecía un hombre agresivo; distante sí pero templado. Así que recomponiendo mi ánimo le prometí que buscaría una solución para que su hija no se viera agredida de noche por ese Tom que no medía el alcance de su fidelidad como tampoco la intensidad de sus caricias.

A esto respondió que hasta tanto no encontrara yo esa solución, su hija pasaría por otro camino, el que daba al valle de poniente. Pero sólo durante unas semanas para darme tiempo y ofrecerme una prueba de que estaba dispuesto a arreglar el asunto pacíficamente. Me asusté.

—¿No estará usted pensando en llevarme a la cárcel por eso? —pregunté.

—*Jo no he dit res*[21] —añadió misteriosamente.

Durante toda la conversación yo había hablado casi a gritos, pero posiblemente él no fuera consciente de mi enfado porque debió de interpretar que me esforzaba en levantar la voz por encima de las rachas de tramontana más salvaje aún en lo alto de la loma que en el valle.

Mientras volvía a casa y descansaba del viento en aquellos metros de túnel de bosque donde se vaciaron mis oídos, iba pensando en lo complicada que es la vida sencilla y natural. Desde que había abandonado la inactividad, todos los días en un momento u otro había tenido que posponer lo que estaba hacien-

---

21. Yo no digo nada.

do para enfrentarme a un nuevo conflicto o solucionar otro ya antiguo.

Al llegar a casa tenía las manos heladas y tiritaba porque entre la conversación con los guardias civiles y el arrebato que me había llevado a las masías se me había olvidado coger la chaqueta y la bufanda que había ido a buscar. Me arrimé al fuego del hogar de la cocina mientras se calentaba el agua para el café. Y fue aquel momento el que Manuela escogió para contarme la historia de las masías gemelas. Había entrado por la puerta trasera excitadísima por tantas novedades, ninguna de las cuales se le había escapado, y comenzó a hablar, segura de que me tenía a su merced, inmovilizada como estaba por el frío y el hambre de café.

Al principio no la escuchaba, pensando en qué hacer con Tom aquella noche hasta que se me ocurriera una solución más duradera, saltando del bozal a la correa nocturna o pensando en poner una valla por la parte de la viña donde Tom acechaba y asaltaba a la muchacha, pero poco a poco mi atención se fue deslizando hacia la historia que contaba Manuela que, por una vez, se mantenía relativamente lineal, y porque algo en ella me sonaba a conocido como si no hiciera más que repetir el esquema de los odios ancestrales que se reproducían, persistían y se prolongaban al mismo ritmo que la humanidad.

Según aquella versión las dos masías gemelas, una de las cuales habitaba mi demandante, las había construido un hombre que, en los tiempos antiguos, decía Manuela, se había hecho rico en la guerra con los franceses, con los que había estado en relación durante muchos años y de los que quizá había aprendido alguno de los principios de igualdad y justicia que habían convulsionado aquel siglo de las luces. Desafiando las leyes de sus mayores que otorgaban y otorgan la totalidad de la herencia al primogénito, Juan Oms había querido que ambas casas fueran iguales para distribuir sus bienes equitativamente entre sus dos hijos y mantener la familia unida. Pero tal vez la desobediencia a las normas ancestrales había podido más que los deseos de perpetuar la concordia entre sus descendientes y después de su muerte se abatió sobre ellos una maldición que ya nunca había de dejarlos, porque comenzó una guerra sorda entre los dos hermanos y sus dos mujeres, y los hijos de ambos, y luego los hijos de los hijos que se fue enconando de generación en generación. Los actuales moradores no eran ya descendientes del mítico, utópico y revolucionario Juan Oms, pero sí del rencor que se había adueñado de sus casas y, encadenados al maleficio, se odiaban con un odio tan feroz e irrefrenable, quizá precisamente porque era ciego, que se hubieran arrancado los ojos de haber tenido el menor motivo. Tanto los de una casa como los de otra, sabedores por sí mismos de hasta dónde puede llevar la abominación irracional heredada con las tierras y las casas y conscientes de hasta qué punto daba un sentido a sus vidas, eran cautos y no se permitían la menor distracción. No traspasaban el lindero de sus haciendas por nada del mundo y tenían buen cuidado en evitar las fechorías de los perros en terreno contrario o en arrancar una rama de un árbol del bosque que pudiera ser motivo de acusaciones, y se guardaban muy bien de pedir favores aunque sólo fuera una pizca de sal o una caja de cerillas. Vivían casi de lado sin más barrera que la de su propio rencor, espiándose sin hablarse ni mirarse y murmurando insultos y maldiciones que jamás llegaron a ser una voz o un grito, y ni ellos ni nadie del lugar mencionaban ni parecían recordar cuál era el ultraje que había originado el irreparable antagonismo y mantenía alerta su desprecio y palpitante su ansia de venganza.

El odio exacerbaba la competencia y conservaba a lo largo de los años la simetría de esas dos masías hermanas con más eficacia que una reglamentación oficial o una disposición testamentaria. En cuanto una de las dos mujeres sacaba a la puerta un viejo cubo de estaño con geranios rojos, al día siguiente aparecía en la otra puerta la réplica exacta del mismo cubo. Bastaba que en el patio trasero de una de las masías, junto a la alberca que se utilizaba como lavadero, se armaran postes y cuerdas donde tender la ropa para que al día siguiente la otra lo hubiera dispuesto exactamente igual en el mismo lugar. Tenían los mismos perros, las mismas gallinas, los mismos cerdos, las mismas vacas, y vivían en iguales cubículos, lo único que no habían logrado era tener familias simétricas. Una de ellas estaba formada por Feliciano y su mujer, un matrimonio oriundo de los olivares de Jaén, viejos, altos y enjutos y tan parecidos el uno al otro que de no haber ella llevado faldas y él bigote se habrían confundido. Tenían un hijo que trabajaba de mecánico en el pueblo y que sólo iba a casa de los padres algún domingo con su propia familia. Habían comprado la masía y los campos con un dinero ganado y ahorrado durante años en las fábricas del norte de Alemania, cuando todavía los precios no acusaban las alzas del turismo ni de la especulación, a través de unos paisanos que vivían en un pueblo cerca de Almator. Feliciano había sido campesino en su juventud, pero tantos años separado de la tierra le pesaban. Trabajaba de sol a sol para cultivar sin ayuda todos los campos y las viñas, recoger las olivas y almendras, arar, sembrar, faenar, podar, cavar acequias y zanjas, abonar y quemar los rastrojos en el otoño, y aunque la mujer lo ayudaba con los animales y la limpieza de las cuadras y siempre se la veía doblada cavando la tierra de los ajos o las coles del huerto o recogiendo habas o atando las cañas de las tomateras, el hombre tenía dificultades en mantener la finca con el mismo primor que su enemigo y vecino, mucho más joven que él y que contaba con la ayuda de un cuñado y un jornalero.

—¿Y por qué no lo ayuda el hijo en lugar de trabajar de mecánico? —pregunté yo.

—Porque el hijo quiere cobrar un jornal y el padre dice que él no quiere un jornalero sino un heredero.

Con Xofre y su mujer vivía un hermano de ésta, soltero y entrado en años, además de la hija a la que había mordido Tom y los hijos menores, unos niños que jugaban y reñían delante de la puerta, los únicos que se permitían transmitir ostentosamente a sus vecinos el odio que respiraban en su casa desde la cuna y que seguía alimentándolos a medida que se iban sosteniendo sobre las piernas. Era difícil saber cuántos eran pero siempre alguno de ellos se entretenía en sacar la lengua a la vieja cuando volvía a casa con un montón de hierba debajo del brazo, con esa sabiduría para el insulto y la ofensa que se diría una habilidad innata en los niños de todas las condiciones y de todas las razas.

La pequeña meseta en la que vivían quedaba apartada de todo, escondida en las alturas entre montes cerrados y cubiertos de pinos y encinas sin más vista del mundo que la Casa Grande, y separada del valle por el bosque de enebros del que sólo salían los chicos para ir a la escuela y de vez en cuando las mujeres para ir los lunes al mercado semanal.

Los dos vecinos eran ricos como son ricos los que viven de lo que da un campo de secano, y no porque la riqueza esté en el negocio que llevan entre manos sino por el trabajo y el ahorro desmesurado e ininterrumpido que los ocupa desde la cuna hasta la muerte; pero sin servir para vivir mejor, ni tener relación alguna con la felicidad o la comodidad, la riqueza es un parapeto contra las desgracias, los desastres, las calamidades que se llevan los animales, que arrasan los campos, las nevadas que hielan los brotes y los retoños, y las ventoleras que arrancan las flores y dejan sin frutos los árboles. Por eso se guardaban muy bien de mostrar su precaria fortuna, porque ambos sabían que cualquier indicio de ella debía ser equiparado al día siguiente, y ninguno de los dos estaba seguro de poder soportar la amargura de su negra envidia ni el perentorio dispendio que había de sucederle. Así, aunque en el exterior ambas casas mantenían su decencia y un minucioso orden, se decía que por dentro eran nidos de hediondez y de miseria porque vivían con menos de lo indispensable para acumular todo el dinero que podrían necesitar por si acaso, en un ataque de locura, en un golpe de tramontana, el otro los provocara con un desvarío al que tendrían que hacer frente.

Ambas casas habían acordado sus costumbres a los nuevos usos y ciertos días que nada tenían que ver con las fechas tradicionales u oficiales de unos y otros sino únicamente con la liturgia de un episodio que sólo a ellos parecía incumbir, exhibían sus banderas, verde y blanca la una, doblemente roja y gualda la otra, como estandartes del odio y del rencor, condenadas a transmitir un único y escueto mensaje aun a pesar de la diferencia de sus colores y emblemas. Y ambas ondeaban ridículamente izadas a un palo de iguales dimensiones, no con la melancolía de las banderas a media asta o el ardor y provocación de las clandestinas, sino como todas las demás, con el orgullo de marcar la diferencia y exhibir la propia superioridad.

Pero todo esto no lo sabía yo aquella tarde que vinieron uno tras otro a decirme lo mismo, más por no interrumpir con una diferencia de criterio este equilibrio de gestos, trabajos y simetrías cuya preservación orientaba sus vidas, que por estar realmente de acuerdo en prescindir del agua del pueblo. Desconcertada por la casi únanime negativa y sin saber cómo responder al frente común de mis tres vecinos, descarté la visita a la masía de la palmera, cuyos propietarios ni siquiera conocía, y me acordé de pronto del zahorí que me había recomendado el señor Alamán. De no haber estado tan irritada quizá nunca lo habría llamado, pero lo hice empujada por el despecho y con esa mezcla de convicción y escepticismo con que vamos al acupuntor o escuchamos y leemos nuestro horóscopo, y le informé sobre lo que yo sabía de la hidrografía de la finca y de Almator con la misma seriedad con que damos al nigromante nuestros datos para que nos haga una carta astral, sin otra finalidad que la ciega esperanza de que su poder mágico esté de nuestra parte.

El hombre que me respondió era tan adusto que cuando ya al final de la conversación me dijo que de no encontrar agua él no cobraría sus emolumentos, tuve dificultades en entender lo que quería decir porque su tono amenazante no concordaba en absoluto con una posición tan justiciera.

Al día siguiente muy de mañana llegó montado en una motocicleta mucho más vieja que él y tan baja que las rodillas le quedaban a la altura de las manos, avanzando envuelto en el atronador zumbido del motor que llenaba el valle, sin proporción con la velocidad de paseo que llevaba. Sultán y Cano comenzaron a ladrar mucho antes de que apareciera y lo siguieron enfurecidos mientras ascendía por el camino.

El zahorí resultó ser de tan pocas palabras que sólo empleaba monosílabos. Llevaba un traje de pana dorada, viejo también de lustros y una gorra que debió de haber pertenecido a su abuelo. Dejó la moto en la viña y sin buscarme siquiera con la mirada ni hacerme caso alguno cuando me acerqué, se sacó el reloj con cadena del bolsillo del chaleco, levantó la mano y dejó que se balanceara, avanzando y deteniéndose sin itinerario fijo como si, entre las ramas de las vides todavía doradas y malva, siguiera obediente aquel movimiento pendular de mágicas indicaciones. Cuando fui a saludarlo no levantó la cabeza. Yo lo seguí intentando calmar a los perros que ladraban sin descanso. Al cabo de un buen rato torció la cabeza y con un gesto brusco de la mano izquierda dedicado a los ladridos de Sultán y Cano les dijo:

—*Calleu, cony!*[22] —Y luego sin quitarse de la boca el palillo que desde su llegada sostenía casi de milagro entre dos dientes, me miró por primera vez y casi con desafío preguntó:

—*Què?*

—Ah, no sé —respondí desconcertada.

Y volvió a enfrascarse en el vaivén de su reloj.

—*Aigua no*[23] —decía de vez en cuando para sí, sorteando las cepas.

A la media hora de caminar, siguiéndolo los perros y yo, me atreví a preguntarle:

—¿No podría mirar en aquella dirección? —y señalé la parte de la viña donde estaba la caseta de las herramientas, el lugar que más convenía a las instalaciones.

—*No res!*[24] —respondió con desprecio de entendido, y repitió:

22. ¡A callarse, coño!
23. Agua no.
24. Nada. Nada.

119

—*No res!*

En un momento determinado, cuando ya había recorrido por lo menos trescientos metros en una dirección y en otra, se detuvo y levantó la cabeza como si hubiera oído ruido y quisiera localizarlo, luego se quedó inmóvil y atento, con la mano adelantada y el reloj colgando de ella, la mirada en un punto fijo y el gesto bloqueado, y así permaneció un rato largo hasta que yo, intrigada por su actitud le interrumpí:

—¿Pasa algo?

—*Recony!* —dijo descomponiendo su imagen como si yo le hubiera asustado la caza, y cambiando el peso de una pierna a otra volvió a concentrarse con la cabeza un poco ladeada y los ojos entornados.

—Aquí —dijo al cabo de un momento, e inmediatamente volvió a adquirir su aire vago y lejano, dobló la cadenilla sobre el reloj como quien enrolla un trozo de cordel en un cartón y se la puso en el bolsillo del chaleco. Sólo entonces se quitó el palillo de la boca y emprendió la ascensión hacia la moto deshaciendo el camino andado.

—Espere, espere —grité—. ¿Hay agua? ¿Dónde?

Se volvió y se puso a caminar hasta que llegó al mismo punto, sin ni mirarme a mí ni al lugar que había señalado y dando muestras de una paciencia infinita ante tanta falta de atención repitió despacio, casi gritando:

—Aquí.

Y volvió a subir la cuesta.

Cogí una piedra, la puse en el punto exacto que había señalado y lo seguí a todo correr. Era anciano y estaba gordo, pero caminaba con paso ligero aunque no ágil como si lo único que importara ahora fuera no entretenerse ni perder el tiempo para lo cual no le hacía ninguna falta precipitarse.

—¿Está seguro?

—Sí —dijo sin detenerse.
—¿Hay mucho caudal?
—Sí.
—¿Está muy profunda?
—No sé.
—¿Tengo que pagar ahora?
Se detuvo y me miró por primera vez.
—*Hi ha aigua, no?*[25]
—Sí —respondí yo como una idiota.
—*I doncs?*[26]
Entonces me acordé de que no habíamos establecido cuándo le tenía qué pagar. Tanto si de verdad había agua como si no, la cantidad era tan irrisoria que no valía la pena discutir y por otra parte estaba tan convencido, que yo no habría sabido cómo retrasar el pago de sus honorarios hasta haberse demostrado que realmente había agua.

Cuando se marchó con su dinero, sin decir adiós, montado en aquel artefacto, seguido por los encendidos ladridos de los perros a los que no había logrado infundir la más mínima sombra de confianza y dejando tras de sí durante un buen rato el ruido de aserradero de aquel motor elemental, yo pensé: estamos todos locos.

Pero había que continuar. Así que después de hablar con el señor Alamán, a quien, por extraño que me pareciera, el diagnóstico del zahorí convenció de inmediato, pedir presupuestos y compararlos, estudiar y conocer sistemas distintos, leer folletos sin fin y pedir consejos a uno y a otro, dediqué una semana entera a recorrer la zona en el viejo coche de la abuela acompañada de Drake, que se hizo un hueco en el asiento trasero y miraba de vez en cuando por la ven-

25. Hay agua, ¿no?
26. ¿Entonces?

tana con una curiosidad que parecía consolarlo de la tristeza de los primeros días. No por ello se profundizaron mis conocimientos, y si cerré el trato con una determinada compañía no fue por su precio más ajustado ni porque ofreciera sistemas más modernos y maquinaria más avanzada, sino por el trato menos altanero de su recepcionista y la deferencia del gerente, quien se tomó la molestia de explicarme paso a paso el proceso de perforación con una paciencia pedagógica capaz de despejar un tanto la confusión en la que me habían sumido la profusión de procedimientos aprendidos en tan pocos días.

El sistema que la empresa tenía de valorar la perforación era similar al de los médicos chinos —y del zahorí—, basado en un principio según el cual sólo cotizaba el enfermo que sanaba. Algo parecido ocurría con el pozo: de no encontrar agua el precio por metro de profundidad se reducía en un cuarenta por ciento. Calculé rápidamente cuántos metros aceptaba mi presupuesto y cuánto representaba el sesenta por ciento restante, y ese dato tan exacto me tranquilizó. En cambio, al saber que el zahorí era un asiduo de las exploraciones que se efectuaban en toda aquella parte del país, vaciló mi convicción porque no pude decidir si tal colaboración aumentaba la endeble confianza que había depositado en él o menguaba la entusiasta y súbita credibilidad que había otorgado al gerente de la empresa. Busqué en vano un argumento en que apoyar mi decisión, pero si bien un paso me otorgaba una cierta seguridad, el próximo me sumía todavía más en la confusión.

Era yo quien debía tomar la determinación; nadie había detrás de mí para deshacer mis errores o enderezar un rumbo equivocado. Un momento antes me abrumaron la cobardía y el temor, pero también me sedujeron el vértigo de la audacia y la insensatez, y atisbé como en un relámpago lo que sería la placidez de la indiferencia ante el fracaso. No sé muy bien qué fue lo que me dio coraje, pero cuando hube ajustado el presupuesto, convenido la fecha y aceptado las condiciones, me despedí del gerente con tal naturalidad que yo misma estuve a punto de creer en mi propio aplomo y olvidar ese temblor en el pecho, ese latido acelerado del corazón ante el precipicio de incertidumbre que se abría bajo mis pies. Me reconfortó la imagen de mi paso seguro y por un instante comprendí el placer de escoger y determinar las propias opciones y cuántas garantías otorga no estar a merced de soluciones ajenas. Bien mirado, me dije, la decisión no había sido tan difícil. Y después de todo ya estaba tomada. Volver ahora al punto de partida requeriría mayor osadía aún que la propia decisión. Así que ya no había retroceso posible.

Habíamos convenido que comenzarían la perforación al cabo de dos semanas y por mi mente cruzó entonces, como una exhalación, el recuerdo de mi trabajo. Bien es verdad que habría podido aprovechar aquellos días de espera por lo menos para abrir la funda de la maquina de escribir, deshacer la maleta de los libros, ordenar los papeles e instalarme de una vez en la biblioteca, pero tenía todavía tanto tiempo por delante y estaba tan agitada por la llegada de la perforadora que no hacía sino dar vueltas por las viñas mirando una y otra vez el lugar indicado por el zahorí, retrasando siempre el momento de subir a la biblioteca, retrasándolo sólo unos minutos, el tiempo justo para asegurarme otra vez de que aquél era el lugar y aprovechar el camino de ida y vuelta para quitar las hojas secas o los hierbajos de un parterre y volver luego a bajar hasta el pozo viejo para guardar una herramienta, entretenida y obsesionada por minucias que al asomar manifestaban su urgencia y borraban de mi horizonte la biblioteca, el libro, la escritura y el horario que había clavado en la pared.

Fue durante esos días cuando se me ocurrió la idea del huerto. Caminaba por el borde de las viñas para cerciorarme una vez más de que la piedra del zahorí no había cambiado de sitio, cuando reparé en que los dos campos a ambos lados del pozo viejo donde hacía años se extendían los huertos estaban cubiertos de espinos y zarzas, ortigas y cardos, cuyos vástagos habían enmarañado y endurecido año tras año aquel colchón espeso y compacto.

En mi mente arrebatada por la agitación de la espera, se hizo la luz: no tenía que vivir en el campo como los que pasan en él el fin de semana sino como los campesinos, me dije presa de una excitación creciente, deseando como ellos la lluvia y temiendo el viento y las tormentas, y sólo así podría unirme al milagro del reiterado nacimiento de la naturaleza. Y sin poder contenerme dejé que mis planes se multiplicaran y se encadenaran como ocurre en las duermevelas, agarrándome a la visión idílica de la vida en el campo, convencida en aquel momento de locura de que en sí misma podría ser el sustituto de tantas carencias, y continué: me afanaré en las labores de la tierra y gustaré la recompensa de la recolección y me alimentaré con las primicias de las hojas y los frutos de la tierra y la casa volverá a vivir al ritmo de las estaciones y de nuevo la cocina se llenará de botes y cacharros en el tiempo de las conservas que luego alinearé en estantes en la despensa y aprovecharé los rigores del invierno para adecentar las parcelas de tierra y abonaré y plantaré y recogeré igual que todos mis vecinos. Esos dos años en Almator servirían para recomponer la casa y devolverle su verdadera función; y así quedaría para el futuro, fuera como fuera el que los dioses me hubieran deparado.

Pensé en convertir una parte del terreno en huerto y el resto lo llenaría de rosales. Porque los rosales, quién lo diría, precisan menos cuidados que los tomates y son más resistentes que las habas y las coliflores. Un huerto bien cuidado, con las líneas de los surcos limpias de hierba, dividida la tierra oscura en rectángulos cubiertos de distintas verduras y hortalizas, dejando siempre sólo uno de ellos recién arado y preparado para la siembra, como la casilla saltarina de un tablero cuyo recorrido seguirían los nuevos cultivos a medida que avanzara el año, y alrededor de este mundo de relevos y reemplazos una fantástica e inmutable corona de altísimos tallos cubiertos de rosas rojas desde febrero hasta noviembre.

Me dejé seducir por la deslumbrante visión de lo que sería mi huerto, y cuando aquel día fui a buscar los periódicos compré un almanaque del año que ya terminaba que encontré en un rincón olvidado de la librería, y llevada del entusiasmo me quedé además un Manual sobre la vida en el campo cuya única misión era alentar a los que como yo querían y podían —decía el prólogo— no sólo vivir en el campo, sino vivir de él.

Aparte del paréntesis de mi infancia y unos pocos días y semanas en casas de amigos que transcurrían en invierno charlando hasta el amanecer junto al fuego y en verano prolongando las horas al sol, poco sabía yo de la vida natural. Mis conocimientos se limitaban a fantasías solitarias cuyo origen no puedo recordar, a las que me aferraba como si fueran la mítica solución de todos los problemas. Cuando a lo largo de los años me había acechado la desgana o el hastío y me había empeñado en atribuirlos al cansancio por tanto trabajo y tanta concentración, o a la profética y extendida creencia según la cual hemos venido al mundo a sufrir, me consolaba pensando que algún día el ansia de otras voces y otros ámbitos me llevaría a Grecia, a una casa encalada a media ladera de un monte cubierto de pedruscos e higueras, con un emparrado de viña sobre la puerta de entrada, una mesa redonda de mármol y una silla de anea donde me sentaría a comer aceitunas negras y a beber vino de resina mirando el mar azul inmóvil bajo el sol. Y cuando por las noches antes de dormir invocaba la misma imagen, jamás añadía un solo detalle que habría podido darle mayor verosimilitud, probablemente porque ya sabía entonces que no hay camino posible a la casita de la parra, al paraíso de la huida y del refugio.

Quizá había heredado de mi madre esa capacidad para recurrir a las imágenes en busca de consuelo, ella que iba todavía más lejos y convertía en realidad el símbolo que había de darle solaz. La veo en uno de los pocos recuerdos en los que aparece, descolgar mi abrigo y ponérmelo y abrocharlo. Y veo cómo se echa el suyo sobre los hombros precipitadamente dominando las lágrimas por las noticias que mi padre acaba de darle antes de irse en busca de otros remedios, y porque se le hace cada vez más difícil soportar tantas estrecheces y tanta inseguridad y le invade la añoranza de una patria que desde el vientre de su madre ha aprendido a considerar insustituible y muere de nostalgia por su familia y su ciudad, quizá por ese paisaje de olivos y retamas que yo a mi vez habré de reconocer y amar; y salimos luego a la calle, siempre con lluvia y frío como para recrudecer todavía más la escena, y me arrastra de la mano hasta una pastelería cercana donde compra una bolsa de castañas confitadas envueltas en papel de plata y luego vuelve a toda prisa a la pensión, sube las escaleras y sin quitarse el abrigo se deja caer sobre la cama y estalla en sollozos mientras se llena la boca de *ma-*

rrons glacées, atropellándose, llevada de una misteriosa gula, como si sólo pudiera llegar el consuelo del desahogo en cuanto se viera a sí misma comiendo esas delicadezas, el único vestigio del pasado esplendor de su juventud privilegiada. Y me sienta entonces en sus rodillas y me deja la cara húmeda de lágrimas y pone en mis manos lo que queda de la bolsa de castañas dulces que fueron para mí el sabor de la amargura, porque aunque yo era tan pequeña que no podía servirle ni de público ni de consuelo y difícilmente entender por qué lloraba, sabía que aquel refinamiento —y aquella reiterada escena— coincidía con las caras angustiadas de mis padres cuando no llegaba el telegrama o la llamada que anunciaba un nuevo concierto. Poco a poco, a medida que pasaba el tiempo y mi padre se introducía cada vez más en un circuito de contratos regulares para recitales y audiciones, o cursos de algunas semanas en la misma ciudad que permitían cambiar a veces la pensión por el apartamento amueblado, desaparecieron las dulces castañas envueltas en su caja de plata y la salada humedad de los besos de mi madre. Quizá coincidió esa época con sus estancias cada vez más frecuentes en la cama, quizá fue más tarde, no sé, cuando sus ojos se hicieron más grandes y sus mejillas más transparentes y más abultado su vientre, el nido, decía mi padre, del hermano que había de nacer la noche que se la llevaron al hospital, y yo ya no volví a verla hasta que se le puso la cara tan blanca que se convirtió en la estatua de sí misma distorsionando para siempre el paisaje de mi niñez. Ese día colgué mi mano de la manga de mi padre y de una forma u otra permanecí agarrada a ella hasta que mucho tiempo después la solté por la manga de la americana de quien había de guiar mis pasos durante quince años. Quizá ahora, antes de haber podido escoger, sin saber todavía decidir, ni haber aprendido a cruzar yo sola la corriente, no había hecho más que sustituir aquella manga de mi marido por la del amor loco e inesperado que seguía sin aparecer. Quizá confundía el amor con el amparo y la protección. Quizá yo no era más que una mujer sumisa que sólo podía enamorarse de su amo. Es probable que así fuera, pero aquella tarde no quería pensar en esas cosas porque estaba llena de proyectos y lo único que de verdad me importaba era convertir los zarzales en surcos de tierra negra coronados de lechugas.

Hasta bien entrada la noche estuve estudiando el libro y el almanaque y cuando me levanté a la mañana siguiente ya había tomado una nueva decisión: contratar un hortelano y organizar yo misma con su ayuda y la del Manual la producción de mi hermoso huerto rodeado de rosales.

Entretanto, para desbrozar la maleza mandé venir un par de «moritos», como se los llamaba en el pueblo, que me proporcionó Adela, la guarda de la Casa Grande, cuando compareció aquella mañana para comunicarme que el Señor iba a dar una cena el próximo fin de semana y que por supuesto contaba con mi asistencia. Mientras me transmitía la invitación de Darío, Adela escudriñaba mi rostro, mi cuerpo y mis ropas con gran interés y sin disimulo alguno avanzaba un poco la cabeza y entornaba los ojos apretando los párpados para concentrar su mirada como cuando las personas cortas de vista se niegan a llevar gafas, e intentaba descubrir quién sabe qué extraños misterios escondía yo en mi interior o cotejar mi presencia con las habladurías de sus vecinos.

Adela hablaba sin parar, según me dijo más tarde Manuela, para compensar las horas de silencio a que le obligaba su irremisible pasión por los seriales de la radio. Entre el cúmulo de información que vertió en media hora manteniendo entornadas las rendijas de sus ojos coronados de arrugas, me hizo saber que llevaba diez años en la Casa Grande y que desde hacía uno por lo menos recurría a los mismos moritos siempre que necesitaba limpiar el bosque, hacer zanjas o arreglar el camino, y que puesto que yo los necesitaba muy gustosamente me los cedería. Que los moritos se llamaban Bagdad y Useín y estarían libres a partir del día siguiente y durante una semana. Y que estaba dispuesta a hacerme este favor y todos los que hiciera falta para demostrarme sus deseos de buena vecindad.

Los moritos eran unos muchachos, casi unos niños, altos, con el pelo rizado y apretado a la cabeza como estopa negra, mate y compacta y con los ojos negros también, brillantes y alegres, tan distintos de los ojos de los árabes que yo estaba acostumbrada a ver en la ciudad, medio cerrados, sin pestañas, asimétricos, de hombres en chilabas con velos que les cubrían partes del rostro pero nunca escondían las llagas purulentas que habían de curarles en la clínica oftalmológica de mi vecindario, un hospital de campaña en medio de la ciudad, el cuartel general de los restos de un ejército venido de todos los estados árabes del mundo.

Bagdad y Useín llegaron al día siguiente por la tarde. Chapurreaban una jerga formada por varios idiomas, una muestra de los países que habían atravesado antes de llegar aquí y su propio árabe de las montañas. Tenían el mismo gesto humilde de todos los emigrantes del mundo, como el de los andaluces cuando yo era niña o el de los africanos ahora en la ciudad, y trabajaban siempre junto a un minúsculo transistor colgado del árbol más cercano, sintonizando a todas horas la misma emisora local que vociferaba sin parar una música de cítaras, voces gangosas y lamentos tan ajenos al valle como el flamenco de la guitarra de Cosme cuando llegó a estas tierras con Manuela formando parte del enjambre de buscadores de oro que se desplazó desde el cálido y hambriento sur a finales de los cincuenta.

Al hablar, los moritos no usaban más que pronombres personales, verbos en infinitivo y algunos sustantivos, y sustituían las preposiciones y adverbios por gestos breves, bien definidos y precisos, como los del lenguaje de los sordos y la expresión de su rostro intuitivo y despierto.

Al día siguiente después de comer tuve que volver al pueblo para llevar unas herramientas al afilador. El viento había amainado un poco y hacía sol, y mientras esperaba a que terminara, me senté en la terraza del bar de la plaza a tomar un cafe y terminar el Manual sobre la vida del campo. Esa plaza del pueblo era el único reducto que mantenía todavía el aspecto un tanto ordenado del que carecen los barrios nuevos y periféricos de los pueblos del litoral que han sucumbido al progreso desmembrado y a la corrupción salvaje. Era una hermosa plaza porticada de forma casi triangular sin monumento ni fuente en la zona central, cuyo lugar ocupaba una morera robusta podada año tras año con el único propósito de ampliar su copa para que en el verano sustituyera los toldos de lona y prolongara el frescor de la noche. Los edificios eran en su mayoría casas burguesas de principios de siglo, con grandes balcones que en su tiempo debieron de servir para contemplar el paso de las procesiones o estar al corriente de lo que ocurría en el pueblo, pero ahora los bajos estaban ocupados por dependencias de bancos foráneos, revestidas las fachadas con materiales sucedáneos del lujo y decorados sus vestíbulos con plantas tropicales artificiales y polvorientas que daban a la penumbra de la plaza el aspecto de un desván. La calle principal, porticada también, desembocaba en el ángulo más agudo de la plaza, y junto con otras pocas adyacentes formaba el núcleo compacto y umbroso que mantenía cierta unidad; pero el resto del pueblo era una mezcla caótica de construcciones de alturas, usos y estilos diversos, sin terminar en su mayoría, como si cada uno de ellos perteneciera a un proyecto de ensanche distinto, un desorden de postes, hilos de teléfono y eléctricos colgando de las paredes y cruzando las calles a distintos niveles, tramos de acera sin terminar, espacios vacíos en proceso de deterioro, almacenes de grano con estructuras provisionales, chatarreros, y al final, entrando ya en la carretera, unas enigmáticas y chillonas grafías indicaban el acceso a una discoteca.

Envuelta en mi grueso abrigo, resguardada del viento por las altos muros de la iglesia y caldeada por el sol de tarde de aquellos últimos días del otoño que penetraba casi horizontal por la calle porticada, me senté a tomar café en una de las dos mesas de la terraza del bar bajo la morera que extendía sus ramas como varillas de una sombrilla sin vestir, ante la torva mirada del dueño que se frotaba las manos de frío en el interior del local y me permitía estar fuera sólo porque yo misma iba y venía con las tazas cada vez que deseaba un nuevo café.

Tan absorta estaba en la lectura del Manual, las posibilidades de autonomía que propugnaba y el panorama idílico que prometía de cumplir obedientemente sus postulados e instrucciones, que hasta mucho después de adivinar en el trasfondo de la conciencia una sombra sentada en la silla de enfrente, no levanté la vista, en un gesto mecánico que nada tenía de curiosidad. Y fue entonces cuando, salvando el puente de aquellas primeras semanas de ausencia que habían transcurrido sin noticias y sin que yo misma me permitiera rememorar con demasiada intensidad y frecuencia los recuerdos ni la promesa de ese futuro que nos habíamos ofrecido, tropecé con el rostro de mi amado.

En los encuentros repentinos, cuando a pesar del tiempo y la distancia, siguen todavía adheridos el uno a la piel del otro, los amantes se comportan con el atolondramiento de la timidez y se les hace difícil abandonarse una vez ha finalizado la larga espera. Con el reencuentro se inicia un ciclo nuevo y esos primeros pasos son tan torpes como los de la primera infancia y tan cargados de ternura como las caricias y juegos de los cachorros. No se puede mantener el hilo de la conversación y la atención se centra en detalles nimios, como el cordón desabrochado de un zapato, el ardor de las mejillas o la mano helada que se desliza en el bolsillo buscando el calor y el tacto de la nuestra.

Nosotos hicimos lo mismo, porque los hombres y las mujeres son a veces tan iguales entre sí como las hormigas vistas de lejos. Y sólo a trompicones iniciamos las preguntas, las explicaciones de la llegada y del encuentro, y vinieron después las descripciones agolpadas de hechos que en su momento estuvieron preñados de añoranza y ahora, al manifestarse en palabras, resultaban demasiado escuetos y desnudos; y más tarde ya en la solana y en la casa, la ansiedad y la premura se incrementaron de tal modo de un peldaño a otro que no nos dieron tiempo a llegar hasta la cama grande y blanca preparada desde el principio y esperando en la penumbra del temprano atardecer de otoño amores más relajados y menos impacientes que habían de llegar, bien lo sabíamos, aquella misma noche.

A Manuela no le gustó que bajáramos a cenar recién peinados y con el pelo todavía mojado del agua de la ducha, y para demostrar su desaprobación puso la mesa, uno a cada extremo, en el gran comedor que a mí no me había dejado utilizar, en el que nunca habíamos comido la abuela y yo cuando estábamos solas porque se reservaba, quizá también como una señal de desaprobación, para las pocas ocasiones en que mi padre nos visitaba. Pero no nos sirvió la cena en la vajilla de porcelana que se sacaba del aparador en cada celebración familiar, ni pudo acompañarla de la pesada cubertería de plata gastada y con piezas incluso torcidas por el uso de varias generaciones y con las floridas iniciales de un antepasado de la abuela, porque también habían desaparecido; y durante toda la cena, mientras iba y venía de la cocina no cesó de cuchichear para sí, lanzando a veces confusas imprecaciones cuyo significado, en cambio, habría sido igualmente claro de no haber levantado repetidamente la vista al cielo: si la pobre señora saliera de su tumba.

Tampoco le gustó que al día siguiente yo no apareciera en la cocina muy de mañana como todos los días a tomar el primer café ni que le escamoteara la media hora de conversación diaria a la que se había acostumbrado desde mi llegada, y mucho menos que desapareciéramos durante el fin de semana con un pretexto incierto dejándole el encargo de disculparme ante Darío y de controlar que los moritos acabaran de desbrozar el antiguo huerto de la abuela.

Dos días junto al mar, mucho más al norte todavía, donde me llevó para que supiera lo que era despertarse con el murmullo de las olas. Y en el último piso de su casita blanca, en una calle estrecha y empedrada con guijarros y vista sobre las tejas doradas de las casas entre la suya y el mar, junto al fuego que nos redimía del frío intenso de las viviendas deshabitadas —y quizá de las ajenas— y deslumbrados por el color metálico que el viento imprime al amanecer, gastamos las horas y reconstruimos los proyectos y los rumbos fabulando eternidades y dibujando castillos de claveles sin atender a las voces ominosas que nos habrían recordado los descalabros que no queríamos oír.

Cuando el lunes me dejó en casa, con dolor en las piernas y todavía el metal de la luz del pueblo blanco en las pupilas y en las sienes, quise rememorar el pasado más reciente para recuperar el tiempo perdido, pero se había ido tan lejos que me hundí en el sueño incapaz de retomar el hilo de la historia.

En aquellos tres días Useín y Bagdad ya casi habían acabado de limpiar todo el campo y, cuando el martes me levanté un poco más apta para la vida, me uní a su ir y venir recogiendo los espinos y las hierbas y amontonándolos como ellos para desprender las telarañas de la añoranza que se adherían a mis pensamientos y recuperar lentamente el punto de mira y el enfoque de mi valle de Almator. Luego pusimos la broza en un descampado muy lejos de las viñas y le prendimos fuego. Dos días más con la horca en la mano azuzando la hoguera sin llamas, otra columna de humo en el cielo de noviembre, aireándola para que no se apagara, echándole más broza a medida que se consumía, muy despacio, como un rito, como si fuera necesario que yo jugara a campesina en la tarde plácida o el mediodía sin ángelus, atenta a ese fuego que no podía extenderse, porque la broza estaba húmeda y la tierra también y ésa era la época en que se quemaban los rastrojos, y tampoco se extinguiría porque los moritos habían contrarrestado la humedad con unos litros de gasolina. Cuando el montón de zarzas estuvo consumido esparcimos las cenizas sobre la tierra del huerto y el descampado se cubrió de una calva gris que las lluvias y las nevadas del invierno habían de borrar.

El último día, cuando ya no faltaba más que cavar y quitar las raíces para que el hortelano pudiera pasar el motocultor, uno de los moritos, Useín, no vino. Bagdad había traído en su lugar un amigo andaluz tan joven como él, pero alto, rubio y fuerte como un actor alemán. Tenía los ojos azules y descarados y se quedó mirándome con una media sonrisa tan suficiente que me acobardó.

Cuando a mediodía Bagdad se fue a su casa a comer y yo a la mía, el rubio me siguió a distancia. El sol era suave y no soplaba viento y Manuela me había preparado la comida en la mesa de mármol frente a la puerta de entrada, bajo la parra que ya casi había perdido todas las hojas. El muchacho se sentó en un sillón de mimbre frente a mí con una pierna montada sobre un brazo del sillón.

—¿Quieres un vaso de vino? —le pregunté.

—No gracias, allá tengo el mío —y señaló el huerto donde había dejado su bolsa con la comida.

Me entretuve un rato con las plantas porque no quería comer y tenerlo delante, y me puse a quitar hojas imaginarias de los geranios que Manuela alineaba frente a la casa en multitud de tiestos de todas las formas y medidas.

—¿Quién es el jefe aquí? Me refiero a los perros —preguntó con una sonrisa un tanto burlona.

—Ése, Sultán, es el que lleva más tiempo.

—¿Todos son suyos? —insistió el rubio a mi espalda con un acento al que todavía quedaban restos de andaluz.

Éste es de la segunda generación, me dije.

—No, mío sólo es el cachorro, Drake. Cano es de la Casa Grande —dije señalándola—, pero desde hace una temporada siempre está aquí, y Sultán apareció un día y se quedó; nadie sabe de dónde vino.

—¿Hace mucho tiempo?

—No, creo que no, poco antes de llegar yo, en el verano sería. ¿Por qué? ¿Perdiste alguno?

—No, por saber —y se quedó callado.

Dejó pasar un par de minutos y preguntó:

—¿Usted vive sola aquí?

Me volví:

—Sí, ¿por qué?

—Por nada, tranquila —y sonrió levantando sólo una mejilla.

—Y ¿no se aburre? —añadió al poco rato.

—No.

—¿No tiene ganas de ver gente y salir por ahí?

—No sé —dije desconcertada—, de momento no, llevo muy pocas semanas y cuando tenga ganas llamaré a alguien.

—¿Me llamará a mí? —preguntó con descaro.

No me moví.

—No —respondí—, no te llamaré a ti.

—¿Por qué no?

—Porque no.

—Pues hace mal —y su voz adquirió un leve tono de resentimiento, o quizá sólo me lo pareció—. No se arrepentiría, le advierto: soy muy divertido y se me da un rato bien entretener a las mujeres, y aunque usted es rica y yo no soy más que un peón lo pasaríamos bien. Se lo aseguro.

—No lo dudo, y además yo no soy rica —¿por qué tenía que darle tantas explicaciones?

Volví al silencio y me dediqué a la búsqueda inútil de hojas secas que me permitieran seguir de espaldas.

—Señora —llamó después de un buen rato.

Me volví casi sin pensarlo, aliviada por la voz que había roto la inmovilidad del silencio. Seguía medio tumbado en su sillón con una pierna sobre el brazo de mimbre y enroscaba una brizna de hierba a su dedo meñique con la misma naturalidad que si hubiera estado en su propia casa y sin el menor asomo de azoramiento.

—Dime.

—¿Desde cuándo lleva esta trenza?

—Desde siempre —respondí.

Y entonces repitiendo esa media sonrisa que me turbaba, dijo con sorna:

—Le advierto que a pesar de ser mayor, a usted todavía se le puede hacer un favor.

Volví a los geranios con toda la atención posible convencida de que mis mejillas ardían sólo por la ira de la ofensa; y en ella me refugié. Mayor... mayor... ¿cómo se atreve?, pensé sin saber muy bien cómo continuar. ¿Cómo...? Era la primera vez que alguien me echaba la edad en la cara como un jarro de agua fría. Pero tenía razón el muchacho, yo casi se la doblaba. No había pensado en eso ni cuando lo vi jugar y pelear con Bagdad como un párvulo. Hasta ese momento no sabía que yo fuera mayor. Ni se me hubiera ocurrido. Pero era evidente: yo ya era una mujer mayor que nunca volvería a ser joven. La verdad desagradable asomó como un relámpago referida a mí por primera vez mientras veía alejarse una juventud de la que hasta entonces creía ser depositaria por derecho propio y para siempre.

Dejé pasar un minuto e hice un esfuerzo por disimular la amargura del descubrimiento. Luego, con la voz más clara y menos resentida que pude componer, respondí:

—No sé quién le haría el favor a quién.

Por un momento creí haber neutralizado la situación, pero me equivocaba. El chico se echó a reír a carcajadas.

—A usted le va la marcha, ¿eh? —dijo jocoso—. Pues marcha no falta.

—Oye —le pregunté cuando hubo dejado de reír y me pareció que yo misma era capaz de sustituir la reflexión por la insolencia—, ¿tú nunca te has llevado un chasco?

—Muchos, muchísimos —y volvió a reír—, pero a veces resulta. Es mi sistema, lo pruebo con todas, y algunas caen.

Aunque parezca extraño eso me ofendió todavía más. Pero respondí con calma aunque mi voz brotó más estridente de lo que yo habría deseado:

—Pues puedes ahorrarte la prueba conmigo.

Se levantó y acercando con cuidado a la mesa el sillón de mimbre para señalar que quería dejarlo todo en su sitio antes de irse, dijo:

—Señoras más señoras que usted han caído, así que no hay por qué darse tanta importancia. Es cuestión de tiempo.

Y se fue con la brizna de hierba entre los dientes, riendo y dando patadas a las piedras como los niños.

Cuando ya había caminado unos cincuenta metros, se detuvo un instante y emprendió el camino de vuelta deshaciendo lo andado, sin cambiar el paso, sin precipitarse, y cuando me tuvo al alcance de su voz levantó la cabeza y entornando sus ojos de un azul tiernísimo, dijo como en un susurro teñido de petulancia:

—Un día, esta trenza, la desharemos entre los dos. —Y sin esperar respuesta ni saber cuál había sido mi reacción me dio la espalda y se dirigió de nuevo hacia el huerto.

Con la cara roja como la grana y una excesiva desazón en el cuerpo, mis ojos se dejaron todavía llevar por la contracción rítmica de sus largos muslos enfundados en los pantalones tejanos de su adolescencia.

—¡Ni dieciocho años debe de tener! Vaya un golfo —me dije sin dejar de mirarlo para marcar la distancia y conjurar el desasosiego—. Menos mal que hoy es el último día. —Y cuando desapareció de mi vista me senté a comer la sopa fría, desconcertada.

No había tomado siquiera dos cucharadas cuando apareció Manuela dispuesta a hablar y sin preámbulo alguno arremetió contra el muchacho.

—Ése —dijo señalando el lugar por donde se había marchado, con un leve y despreciativo gesto de la cabeza—, ése, está con el Tarugos.

—¿Qué dice, Manuela?

—Que ése trabaja para el Tarugos.

—¿Quién es el Tarugos?

—El del aserradero. El aserradero y la carpintería y el almacén de muebles de la salida del pueblo, de la de allí —y con un amplio gesto del brazo saltó el pueblo en dirección norte—. Un hombre muy alto, mayor él, que a veces pasa por aquí con su furgoneta camino del monte. No ha comprado camiones ni nada en dos o tres años. Antes ni para comer tenía, ni un duro; eso, cuando era el guardabosques de toda la región, pero dicen que se dedicó a convertir en tarugos los árboles del bosque y luego a venderlos y se hizo rico en pocos años. ¡Así cualquiera! Ahora tiene la carpintería a medias con un señor muy importante, ese que está metido en política y sale por la televisión a cada rato. Le tiene usted que conocer que es de la ciudad, es el que tiene la casa de techo azul tan grande y con aquellos muros tan altos alrededor del jardín, junto a la playa. ¿Sabe cuál quiero decir?

—No, pero ¿qué tiene que ver ese chico con el político? ¿Quiere decir que trabaja en el aserradero?

—¿Ése trabajar? Ése no sabe lo que es trabajar. No ha dado golpe en su vida. Si lo conoceré yo, Santo Dios. Lo llaman el holandés. Su madre está desesperaíta, la pobre. No ve el momento de que se vaya a la mili. Pero todavía le queda más de un año. No sé ni cómo ha venido hoy aquí. Algo se traerá entre manos.

—Entonces ¿qué hace en el aserradero?

—¿En el aserradero? Nada. Trabaja para el Tarugos. Que tiene el hombre muchos líos y muchos negocios.

—¿Trabaja o no trabaja? Manuela, no entiendo nada.

—Pues mejor, y mucho cuidadito. Que se lo digo yo.

El holandés... Durante toda la tarde me acosó la imagen del muchacho y su brizna de hierba en la boca y la penetrante mirada de sus ojos azules levemente entornados y la insolencia de su sonrisa burlona sin conseguir que me irritara la desfachatez de sus palabras y la seguridad de sus afirmaciones; y aquella noche di vueltas y más vueltas en la cama sin encontrar el sosiego, obstinada en persuadirme de que era la añoranza del pueblo blanco junto al mar la que me impedía dormir. Pero al día siguiente no quise recordar cómo había llegado finalmente el descanso, y preferí atribuir a un sueño la desazón de las sábanas solitarias y su epílogo, y los impensables derroteros por los que el testigo burlón de mi desvelo había desaparecido finalmente de la negra pantalla de mi entendimiento y del ansia de mi piel enloquecida.

Los camiones de la empresa de perforación de pozos llegaron el lunes siguiente con dos horas de retraso sobre el horario previsto porque, según dijeron luego, yo no había tenido en cuenta el tiempo de desplazamiento.

A medida que se acercaba el momento la decisión que había tomado me parecía una insensatez mayor, y con el retraso se exacerbaron las dudas y la incertidumbre.

Desde muy temprano por la mañana Manuela había estado escrutando el camino asomando la cabeza cada cinco minutos por la ventana de la cocina y esperando los ladridos de los perros que habían de anunciar la entrada del camión en el valle y yo, desde las ocho por lo menos, puestas las botas de agua y una trinchera de gabardina, estaba preparada para asistir al espectáculo.

Porque había comenzado a llover suavemente, como en las montañas, con esta lluvia ya invernal tan minúscula que parece no mojar, pero tan constante que acaba calando la ropa y los zapatos, y el cielo plomizo no presagiaba más que cambios a peor.

—Se habrán olvidado —dijo Manuela hacia las diez y se puso a trajinar en el fregadero como para indicar que daba la espera por terminada y que ella no tenía más tiempo que perder—. Y usted mejor haría en quitarse todo lo que lleva puesto que ya le quedará tiempo de volvérselo a poner.

—¿Cómo se van a olvidar, Manuela?
—Pensarán que como llueve...
—Pero habrían llamado, ¿no?
—¡Ay, yo qué sé! —dijo arrugando la cara con ese gesto de desinterés total como si hubiera dicho ¡a mí qué más me da!, que siempre me desconcertaba.

En el reloj del zaguán habían sonado hacía rato las once campanadas cuando Sultán y Cano comenzaron a ladrar y sólo hasta después de casi media hora no enfilaron la avenida dos inmensos camiones rojos renqueando con dificultad y cargados de piezas de mecano gigantes desproporcionadas para las medidas del valle. Mis antepasados con delirios de grandeza habían demostrado tener una perspicaz visión del futuro porque los camiones tomaron más ímpetu a partir del momento en que comenzaron a subir la suntuosa avenida de plátanos.

Fui a por el gran paraguas de lona verde de los campesinos de la Toscana que mi padre había traído de Elba hacía por lo menos diez años, feliz por haber encontrado finalmente la ocasión de utilizarlo, y bajo él permanecí varias horas mientras los cuatro operarios que habían descendido de los camiones con capuchas impermeables de color negro, como patibularios gnomos de las montañas, armaban el bastidor que había de sostener la perforadora en el lugar elegido por el reloj de cadena del introvertido zahorí.

Después de comer, cuando hubieron terminado y el émbolo gigantesco comenzó a funcionar con un ruido atronador que debió de retumbar hasta el mar, la agitación me impidió darme cuenta de que se estaba formando un círculo de mirones. Los vi al dar unos pasos hacia atrás para protegerme del estruendo. Allí estaba Pontus Abreu hablando con su hermano, un hombre alto y enjuto que todos los días desde el amanecer vagaba por los campos y los caminos con la guadaña al hombro, sin prisas ni al parecer un objetivo preciso, complacido por su estampa agorera. Junto a ellos otro más joven, que debía ser uno de los hijos de Pontus porque tenía el mismo porte, la misma cara y miraba la perforadora con la misma desconfianza. Más allá Xofre con los brazos cruzados sobre el pecho en actitud de espera hablaba con Adela, la guarda de la Casa Grande y dos desconocidos, y frente a mí, del otro lado de la máquina, Tana y el viejo granadino de pelo blanco y bigote negro de la otra casa gemela se resguardaban los dos bajo un paraguas de mango corto que apenas los cubría porque la tela escapada de las varillas lo había dejado disminuido y asimétrico. Y unos pasos más atrás su mujer, Iliana, conocida en el valle como la Purráfula, se cubría la cabeza con una bolsa de plástico. La lluvia había menguado y más parecía rocío suspendido en el aire, pero la tierra estaba encharcada y en algunos puntos se había formado tanto barro que había que andar con cuidado para no hundir los pies en él. De vez en cuando la perforadora se detenía y se oían entonces los gritos de unos y otros, no acomodadas todavía sus voces al súbito e inesperado silencio.

—*Disbarats!*[27]
—*Ja poden foradar, ja!*[28]
—*Poc n'hi ha d'aigua aquí.*
—*Conta, arribaran a Amèrica tant foradar, tant foradar.*[29]
—O a las entrañas de la tierra —acentuando su sarcasmo con el título de una serie de la televisión, una de las ocurrencias que fue recibida con mayor hilaridad.

Al ver que efectivamente el tiempo pasaba y nada ocurría, las risas se hicieron más salvajes y los pronósticos más lúgubres. Y los repetían insistentemente con distintas palabras y entonaciones de diversa intención que, me di cuenta inmediatamente, no eran bromas inocentes ni risas por la excitación de la novedad sino la expresión de un anhelo más profundo que conjurara esa amenaza de la que me hacían responsable: que no hubiera agua ni en aquellas mismas profundidades tan inciertas que la televisión les había mostrado. Y si bien se mantenían dos conversaciones porque los atávicos enemigos ni se hablaban ni se miraban, el ambiente era de fiesta y de confraternidad: por primera vez los del norte y los del

27. ¡Disparates!
28. ¡Ya pueden perforar!
29. Fíjate, llegarán a América con tanto perforar, tanto perforar.

sur, los vernáculos y los foráneos, dejando en suspenso sus principios y el papel que tenían adjudicado en esa pequeña farándula de Almator, habían encontrado un nexo de unión y cada uno de ellos, desde su fortaleza y apoyado por los demás, me devolvía a mí en forma de chanzas mortificantes y burlonas las afrentas e insultos que había recibido anteriormente, y que seguiría recibiendo, muy probablemente de las mismas manos que ahora lo aplaudían.

Nada une tanto a los humanos como un enemigo común, por eso, recordé de pronto las lejanas palabras de mi padre atemorizada por el espectáculo de una tal cohesión, no existe patria sin amenaza. Donde está tu enemigo allí está tu patria, la habilidad está en darle consistencia y credibilidad, lo demás es fácil: el enemigo es el culpable de todos los males y desastres, el enemigo mantiene vivo el odio y justifica el ataque, el enemigo afianza la propiedad; lo que hay que defender es más nuestro si un enemigo lo amenaza. Y si no lo hay es preciso inventarlo.

Y a continuación fabulaba mi miedo: si un listo descubre aquí el secreto del enemigo común se erigirá sobre los demás, los lanzará contra mí y aunque no encontremos agua me destruirán. ¿Y si la encontramos?

Alejé como pude la visión de un ejército de campesinos encolerizados y armados con palos que hurgaba desde algún lugar profundo por aparecer en la esquina de mi entendimiento, que quizá no era una visión sino, como todos los miedos y terrores, una premonición. Me mantuve inmóvil bajo el inmenso paraguas verde procurando parecer sorda a las risas de mis vecinos pero a medida que transcurrían las horas y aumentaba la profundidad —30 metros, 35, cantaba el capataz desde el control de mandos— se fueron añadiendo a mis tormentos, la vergüenza y la angustia, y el convencimiento de que había organizado atolondradamente un gran disparate.

Las carcajadas eran ahora tan desvergonzadas que repercutían en mi cerebro ya convulsionado por la estentórea trepidación de aquella máquina infernal. Los hombres trabajaban sin entender ni acusar la hilaridad que despertaban, ni hacer caso de la fina lluvia que les pinchaba el rostro como las flechas diminutas de Gulliver en el país de los enanos. El cielo estaba cada vez más oscuro porque aumentaba la nebulosidad, pensaba yo, que me negaba a constatar el avance de la tarde; y mantenía el cuerpo tenso e inmóvil para repeler el círculo de mofa y agresión que me envolvía y los ojos fijos en un punto con toda la pasión de mi anhelo puesta en él para forzar la aparición del chorro de agua, desenterrando de las simas ancestrales la ciega irracionalidad de unas plegarias y la machacona insistencia de unas rogativas que nunca hasta entonces habían confundido mi razón.

Hacia las cinco y media de la tarde, cuando la luz era tan tenue que ya no quedaba color en el mundo sino sólo manchas negras sin relieve y espacios grises entre ellas, y la poca fe que había resistido aquella eternidad de sufrimientos se arrastraba por el barro aún más disminuida y maltrecha, uno de los hombres miró el reloj e hizo una señal al de los mandos. Me acerqué a la máquina y aprovechando un momento de silencio pregunté en voz baja para que no me oyeran los demás:

—¿A qué hora acaban ustedes?

—Vamos a continuar media hora más y si no sale agua lo dejaremos hasta mañana. Estamos ya a 55 metros, es usted la que tiene la palabra y quien ha de decidir hasta dónde quiere llegar —y puso el motor en marcha otra vez.

¿Yo tengo la palabra? ¡Yo qué sé! Retrocedí a mi

lugar abrumada por la decisión que había de tomar, por el ridículo y por el frío. ¿Cómo podía haber creído, escasamente dos semanas antes, en el placer de escoger y determinar las propias opciones? ¿Dónde estaba ahora ese vértigo de la audacia y la insensatez? Envidié a mis vecinos enfrascados únicamente en ese improvisado sentimiento colectivo, sin otro mandato que su mordacidad desenfrenada, ajenos al frío y a la lluvia. Mojados estaban, chorreando incluso, pero habían dejado de pensar en ello y en el trabajo que los esperaba desde el mediodía. Nunca había de volver a verlos tan exultantes.

Busqué de nuevo el punto del engranaje para fijar en él la vista porque me invadió el terror supersticioso de que si dejaba de mirarlo nunca habría de brotar el agua, y no había tenido tiempo ni de encontrarlo ni casi de parpadear cuando me cayó encima una tromba de agua que dobló el paraguas verde y a poco me echa al suelo. Hipnotizada por el estruendo recobré mi posición y la del paraguas y busqué aturdida el punto mágico que enseguida localicé, inmutable y todo lo seco que permitía una tarde como aquélla, sin saber lo que ocurría, ni ver la columna de agua que se levantaba como el ansiado chorro de petróleo, ni comprender todavía cabalmente el significado del atronador redoble sobre el tambor de mi paraguas toscano.

—Fuera, fuera, todos fuera —chillaba el controlador—, fuera de aquí.

Me aparté del lugar empapada y maltrecha, tropecé con Sultán y Cano que no entendían la orden y ladraban con furia renovada aquel elemento tan asombroso y, hundiéndome en el barro hasta los tobillos, retrocedí hasta ponerme a resguardo. Tardé todavía unos minutos en darme cuenta de que aquello era agua, el agua que salía de la tierra por obra de esas máquinas que *yo* había escogido y contratado, exactamente en el mismo punto consagrado por el parco zahorí. Me invadió un bienestar y una extraña satisfacción que nunca había experimentado hasta entonces, y lo que un instante antes me habría parecido una contingencia, a punto estuve de convertirlo en la conclusión ineludible de mi sabio proceder. Una tentación derogada casi inmediatamente por la ola de entusiasmo que me permitió asistir deslumbrada a la consumación del milagro.

Manuela y Cosme bajaban por la pendiente sorteando los charcos y las cepas y dando alaridos que se confundieron durante mucho rato con las voces del capataz, y su presencia me devolvió a la realidad.

Desaparecidos el temor al ridículo y la vergüenza, el miedo al fracaso y a las enfurecidas e imaginarias turbas de campesinos, recobrada la fe en el zahorí y en la perforadora, y crecida por el éxito que se me había revelado de pronto en toda su magnitud, busqué a mis vecinos con la mirada preparando cuidadosamente una sonrisa de suficiencia que me compensara de tanta mofa y de tanta humillación. Pero a mi alrededor no quedaba nadie. Por la ladera de enfrente subía a toda prisa, consciente, ahora sí de la lluvia, la familia Abreu, y los dos enemigos mortales debían de estar camino de sus casas tan cerca el uno del otro en su desencanto como nunca lo habían estado y como no volverían a estar en mucho tiempo. Y Adela y los desconocidos habían desaparecido.

Cinco semanas estuvieron las viñas llenas de obreros acabando el pozo y abriendo las zanjas para los tubos que llevarían el agua a la casa por una parte y al huerto por la otra, porque llovió tanto aquel mes de noviembre que no pasaba un día sin que el equipo entero tuviera que irse a casa mucho antes de la hora y el trabajo se alargó hasta bien entrado diciembre.

Mientras tanto habíamos comenzado a adecentar el huerto.

Hubo que traer del pueblo un carro de estiércol porque ninguno de mis vecinos quiso proporcionármelo. Ni siquiera Adela y su marido que tenían tres o cuatro vacas en los establos de la Casa Grande y no cuidaban ni de los huertos ni de los campos. Todos dieron el pretexto de que no tenían suficiente ni para ellos así que cómo me iban a dar a mí. Al principio insistí porque tenía a la vista montañas de estiércol que habrían disminuido muy poco de haberme vendido la carreta que yo necesitaba, pero luego no quise darme por enterada de su nueva confabulación y simplemente me callé y me fui.

—¿Dónde se compra el estiércol? —pregunté al hortelano.

—No lo sé.

—¿Dónde se compra el estiércol, Manuela?

—Huy, yo de eso no sé nada. Eso los payeses.

En el pueblo me remitieron a varias masías cercanas y una de ellas se avino a venderme un camión pequeño. Pero no fue fácil. El payés quería saber por qué no se lo pedía a Pontus Abreu o a Xofre Pellegrí que eran mis vecinos. Cuantas más respuestas y aclaraciones les daba más aumentaba su suspicacia, pero cuando me limitaba a responder con monosílabos no adelantábamos. Finalmente llegamos a un acuerdo sobre el transporte, el precio y el día, que de todos modos se retrasó porque no paró de llover en dos semanas más como si la naturaleza hubiera decidido burlarse de mis previsiones. Los campos seguían encharcados, los caminos parecían barrizales. Hubo que esperar a que el viento secara el fango del camino y de los campos. Pero aun así cuando llegó el camión tuvieron que descargarlo en un rincón del huerto porque todavía la tierra no permitía la entrada de las ruedas.

El proceso fue tan laborioso y largo que, me dije, a partir de ahora yo tendría mi propio estercolero. Bien es verdad que no había animales en la casa, pero había leído en el Manual lo fácil y sano que era conseguir el abono para el consumo propio en un estercolero de fabricación casera: no sólo era natural, decía el libro, y ahorraba en la compra de fertilizantes sino que era al mismo tiempo la solución al problema del desecho de basuras, de las hojas secas y del césped.

Al pie de la solana se amontonaba la hierba recién cortada que el viento esparcía al primer soplo, y las bolsas de basura, unas sobre otras, esperaban en el porche de la parte trasera de la casa a que Cosme las llevara al contenedor de la carretera, o a que las echara en el vertedero, o a que en invierno las quemara en mitad de un campo.

—¿Cómo hacían cuando yo era pequeña, Manuela? —le pregunté porque no recordaba haber visto entonces tantas bolsas de basura.

—Teníamos animales y les dábamos los restos de la comida y de la huerta; además no había plástico ni tantas latas y botellas como ahora. Huy, eran otros tiempos.

De todas formas no podría echar las botellas y las bolsas en el estercolero, pero por lo menos no olerían las bolsas porque no contendrían nada que pudiera descomponerse. Haría, pues, mi estercolero junto al huerto, del otro lado del pozo viejo para que las moscas no llegaran a la casa, y una vez descompuesto serviría de abono; cuando estuviera lleno construiría otro que llenaríamos mientras el primero se pudriera y cuando el primero se hubiera convertido en abono, el segundo se pudriría a su vez. El libro decía también que tenía que estar siempre húmedo para favorecer el proceso de descomposición, pero ahora que teníamos tanta agua no sería difícil ni siquiera en el verano; y le echaríamos nitratos para compensar la falta de excrementos como también decía el libro, y dispondríamos siempre de abono natural.

Pocas cosas pueden plantarse ahora que el invierno se nos echa encima, me había dicho el hortelano, un hombre mayor llamado Casimiru que venía del pueblo y cuyo único interés era la tierra, o por lo menos yo lo había comprendido así porque era difícil saber qué quería decir con sus golpes de cabeza y sus monosílabos guturales, siempre en apariencia contradictorios, o el sonido de la ese sin vocal alguna que alargaba en un largo silbido para demostrar su menosprecio. Era tan serio y tan parco en expresiones que al decir esa única palabra con la que pretendía hacerse entender no movía ni el entrecejo ni un músculo de la cara ni casi los labios, en voz baja como un susurro y con la vista desviada para evitar cualquier brecha por donde pudiera deslizarse un imprevisto contacto.

—¿Sólo patatas?
—Patatas no.
—¿Por qué no?
—Es tarde para las patatas de invierno.
—¿Lechugas?
—Lechugas sí.
—¿Coliflores?
—Coliflores.
—¿Habas, guisantes?
—Habas, guisantes.
—¿Nada más?
—Rábanos.
—¿Qué más?
—Nada.

A los pocos días de llegar el camión, el estiércol había teñido ya la tierra de color marengo y los surcos que el hortelano había preparado para las hortalizas habían convertido el campo en un muestrario de pentagramas. Plantamos habas, guisantes, coliflores, lechugas y rábanos. Y nada más.

Yo miraba las líneas de esos surcos que cambiaban de dirección y de profundidad y a distancias regulares las manchas menudas y verdes de las lechugas recién plantadas esperando el momento de regar para cerrar las zanjas y desviar el paso del agua hasta que todas las acequias estuvieran colmadas, como había visto hacer en mi niñez. Pero el hortelano no me dejaba porque todos los días el huerto amanecía empapado de rocío que la neblina de la mañana mantenía sobre la tierra hasta el mediodía. Luego se hicieron los hoyos para cuatro docenas de rosales que me proporcionó el jardinero del pueblo y que él mismo plantó alrededor del huerto para que en primavera formaran una barrera de color y de espinas que impediría a los perros deshacer el minucioso trabajo de Casimiru.

Entonces empezamos con el estercolero. Una construcción elemental hecha con troncos, copia de una ilustración del Manual, que estuvo terminada en pocos días y que se comenzó a llenar inmediatamente con la hierba del jardín y las hojas secas de los plátanos cuya avenida se quedó sin alfombra oscura por el rastrillo implacable del incansable hortelano.

En enero podaríamos las higueras, y más adelante los olivos, las moreras y los chopos, había dicho en un discurso tan largo que le dejó tres días mudo, porque llevaban años creciendo a su aire y el peso de las ramas muertas amenazaba con caer arrastrando las vivas, pero era ya tarde para los almendros y habría que esperar al próximo año.

Abel, el jardinero del pueblo, que según dijo Manuela llevaba años al servicio de la abuela pero meses sin aparecer y que había vuelto en cuanto se enteró de que necesitábamos tantos rosales, había iniciado, para demostrar su definitiva reincorporación a la casa, una limpieza general de parterres, macizos y senderos, y miraba con superioridad al hortelano que pasaba las horas quemando rastrojos en fuegos sin llama, levantando al cielo cortinas de humo en las lindes de los campos, arrancando zarzas y rastrillando hojas, o doblado sobre los surcos del huerto buscando, en la soledad de su silencio, la perfección. Los unía sólo el momento en que coincidían en el estercolero para echar cada uno sus detritus. Y entonces, en ese ágora rudimentaria y conminados quizá por el encuentro, dejaban ambos su horca o su rastrillo apoyados en la higuera, sacaban cada uno su papel de fumar y su paquete de tabaco y liaban un cigarrillo que fumaban de pie, en silencio, deslizando la mirada desde el papel por donde acababan de pasar la punta de la lengua hasta el estercolero y a veces las nubes, soplando cuando hacía falta el sobrante de ceniza que se negaba a desprenderse, o sacudiendo con una mano la hebra encendida que les había saltado al pecho mientras con la otra levantada protegían la colilla en un gesto tan cuidadoso que casi parecía femenino y que, en ese mundo de azadones, tijeretazos y suspicacias, sorprendía por su delicadeza. Y me parecía entonces que la fraternidad esencial reinaba en Almator y que ya estaban lejos las risotadas agresivas, y sus secuelas, de aquella tarde memorable.

A mediados de mes ya funcionaban los dos pozos a la perfección, el huerto se había convertido en un jardín de invierno y al estercolero que se iba llenando paulatinamente sólo le faltaba la colaboración de la renuente Manuela. Y cuando renacía la calma y la normalidad, y a través de ella, y quizá precisamente por ella, la añoranza y la desazón que proporciona la falta de noticias y asomaba otra vez el fantasma de la duda y de la desconfianza que había estado agazapado en un rincón de la conciencia esperando pacientemente a que se apagara la excitación de tantas novedades, apareció un día Casimiru a la hora del desayuno y me mostró por la ventana de la cocina un objeto que sostenía con las manos levantadas y que así a contraluz, no pude saber qué era. Salí a la solana y lo encontré todavía con los dos brazos en alto y la mirada aburrida y distante, como si hubiera venido a traerme una madeja de lana negra y esperara pacientemente a que yo la devanara.

El hedor horripilante no afectaba la expresión de su rostro cincelado y oscuro porque lo mismo que la responsabilidad, no era asunto suyo; me detuve en el umbral de la puerta desde donde adiviné que el andrajo de plumas y carnes descolgadas que sostenía por las patas y el cuello era una hedionda gallina mojada y deformada.

—¿Qué pasa? —pregunté.

El hombre se encogió de hombros pero no movió los brazos.

—¿Qué es esto?
—Una gallina.
—¿Dónde estaba?
—Dentro del agua, en el pozo viejo.

Salió Manuela a curiosear.

—¡Santo Dios, qué horror!

El hortelano cerró los ojos y volvió a encogerse de hombros. Estaba de acuerdo con Manuela, aquello era un horror.

—¿Pero por qué? —pregunté yo que no atinaba a entender lo que ocurría.

—Eso es que alguien le quiere a usted mal. Una gallina negra, muerta, ajogá hace por lo menos dos días.

Aquella mañana Casimiru —interpretó Manuela los monosílabos del hombre— había llegado a su trabajo como todos los días, y se había encontrado la tapa del pozo viejo apoyada en el brocal. El pozo estaba muy alto después de tantas lluvias y vio enseguida flotando en la superficie un bulto que sacó con una caña. Era la gallina negra.

—Habrá caído por la noche buscando donde guarecerse.

—En una noche no huele así, ni en dos días enteros, se lo digo yo —respondió Manuela tapándose la nariz con la pinza de sus dedos.

—Quizá se perdió ayer o anteayer —corregí.

—Los perros la hubieran cazado antes de llegar.

—Alguien ha abierto la tapa del pozo —murmuró el hortelano.

—Esas cosas ocurren en el campo —dije yo procurando no darle demasiada importancia.

—No —dijo el hortelano.

—No —repitió Manuela.

—¿Por qué no? —pregunté a mi vez.

No respondieron.

—Bueno, échela al estercolero y cúbrala con hojas y hierba. Y cierre bien la tapa del pozo.

Se fue el hortelano levantando todavía más los brazos para que la gallina negra no estuviera al alcance de Sultán y Drake, que saltaban y ladraban exasperados.

Ahora los perros se meterán en el estercolero y la desenterrarán, pensé, y como está medio podrida no la comerán y cualquier día me encontraré las plumas y tropezaré con su cuerpo descompuesto. Tal vez sea cierto que se trata de un sortilegio.

Tuvo que venir una brigada de hombres a limpiar el pozo y una vez vacío sacaron de sus someras entrañas un amasijo de objetos variados y en descomposición que quién sabe cómo habían ido a parar allí atravesando la tapa de metal: un guante de plástico o un cubo de hierro cuyo color no podía descifrarse, envueltos en una pasta putrefacta, un limo negro y oscuro que recogía infinidad de bultos de difícil identificación. No podía entender cómo habíamos estado bebiendo de ese agua ponzoñosa sin morir.

—Pues eso de limpiar el pozo es una novedad. Aquí lo único que se ha hecho endende que yo estoy en esta casa —dijo Manuela— es echarle ca.

—¿Echarle qué?

—Echarle ca viva para desinfectar.

—Eran otros tiempos, Manuela —le dije remedándola porque si bien era cierto que el tiempo pasado en Almator no me había servido para comenzar a trabajar, sí en cambio me iba enseñando, entre muchas otras cosas, la forma de tenerla contenta.

—Huy, y usted que lo diga. Hoy en día, yo ya no entiendo nada.

Cuando aparecieron los cazadores, poco días después, supe nada más verlos que su presencia no era anodina. Sin embargo no podía imaginar entonces en qué brutalidades había de acabar su arrogancia.

Desde que se había abierto la veda, a finales de octubre, la municipalidad había colocado a la entrada del valle un cartel para que nadie se olvidara de que Almator, como el resto de la comarca y del país, no se había librado de la plaga: coto de caza. Los sábados y los domingos, desde el amanecer, el camino y los campos se llenaron de cazadores cuyos disparos tenían a los perros de todas las masías ladrando interminablemente.

Pasaban pisando los sembrados donde comenzaba a aparecer la pelusilla verde, tirando a matar a todo cuanto se moviera a su alrededor, o se adentraban en las pocas parcelas de maíz, alto y seco, que todavía quedaban por recoger donde se escondían las presas. Sus perros los precedían olfateando los rastros y cuando oíamos el rumor de papel arrugado y veíamos temblar las hojas secas del maíz y las mazorcas, como burbujas de secano, sabíamos dónde se resolvía el acoso, igual que el leve hervor en la superficie de las olas descubre un banco de peces que atraviesa el fondo marino o el pulpo que se arrastra en el suelo de roca o el submarinista que explora las profundidades del mar.

Aquel domingo llevaba toda la mañana oyendo los disparos cada vez más cercanos de un grupo de cazadores que había visto pasar mucho antes en dirección a las masías gemelas y los bosques de poniente, seguidos de sus perros, armados con bolsas y escopetas y dejando tras de sí un rastro de botellas de cerveza, cartuchos vacíos y bolsas de plástico. Me asomé inquieta por saber dónde estaba Drake que se alejaba a veces demasiado siguiendo a Sultán, y vi a dos cazadores encaramados en uno de los almendros junto a la linde del camino. Llevaban todavía la escopeta en banderola, y con una caña vareaban las pocas almendras que quedaban en el árbol. Aquel año nadie las había recogido, la mayor parte había ido cayendo por su propio peso y sólo algunas quedaban, resecas y oscuras como muñones, en las ramas desnudas. Me acerqué precedida de Sultán y Cano que ladraban a los intrusos, y seguida de Drake que con la torpeza de los cachorros intentaba emular a los mayores. El tercer cazador, invisible desde la casa, había dejado la escopeta apoyada en el tronco del árbol, recogía las almendras del suelo con calma y con la facilidad que le permitía su voluminoso abdomen las guardaba en el morral.

—Buenos días —dije.
—Buenos días.
—¿Qué hacen ustedes aquí?
—Coger almendras.
—¿Saben que este almendro pertenece a la casa?
—Sí.

Hubo un silencio. Los hombres se habían detenido y me miraban. Yo los miraba también a ellos y a sus escopetas, amedrentada menos por ellas que por ellos y sin saber cómo continuar.

—No le importará que cojamos unas cuantas almendras viejas y secas, ¿no? Siempre lo hemos hecho y nunca hemos tenido problemas.

—No me importa, pero podrían haber preguntado.

—Si sólo es por esto, se lo estamos preguntando.

Y volvieron otra vez a batir las ramas. Cada golpe de caña repetía el rumor de una ráfaga de lluvia y granizo que cesaba de inmediato, como un plano breve de borrasca barajado en la calma otoñal.

—Creo que ya tienen suficientes —dije señalando el zurrón repleto.

—Bueno, nadie las coge, o sea que no se las quitamos a nadie.

El que estaba en tierra, un hombre gordo y bajo, con la gorra ladeada, se acercó a mí y me susurró al oído en un tono confidencial que los demás no pudieran oír:

—No le viene mal estar a bien con nosotros. De estar usted ausente le vigilamos la finca, que nunca se sabe.

—Gracias, pero insisto en que ya tienen suficientes. Y, por favor, no entren en la finca.

—Si no está vallada tenemos derecho de paso. Esto es un coto de caza —la entonación ahora era más agresiva.

—Pero ustedes no pueden disparar a menos de quinientos metros de las casas y en este valle no hay dos casas a más de un kilómetro de distancia, así que no pueden disparar —repetí lo único que sabía sobre reglamentaciones de caza aprendido el día anterior de Cosme.

—Pero podemos pasar y caminar, ¿o no? Eso no está prohibido.

—No, no lo está —reconocí.

Los dos hombres siguieron en el almendro picando las ramas con las cañas y recogiéndolas el de abajo como si la conversación no se hubiera referido a ellos ni al momento presente.

Esperé un poco porque supuse que lo iban a dejar de un momento a otro. Pero me equivoqué.

—¿No les he dicho que bajen? ¿No me han oído?

—Sí, claro que la hemos oído —pero no se movían.

Seguía sin saber qué hacer. Estaba perdiendo. Aquellos hombres eran soberanos en este valle y en todo el país, un inmenso coto de caza dominado por un ejército de individuos armados; no había defensa posible porque nada hay más evidente que la derrota de quien está desarmado frente al que tiene un arma. Bien es verdad que podía denunciarlos, pero ¿de qué?, ¿de que me robaban almendras secas? Lo más probable es que el guardia civil al que presentara la denuncia fuera él también cazador dominguero y amigo de todos ellos, y siempre sería su palabra contra la mía.

—Nadie se ha atrevido nunca a denunciarlos y

pregunte usted cuántos perros y gatos se han matado en este valle —me había dicho el propio Cosme—. Un hombre armado suelto por el campo es mejor tenerlo como amigo.

Di la vuelta y con aire resuelto como si, obligada por su obstinación, no me quedara más remedio que ir a tomar represalias muy a pesar mío. En realidad nada podía hacer y me ardía la cara de humillación. Hasta que llegué a la casa seguí oyendo el batir de las cañas sobre las ramas y la caída de las almendras que le sucedían como golpes esporádicos de lluvia sobre la tierra seca.

Cuando miré el almendro desde mi ventana, los vi enfrascados en la tarea y en absoluto inquietos, y allí seguían todavía ajenos a las peleas de sus perros y los míos cuando el atardecer se fundió con la oscuridad de la noche.

Volví a verlos el sábado siguiente, pero entonces pasaron de largo con sus perros y sus paquetes de merienda y tomaron el camino del torrente hacia los bosques sin ni siquiera echar una mirada al almendro. Sin embargo al día siguiente al volver del pueblo vi a un hombre agachado bajo el olivo grande a la vera del camino, y a todos mis perros tumbados tranquilamente a su alrededor.

Dejé el coche en el camino y atravesando la viña y el campo me planté ante él que ni me vio llegar, ocupado como estaba en recoger aceitunas, y le pregunté:

—¿Qué está usted buscando?

—Calma, mujer, no te inquietes.

Era un hombre mayor completamente calvo en la coronilla y con las sienes y la nuca pobladas de largos y escasos cabellos grises, como los mendigos, o los anacoretas, con la barba de dos días, la piel curtida de años, los ojos oscuros y la mano muy grande porque me llamó la atención la cantidad de aceitunas que contenía antes de echarlas en la bolsa de lona, bastante llena ya, que sostenía con la otra. Había dejado en el suelo el sombrero de pana y el zurrón junto al que dormitaba un perro pastor de larguísimo pelo blanquecino que le cubría casi completamente los ojos; Sultán y Cano parecían estar en muy buenas relaciones con él.

—¿Qué hace usted aquí? ¿No sabe que ésta es una propiedad privada?

—Estoy recogiendo aceitunas, mujer, pero tengo permiso de Manuela: desde hace por lo menos quince años, cuando tu abuela decidió que ya no le interesaba recogerlas, me llevo unas pocas. Luego en casa las curo y tengo aceitunas para todo el año. —Sonrió fugazmente y añadió—: Perdona, debería haberme presentado: me llamo Matías, y vivo en la masía de la palmera, abajo, al empezar el camino —soltó el puñado de aceitunas dentro del saco y alargó la mano.

Estaba confundida.

—Perdone —murmuré azorada mientras él sacudía calurosamente el apretón para tranquilizarme—, debe usted perdonarme, todavía estoy irritada con los cazadores y creí que era usted uno de ellos.

—No por Dios, soy un hombre pacífico incapaz de matar una liebre. Pero por favor, tutéame, ya sé que puedo ser tu padre pero me sentiré mejor.

Me deshice en excusas mientras lo contemplaba más detenidamente y me preguntaba cómo era posible que no lo hubiera visto ni una sola vez en esos tres meses. Tan desconocido como si hubiera vivido a cien leguas de distancia.

—Yo fui amigo de tu abuela —dijo, y mientras seguía recogiendo aceitunas y hablando me pareció descubrir destellos de curiosidad en su mirada, como si quisiera compararme con la niña de la que la abuela probablemente le habría hablado. Cambié el peso de una pierna a otra dispuesta a escucharlo, con cierta inquietud al oír hablar finalmente de aquella mujer muerta cuya memoria al estar tácitamente prohibida había deshecho la mía con mayor saña que los largos años de ausencia, incapaces hasta unos meses antes de borrar una sola arruga de su piel transparente, la plácida entonación de su voz agrietada, o la expresión penetrante y glacial de sus ojos de mosca.

—¿Tú veías a menudo a la abuela? —me atreví a preguntarle.

—A veces. Nunca salía de casa. La visitaba dos o tres veces al año, pero desde el camino veía su silueta recortada en la ventana.

Hablaba pausadamente, y con la misma calma y cuidado recogía del suelo las aceitunas negras y pequeñas, mirándolas una a una, y sopesando los pros y los contras antes de echar al suelo las que no merecían su aprobación o en el saco las demás cuando ya no le cabían en la mano. Antes de que yo hubiera encontrado la forma de intercalar en su discurso las preguntas que hacían temblar a Manuela y la alejaban de mi lado, cambió bruscamente de conversación.

—Curar las aceitunas —dijo— no es fácil. Además hay muchas formas de hacerlo. Yo me inclino por la que me enseñó Imelda, la mujer de Juan de la Caña.

—¿Quién es Juan de la Caña? —pregunté.

—Ése que siempre anda con la guadaña, el hermano menor de Pontus. Si las aceitunas son grandes, Imelda les da un golpe con una piedra, si son pequeñas, no. Luego las pone en remojo durante nueve días a partir de la noche de luna nueva y les cambia el agua nueve veces al día. Al cabo de los nueve días las deja en remojo en agua con sosa cáustica, romero, laurel y ajo durante tres días más. Y ya está. Ya se pueden comer.

—Y ¿por qué con la luna nueva?

—Ah, no sé, yo lo hago como ella me lo dijo, y es como mejor quedan. A mí me gustan las aceitunas y en mi tierra no las hay, soy gallego, ¿sabes?

Cuando se fue con la bolsa llena, ya me había contado buena parte de su vida.

—Chiquilla, te contaré el resto otro día que se hace de noche. —Y se fue con el perro de lanas que sacudía la cabeza para quitarse las greñas de la cara, y todavía lo oí silbar cuando fui a recoger mi coche que había dejado con los brotes de mi propia indignación, abajo en el camino.

El invierno llegó con retraso y fue el más duro de cuantos recordaban mis vecinos.

Sin embargo nadie lo habría dicho a mediados de enero: había cesado casi por completo el viento y por las mañanas se levantaba una tramontana suave, la «tramontaneta», que caía al atardecer y que mantuvo durante un par de semanas el cielo despejado. Aunque por la noche el frío apretaba y al día siguiente amanecía la tierra blanca de escarcha, desde las primeras horas el sol que brillaba sin obstáculos la convertía en vapor —líneas horizontales de niebla baja flotando sobre los campos escalonados—, y nos parecía que la primavera se acercaba a trompicones cada vez que veíamos un almendro florido, o descubríamos que ya habían brotado las mimosas de la entrada, o reparábamos en los atardeceres morosos, porque aun siendo el ritmo de la naturaleza lento y continuo nuestra percepción de él es súbita e intermitente.

—Esto no es bueno para el campo —decía Pontus a Cosme.

—Esto no es bueno para el huerto —decía el hortelano.

—¿Cómo va a ser bueno que las habas y los guisantes florezcan en enero? Nunca se había visto una cosa igual —decía Manuela por decir, porque desconocía el tiempo de la floración de casi todos los vegetales y nunca había oído hablar de las curvas anuales de calor y frío.

—Ya comenzamos mal con la buganvilla que se cubrió de flores en Navidad —añadía Abel que no quería ser menos.

Navidad se había anunciado casi por sorpresa durante aquel plácido diciembre de días soleados y noches templadas y ventosas. Únicamente la llamada de mi padre desde Viena para desearme felices fiestas me había recordado el imparable intercambio de buenos deseos, aquel ir y venir de visitas, de compras, de regalos de los años anteriores, y por primera vez pasé la Nochebuena como una noche cualquiera, sin adornos, sin bolas de colores, ni cantos tradicionales, sin echar de menos los escasos brindis y las moderadas celebraciones de mi vida anterior, y aunque había temido a la soledad, mi alma estuvo sumergida en el sosiego y la paz, aunque no la que otorgan los villancicos a los hombres de buena voluntad sino una paz más concreta, la de la comunicación restituida, la del encuentro con fecha precisa, la de la certeza de que al comenzar el año nos íbamos a ir de viaje. Y andaba alborozada por la casa preparando la maleta como si nunca se hubiera tambaleado mi confianza porque cuando la angustia desaparecía ni yo misma era capaz de comprenderla.

Una escueta conversación telefónica a mediados de diciembre, tan tarde en la noche que me había encontrado en la más profunda sima del sueño, entre interrupciones de ruidos repentinos y zumbidos que nos obligaron a repetir una y otra vez las mismas palabras, me había devuelto el entusiasmo que las semanas de espera habían amortiguado y diluido tantos desvelos y trabajos.

—¿Quieres comenzar el año conmigo?

—Claro que quiero, pero ¿dónde estás?

—¿Que si quieres pasar las Navidades conmigo?

—Que sí quiero.

—No te oigo, pero te mando un billete.

—Yo puedo tomarlo.

—Yo te lo mando.

—¿A dónde?

—Sorpresa.

Un ruido de moscardón ahogó su voz.

—¿Pero dónde te encuentro? —pregunté una vez la hube recuperado.

—Tú coge el avión. Yo te encontraré.

—Pero ¿dónde?

—No te preocupes. Yo te encontraré.

Lo preparaba, lo dirigía, lo planeaba todo. Y yo no intervenía hasta que llegaba el momento. Estuvo bien, ¿no es cierto?, respondía con una pregunta a mis quejas. Sí, era cierto, tenía que reconocerlo. Yo misma no habría sabido organizarlo más a mi gusto. Aunque en el proceso siempre se producían ciertas transformaciones casuales, intrascendentes en apariencia, un leve cambio en las fechas, quizá en el lugar, o un día menos de lo previsto.

—Dime por lo menos si tengo que llevarme ropa de invierno o de verano.

—No te preocupes por la ropa, lo sabrás cuando veas el billete.

—Pero...

—Deja de pensar en eso y piensa sólo en mí. —Y colgó.

Nunca por teléfono nos habíamos alargado en explicaciones ni jamás mitigaban la separación sus palabras tiernas, aunque era sobre todo yo quien las evitaba por un extraño pudor, o vergüenza, como si a lo largo del hilo, desde el abstracto lugar donde él se encontraba hasta ese aparato negro y anticuado colgado de una pared del zaguán, habitaran seres minúsculos y contrahechos sosteniéndose en equilibrio, atentos a la conversación y mofándose con risotadas y muecas deformes y aspavientos de sus brazos puntiagudos, de cada una de mis palabras. Los teléfonos, me había dicho en una ocasión, son sólo para concertar citas o acumular información, pero no están hechos para las confidencias ni para transmitir cariño y añoranza. Ya sabes lo que quería decirte, y sabes que te quiero ¿para qué añadir más? Yo lo sabía pero al colgar me quedaba siempre el malestar de una conversación inacabada, el sabor de una carencia.

Así, al llegar el billete —para el segundo día del año, no para Navidad ni para Año Nuevo— unos días después de haber tenido las palabras con los cazadores, cuando no había remitido todavía ni el coraje ni la humillación, habría querido explicarle lo ocurrido y preguntarle qué se hace en esos casos. Pero de haberlo localizado, no habría sabido darle cuenta cabal de su significado tal como yo lo entendía ni salvar la distancia hasta la mesa de su despacho o la habitación de su hotel, y mucho menos la intimidad de su familia. ¿Qué se hace para compartir desde el exilio?

Eso lo supe, de otra forma quizá, cuando desembarqué en un aeropuerto del Caribe y lo descubrí entre una multitud de turistas y de nativos envueltos en pareos de colores vivos y cubiertos con sombreros de paja para protegerse del sol, con la misma expresión de beatífica felicidad que debía de tener yo a pesar de la noche en blanco, y más tarde junto a otro mar, más espacioso y libre y más capaz de enfurecerse que el plácido mar de nuestras costas donde el viento no hace sino allanarlo escondiendo su fuerza en una corriente oculta cuya malignidad sólo los avezados a él o las gentes del país adivinan bajo la superficie gris levemente rizada por la tramontana.

Y en cada uno de aquellos días y noches volvió a repetirse el milagro porque no se producía la sombra de un malentendido, de una omisión, ni por el más leve resquicio podía introducirse la duda, el malestar o la incomodidad, no había lugar para el agobio y no cabía pensar más que en el plácido sucederse de las horas.

Así es fácil olvidar las noches de espera sin noticias y la sombra de su vida paralela, de su vida; por eso sólo un par de veces, empujada más por el impreciso recuerdo de la inquietud que sentía en Almator, me atreví a preguntarle en qué punto se encontraban nuestros proyectos, si es que todavía seguían vigentes. Pero él no contestaba más que pidiendo calma y comprensión, y juraba con tal vehemencia que hacía cuanto estaba en su mano que yo callaba, convencida quizá. Y cuando en la oscuridad del amanecer le oía esa súplica que inició entonces y que yo había de oír hasta el último día —reténme, decía, reténme siempre, pase lo que pase, no lo olvides, y repetía, reténme— pronunciada en voz tan baja, imperceptible casi, como para ser dicha escasamente a unos milímetros, cuando no hubiera otra luz que la de nuestras caricias y mi pensamiento hurgase para confundirse con el suyo, no sabía qué contestar. E incapaz de comprender lo que se me pedía, mecida por el ritmo de un poema del que había entendido las palabras pero no el significado, oprimía más mi cuerpo contra el suyo para abolir la distancia y me dormía oyendo los graznidos de aves desconocidas y el paciente oleaje de espuma sobre la arena dorada del Trópico.

Cuando volví a Almator apacigüé mi desconsuelo

en la melancólica belleza de los almendros floridos y el inocente amarillo de las mimosas que alumbraban como un presagio el paisaje invernal. Y para reconfortarse, mi mente retrocedía a los tiempos de aquel califa que había cubierto su reino de campos de almendros no pudiendo explicar de otro modo a su hija cómo era la tierra bajo un manto de nieve. Y el sol era tan fuerte en esas calmas de enero que me sentaba en la solana envuelta en una manta mirando nostálgicamente las buganvillas que seguían floridas porque creían, como los almendros y los manzanos, que el calor del mediodía era el aire de la primavera. Y cuando cerraba los ojos en la pantalla de mis párpados aparecían manchas y sombras que se deslizaban, cambiaban de forma y se contorsionaban y dilataban cristalizando a veces en rostros conocidos, chispas de sonrisas, paisajes o calles olvidadas de mi ciudad, que en su loco devenir acababan siempre por dibujar el contorno de la gallina negra medio descompuesta y con las plumas resbaladizas de tantas horas empapadas en agua.

Me costó casi dos semanas recuperar el caudal de energía y devoción de los días anteriores al viaje, pero poco a poco el ritmo de mis pasos alcanzó el inmutable ritmo de la naturaleza y de los hombres que en ella se afanaban. El jardinero y el hortelano encaramados en escaleras tan altas como las de los bomberos podaron las moreras para que sus ramas se extendieran igual que la de la plaza del pueblo, y uno de los hijos de Pontus Abreu vino con el tractor a recoger para sus vacas las pocas ramas de los olivos que Casimiru se había atrevido a cortar, y se amontonó la leña de tantos inviernos sin podar, y los campesinos araron los últimos campos dejando un manto de terrones oscuros que a los pocos días allanaron con otro recorrido y otro rodillo del tractor. Y comenzaron a oírse al sol del mediodía esparcidos por las lomas los tijeretazos de la familia entera de Pontus Abreu podando las viñas. Y el huerto se amplió con los ajos y las cebollas y los puntos amarillos de las mimosas comenzaron a dorarse de tanto calor y aparecieron levísimas protuberancias en las ramas y en los tallos, y los días se fueron alargando más ostentosamente. Entonces una tarde entré en la biblioteca y abrí la maleta de los libros y desenfundé finalmente la máquina de escribir, como el preludio que había de dar paso a mi propósito, y cuando todo parecía a punto para el nuevo resurgir de la naturaleza, el cielo se cubrió de nubes densas, inquietas y oscuras, arreció la tramontana y comenzaron los fríos intensos.

Un domingo, hacia el final de esas dilatadas calmas de enero, cuando la temperatura todavía no había descendido tanto como para que viéramos alejarse la primavera, me despertó el fulgor de la tardía luna menguante fisgando por esa rendija del postigo que parecía condensar toda la luz del exterior y dirigirla directamente a mis ojos.

El reloj del zaguán dio las cinco. Cambié de posición para evitar el rayo de luna y me arrebujé dispuesta a seguir durmiendo aunque con pocas esperanzas. Todavía tardaría en amanecer a pesar de que los días comenzaban a ser ligeramente más largos. El silencio era tan denso, tan apretado que a fuerza de escucharlo atentamente, como si tuviera conchas de mar en los oídos, llegué a percibir su propio sonido que al más leve aumento de intensidad me hacía estremecer no sé si de pavor o por el desconcierto que produce en el espíritu esa calidad de mercurio del silencio total en la oscuridad.

Cuando me despertaba asustada por la noche sin

saber en qué cama ni en qué cuarto me encontraba, para ayudarme a coger otra vez el sueño, mi padre se sentaba en la cama, ponía sobre mi frente su mano grande y ancha que cubría también los párpados y con una voz suave a la que quitaba voluntariamente toda entonación, comenzaba a hablar: hay gente durmiendo en la habitación de al lado, míralos bien, están tumbados en la cama, y hay otras personas en la de encima y otras en la de debajo. Y recorría una a una muy lentamente todas las habitaciones de los apartamentos o las del pasillo del hotel, gentes dormidas a mi alrededor, a tan poca distancia, a mi lado casi, y pasábamos luego a la casa contigua y poco a poco nos alejábamos por las calles de la ciudad y penetrábamos en las casas por el balcón adentrándonos luego en las profundidades del piso, en los dormitorios interiores, o en los que se abrían a la calle posterior, todos ellos llenos de durmientes que yo veía agazapados en la cama, inmóviles, o tumbados de cara al techo, o boca abajo, con los ojos cerrados y el embozo hasta la barbilla a la suave luz de la farola de la calle que se posaba con un incierto resplandor sobre las colchas. Y si en este punto no me había dormido todavía, me mostraba cómo una mano mágica borraba todo lo que no fuera la materia de la que están hechos los humanos, y poco a poco se esfumaban las paredes, los techos de las casas, las camas y los colchones donde yacían los hombres y las mujeres inmóviles, dejándolos en estanterías imaginarias del espacio como un ejército de durmientes suspendidos en el vacío, ordenados por pisos que recorríamos lentamente oscilando entre ellos del suelo al estante superior sin sentir la gravedad en el cuerpo como hombres en el espacio, y descendíamos de casa en casa por las calles y las plazas hasta el mar, el lago o el río, según fuera el lugar donde nos encontrábamos. Nunca llegamos a sobrepasar esos límites porque yo ya había dejado de percibir la presión de su mano mucho antes y me había dormido arrullada por su voz.

Pero en Almator no había gente. Manuela y su marido, en su casa a quince o veinte metros de allí del otro lado del patio trasero, y nadie más hasta la masía de enfrente. Y en cuanto a los perros era difícil saber dónde dormían: Drake todavía en su cesta del lavadero, ¿pero los demás? En el cobertizo de la pared norte sólo se guarecían las noches de lluvia. Si estaba sereno, por mucho que arreciara el frío, se retiraban al bosque y aunque aparecían al menor ruido, en cuanto habían ladrado al intruso, fuera animal o humano o a veces un sueño que creían continuar en el mundo de los vivos, se sumergían de nuevo en la oscuridad.

Habría pájaros durmiendo en las ramas de los árboles —¿cierran los ojos los pájaros para dormir? Y liebres, conejos y gazapos entre la maleza, y hurones y tejos bajo la tierra, y ratones entre la hiedra o en los túneles a ras del suelo entre los tallos de los arbustos o en los tejados. Muchas veces los había oído en la oscuridad, de hecho podían comenzar sus correrías de un momento a otro, pero ya no me asustaban como durante las primeras semanas. Y las serpientes, ¿dormían enroscadas en las ramas de los árboles como los guepardos de las fotografías?, y ¿las hormigas? ¿Cómo dormían?, ¿cuándo? ¿Dormían donde querían o tenían el sueño programado como el resto de su vida? ¿Qué animales vivirían en Almator? Una vez de noche, en una revuelta me había topado con una pareja de jabalíes de un metro de altura por lo menos con sus dos crías que salían de la maleza y atravesaban el camino para ir al campo, seguramente en busca de maíz. Se decía que en los veranos muy calurosos bajaban de los bosques para beber en las albercas y en las piscinas, más asustados ellos por la presencia de los hombres que los hombres por la suya. Había visto también conejos y liebres corriendo hasta que la claridad de los faros los deslumbraba y se quedaban quietos pensando quizá que habían entrado en una zona tan oscura como la de su propia visión cegada por la luz. Y vi en una ocasión una zorra corriendo despavorida delante de un perro enloquecido por su presencia que la perseguía a toda velocidad. O quizá fuera una jineta.

La estridencia del canto del gallo rompió la masa de silencio exterior y agigantó la oscura pantalla de mi vigilia que se pobló entonces de hileras de gallinas despertando al primer resplandor de la mañana. Y recordé el gallinero del Manual que había comprado, y pensé: si tuviera un gallinero tendría huevos que podría coger yo misma como cuando era niña, cálidos todavía, y las alimentaría con los restos de comida y con el maíz que plantaríamos en el huerto. No tenía que ser difícil construir un gallinero. Ni siquiera haría falta llamar al albañil porque no sería para doscientas gallinas, ni siquiera para cincuenta. Con seis gallinas habría suficiente. Una gallina no pone un huevo todos los días. Quizá uno cada dos días con lo cual seis gallinas darían tres huevos al día, o sea una docena y media de huevos cada semana. Habría huevos de sobra. En realidad sólo necesitaba cuatro estacas en los ángulos y dos más para la puerta, tela metálica, unas tablas para cubrir las perchas y el ponedero, y cañizo para dar sombra por lo menos a la mitad del gallinero. Bastaría con un bastidor cuadrado y dos listones cruzados para la puerta, recubierto también de tela metálica... Podría construirlo debajo de la higuera, junto al huerto, para que las gallinas tuvieran sombra en verano y sol en invierno.

Cuando volvió a cantar el gallo mi gallinero estaba completamente terminado. Salté del cálido ovillo de mi imaginación al frío de las baldosas y abrí los postigos. Antes de desaparecer detrás de los bosques de poniente la luna blanca y deforme había dejado su luz en la escarcha de los campos. Al tenue azul que quería abrirse paso detrás de los montes de levante, Almator se desvelaba cubriéndose con un juego de sombras que marcaba los perfiles de los cipreses como oscuras chimeneas o campaniles diseminados por el valle, y reproducían las líneas escuetas de los chopos transparentes del invierno. La masía de enfrente estaba sumida en la oscuridad. Poco a poco el color rosa del amanecer anunció un día frío y ventoso. Muy lentamente las ramas desnudas de los árboles comenzaron a moverse como si se desperezaran del sueño de la noche. La luz del sol que todavía no asomaba iba aclarando el cielo pero dejaba todavía la tierra oscura y húmeda oculta bajo la escarcha. Comenzaron a adivinarse los límites de los campos y las lindes de los caminos y de los márgenes con tanta lentitud que me impacienté.

Un día, pensé, me sentaré junto a la ventana cuando todavía sea de noche y fijaré la mirada en el cielo y en la tierra para comprobar cómo la luz reduce la oscuridad, sin moverme, sin parpadear para no perder ni un eslabón del recorrido y acoplarme yo misma al nacimiento y al avance del día, con la misma atención y ensimismamiento que el gigante acostado en la tierra oía crecer la hierba. Pero hoy tengo la vista y los anhelos en otros menesteres.

El jardinero no venía aquel día y tuve que prescindir de Casimiru que ya estaba inclinado sobre la tierra cuando yo terminé el desayuno porque lo apremiaban no sé qué urgencias en el huerto, pero aun sin ayuda de nadie a media mañana ya había cavado cuatro grandes agujeros para los postes de las esquinas con tal concentración y diligencia que me había olvidado del frío y del viento, había ido dos veces a la ferretería del pueblo a por tela metálica, tenía hecha la puerta y el entarimado del cobertizo donde dormirían las gallinas y seguía trabajando con la misma energía, obsesionada sólo por ver mi obra terminada. Seguía las indicaciones del Manual y añadía de mi cosecha lo que no acababa de comprender, y sólo cuando fue el momento de mezclar el cemento con la arena para rellenar los hoyos donde colocar los postes, decidí pedir ayuda.

Casimiru, que cavaba la tierra lentamente, pesadamente, en un rincón del huerto se enderezó, me miró, susurró unas palabras que no entendí y volvió a inclinarse como si ésta hubiera sido su postura natural fuera de la cual no existía ni el reposo ni la paz.

Corrí hacia la casa de Manuela para ver si había llegado Cosme.

A Cosme no le gustaba que las mujeres tuvieran iniciativas, no veía por qué habían de tenerlas. Siempre se lo decía a Manuela:

—Mujer, tú a lo tuyo.

Pregonaba en cuanto podía que las mujeres no sabían conducir y era lo suficientemente inculto como para, de habérsele ocurrido, haber invocado la naturaleza para justificar su misoginia, porque para dejar bien claro que tener la mesa puesta y la cama hecha era un derecho inherente a su condición de hombre, no tenía más argumento que reconocer la superioridad de la mujer en esos trabajos. Pero como todos los hombres que piensan así era cariñoso y protector, y por lo mismo le gustaba hacer favores porque en su rudeza estaba convencido de que tal comportamiento con ellas ponía de manifiesto que la supremacía de la virilidad era inherente al género, y en su caso además al individuo, y no se trataba de un artilugio de la vanidad del hombre.

—Por favor, Cosme, venga a ayudarme a hacer el mortero.

—Pero ¿cómo se enreda usted en ese tipo de cosas? Eso hay que hacerlo bien, no es cosa que la haga cualquiera, así en un momento.

Pero vino e hizo el mortero, lo vertió en los hoyos e incluso me ayudó a mantener fijos los postes mientras se secaba. Luego se marchó murmurando pensamientos filosóficos mezclados con augurios de mala suerte por invertir los papeles que se nos habían adjudicado desde el principio de los siglos.

El día entero se me fue en el gallinero con la única compañía de los perros y bajo la mirada opaca del hortelano que de vez en cuando dejaba la azada para liar un cigarrillo; pasó sin que yo me diera cuenta la hora de comer volcada en mi trabajo, como si fuera de vital importancia para la marcha del mundo ese gallinero que poco a poco iba tomando forma. El viento rugía y más de una vez tuve que correr porque arrastraba el cañizo hasta el camino. El sol brillaba a media altura en ese cielo tan despejado y azul como sólo puede verse los días de tramontana, y tan cálido a pesar de ser enero que en cuanto podía me protegía bajo las leves y alargadas sombras de los troncos de las higueras.

Si hubiera sido capaz de apartar los ojos y la mente de las tablas y de los clavos y de la tela metálica que se resistía a permanecer desplegada empeñada en enrollarse sobre sí misma en cuanto yo volvía la espalda, habría visto la nitidez de los contornos y el tono intenso de los colores de la tierra recién arada y habría olido la fragancia del romero y el tomillo del bosque que el viento traía a ráfagas y habría reparado en el ruido seco de los tijeretazos de los payeses que podaban las viñas desnudas inclinados sobre las cepas hasta dejarlas escuetas y cubiertas de muñones retorcidos, en apariencia tímidas e indefensas contra los fríos y el viento del invierno, pero en realidad preparadas para renacer con mayor vigor en primavera y cubrirse otra vez de sarmientos y de hojas que se desparramarían por el suelo colmadas de racimos una vez más. Pero yo no podía ver otra cosa que el gallinero.

En un momento determinado levanté la cabeza para comparar dos alturas y descubrí en el margen cercano, a poco más de diez pasos de donde yo estaba, a Pontus Abreu mirándome con reticencia y aunque parecía sonreír era difícil saber si el gesto que le torcía la cara no era más bien una mueca de incomprensión, porque las gentes del campo tienen a veces una expresión que se diría incrédula y distante, inescrutable.

Me había cogido en falta, así me sentí. Habría deseado tener el gallinero listo o haberlo visto llegar, pero Pontus podía aparecer de improviso, como un furtivo, en el momento en que menos se lo esperaba aunque durante todo el día se lo hubiera tenido localizado recorriendo los campos más alejados como una distante figura de belén, dedicado a su labor.

Me miraba sin decir nada y yo, para romper la violencia de su silencio, comencé a contarle lo que me proponía. No mudó la expresión de su rostro ni ante los detalles de la construcción ni ante mi inflamado entusiasmo. Y cuando hube terminado levantó brevemente la mano y con un gesto de cansancio, de incomprensión ante tanta ignorancia y de total indiferencia por los actos que emprenden esas personas procedentes de otros mundos, o quizá para dejar claro que él no era quién para juzgar, y en cualquier caso no iba a hacerlo, me dio la espalda y exclamó dirigiéndose al mundo entero:

—*Ara pla!* —y desapareció.

No puedo decir por qué pero me invadió el desánimo.

Allí estaba yo, arrodillada en el suelo rodeada de herramientas, acalorada a pesar del frío intenso y del viento, con las manos moradas de martillazos, sucia de fango, con la trenza medio deshecha y los pelos al aire como una endemoniada, sin más compañía que mis tres perros y Cano, dormidos al sol, construyendo un gallinero y afanándome por terminarlo antes de la noche, impulsada por una premura que no respondía realmente a ninguna necesidad y mucho menos a ninguna urgencia, en lugar de andar cavilando y componiendo ese libro que cada vez se alejaba más de mi horizonte.

A punto estuve de abandonar la labor, pero el arrollador ímpetu inicial venció, y sin detenerme a pensar más en aquella fugaz y patética visión de la pura y simple inutilidad de mi hacer (para esconder también —deduje llevada de la falta de sentido que bruscamente había invadido el universo— la subrepticia inutilidad de todas las actividades cuyo único objetivo es ayudar al hombre a sobrevivir, a empeñarse en permanecer de una forma u otra, a creer la historia y la cultura, a ignorar la muerte y el paso del tiempo que todo lo engulle y el olvido al que se nos somete a todos como a todas las cosas de este mundo) me sumergí de nuevo en aquel reino de actividad desbocada porque, me negaba a reconocer, no dejaba lugar al pensamiento y la reflexión, ni a la melancolía, ni poco a poco al despecho, un reino que se justificaba únicamente en sí mismo y cuyo premio consistía en reproducirse para obsesionar todavía más y dedicarse más a él y recibir a su vez y de nuevo el premio y así sucesivamente en una espiral de inutilidad imparable como la del profesor de filosofía que enseña a los alumnos a examinarse de filosofía para que a su vez se conviertan en profesores de filosofía que enseñarán a los alumnos a examinarse de filosofía para que un día puedan enseñar filosofía a los alumnos que...

Y seguí sin descanso clavando y uniendo tablas y listones, telas metálicas, hierros y portezuelas mientras el sol caminaba hacia su ocaso por una órbita cercana al horizonte hasta que se hundió lentamente en él. Se había escondido ya cuando hube encajado la puerta y oscureció rápidamente mientras todavía terminaba de remachar los clavos que unían el cañizo con los postes para que las gallinas pudieran tener sombra en los calurosos días del verano, un alarde de previsión que me llenó de orgullo no disminuido siquiera por el intenso frío que cubrió la tierra al ponerse el sol.

Quedaba todavía un atisbo de luz para admirar mi obra recién terminada a la que sólo faltaban las gallinas. Y entonces llegó la calma que sucede a los días claros de invierno, como si el viento después de luchar toda la tarde por detener con sus ráfagas el avance de la oscuridad, hubiera comprendido finalmente que la llegada de la noche era inexorable y al dejarse caer exhausto ella se hubiera abatido sobre la tierra de golpe para recuperar los instantes que le había ganado la fuerza del viento, y restituir así al tiempo su ritmo convencional.

Los perros que no se habían movido de mi lado en todo el día, se desperezaron y espabilaron al entender que el trabajo terminaba, y poco después desaparecieron atraídos por los aromas y los ecos del ocaso sin hacer ruido, amparados por la creciente oscuridad. Sólo Cano, el anciano Cano, el fiel Cano, seguía tumbado sobre el montón de arena sobrante esperando pacientemente a que yo decidiera volver a casa.

No se oía un ruido, el hortelano debía haberse ido hacía horas y en las viñas ya no quedaba nadie; Manuela ya había encendido las luces de la casa, en la masía de enfrente brillaba también esa tenue bombilla que se apagaba puntualmente a las nueve, y bajo la bañera la rendija de luz indicaba que la abuela de Palmira seguía escrutando el camino a oscuras. Todavía quedaba en el cielo cierta claridad tan vaga como la del amanecer, un momento del día del que ahora me separaban siglos. Cogí la carretilla, cargué en ella todas las herramientas, cerré bien la puerta del gallinero y lentamente me fui a casa por el sendero de los almendros floridos, puntos de luz tenue en el cielo azul marino como luciérnagas en el aire, que desembocaba en la parte trasera de la casa, seguida de Cano que para demostrar cómo comprendía mi cansancio caminaba a mi lado con la misma lentitud que yo, deteniéndose cuando yo lo hacía.

Al llegar a casa eran más de las siete; apoyé el carrito en la pared y entré. Me dejé caer en un asiento de la cocina junto a la chimenea encendida. La casa estaba desierta. Tenía frío, los labios cortados por el viento y las uñas agrietadas por el portland, me había cortado un dedo tratando de ensamblar dos bidones y la frente me escocía por el rasguño que me había hecho con un alambre al colgar el comedero; sentí un chichón en la cabeza pero fui incapaz de recordar cuándo ni cómo me había golpeado y al ir a tocarlo noté el pelo sucio y encrespado por el viento de sol a sol; la cara me ardía, me dolían los hombros de levantar pesos y remachar clavos y alcayatas, había estado tanto rato en cuclillas que ya comenzaba a sentir agujetas en los muslos y en las pantorrillas, y en mis oídos zumbaba todavía el bramido del viento tenaz. Pero me sentía en paz: había terminado.

Mañana me levantaré y habrá sucumbido al viento, pensé para conjurar con una afirmación el irracional temor a que de todo aquello sólo fuera real el cansancio. E hice un esfuerzo por dejar la mente en blanco: es igual, tengo hambre, mañana se verá.

Sobre la mesa de la cocina Manuela había dejado la bandeja de la comida con dos platos cubiertos. Ahora recordaba que en algún momento del día me había llamado varias veces para comer pero después debió cansarse de insistir. Levanté una tapadera: coliflor, coliflor del huerto, las primeras pequeñas, tiernas, minúsculas coliflores que Manuela cogía sin darles tiempo a adquirir su forma cabal, coliflor mustia y helada, coliflor como ayer, y anteayer: llevaba una semana comiendo una deliciosa coliflor, sabrosa y olorosa, pero comenzaba a estar empachada de tanta coliflor; levanté la tapadera del otro plato: siete croquetas. Las devoré con tal rapidez que no le di a mi hambre tiempo de desaparecer y bebí agua y comí dos manzanas y subí a mi cuarto a darme un baño.

Al pasar ante la consola de la entrada vi el periódico del día que había traído Cosme sobre una pila de otros muchos atrasados. ¿Cuántos días llevaba sin leer el periódico? Al principio, después de que hube trazado aquel hipotético horario diseñado para conjurar la apatía, me era tan indispensable que la sola idea de un día sin periódico me parecía imposible y yo misma iba muchas veces a buscarlo. Cuando me olvidaba o tenía otra cosa que hacer, Cosme lo compraba al salir del trabajo, pero a medida que pasaban las semanas dejé de leerlo y finalmente, al comprobar que iba al cubo de la basura sin que ni siquiera le hubiera echado un vistazo, se acostumbró a traerlo sólo los domingos y algún día entre semana que, en su opinión, había noticias de interés. Tampoco había visto la televisión y casi no había hablado con nadie. Habría podido hundirse el mundo que yo no me habría enterado. Lo pensé vagamente como una ocurrencia improbable. La realidad del mundo, de la ciudad, quedaban ahora lejos, difuminadas tras las estacas del gallinero, las herramientas, el ensamblaje de materiales y el viento que había dejado de soplar.

Había abierto el grifo para llenar la bañera cuando oí el ladrido de los perros en el porche y pensé que quizá Manuela habría olvidado darles de comer. Bajé otra vez, salí por la puerta de la cocina y me dirigí a la caseta. Me seguían hambrientos lamiéndome las manos arrebatados de amor y me sentí culpable de no haberles prestado atención ninguna. Ni habíamos ido de paseo, ni les había dado de comer: los cuencos estaban vacíos. Los llené en un momento y tranquilizó mi conciencia la forma en que se lanzaron sobre ellos, silenciosos, apresurados, olvidando la devoción que me acababan de demostrar. Manuela llegó entonces y me miró agriamente tanto porque no le gustaba que yo diera de comer a los perros como por el estado en que me encontraba.

A las nueve de la noche, una hora improbable en cualquier ciudad, caí rendida en la cama atenta sólo al dolor de mis músculos y de mis heridas, sin casi enterarme del lejano e insistente ladrido de los perros obsesionados por quién sabe qué sombra o qué rumor confundido con la tramontana que volvió a levantarse al amanecer, ni oír sobre la casa el cable de alta tensión que multiplicaba los alaridos del viento como un inmenso violoncelo suspendido sobre el tejado que una mano invisible se dedicara a rasgar y afinar, ni su gemido filtrándose por las rendijas de las puertas, ni el crepitar de las viejas maderas en la oscuridad, y sin percatarme siquiera de la dulzura de las sábanas de hilo limpias y secas de sol que aquella noche de invierno sería la primera desde mi llegada en no ser capaz de disfrutar.

En la habitación de al lado, la maleta de los libros, yacía un día más despanzurrada en el suelo e iba adquiriendo un aire desordenado e impaciente cubierto de una leve capa de polvo, que habría de convertirse en un elemento familiar de la biblioteca.

Al día siguiente, lunes, había mercado semanal en el pueblo. A lo largo de la calle principal que desembocaba en la plaza, las payesas montaban sus puestos de verduras, hortalizas y huevos junto a los habituales de frutas, aceitunas y miel. Las carnicerías y las pescaderías se adornaban con estrellitas como si fuera Navidad, y hasta el final de la calle se sucedían los tenderetes donde se vendían los objetos más dispares: calcetines, zapatos, manteles, además de toda clase de quesos de la región, galletas, flores naturales y artificiales compitiendo en estridencia, tejanos y batines, y también gallinas y conejos.

Porque los lunes iban al mercado las mujeres de todos los pueblos y aldeas de los contornos a proveerse para la semana, mientras los hombres, de pie, charlaban en la plaza esperando a que ellas terminasen. Nadie tenía prisa. La compra se hacía lentamente, comparando precios y calidades, comentando los cambios, las noticias, las bodas y los bautizos de todos los conocidos comunes, o charlando de los programas de televisión o del último escándalo de la prensa del corazón, igual que en las peluquerías o las cafeterías, o en los sofisticados salones de las ciudades. Las mujeres compraban zapatos para los hijos y los nietos, se probaban delantales, o faldas o pantalones en las improvisadas cabinas detrás de una cortina, se llenaban grandes bolsas de aceitunas, o se intercambiaban hierbas olorosas con el muchacho del puesto, ese tímido que había ido liándolas en ramitos con el pequeño cartel escrito en tinta que indicaba cuál era la enfermedad o los males que combatía: el dolor de riñones, el insomnio, la tensión alta, los pies cansados, la jaqueca, los dolores de espalda o de huesos, el estreñimiento, la caída del pelo, la hinchazón de las piernas, una retahíla de trastornos que se arrastran de generación en generación sin que médico alguno haya logrado jamás erradicar. El tiempo pasaba despacio entre hacer la cola, mirar productos, tomar un café en el bar de la esquina, detenerse a charlar con una payesa o coger al vuelo al electricista e insistir para que fuera a arreglar una avería, la mejor forma de encontrarlo porque también él como todos los demás de la comarca iba los lunes al mercado con su camioneta a llevar a su mujer o a su madre.

Yo sólo tenía que comprar las gallinas. Fui directa al último puesto, el de una payesa sentada en un banquillo de poco más de un palmo de altura, rodeada de cestos cubiertos de tela metálica atiborrados de gallinas.

—¿Me puede dar unas gallinas? —dije para iniciar el diálogo.

—¿Cómo las quiere?

—No sé...

—*Oh, si vostè no ho sap...*[30]

—Quiero gallinas ponedoras.

—Ya, pero ¿de qué clase?

La conversación titubeante al principio se fue afianzando y duró un buen rato en el que adquirí conocimientos muy útiles. Las gallinas no ponían huevos en cuanto se compraban. No. Las gallinas se compraban jóvenes y con el tiempo se acostumbraban al gallinero y al cabo de uno, dos o más meses comenzaban a poner huevos.

30. ¡Oh! Si usted no lo sabe...

Me preguntó cuántas gallinas quería.

—Seis —dije convencida.

—Y ¿cómo se las llevará?

Ni se me había ocurrido traer un cesto. Pero no hacía falta: la mujer estaba ya agarrándolas por las patas como si fueran racimos de uva y las iba colocando en una caja no mucho mayor que las de zapatos, y ellas como tentetiesos aparecían de pie moviendo la cabeza con un cloqueo de protesta por un trato tan desconsiderado.

—Pero si no van a caber...

Levantó la cabeza sin dejar de afanarse en su trabajo y musitó un sonido incomprensible acompañado de una mirada de soslayo que me hizo cerrar la boca avergonzada.

—¿Quiere un gallo?

¿Un gallo? No se me había ocurrido.

—No, de momento no —respondí.

Al ir a pagar me llevé una sorpresa. Las gallinas eran muy baratas. ¿Cómo se podían vender a este ridículo precio? ¿Quién se ganaba la vida vendiendo gallinas? Una gallina costaba poco más que un par de docenas de huevos, un precio desproporcionadamente bajo. Quizá, pensé, la mujer me había dado gallinas enfermas o viejas o estériles aunque a simple vista tenían buen aspecto. Me daba vergüenza preguntar por la salud de las gallinas y además me di cuenta de que se había hecho a mi alrededor un pequeño y silencioso corro de mujeres curiosas con un instinto especial para localizar el espectáculo, así que compuse la voz más normal y experta que me fue posible y con un tono de indiferencia pregunté:

—¿Cuándo hay que vacunarlas?

—*Què diu ara?*[31]

---

31. Pero ¿qué dice?

—Ah —rectifiqué el tono sin mirar si las mujeres se reían o se miraban unas a otras dándose codazos.

Las gallinas, me contó, no se vacunan a menos que sean de granja, pero incluso así muy raramente.

Añadió que si fueran conejos la cosa sería muy diferente. A los conejos sí había que vacunarlos, por la mixomatosis, ¿sabe?, y otras enfermedades, de forma que ella, que no podía soportar la vista de una jeringuilla hasta el punto de que ni siquiera había vacunado a sus propios hijos, se había acostumbrado con los conejos y no bien se levantaba les pinchaba a uno tras otro.

—*Així ja ho tinc fet, sap?*[32]

La mujer ya me había tomado confianza y se sentía feliz de poder aleccionarme. Me dio toda clase de consejos para cuidar las gallinas y me dijo que además del pienso podía darles los desperdicios del huerto, las sobras de la cocina, el maíz y de vez en cuando unos polvos blancos que vendían en el almacén de piensos a la salida del pueblo.

—*Per la closca, sap?*[33]

Yo no sabía. Siempre había creído que la cáscara formaba parte del propio huevo y me sorprendió que necesitara algo especial. ¿Qué ocurriría si no comían el polvo blanco? ¿Saldrían huevos que en lugar de cáscaras tendrían placentas? Era todo tan nuevo y complicado...

Me fui con la caja en la que la mujer había hecho varios agujeros a buscar el coche y a casa. Estaba excitadísima, iba conduciendo y oía cloquear a los animales sin ver el momento de llegar y ponerlos en el gallinero.

Vamos a ver lo que dicen ahora Pontus y Cosme.

---

32. Así ya está hecho, ¿sabe?
33. Para la cáscara, ¿sabe?

Y qué cara pondrán al ver las gallinas en el gallinero... Así cavilaba al llegar a casa.

    El gallinero seguía en su sitio: la tramontana no se lo había llevado. Era casi exactamente igual al proyecto que había fabricado en mi imaginación ayer —¿era ayer?— al amanecer encogida en el hueco de las sábanas. Con sumo cuidado y cierta prevención, cogí la caja del coche que ya comenzaba a reblandecerse por las diversas humedades y bajé por el camino de los almendros rodeada de perros que querían saber a toda costa lo que había dentro. Al acercarme y examinarlo con más detalle me pareció un gallinero bien hecho, incluso noble. Tenía una parte cubierta con cañizo que el sol convertía en celosía y otra despejada protegida únicamente con tela metálica igual que por los cuatro costados para que corriera el aire y cerrara el paso a los demás animales. También por el lado norte había puesto cañizo asegurado con vueltas de alambre. La puerta iba de suelo a techo y permitía la entrada de una persona si bien un poco agachada y tenía un pasador para que no se abriera con el viento. Había construido una rudimentaria caseta de madera con dos perchas donde las gallinas dormirían como había visto en los grabados, y en un rincón había colocado una caja de madera de frutas con paja que serviría de ponedero. En un ángulo del patio del gallinero, un bidón lleno de agua goteaba por una pajita de refresco taponada parcialmente, y caía en un cazo levemente inclinado que al rebosar se derramaba sobre una teja a partir de la cual comenzaba una elemental canalización hasta la zanja del huerto. Y colgando de las dos maderas cruzadas en el techo a modo de vigas dos bidones de distinto diámetro debidamente ensamblados y atados que servirían de comedero al que no tendrían acceso las ratas campestres.

¡El pienso! Había olvidado el pienso. La idea de volver al coche e ir a buscar la comida de las gallinas me desesperó. El cansancio del día anterior no había remitido totalmente y comprobé que mi entusiasmo decrecía por momentos porque ya sólo quería terminar, tumbarme al sol y domir.

Trabajar cansa, pensé, y esta vez sólo me refería al trabajo físico porque nunca en mis años de investigación y estudio, aun durante los días en que el amanecer me sorprendía sobre los libros, me había sentido tan cansada.

Abrí la puerta del gallinero, entré, metí la caja e intenté coger las gallinas por las patas como había visto hacerlo a la mujer del mercado, pero comenzaron a picotearme desaforadamente y además me daban un asco infinito. Así apretadas unas contra otras parecían un solo y monstruoso animal de movimientos convulsivos y deslavazados en sus muchas cabezas sin orejas y con extraños ojos sin párpados dirigidos uno al norte y el otro al sur. Opté por dejar la caja abierta en el centro del patio con la esperanza de que salieran por sí solas, cerré la puerta y me alejé del gallinero que de repente me pareció de dimensiones demasiado reducidas. ¿No me habría equivocado de medidas? Me fui en el coche camino del pueblo, con la extraña sensación de estarle haciendo un favor a alguien, como si aquello no fuera conmigo, ni yo tuviera nada que ver con las gallinas, con el gallinero, con los hipotéticos y futuros huevos, con el campo, y con la casa.

En el almacén de granos me dieron dos clases de piensos, los polvos blancos que me había recomendado la vendedora y un saco de grano de maíz triturado. Abrí la puerta trasera del coche para que el chico los colocara pero tuve que esperar porque había mucha gente. Estaba entretenida mirando los sobres de semillas dispuestos por pisos en un presentador de tubo de aluminio cuando a mi espalda alguien tiró levemente de mi trenza y dijo una voz:

—Buenos días, señora.

Me volví bruscamente para encontrarme frente a frente con el chico rubio de mis desvelos, el holandés, el que había ayudado a desbrozar el huerto, al que nunca había vuelto a ver. Teníamos los dos la misma estatura y nuestros ojos estaban a menos de un palmo, una distancia demasiado breve para una conversación normal. Pero él no se movió. Y yo tampoco me moví hasta pasados varios segundos. Llevaba una chaqueta de cuero negro con el cuello levantado y tenía las manos en los bolsillos laterales, y cuando ya no pude sostener más su mirada y bajé los ojos envidié sus botas de piel oscura que se perdían debajo de aquellos mismos tejanos.

Le pregunté para esconder mi azoramiento:

—¿Trabajas aquí?

—No, estoy esperando a un colega. ¿Tiene tiempo de tomar un café?

—No, otro día, hoy no tengo tiempo —dije—, te lo agradezco.

—Está bien —respondió sonriendo—, otro día será.

—Ya están cargando el coche, ¿ves? —dije aliviada como si me hiciera falta demostrar que efectivamente no tenía tiempo, y comencé a caminar en aquella dirección.

—Sí, sí, ya lo veo, ¿pero qué se lleva? ¿No me dirá que ahora le ha dado también por tener gallinas?

—Sí, tengo gallinas.

—Y el huerto, ¿qué tal quedó? ¿Ya están las coles para llevarlas al mercado?

Debí de sonreír porque se detuvo un minuto y dijo:

—Vaya, no la había visto reír nunca. ¿Se le pasó ya el enfado?

Llegamos al coche. Abrió la puerta para que yo entrara y me metí dentro. Bajé el cristal y mientras hacía la maniobra le dije:

—No estaba enfadada, de verdad.

—Ya lo sabía —y se le puso de nuevo esa cara de petulancia y chulería que tanto me inquietaba.

—Bueno, no empecemos otra vez —dije sobre todo para acabar, y me reí de nuevo.

También él se rió y levantó el brazo para decir adiós, pero sin agitarlo, inmóvil en el espejo retrovisor, fija la imagen, disminuyendo, hasta que la curva de la carretera la barrió de mi vista.

Cuando llegué al gallinero y Cosme hubo descargado los sacos efectivamente las gallinas habían salido de la caja y la estaban picoteando; se movían a golpes secos y caminaban arriba y abajo lanzando la cabeza hacia adelante cada vez que daban un paso, medido y rítmico con el pecho abombado alardeando inútilmente de elegancia y majestad en la cadencia de sus zancadas.

Tenían las crestas pequeñas y de un rojo mortecino. Pero bien es verdad que era la primera vez desde mi infancia que veía gallinas tan cerca y tal vez el rojo vivo que permanecía en mi recuerdo se debía a mi desarrollada tendencia a la mitificación y a la exageración. Llené el depósito de agua y el bidón de pienso; ambos comenzaron a manar de la forma prevista y las gallinas acudieron presurosas a comer y beber cloqueando levemente, probablemente de satisfacción. Todo estaba en orden.

Salí del gallinero, cerré la puerta y la reforcé con el alambre que había dejado colgado de una alcayata, me llevé la caja y dejé el saco de pienso en la caseta de las herramientas.

Me fui a casa y subí a la habitación. Desde la ventana contemplé el gallinero que bajo la higuera desnuda del pozo parecía a su vez una caja de embalaje, o un mausoleo, pero me consolé pensando que con unos esquejes de hiedra en las cuatro estacas principales y a la velocidad con que crece en el verano habría perdido las aristas y ya formaría parte del paisaje.

Hacía sol y tenía todavía mucha mañana por delante.

Acerqué el sillón de la abuela a la ventana abierta, de espaldas a la monja agonizante del tapiz y al lagarto que acechaba bajo su cama, me senté y me cubrí con una manta. En el cielo las gaviotas volaban dejándose llevar por el viento y caían luego en picado hasta casi rozar la tierra, pero cuando ya iban a tocarla levantaban las alas y en una maniobra de una eficacia infinita se alzaban contra el viento subiendo, subiendo en un solo y poderoso impulso para dejarse caer de nuevo definiendo una curva descendente como arrastradas por olas invisibles. Cerré los ojos. En el mismo instante, el muchacho rubio apareció de pie como lo había dejado, con el brazo levantado diciéndome adiós. Quise creer que ya no me inquietaban sus palabras y su mirada como aquel primer día, y aquella primera noche, incluso me pareció difícil entender cómo tan inocente arrogancia podía haberme desasosegado tanto. Pero me entretuve con su imagen hasta que se fundió con otras que olvidaba a medida que iba evocando.

Debí de dormitar por lo menos durante una hora. Me desperté con frío y sin saber muy bien dónde estaba. El cielo se había cubierto y el viento había arreciado. Recordé con dificultad el gallinero y las gallinas quizá porque todavía la memoria no había registrado el final de la aventura. Bajé corriendo las escaleras, salí y seguí corriendo, entre los perros que aparecieron nada más abrir la puerta, no tanto por impaciencia cuanto por sacudirme el frío y el atontamiento de esta siesta matinal.

Al acercarme me llamó la atención tanto silencio. No se oía nada. Tampoco se veía nada. Quizá las gallinas se han metido en el ponedero. ¿Las seis? Por una rendija miré el interior del ponedero pero tampoco allí había sombra de gallinas. Examiné la valla: estaba intacta. E intacto el techo de cañizo. La puerta estaba cerrada con el pasador, nadie había desenroscado el alambre. Volví a mirar todos los rincones. Nada. No había nada.

Eso debe ser la locura, pensé fríamente. Debo de estar loca. Quizá he soñado que he comprado las gallinas y no las he comprado. Quizá no estoy realmente loca sino sólo un poco cansada y ya no distingo lo que imagino de lo que hago. Quizá llevo demasiado tiempo sola. Quizá ni siquiera he ido al pueblo. Quizá...

Pero allí estaba el pienso, en aquel artefacto hecho de bidones colgando de las vigas. Así que he ido. Y si he ido a comprar el pienso, que lo recuerdo muy bien, es que el recuerdo que tengo de la compra de las gallinas no es un sueño y por lo tanto también he comprado las gallinas.

Me alejé unos pasos y volví a mirar el gallinero. Luego me acerqué de nuevo.

Quizá lo que he imaginado es que las gallinas no estaban. Ahora estarán, claro que estarán. Yo misma las he entrado. Lo recuerdo perfectamente.

Pero no estaban. Repasé otra vez las paredes, el cañizo, el suelo, la tela metálica. Nada. Todo en orden. Ni la más ligera señal que me aportara un asomo de luz.

Lentamente volví a la casa sin saber qué hacer ni qué pensar, y dando vueltas a todas las conjeturas que se me ocurrían. Alguien las habrá robado. Y pasó por mi mente una posible venganza de los payeses, furiosos todavía por el agua del pozo. No, en este valle nadie roba y además el hortelano que no se había movido en toda la mañana del huerto lo habría visto. Miré hacia las viñas de la ladera de enfrente y vi a toda la familia de Pontus, los hombres podando y las mujeres atando en haces los sarmientos recién cortados, rodeados de todos sus perros y sus niños. No, no podían haber sido ellos y de haber venido un forastero lo habrían visto y los perros habrían ladrado.

No sabía qué hacer. Pregunté a Cosme y Manuela pero no sabían nada. Manuela no se había movido de su casa.

—¡No! ¡Nosotros no! Estoy viendo la televisión, como estoy tan acatarrá.

Cosme, que había vuelto del trabajo, me miró con cierta sorna. Por un momento creí que podía ser una broma suya. Pero Cosme no era hombre de bromas. Y menos a mí. Yo andaba tan desconcertada que ya no estaba segura de nada.

—Habrán sido los perros —dijo Manuela como dando a entender que lo más natural era que los perros se comieran las gallinas sin abrir las puertas de los gallineros.

—Pero si la puerta estaba cerrada, el pasador corrido y los alambres intactos.

—Pues algo habrá sido —respondió un poco impaciente—, mi madre decía siempre que lo que no se llevan los ladrones aparece por los rincones.

Ya lo deben de saber todos los payeses, pensé horrorizada, y los veía reír contándose unos a otros mis peripecias y mis fracasos, con risotadas que retumbaban en el valle y en mis oídos, y me entró el vértigo de la vergüenza y sentí el mismo dolor en las piernas que si me hubiera asomado al balcón sin barandilla.

Yo no sé las veces que volví al gallinero aquel día esperando cada vez que allí estuvieran las gallinas cloqueando tontamente. Pero no encontré el menor rastro de ellas en el gallinero vacío, ordenado y limpio porque las pobres, estuvieran donde estuvieran, no habían tenido tiempo ni siquiera de ensuciarlo.

Cuesta creer lo que a simple vista es imposible; cuesta creer lo que parece estar en contra de las leyes naturales conocidas. Sin embargo cuando era niña, y bien mirado incluso entonces, me parecía mucho más natural la existencia de las sirenas que la de los ornitorrincos. No me extrañaba ni me extraña todavía la desaparición de objetos aun cuando estoy absolutamente segura de que estaban en un lugar determinado cinco minutos antes. Recordé a mi padre preparando sus clases, rodeado de papeles, fichas, cuadernos y libros, y tantas veces enloquecido porque habían desaparecido las gafas o la pluma o aquel papel que acababa de sacar de la carpeta y que estaba allí mismo, decía, en aquel mismo momento, y me pareció que el asunto de las gallinas pertenecía a ese orden de cosas. Decía mi padre que las cosas (y a lo mejor también las gallinas) tienen sus días lunáticos y delirantes en los que se dedican a impacientar a la gente para mitigar el hastío de una existencia de extrema pasividad y se ríen viendo cómo los humanos las buscan cada vez más histéricos y nerviosos. Muchas veces con la mesa llena de papeles que, en su opinión, tenía completamente controlados levantaba la cabeza con un gesto de terror y ¡ya está, ya se ha ido! decía poniendo las manos sobre la mesa como para evitar que se fueran los que quedaban. Y cuando un papel se iba, por más que lo buscara, que mirara en la carpeta de donde lo había sacado, por muchas veces que repasara todos los que tenía a la vista, desalojara la mesa y la volviera a ordenar para comprobar que no se había confundido, registrara los cajones, vaciara la papelera cien veces, recompusiera concienzudamente los que había roto, no aparecería. ¡Sé que estás ahí!, chillaba fuera de sí. Y sólo cuando ya había perdido varias horas buscándolo, había reordenado todo el desbarajuste, rehecho como había podido el documento extraviado, controlado la irritación y ni siquiera se acordaba y por supuesto ya no necesitaba el papel —podían incluso pasar varios días—, entonces asomaba inocentemente en el lugar más visible de la mesa. De haber estado allí todos esos días indefectiblemente lo habría visto, decía perdiendo de nuevo la calma. Y el papel mostraba candorosamente la parte reconocible, aquella que tenía la tachadura en la parte superior izquierda y una anotación en lápiz rojo a la mitad de la página, la misma, ni siquiera había tenido la decencia de mostrarse por la cara no escrita, oculta.

Después de muchos años de ser el hazmerreír de las llaves, las gafas, los tornillos, las tijeras, las estilográficas y de infinidad de papeles, libretas y carpetas, decía mi padre que la experiencia le había enseñado a no atolondrarse ni perder el tiempo, y que había aprendido a actuar como si la desaparición no importara lo más mínimo y entrara dentro del equilibrio natural del universo, y se las ingeniaba para esconder la irritación y actuar con total indiferencia sin perder un segundo en una búsqueda que de cierto iba a resultar infructuosa. Era la única forma, decía ensañándose con ellas, de que las cosas, que son por naturaleza superficiales, inconsistentes, frívolas y desmemoriadas, perdida la esperanza del espectáculo de nuestro trastorno, olvidaran sus malévolas intenciones y se manifestaran.

Lo mismo hice yo con las gallinas: como si nada hubiera ocurrido; como si nunca hubiera construido un gallinero y como si nunca se me hubiera ocurrido comprar gallinas y colocarlas en él. A la hora de comer no hice ningún comentario a Manuela y ella que tenía prisa por volver a su serial junto al fuego para curarse el catarro, tampoco hizo preguntas.

Pero no podía evitar que la imagen de Pontus o de Xofre o de algún miembro de sus numerosas familias asomara a mi mente con la recurrencia de una obsesión, robando subrepticiamente las gallinas. Procuré hacer otras cosas, intenté distraerme, pero me era imposible leer, poner música o pasear. Y una vez más me convencí de que mi salvación estaba en la actividad.

Antes de ir a podar los rosales, de todos modos, me acerqué y eché una ojeada al gallinero con toda la naturalidad que pude para no llamar la atención de Pontus y de su familia que seguían en la viña y estaban cada vez más cerca. Pero tampoco entonces pude descubrir señal alguna de violencia.

Durante más de una hora estuve podando los rosales del huerto aunque no les hiciera ninguna falta, con una furia injusta, y un tesón sólo comparable a la infatigable tramontana cada vez más dura y más fría, y ya estaba por irme a casa fatigada por la falta de luz y porque no había logrado desprenderme de la cavilación que me ofuscaba, cuando apareció por sorpresa junto a mí, apagados sus pasos por los bramidos del viento, Xofre, el vecino que me había denunciado a la guardia civil, agarrando con una mano a su perra de color gris, sucia y desgreñada y con la otra una gallina. Mi gallina, supuse.

—Una de sus gallinas —dijo el hombre, y con eso supe que ya todos conocían los pormenores y detalles de mi tragedia.

—¿Qué pasa? —pregunté yo.

Xofre contó que su perra Kativa, la que sostenía

tirando del collar, ahogándola casi, era cazadora, y cuando no tenía cosa mejor que hacer cazaba gallinas. Era muy astuta: había escarbado un minúsculo túnel por el que metía la pata y a modo de ganchillo y cada vez que pasaba una la agarraba y la sacaba engulléndola por ese túnel. Y así con las seis.

—¡Pero si yo no he visto ningún agujero!

—Pues fíjese bien y sí lo verá.

Seguida de Xofre que no soltaba ni el perro ni la gallina y de Sultán, Tom y Drake que ladraban alborotadamente al hombre o a la perra, o más probablemente al hombre agarrando la perra, nos fuimos casi a ciegas al gallinero.

Sólo entonces Xofre se sacó una linterna del bolsillo y el haz blanquecino de luz tímida iluminó el agujero. Era un agujero tan diminuto que ni con la mejor voluntad me era fácil creer que la pata de la perra había extraído por él una gallina, no sólo una vez sino seis, a no ser que Kativa se hubiera tomado la molestia de cubrirlo después cuidadosamente porque no se veía tierra removida ni donde me dijo que estaba el agujero del interior ni el del exterior.

—Y yo mientras tanto dormitando al sol —me recriminé—. Y las demás gallinas, ¿dónde están?

—Pregúntelo a la perra, ella sabrá dónde las esconde.

Xofre tiraba tanto del collar de Kativa que las patas delanteras no le tocaban al suelo y fijaba los ojos en los míos con una mirada lánguida y las largas orejas a ambos lados de la cara se movían aun a pesar de la rigidez de su cogote, porque había entendido que si su amo la tenía agarrada frente a mí era que estaba dispuesto a pegarle si yo así lo exigía.

Yo estaba estupefacta. Los perros se habían callado, sólo Drake lanzaba de vez en cuando un ladrido de cachorro más por aparentar una presencia que todavía no tenía que por atacar o defender. Xofre callaba y mantenía levantada la perra, Tom me miraba, Sultán también. Me di cuenta de que el turno era mío.

—Y ¿ahora qué? —dije por decir algo.

—¿Qué quiere que le haga a la perra, que la mate? —replicó con impaciencia sin recordar que lo mismo le había dicho yo a propósito de Tom.

—No, no —dije yo que había captado el tono de desafío del hombre.

—No es culpa mía, yo no puedo andar vigilando lo que hacen los perros. Además usted todavía no ha puesto la valla, ¿no? Pues yo no voy a estar pendiente de mi perra. Y usted verá cómo hace los gallineros que no aguantan ni una hora.

Dijo estas palabras exactamente en el mismo momento en que yo iba a recordarle que hacía unas semanas era yo quien no había podido controlar a mi perro, y habría acabado: un día es usted y otro día soy yo. Pero me quedé callada y quieta acostumbrando los ojos a la oscuridad porque una vez visto el agujero la linterna se había apagado otra vez.

—Los de la empresa de las vallas dijeron que vendrían uno de estos días —dije—, yo no puedo hacer más.

Xofre levantó la voz y dijo:

—Yo tampoco puedo hacer más.

Entonces ostentosamente me callé.

—*Què li passa ara?*[34] —dijo para sí incómodo por mi silencio—. No se lo tome así, mujer. —Y añadió la voz de la tradición—: *Més val això que un mal lleig. Tingui la gallina y apa!, bona nit*[35] —soltó el collar de

---

34. ¿Qué le pasa ahora?
35. Mejor eso que un mal feo. Tome la gallina y ¡hala! Buenas noches.

su perra, echó la gallina al suelo, en la oscuridad, en un lugar sólo localizable por el ruido de trapo mojado al caer, sobre el que se precipitaron los demás perros, soltó el collar de Kativa que escapó monte arriba rasgando la noche, y él se fue por el campo hacia su casa sin necesidad de linterna ni de luna. Y sin reparar, o sin importarle, que la perra ya no estuviera a su lado le dedicó durante mucho rato una reprimenda pedagógica que por los gritos todavía claros y distintos que yo seguía oyendo cuando él ya había entrado en el bosque, entendí que me estaban dedicados únicamente a mí.

Los días que sucedieron a estos hechos, cada uno de ellos más frío que el anterior, se desvanecieron deshaciendo lentamente y concienzudamente mi obra y poniendo en orden todos los materiales en el cobertizo del pozo viejo. Así estuve por lo menos una semana, ya que sólo me ponía al trabajo si no veía a mis vecinos por el campo, y la mayor parte del tiempo la perdía mirando a un lado y a otro temerosa de descubrirlos. En cuanto aparecían yo me deslizaba furtivamente al huerto y de allí por el camino de los almendros me iba a casa, a esperar una nueva ocasión. Porque a pesar del fracaso y de que la sola idea de enfrentarme a sus burlas se me hacía insoportable, no había perdido todavía la esperanza y seguía pensando en un gallinero más seguro y mejor defendido de las perras cazadoras: haría una zanja de veinticinco centímetros rellena de hormigón donde incrustar la tela metálica para que ningún perro, fueran cuales fueran sus apetencias cazadoras y la longitud de sus patas pudiera alcanzar a mis gallinas. Una vez hecha la zanja, el gallinero se reconstruiría igual a sí mismo.

Una masía no es una masía si no picotean unas cuantas gallinas a la entrada de la casa, bajo un tilo o un lentisco frondoso o junto a un pajar, rebuscando y escarbando el suelo. Y yo, que en aquel mismo momento estaba viendo las gallinas y las ocas frente a la casa de los payeses de enfrente, me preguntaba cómo se las arreglaban para que no se las comieran los perros. Recordé entonces a Tana corriendo tras el perro que le había robado una oca. Vigilan, están ojo avizor, no se pueden distraer, y eso les permite tener sueltos a los animales. Es un constante mirar y vigilar. Quizá sea cierto que las mías las haya robado la perra, pero ellos la habrían descubierto antes de comenzar a excarbar porque habrían estado cerca. Yo, en cambio, me había ido abandonándolas a su suerte.

Tuve que llamar a un albañil.

—Iré hoy —contestó al teléfono—, antes de que anochezca.

Y me dispuse a esperarlo.

Dos días más tarde todavía no había venido. Por la tarde apareció Kativa mirándome y moviendo la cola y se sentó en el margen contiguo esperando a ver si se me había pasado el enfado. Drake, el cachorro, fue inmediatamente a jugar con ella y después de vacilar de un lado a otro junto a mí desaparecieron corriendo por las viñas en dirección al bosque. Llamé a Drake con insistencia. Era la primera vez que se apartaba de la casa y de mi lado, enloquecido tras Kativa que debía llevarlo consigo a descubrir mundos lejanos que yo no podía enseñarle. Y cuando por la noche volvió ya no hubo forma de obligarlo a entrar en la casa para dormir en su canasta del lavadero, sino que prefirió quedarse fuera, en el monte o quizá en la caseta adosada al muro norte con los demás. Ya es mayor, pensé, y quiere estar fuera porque ha crecido. Ha dejado de ser un cachorro.

A partir de aquel momento, el acoso de Tom se hizo más insistente y aumentó la tortura de su envidia y de sus celos acumulados a lo largo de aquellas pocas semanas en que no había podido atacarle porque Drake todavía estaba bajo mi tutela, pero ahora era, y sería para siempre, un rival a tiempo completo, y la vida de ambos había de ser desde aquel momento una lucha constante por decidir quién iba a gobernar aquel territorio. Sultán, si bien actuaba a veces como jefe, debido sobre todo a la falta de autoridad y a un talante desorganizado y distraído y no a un exceso de engreimiento, tenía un modo desconsiderado de tratar a los demás perros que les impedía reconocerlo cabalmente como tal, o quizá fuera la sombra perenne de Cano tan viejo y tan sólidamente asentado en su distante papel de propietario no sólo de la Casa Grande, sino de la nuestra y de todo el valle lo que mantenía aquel estado de incertidumbre en la sucesión, y esa rivalidad que nunca acabó de decidirse no fue más que un período de espera por ver quién había de suceder a un jefe que aun cuando no actuara como tal, tácitamente lo era.

Fue por estos días cuando apareció el carnicero de Toldrá que venía a buscar a Sultán alegando que era suyo. Dijo que lo había perdido hacía por lo menos un año, y un amigo le había dicho que lo teníamos nosotros. El coche y su conductor se habían quedado en el camino, sin entrar en la avenida de plátanos, y él subió caminando hasta la solana. Desde donde estábamos reconocí allá abajo al holandés apoyado en la portezuela, y casi estuve por saludarle con la mano cuando se volvió pero no lo hice porque él no me había saludado tampoco.

Manuela estaba furiosa y aunque tuvo que reconocer que el perro no era suyo no le quedó más remedio que dárselo al hombre que no hizo el menor caso de los ladridos de Sultán. Se lo llevó a rastras mientras Manuela se quedaba en la casa desconsolada después de darle al perro todos los besos y caricias que le había negado cuando lo consideraba suyo. Lo vimos aún tirando de la cuerda atada a la carlanca cuando llegaron al camino y al holandés abrir la puerta trasera, y aunque estaban lejos pudimos comprobar que ponían entre los dos un bozal al perro que apagó finalmente sus ladridos. Desde la solana asistimos a la operación Manuela, yo, Tom y Drake que por una vez no se pelearon, estableciendo una tregua de respeto por la despedida de su amigo, y Cano que miraba desde un segundo término sin inmutarse demasiado porque él era el único que estaba de vuelta de todas las cosas de este mundo.

Volví a llamar al albañil ese día y al siguiente. Se impacientó un poco pero aseguró que iría antes que se hiciera de noche. Estuve de nuevo toda la tarde esperando sin hacer otra cosa. Oscureció, anocheció, amaneció otra vez y así durante días en que llamé varias veces a las horas de comer y siempre respondió sin irritarse pero sin excusarse tampoco como si cada vez que llamaba fuera la primera o como mucho la segunda que se le requería. A punto estuve de abandonar pero comprendí que si no recibía la cotidiana llamada me olvidaría o de acordarse daría por supuesto que había recurrido a otro y por tanto ya no lo necesitaba, porque sabía, me dijo el día que finalmente apareció, que en su oficio como en todas las cosas de la vida, la mayoría de los problemas bien o mal se solucionan por sí solos, o con el paso del tiempo dejan de ser perentorios.

Avanzaba el mes de febrero sumergiéndose en unos fríos tan acerados y unos cielos tan tenebrosos y opacos que nada tenían que envidiar a los oscuros inviernos centroeuropeos de mi infancia, y yo seguía esperando al albañil, quizá por esperar algo, porque la tierra estaba yerma, el cielo inmóvil y a mi alrededor no ocurría nada.

Vinieron sin embargo a colocar las vallas al borde de la viña para que Tom no persiguiera a la hija de Xofre. Obsesionada por la llegada del albañil no había vuelto a pensar en eso desde el día del robo de las gallinas cuando volví a llamarlos después de la alusión de Xofre. También ellos dijeron que acudirían aquel mismo día pero el turno no me había tocado hasta hoy, así que, pensé, quizá también un día llegaría el albañil.

Estuvieron sólo tres días y dejaron puesta la valla desde la avenida de los plátanos a lo largo del torrente que subía a las masías gemelas hasta casi la entrada del túnel de enebros. Del otro lado de la avenida el margen iba ganando altura y había crecido una barrera natural de arándanos y espinos que formaban un espeso seto. Al constructor le gustaba la obra completa y durante los tres días tuve que luchar con él y no moverme de su lado para evitar que pusiera puertas a la altura de los dos primeros plátanos de la avenida y vallara toda la finca. Fueron inútiles mis explicaciones por hacerle comprender que Tom saltaba al camino por la parte de la viña pero que, en cambio, nunca había utilizado la avenida de los plátanos quizá porque lo que le había tentado era sorprender a la motorista o porque tenía una naturaleza retorcida y despreciaba el camino fácil; además, añadí, un poco crispada por su insistencia, habían tardado tanto en venir que a Tom se le había olvidado, como todo se olvida con el tiempo, por qué quería atacar a la muchacha a la que había terminado por conocer y cuya llegada consideraba un acontecimiento indispensable a la caída de la tarde.

—Entonces no sé por qué pone la valla. No le sirve de nada —dijo el hombre despectivamente.

—La pongo en señal de buena voluntad —respondí y me encontré con una mirada de escepticismo frente a la que ya no había de insistir más.

—La casa —dijo Manuela cuando la valla estuvo puesta— gana mucho, y estará mejor todavía cuando se acabe.

—No se acabará nunca Manuela, así va a quedar.

—¿Así? ¡Qué lástima! Se vería más una finca de verdad —dijo un poco compungida.

A mí, esos doscientos metros de valla me parecieron, en cambio, un símbolo del inevitable camino hacia el encierro, el aislamiento, la soledad.

Finalmente una tarde, la más fría de las dos últimas semanas, apareció el albañil con su camioneta que dejó aparcada detrás de la casa. Las temperaturas habían ido descendiendo paulatinamente y ahora la escarcha que cubría los campos al amanecer ya no se fundía sino que permanecía sobre ellos convertida en una leve capa translúcida y dura como el finísimo cristal de hielo que comenzaba a formarse en la fuente, y hasta los perros se refugiaban más a menudo en la caseta para no sufrir el rigor de aquella atmósfera gélida. Yo estaba en la casa junto al fuego porque me había quedado aterida y ni siquiera me levanté cuando llamó con los nudillos desnudos contra el cristal de la ventana de la cocina. Me hizo una seña como dando a entender que ya sabía lo que había de hacer y dónde, y se fue con su ayudante a través de la viña desnuda hacia el pozo viejo y el gallinero.

Poco antes de las cinco, un atardecer tan opaco y blanco como la mañana y con la misma intensidad de luz que había tenido durante todo el día, me acerqué a la obra envuelta en una bufanda y puestos los guantes de lana. No se oía un ruido ni había un soplo de aire. El frío caía sobre nosotros y nos aprisionaba los brazos y las piernas que en un segundo adquirían la temperatura de un témpano. Los albañiles tenían las manos agrietadas y rojas como amapolas, los ojos brillantes de frío y trabajaban en silencio como para proteger el habla y el pensamiento.

Cuando hubieron terminado y rellenado la zanja, y las estacas, la tela metálica y las vigas estuvieron firmes, recogieron las herramientas sorbiéndose la nariz y se fueron hacia la camioneta.

—Que nadie lo toque, que no se acerquen los perros. El cemento ha de reposar hasta mañana.

—Con este frío nadie va a tocar nada.

—Dicen que nevará —dijo el hombre y al ayudante se le iluminó la cara de incredulidad ante una noticia tan exótica.

—¿Quién lo dice?

—La televisión.

—Y usted ¿qué cree? —le pregunté.

—Que bien podría ser.

—¿Desde cuándo no ha nevado?

—Caramba, no sé; este chico no ha visto nunca la nieve.

—O sea que nevará —dije para mí en voz alta.

—Yo no lo he dicho.

—Pero ¿no acaba de decirme que eso es lo que dicen?

—Eso dicen.

—Y usted ¿qué cree? —insistí.

—Ya se lo he dicho, que bien podría ser.

—¿Hoy o mañana?

—Ya se verá.

Al volver a casa pasé frente al limonero colmado de limones, uno, dos, hasta dieciséis, de un amarillo pálido, el único signo de color de aquel atardecer cerrado y gris. Todavía estaban muy duros y verdes así que decidí esperar unos días para cogerlos. Mañana cubriré las ramas con brezo, como Tana, para que no las maten el frío y la escarcha.

Por la noche me quedé viendo la televisión envuelta en una manta porque no lograba entrar en calor ni poniéndome junto a la lumbre, y cuando Manuela se fue le dije que yo cerraría la puerta y la atrancaría al acabar el programa, pero como la casa seguía helada a pesar de los fuegos encendidos me fui a la cama con un novelón decimonónico mucho antes de las once. Me puse un jersey sobre el pijama, un par de calcetines gordos para ver si reaccionaban mis pies y un pañuelo en la garganta, y me llené del valor suficiente para enfrentarme a las gélidas sábanas, con un aspecto tan lamentable que al pasar frente al espejo volví la cabeza para no verme y no añadir a la penuria de aquella noche más solitaria aun que de costumbre el de mi propia imagen disfrazada y ridícula.

Medio dormida oí las campanadas del reloj, no podría decir si dos o tres. Hacía ya bastante rato que había apagado la luz y estaba hecha un ovillo bajo las mantas sin dormir completamente pero ya sin poder retener los pensamientos y las imágenes que se alejaban y confundían con otras aparecidas imprevisiblemente para a su vez fundirse de nuevo. Me espabilaba persiguiéndolas y si lograba alcanzar alguna en su huida la recogía para incorporarla a otras nuevas en un duermevela pausado donde se combinaban la conciencia, la memoria, la voluntad y el abandono, cuando de pronto me pareció oír pasos en las losas de la solana. Me quedé inmóvil aguzando el oído por encima de los latidos de mi corazón. Ya estaba a punto de tranquilizarme y olvidarlos cuando volví a oírlos de nuevo, esta vez mucho más claros. Alargué lentamente la mano en la oscuridad con la sensación incómoda de que otra mano invisible la agarraría por la muñeca antes de llegar al interruptor. No había luz, lo probé convulsivamente varias veces sin resultado y rápidamente metí la mano bajo las sábanas con tal inquietud que comencé a sentir el sudor deslizándose por mi cuerpo. ¿Qué podía hacer? Manuela llevaba horas en su casa y si no había corriente no podría tampoco llamarla por el teléfono interior. Quizá no se había ido la luz y sólo estaba fundida la bombilla. Lentamente rodé el cuerpo por la ancha cama de mis abuelos hacia el extremo opuesto, sin sentir el frío de la otra mitad de la sábana y con el mismo temor que antes saqué la otra mano en busca del otro interruptor. No, no había luz, debía de haberse ido; a veces, en las noches de tormenta o cuando había que reparar una avería general, la compañía la cortaba. No había velas en mi cuarto. Salí muy despacio de la cama y me acerqué a la ventana que daba a mediodía, sobre la solana. La luz del dintel de la puerta que Manuela dejaba encendida también estaba apagada. La noche era negra y por más esfuerzos que hice por penetrar la oscuridad no logré ver nada. De todas maneras los pasos sonaban tan arrimados a la puerta que aun abriendo la ventana habría sido imposible distinguir a nadie. Recordé entonces con terror que no había atrancado el portalón ni había pasado la balda ni había cerrado con llave la puerta cristalera. Con el frío se me había olvidado y, ahora, fuera quien fuera quien estuviera en la solana, no tenía más que abrir la puerta y entrar. Así que lo primero era atrancar la puerta. Volví a mirar por la ventana, nada; el silencio otra vez. Descalza tal como estaba y sin ni siquiera echarme una manta o una bata sobre el pijama salí sigilosamente de la habitación procurando no hacer ruido al abrir la puerta, ni tropezar, arrimándome a las paredes y tocando los muros para no desorientarme con las manos envaradas de angustia. En la gran sala central quedaban todavía unos rescoldos de fuego que alargaban las sombras sobre el techo y distorsionaban las distancias. No hice caso. De vez en cuando me detenía a escuchar. A veces me parecía oír los pasos y otras veces no lograba distinguirlos o me parecía que se confundían con leves rumores del campo o se confundían con los crujidos de la noche. Bajé las escaleras perdiendo en cada peldaño un poco más de luz hasta que al doblar en un ángulo de ciento ochenta grados se hizo la oscuridad completa. Seguí bajando arrimada a la pared, ciega. Me detuve en el último escalón. Ahora había que atravesar aquel espacioso zaguán con mesas y consolas, cubiertas de plantas que a Manuela nunca le parecían bastantes. ¡Que no caiga nada, que no tropiece, que no suene el reloj! Invocaba a las fuerzas ocultas y seguía avanzando con una mano apoyada en el muro y la otra adelantada unos centímetros, y al encontrar un objeto que reconocía, sentía el solaz intenso aunque momentáneo de avanzar por el camino adecuado.

El zaguán era muy amplio y comunicaba con otras tres salas mediante grandes arcos abiertos, sin puertas, por lo tanto en un momento determinado tuve que lanzarme al vacío para ir de la escalera a la puerta de entrada sin la guía de la pared, sin un punto de apoyo y con la sola protección de la memoria para medir y situar cabalmente las distancias y los objetos. Tenía los ojos cerrados y los párpados tan apretados, creyendo mantener así la intensa concentración, que llegué a sentir dolor en las cuencas de los ojos, y daba pasitos breves sin levantar los pies del suelo, mi único punto de enlace con el mundo de los vivos, pasos menudos para no perder el equilibrio ni la orientación.

De nuevo los pasos en la solana. Me detuve a escucharlos, ahora sí eran claros y no había forma de confundirlos. ¿O serían los ruidos de la noche? En el techo crujió una viga, o la madera de una puerta. Tenía que estar llegando. Alargué los brazos, avancé un poco más, otro poco, otro poco y ahora la pared, pensé, o la puerta, pero caí sobre un material viscoso y frío que no reconocí hasta haber ahogado el grito que a punto estuvo de brotar de mi garganta: era un impermeable colgado del perchero situado a la izquierda de la puerta. Me había desviado un poco, pero echándome a la derecha encontraría la tranca apoyada en la pared y luego la puerta. Escondí la cabeza en los abrigos colgados, como Tristán en los sacos de garbanzos y judías de la despensa en las noches de San Juan, y el miedo se trasladó entonces a la espalda, un miedo todavía más oscuro y desamparado. Di otro paso, algo aplasté que crepitó bajo mi pie descalzo, restregué la planta contra el suelo para deshacerme del bicho, sin que el asco se incorporara al espanto que había ya sobrepasado mi capacidad de angustia. Fui palpando la pared hasta llegar a la puerta, encontré la tranca, reconocí las oquedades donde había que ponerla y después de recorrer los entrantes, la aldaba, los picaportes y los herrajes apareció en mi mente la puerta como si estuviera viéndola, levanté el madero y lo coloqué con tal lentitud en su sitio que incluso cuando chocó levemente contra la pared pude detener el golpe. Volví a colocar la mano en el cerrojo donde todavía estaba puesta la llave de hierro que debía de pesar medio kilo por lo menos y siempre se dejaba en la cerradura sin dar la vuelta porque requería mucha fuerza y cierta precisión. Lentamente, procurando no hacer ruido, la saqué y temblando de frío y de miedo y sin poder evitar que los disparos de mi propia sangre me atronaran las sienes, me agaché y miré por el ojo de la cerradura. No vi nada pero seguía oyendo, casi a un metro, los pasos que se acercaban. Durante un buen rato la oscuridad fue total, hasta que fuera de mi campo de visión oí el rasgar de una cerilla e inmediatamente se hizo una luz tenue, tembló unos instantes y desapareció. La operación se repitió varias veces, no podría decir cuántas y yo no moví en todo este tiempo ni un solo músculo de mi cuerpo agonizante. Al poco de nuevo el silencio y los pasos otra vez que se ponían en marcha y se alejaban hacia la viña. Lentamente recorrí el muro con las manos hasta llegar a la primera sala del fondo, descolgué de la pared la lámpara de minero que encendí con las cerillas que Manuela dejaba siempre colgadas del asa. Se hizo la luz: el mundo recobró su propia dimensión y el silencio quedó roto por el zumbido de la llama, y deshice en sentido contrario el camino que había de llevarme al refugio de la cama todavía caliente. El miedo había remitido, pero no su excitación. Tenía frío en los pies y la tensión había dejado cansancio en mis músculos.

Una vez apaciguada intenté ver los hechos de forma más objetiva. Quizá el hombre, si es que era un hombre, no había querido llamar por no molestar. Quizá fuera alguien de los alrededores que venía a pedir ayuda.

Me refugié en el cansancio que había sustituido al miedo. Levanté la manta hasta cubrirme la cabeza, me froté los pies fríos uno contra otro para hacerlos reaccionar y debí de tardar mucho en dormirme.

Cuando desperté noté en el aire una oscuridad distinta de los demás días. No, no era el frío que helaba mi nariz, ni la luz del tímido amanecer de invierno. Tenía la sensación de estar envuelta en algodón. No se oía nada, ni viento, ni el ladrido de un perro lejano, ni el canto de un gallo, ni el crepitar de los techos o de las vigas, ni los rasguños de los ratones recorriendo las tejas, sólo aquel zumbido sordo y suave envolviéndome, como si toda la habitación fuera una concha marina. Sorda. Me había quedado sorda.

Recordé vagamente mi aventura de la noche. Todavía no había corriente pero la oscuridad ya no era tan densa. Salté de la cama sin importarme el frío. Al pisar el suelo reparé en que llevaba los calcetines puestos y recordé el pie desnudo y la cucaracha aplastada junto a la puerta de entrada. Entonces estaba descalza. ¿Me habría puesto los calcetines al volver a la cama? Busqué la lámpara de minero y no la encontré, ¿la había devuelto también a su sitio?

Un poco desconcertada abrí los postigos de la ventana que daba a la fachada de la casa y entró en la habitación un asomo de claridad lechosa, escasamente apreciable. Del otro lado del cristal borroso de vaho flotaban suspendidos en el aire blanquecino minúsculos puntitos blancos pero la niebla no dejaba ver más. ¿Era niebla? El suelo se había levantado y se extendía inacabable desde mi ventana muy por encima de su nivel habitual. Miré con más atención intentando descifrar aquella visión fantasmagórica. El suelo efectivamente estaba allí, casi a tocar de la mano, un suelo blanco, mullido, inmaculado y estático. Era nieve. Todo era nieve, pero la visibilidad era tan exigua todavía en aquel atisbo de amanecer que no alcanzaba a ver siquiera el primer plátano de la avenida. Embelesada contemplé ese nuevo mundo y traté de descubrir en él elementos familiares. Me envolví en una manta y pacientemente me dispuse a esperar detrás de los cristales la luz del alba, pero debía ser todavía muy temprano porque la oscuridad no aminoraba. Busqué el reloj: las seis de la mañana. Cuando me pareció que clareaba detrás de las lomas y las viñas de la otra ladera abrí las restantes ventanas del cuarto. Nieve, sólo nieve. Habría nevado toda la noche sin parar porque el tronco entero de los árboles había desaparecido —pero entonces, ¿cómo había oído los pasos en la solana?—, y las ramas desnudas ribeteadas de blanco emergían del suelo como si fueran arbustos: no había caminos, ni terraplenes, ni casi pendiente. A medida que clareaba iban asomando contornos vagamente reconocibles, la parte alta de los cipreses brotaba de la nieve como la sombra de un surtidor que se hubiera abierto paso desde las profundidades, y los cables de alta tensión se tendían en líneas tan claras como el amanecer sobre un suelo mucho más cercano sin márgenes ni terrazas, y los distintos niveles se habían salvado, cubiertos todos por la misma capa espesa y blanca. Corrí de una ventana a otra. La masía de enfrente estaba hundida en la nieve y no alcanzaba a ver la Casa Grande ni el perfil de los bosques. El paisaje se había achatado, había perdido las aristas y no tenía más contornos que las suaves ondulaciones de la nieve. También mi casa debía de estar hundida hasta el primer piso y por lo tanto no habría forma de salir.

Bajé a la cocina y efectivamente la nieve cubría las ventanas bajas y sólo los ventanucos más altos estaban libres. En la penunbra corrí al teléfono. Me acogió un ruido tan sordo como el de mi despertar.

No funcionaba. Seguía sin llegar la corriente. Me estremecí. Sola y encerrada en la casa, sin poder salir, sin poder llamar. Además hacía un frío intenso.

Encendí los fuegos del piso alto, de la cocina y del salón para entretener mi inquietud y llené las chimeneas de troncos que al poco rato crepitaban y daban luz y calor. De momento no tenía por qué ahorrar ni la leña ni el agua. ¿El agua? Abrí un grifo, salieron unas gotas e inmediatamente fueron sustituidas por un ruido seco de expectoración que luego se apagó. En alguna parte el agua de la tubería exterior debía haberse helado. Bien, en la despensa había cajas de botellas de agua, cartones de leche y comida para días, incluso meses. El tiempo se extendía frente a mí, infinito, eterno como realmente era, como el paisaje blanco sin fisuras que cubría la tierra y se dilataba sin interrupción alcanzando el firmamento. ¿Qué podía hacer? Las puertas que abrían hacia afuera chocarían con la nieve y la de la cocina que abría hacia dentro de poco serviría; si saltaba por la ventana me hundiría en la nieve virgen, no había corriente, los teléfonos no funcionaban, todo cuanto hiciera a partir de ahora no podía ser más que esperar. Preparé café, puse la cafetera en una bandeja con una jarra de leche y una taza y subí a mi habitación confiando en que algo ocurriera mientras tanto. El aroma que el olor a café dejaba en la escalera y en la habitación me reconfortó pero el alivio fue breve. Contemplé de nuevo el paisaje para descubrir algún movimiento que me devolviera la convicción de que no estaba sola en este mundo. Nada, todo seguía inmóvil bajo la nieve. Y deseé con toda mi alma que alguien se acordara de mí. Bruscamente este pensamiento descubrió la dimensión cabal de mi profunda soledad que nada hasta ahora había proclamado con tanta nitidez y las lágrimas se agolparon en mis ojos.

No tenía por qué retenerlas, podía llorar, gemir, y hasta gritar. Nadie había de oírme. Y así fue como me metí otra vez en la cama sollozando con tal convicción y desamparo que no me detuvo ni el café caliente bebido a sorbos alternados con los gemidos hasta que hube vaciado la cafetera, y seguí llorando y gimiendo al azuzar un fuego tras otro, empujado el llanto por una recóndita y desconocida compasión hacia mis propios lamentos que rasgaban el silencio y se extinguían uno tras otro sin respuesta, hacia mi imagen envuelta en mantas que atisbaba al pasar ante los espejos incrementada por la desolación, el temor, el frío y las lágrimas que se atraían unas a otras como un ovillo sin fin, como la capa blanca que me envolvía, como el vértigo del tiempo y su devenir, más preciso ahora, al contemplar ese mundo vacío de sonidos y contactos, que el paisaje blanco, más incluso y más real que la infinita tristeza de mi maltrecha inteligencia.

Pero por insondable que fuera el desconsuelo acabó por ceder ante la resistencia de aquella mañana interminable y, poco a poco, se retiraron las lágrimas y renació la calma lentamente y se espaciaron los hipos y me sequé la cara y me resigné a vestirme, a cepillarme el pelo y a rehacer la trenza lenta y pausadamente, y a envolverme en un chal dispuesta a ser testigo de primera fila de lo que sucediera en las próximas horas, porque sabía que la incertidumbre y la angustia, como el dolor, no tienen consuelo sino sólo distracción.

La nieve cubrió Almator durante tres semanas por lo menos, un fenómeno extraño en esas tierras de clima temperado cuyo único elemento agresivo y característico, el enemigo cotidiano contra el que se ha aprendido a luchar o a conformarse, es la violenta y tenaz tramontana y, con menor constancia pero con igual ferocidad, las lluvias tempestuosas de septiembre y sus riadas que anegan los barrancos y desbordan las torrenteras.

Durante días y días los campos y las playas fueron extensas estepas impolutas. Ni los más viejos del lugar, como repitieron incansablemente la prensa y la televisión, recordaban un fenómeno igual. Reventaron las tuberías, se heló el agua en los depósitos, se derrumbaron los postes de teléfonos y cedieron los hilos de la electricidad, instalaciones precarias que en el campo no pasan de ser elementos provisionales y hasta extraños; se resquebrajaron las cunetas bajo el hielo, se hundieron los techos de los cobertizos, se pudrió la paja en los almiares y las hortalizas en los huertos; las flores de los almendros y las de los manzanos, perales y melocotoneros que habían asomado apremiadas por la fuerza de aquella primavera precoz, sucumbieron al frío intenso, y si acaso quedaron unas pocas, torturadas y negras como moscas o cucarachas posadas en las ramas; del huerto no quedó nada: cuando se retiró la nieve las lechugas yacían sin vida como pingajos amoratados y las tiernas hojas y las flores de los guisantes y las habas, cocidas por la humedad y el frío, ya habían comenzado su proceso de descomposición antes de separarse de los tallos, inertes y viscosos por la nieve que a las dos semanas todavía se conservaba helada en el fondo de los surcos; detrás de la casa, el limonero se había cubierto de oro viejo sin guardar la diferencia de color entre sus hojas y frutos; y la buganvilla se fue oscureciendo hasta que las flores moradas se volvieron rubias y luego transparentes como alas de mariposa y las hojas se tostaron y se retorcieron y adquirieron un tono sepia oscuro que convirtió la fachada en una fotografía antigua envejecida en un cajón. Las ramas de los abetos crujieron bajo el peso de la nieve y se partieron y hasta algún olivo centenario pagó aquella fantasía de la naturaleza con la mayor parte de sus ramas que se agarrotaron y se secaron y se desprendieron del tronco, y lo poco que quedó en los campos se lo comieron los jabalíes que bajaron del monte temblando de hambre y de frío, abriendo zanjas en esa masa sutil y glacial tan asombrosa para ellos como para todos nosotros.

Volvieron a los dos días los moritos Bagdad y Useín —pero no el holandés— disfrazados con anoraks y botas y gorros de lana como para ir a las montañas del Atlas, a quitar la nieve de los tejados, a cavar trincheras y a dejar las puertas exentas, y transformaron el jardín y el campo que lo circundaba en una red de sendas y accesos, de muros altos como hombres, un laberinto espectral que desde la ventana de mi habitación y a la luz de la luna, que paseaba esos días por un firmamento limpio de nubes y de viento, más parecía la ruina de una ciudad planetaria que el suave paisaje de viñedos y olivos, higueras y mimosas de mi casa de Almator.

A los dos o tres días de aquella hecatombe apareció un sol tímido y mortecino que fue cobrando mayor fuerza conforme transcurría la semana. La nieve con destellos rosados y azules de aquellos primeros días comenzó a derretirse a pesar del frío intenso por la fuerza del sol de mediodía y la calma de aquel extravagante mes de febrero. A la semana las trincheras se habían rebajado considerablemente y asomaba ya en los caminos el color de la tierra. Sólo algunos abetos seguían dibujando en blanco su perfil, y aparecieron regueros de diversas huellas de animales sobre la nieve que poco a poco, a medida que se fundía, aumentaban su tamaño hasta parecer pisadas de osos y no de jinetas o ateridos petirrojos.

Pero aun así permaneció la nieve hasta finales de mes, aunque perdió la opacidad y se volvió brillante, acerada y dura como el cristal: había que andar con cuidado para no caerse y si los vehículos no iniciaban el ascenso desde la carretera con una marcha corta, manteniendo regular la aceleración, las ruedas patinaban, el coche se negaba a avanzar y había que pedir a Pontus Abreu que fuera con el tractor a sacarlo de la cuneta.

Llegaron después —con prisas porque el pueblo entero les requería, incluso los de las masías de los alrededores que no habían visto en casa un operario desde los lejanos tiempos de la electrificación— los electricistas y los albañiles a levantar tuberías reventadas por el agua helada, y entonces, coincidiendo con el deshielo, el paisaje se convirtió en un campo de batalla deteriorado, sucio, lleno de charcos y con montones de detritus marcando los puntos del desastre.

Yo me había comunicado con el mundo de los vivos la misma tarde del primer día cuando una brigada de hombres, ayudados después por Cosme que desde primeras horas había estado abriendo a paladas un camino hacia la carretera, liberaron al fin la puerta trasera de la cocina.

Por la mañana, en cuanto se calmó un poco mi desconsuelo repasé los sucesos de la noche anterior, y me dediqué a cavilar sobre el misterio de los pasos en la solana. Habría concluido sin dificultad, aunque con una cierta resistencia por la veracidad con que se me aparecía el recuerdo, que se trataba de uno de esos sueños tan reales y precisos que permanecen intactos y no se desgastan con el despertar y tan lógicos y congruentes que sobrecogen por la minuciosidad y la aparente contingencia de tantos detalles, de no haber sido por una prueba inexplicable de todo lo contrario: estaba todavía vistiéndome cuando, en una súbita reminiscencia, me lancé escaleras abajo, amedrentada por la amenaza de un descubrimiento que yo no habría de comprender, y efectivamente a los pies del perchero de los impermeables encontré los restos viscosos todavía húmedos de un escarabajo aplastado sobre las baldosas.

En la quimera de la situación, no obstante, la barrera entre lo real y lo imaginario vaciló y lo que al principio me había parecido un fenómeno de duplicidad mágica, dos estampas superpuestas sin explicación plausible —la nevada intensa de la noche mientras yo dormía envuelta en chales, protegidos los pies con calcetines, y mi recorrido descalza en la oscuridad para cerrar la puerta y defenderme del ser que caminaba sobre las losas secas— adquirió paulatinamente naturaleza de normalidad, hasta tal punto que llevada por los acontecimientos de los días que siguieron llegué a olvidar el enigma de aquellos pasos y la visión del resplandor momentáneo de las cerillas por el ojo de la cerradura, atribuyéndolo a un sueño que debía de haberse mezclado con el recuerdo del portalón sin cerrar, de sucesión casi simultánea, o en todo caso demasiado rápida para poder deslindar el uno del otro, pisando el sueño la realidad y la vigilia el sueño, y quién sabe si la imaginación tropezando con el olvido y los ruidos con los golpes del miedo en mitad del corazón. Y así quedó cristalizada la versión de lo ocurrido sin que de momento volviera a ponerla en duda otra vez, ni a recordar el incidente, ni a torturarme la incertidumbre de la identidad del visitante nocturno.

Sólo cuando unos meses más tarde me levanté una madrugada de la cama a abrir la ventana para que el fresco entrara en el dormitorio, desterré para siempre la convicción de que los pasos en la solana habían sido un imposible derroche de mi fantasía envuelta en sueños tan concretos como manzanas, porque en aquel momento volví a oír los pasos que, incluso en aquella noche clara de junio, me fue imposible adjudicar a un personaje real por sucederse, como la primera vez, arrimados tan cerca de la fachada donde la buganvilla renacida del desastre con mayor ímpetu había recuperado tan idéntico espesor que ni asomando más de medio cuerpo habría descubierto quién era el loco que a esas horas de la noche andaba caminando delante de mi puerta encendiendo cerillas.

Pero eso fue mucho más tarde; aquella mañana de la nevada, poco a poco se habían ido borrando de mi mente los pasos, ocupada en mantener el fuego de las chimeneas para aislar la casa de la barrera de frío y de nieve que la oprimía y calmar con ello mi desconsuelo.

Hacia mediodía comenzaron a ladrar los perros que debían de haber permanecido mudos de pasmo. Agucé el oído para reconocerlos, porque me martirizaba el pensamiento de que Drake se hubiera ido, como los días anteriores, a sus correrías con Kativa, y lo hubiera sorprendido la nevada. Los ladridos, me pareció, venían del patio trasero y no de la caseta adosada al muro norte donde se guarecían en las noches de lluvia, que debía de estar totalmente cubierta por la nieve.

Únicamente la pequeña habitación que durante años fue la mía y el cuarto de baño contiguo abrían sus ventanucos a ese patio. El cuarto de baño era el más antiguo y más grande de la casa y tenía en el centro una bañera de proporciones inmoderadas que el abuelo mostraba con orgullo a las visitas en cuanto se presentaba la ocasión, recalcando que se trataba de una sola pieza de mármol vaciado para mostrarles a continuación la otra pieza de museo, el inodoro, como decía Manuela pomposamente, de porcelana blanca con lirios de color azul coronando la taza en cuyo interior destacaba sobre blanco la inscripción Warrens & Brothers, Birmingham, escrita en tipografía inglesa. El asiento era de madera oscura y tan confortable que más de una vez me había quedado dormida en él, y cuando Manuela me levantaba yo aprovechaba para mirar una vez más aquellas letras tan distintas de todas las que conocía, luchando siempre con la incomprensión de los mayores que me reconvenían por mirar el interior con atención desmesurada.

—¿Qué estás mirando otra vez?
—Las letras, Manuela.
—Las letras, las letras, buena letra estás hecha tú.

Había también un gran tocador con espejo y taburete donde Manuela me sentaba para hacerme aquellas trenzas prietas que me arrancaban lágrimas involuntarias por la tirantez de la piel en las sienes y me convertían en una exótica chinita de cabellos claros.

La imagen que ahora me devolvió el espejo me sobresaltó, quizá porque no estaba acostumbrada a ver en él más que a la niña de las trenzas apretadas y no a esa mujer tan alta que tuvo que agacharse para sorprender su rostro de persona mayor, congestionado por las horas de llanto, en la luna moteada de manchitas de cobre.

De pie sobre la tapa de madera de caoba alcancé el ventanuco y vi a los perros acobardados por un enemigo con el que no habían contado y contra el que si la naturaleza los había armado, la costumbre los había desarmado, agazapados y apretados unos contra otros bajo el soportal de la casa de Manuela al que se accedía por una escalera exterior, invisible ahora, y donde se colgaban antaño las mazorcas de maíz. Comprendí que habían intentado salir, porque la nieve más cercana estaba revuelta, pero finalmente el juicio debió anteponerse al deseo de libertad y habían decidido permanecer bajo cubierto y en suelo firme. Al verme gimieron desesperadamente, Tom comenzó a excavar en la nieve de la escalera como si mi presencia le infundiera la certeza de que había de encontrar la salida y Cano se limitó a levantar a trompicones su anciana cabeza para emitir regularmente un solo y quejumbroso ladrido en señal de protesta. Había además otro perro pequeño, movedizo e inquieto, quizá porque no conocía el lugar y se había quedado prisionero en él. Tenía el pelo negro como el carbón, el iris y la pupila tan grandes que escondían el poco blanco del ojo, y en la barbilla unos pelitos claros, sólo un vestigio de luz en su cuerpo de azabache. Debía de ser muy joven a juzgar por sus movimientos y por las repentinas ganas de jugar con Tom, que alternaba con momentos de terror. Entonces gemía desconsolado sin saber qué hacer y escarbaba también la nieve de vez en cuando adentrándose en ella con furia, aunque al comprobar que se hundía acababa volviendo al suelo seco y firme de la terraza y se sacudía la nieve blanca, más blanca aún sobre su pelaje de carbón. Pero, efectivamente, Drake no estaba.

A gritos llamé a Manuela, que al fin asomó la cabeza por la lumbrera del portal de su casa a poco más de un metro sobre la nieve que llenaba el patio hasta casi la altura de la aldaba.

—¿Está usted bien? —y sin esperar respuesta inició una serie de lamentos—: ¡Ay Dios mío qué desgracia! ¡Dios Santo! Enciéndase usted los fuegos que se va a quedar congelaíta. ¡Santo Dios!, hay de todo en la despensa. Hágase zumos que las naranjas tienen vitaminas, y no se preocupe usted. No se preocupe usted. Ya verá cómo todo se arregla. Cosme salió no sé cómo por la ventana de atrás y dice que va a abrir una zanja. ¡Ay!, ¡si casi no se le ve al hombre!

Manuela cerró su claraboya y la oí bajar de la silla con dificultad lamentándose a voz en grito contra esos hombres que enviaban a la luna y esos misiles, o como se diga, los culpables de tantísimas desgracias como nos tocaba soportar.

Volví al dormitorio y pasé a la biblioteca del abuelo que acumulaba el frío de días y meses sin uso y encendí la chimenea. Era tan glacial el ambiente que las llamas tardaron en alcanzar la medida a partir de la cual el fuego ya no precisa atención. Cuando oí crepitar los leños abrí la ventana y me asomé a un mundo sin color. Fuera, en cambio, no hacía frío. No tanto como podía parecer en aquella inmensidad que, a la pálida luz de la mañana, alcanzaba hasta la Torre del Norte, el cerro desnudo que en los días claros dibujaba la silueta de su castillo solitario como una veleta estática y los montes lejanos blancos ahora, detrás de los cuales se tendía el mar. La masía de enfrente se había convertido en una construcción aplastada y simple, con la bañera blanca casi a ras del suelo como la mancha de un puñado de nieve que una mano gigantesca hubiera aplastado contra su exigua fachada, sin rendija ni ventana ni ocas ni limoneros, y hacia el sur, la Casa Grande había desaparecido bajo una capa ondulada y con tan poco relieve que de no haber sabido a ciencia cierta dónde se encontraba —para lo que ni siquiera me hacía falta abrir los ojos ni nada me lo habría impedido por más capas blancas o de colores que la naturaleza hubiera vertido sobre ella—, sólo habría podido localizarla por el esqueleto del sauce, los mástiles de los chopos que crecían junto a la puerta de entrada y el depósito cobrizo, único elemento que mantenía su color en ese mundo desolado y ciego.

Sonó el teléfono.

Antes de reparar en que se había restituido la línea llegó a mi conciencia el recuerdo de sus escasas llamadas, de sus palabras medidas, de sus mensajes precisos. Pero no era él. Desde la ciudad, y después de intentarlo durante toda la mañana según me dijo, Darío me mostró tal devoción e interés y se tranquilizó tanto al oír mi voz que hice un esfuerzo por saber a qué podía deberse. No, no nos habíamos visto después de mi visita a la Casa Grande de la que había salido con Drake en brazos. Pero tanta inquietud me reconfortó. La misma que demostraron mi padre desde Viena rompiendo la costumbre establecida desde hacía tantos años de no llamar más que por Navidad y el día de mi aniversario, y algunos amigos desvanecidos casi del horizonte de mis nostalgias y afectos. Y finalmente, poco antes de ser liberada, también por el objeto de mis amores que por primera vez permaneció del otro lado del hilo hablando sin prisa, dejando que le contara todo lo que había ocurrido, reconociendo casi mis sollozos antes de que asomaran hostigados por la angustia de mi relato. Porque las noticias de la radio y la televisión, que yo no había visto ni oído ni había de hacerlo hasta que al cabo de una semana volviera como un milagro la electricidad, mostraron durante varios días escenas escalofriantes del desastre que había asolado esa parte del país en un radio de varios kilómetros del que, según dijeron, nosotros éramos el epicentro.

Al anochecer del primer día, cuando comenzamos a encender las velas, pedí a Manuela que durmiera en la casa porque yo temblaba de miedo, y durante una semana por lo menos, hasta que volvió la luz, ella y su marido ocuparon una habitación del primer piso y los perros el lavadero.

El pequeño perro negro se había colado al abrir yo la puerta y se había lanzado sobre la gran cazuela con arroz y carne que les habíamos preparado para compensar tanto frío y tanto encierro. Comió desaforadamente discutiéndole el espacio a Tom que ladraba al intruso, aunque sin demasiada irritación, enternecido todavía por la devoción y la compañía en las horas que estuvieron prisioneros, y sin atreverse a desbancarlo aunque nada le habría costado porque lo doblaba en peso y altura. Preparé otro plato para él y cuando hubieron terminado el perro negro se arrimó a mis piernas frotándose contra ellas en busca de aquiescencia.

—¡Qué negro eres y qué guapo! —dije agachándome y contemplando la oscuridad de sus pupilas—, ¿de dónde sales?, ¿de quién eres? —A cada una de mis palabras movía el trasero para acentuar el vaivén de su cola diminuta—. ¿Quieres dormir aquí? —Y como si hubiera comprendido mi pregunta se hizo un hueco en la estera donde ya dormitaban Tom y Cano hartos y suspirando de satisfacción por esa comodidad inesperada. De pronto me entró la inquietud de que hubiera escapado de los cruzados odios de las casas gemelas o fuera un perro de la masía de enfrente que la nevada hubiera pillado en casa, pero aunque así sea, pensé para tranquilizarme, no podrá volver a su casa hasta dentro de unos días, y de todos modos si realmente les pertenece, ni el interminable muro blanco que nos separa les habrá impedido conocer su paradero y en cuanto puedan vendrán a por él. Y miré inútilmente la ventana todavía cegada por la nieve, temerosa de que la sola evocación de mis vecinos bastara para atraer su presencia. Aun así abrí una última vez la puerta para comprobar que Drake no aparecía por la trinchera abierta hasta la casa de Manuela.

Porque Drake no había vuelto aquella noche, ni lo hizo al día siguiente, y cuando por la tarde del tercer día apareció con rastros en el cuerpo de la nieve que había tenido que escarbar hasta llegar a casa y ese olor a esparto que desprende el pelaje mojado de los perros, se desplomó en su cesta y no volvió a levantarse hasta por la mañana. Tenía el hocico seco y ardiente y temí que estuviera enfermo. Pero debía ser sólo frío y hambre, porque al cabo de dos días, cuando bajé a la cocina a desayunar, lo encontré jugando con el perro negro en el lavadero sin importarles a ninguno de los dos los gruñidos de Cano, cuya edad avanzada no podía soportar con indiferencia ese alboroto a horas tan tempranas. Tom intentaba unirse a ellos porque en tan pocas horas había desarrollado un sentido de la posesión hacia el negro, y miraba con envidia a Drake al que habría atacado por usurparle el puesto de no haber sido por respeto a su nuevo amigo.

—Ven aquí —dije al perro negro, convencida ya de que nadie vendría a buscarlo—. ¿Has decidido quedarte con nosotros? Pues habrá que buscarte un nombre. —El perro comenzó el vaivén de su trasero—. Te llamaré Idi Amín Dadá —y para que la celebración fuera completa llené todos los cuencos de galletas como en un bautizo.

Una tarde, pocos días más tarde, nos sorprendió la sirena intermitente de una ambulancia que avanzaba con dificultad por el camino vecinal; siguió a trompicones hasta más allá del pozo viejo y se internó luego por el torrente con mayor dificultad aún pero sin dejar de emitir el alarido de urgencia, a todas luces inútil, que perforaba la quietud del aire y escapaba a las alturas. Subió como pudo por el camino tortuoso, bajo las viñas, en dirección a las casas gemelas, la oímos todavía a través de la sordina del túnel de enebros y encinas y, poco después, coincidiendo probablemente con la bifurcación del camino y su propia indecisión se hizo el silencio.

Desde mi ventana ya sumida en las sombras de la tarde, la casa de enfrente aparecía en la otra vertiente del valle embebida en sol, pero sin un solo ser humano a la vista. Tampoco en los caminos recién despejados ni en los campos todavía cubiertos de nieve, pero yo sabía que desde algún lugar escondido y privilegiado mis vecinos contemplaban como yo el ascenso difícil del vehículo y estuvieran donde estuvieran sabían a dónde se dirigía y para qué. Porque tenían la vista aguda y la miopía no les impedía ver lo que ocurría a varios kilómetros de distancia ni sus formas de saber se regían sólo por la palabra, ni su grado de información dependía de los demás: hablaban poco, y captaban los rumores —más rumores aún porque tampoco se expresaban en palabras— que nacían de la amalgama e interpretación de sus miradas y de sus exclamaciones sin sentido aparente y de sus gestos apenas iniciados.

En cambio yo, me decía, habría necesitado años de aprendizaje para afinar la vista y el olfato, saber leer los acontecimientos nimios, enlazar informaciones simples, localizar lo palmario y evidente y conformarme a ese mundo de relaciones elementales en el que lo único irracional era la naturaleza y su comportamiento imprevisible. Entretanto me quedaba como siempre al margen, como el extranjero que trata de entender un discurso de cuyas palabras conoce el significado que, sin embargo, no lo ayuda a captar el sentido general. Del mismo modo que en los trenes nos llega el ritmo de una canción sin melodía a través de los auriculares ajenos o como el retumbar de aquella batería que oíamos mi marido y yo día y noche del otro lado de la pared del vecino, en nuestra casa de la ciudad, ese tam tam sordo que nos acompañó durante tantos años y acabó por parecernos indispensable, porque lejos de distorsionar el ambiente lo convertía en un santuario al que resguardaban de ruidos exteriores sus parapetos de ritmo apagado y constante. El recuerdo me llenó la boca de nostalgia por aquella habitación donde seguíamos estudiando al llegar del trabajo. Los postigos de persiana siempre entornados la sumían en una semioscuridad perenne sustituida cada noche por los haces de luz de las dos lámparas, y yo trabajaba inclinada sobre un ejército de fichas, cuadernos y libros, consciente de vez en cuando de la compañía muda en la otra mesa, confortablemente instalada en mi humilde seguridad, dejando que se escurrieran los años y se desgastaran los sentidos en la monotonía de mi devenir sin esperanza ni desesperanza.

Pero la nostalgia fue breve porque cuando ya ha pasado la hora del amor, o quizá sea sólo la hora de la obsesión, ni siquiera el recuerdo de maravillas vividas en común es capaz de despertar algo más que una vaga melancolía. ¡Qué poco echaba de menos mi vida en la ciudad! ¡Qué lejos y desdibujados quedaban el trabajo que había dejado a medio hacer y las rutinarias diligencias cotidianas! Hay épocas, y con ellas personas y actividades, que pasan por nuestra vida sin dejar huella ni olor, sin fundirse con el núcleo que forma la biografía, el que arrastramos con nosotros, el que escondemos o modificamos para que su peso sea más soportable; el pasado al que pertenecen, aun siendo reciente, es tan lejano y extranjero que no atinamos a acomodar nuestra presencia en él, y oímos la voz del recuerdo como una historia ajena que nos están contando y nos atañe sólo vagamente, y esa mirada hacia atrás descubre un paraje desdibujado y exento, como si aquellos años, o días, hubieran sido una pausa en nuestra vida que se reanudara saltando indiferente por encima de ellos, cegándolos.

En aquel atardecer radiante la reminiscencia de la habitación de estudio, durante años cenáculo de un vínculo que sólo tenía que haber quebrado la muerte, se desvaneció a la vista del faro rojo y del rastro de curiosidad que dejaban en la nieve las huellas de sus gemidos.

Yo supe más tarde y por los sistemas convencionales de comunicación, es decir, por Manuela, lo que había ocurrido: al atardecer del día anterior, aprovechando esa luz engañosa que la nieve arroja en los paisajes a la hora del crepúsculo, Feliciano había salido hasta la linde del bosque a recoger una azada y un escardillo. El acceso desde el camino vecinal a los dos portales, como el de todas las demás masías del valle, se había abierto el mismo día o al siguiente del desastre, pero las casas estaban todavía rodeadas, casi sumergidas, y Feliciano se esforzaba de sol a sol para que la suya quedara tan despejada como la de su enemigo. Diez horas abriendo zanjas para poder circular un poco más lejos que el día anterior, amontonando a uno y otro lado paladas de nieve sucia de barro, lo habían dejado extenuado. El reflejo metálico del hielo lo convenció de que sus ojos cansados todavía veían. Pero el blanco es traicionero porque diluye las sombras y los relieves y allana las concavidades, y al volver a casa no reparó en una zanja lateral que él mismo había abierto aquella mañana, dio un traspiés y por el ruido de cascanueces de su cuerpo al chocar contra la tierra helada supo que ya no podría levantarse. Al principio el dolor reclamó toda su atención: lo ahogaba un peso en la espalda y la presión que sentía en el costado izquierdo casi le impedía respirar, y a partir de allí, una espada de fuego, como dijo más tarde en el hospital, descendía de la cintura hasta la rodilla. Al no poder gritar, y de haber podido tampoco lo habría hecho, se agazapó buscando una posición menos dolorosa pero cuando levantó la cabeza y reparó en la noche que había caído de repente sobre la nieve y el mundo, comprendió que estaba perdido y que el frío acabaría con él.

En su casa, a unos doscientos metros del lugar en que yacía, su mujer había prendido la luz sobre el dintel en el mismo instante en que comenzó a alumbrar la del dintel de su gemela, con una exactitud aprendida y perfeccionada por la diaria e incuestionable repetición a la que sólo la vigilancia y el esmero desmedidos de unos y otros impedían convertir en rutina: la simultaneidad con que se encendían ambas bombillas parecía ser obra de una mano invisible que diera la vuelta al interruptor en el mismo momento en que el sol detrás de las montañas dejaba de iluminar y comenzaba el silencio de la noche.

Varias veces intentó mover las piernas, no para levantarse sino para arrastrar sus huesos doloridos, adelantar unos centímetros y marcar por lo menos el inicio del derrotero, pero le fue imposible: estaba paralizado por el dolor y el frío que iba invadiendo su cuerpo y por la oscuridad que no lo dejaba distinguir más que las luces iguales de las masías gemelas.

El frío adormece dulcemente, dicen, y cuando Iliana lo encontró unas horas más tarde, después de buscarlo casi a escondidas sin atreverse tampoco a llamarlo a gritos para no alertar a los vecinos ni darles el placer de verla en un aprieto, por la expresión dulcificada de su rostro reconcomido Feliciano debía de estar soñando plácidamente en paraísos hasta entonces desconocidos. En vano intentó despertarlo, y se dio cuenta enseguida de que ella sola apenas podría moverle un brazo, y no queriendo pedir ayuda porque ni siquiera la gravedad de la situación le permitía salvar la barrera de su odio y sabiendo que si lograba descender por el camino helado sin resbalar y caer, su marido habría muerto de frío para cuando ella hubiera logrado encontrar ayuda, se fue a la casa, trajo un par de mantas para cubrirlo, un saco de abono vacío que le embutió como pudo a modo de hule debajo del cuerpo pesado como una losa, y comenzó luego un ir y venir de la leñera a su marido, cargada con troncos y teas, hasta que tuvo encendidas en torno al viejo tantas hogueras como fueron precisas para rodearlo de un anillo de fuego. Poco a poco Feliciano reaccionó entre el calor y el aguardiente que su mujer le vertía en la boca cada tanto, y así pasaron la noche envueltos en mantas como fardos y rodeados de las llamas controladas por el fervor de la mujer que ni durmió ni sintió frío, ocupada en azuzar y mantener vivas aquella docena de fogatas fantasmagóricas cuyo resplandor quizá vislumbraron mis vecinos de la masía de enfrente, o los guardas de la Casa Grande o yo misma habría podido adivinar por el resplandor de las llamas contra el cielo blanco de luna de haber estado atenta, como ellos, y haber remontado el reguero de expectación que había brotado al atardecer con el lamento sincopado de la ambulancia. Y debieron de ser un espectáculo refocilante para los moradores de la otra casa gemela al que asistieron impasibles porque tampoco ellos pudieron salvar en sentido contrario la barrera de odio ciego y centenario que daba a su vida la misma dimensión excelsa, muy por encima de los avatares domésticos de la economía agrícola y de la rutina diaria. Sólo cuando al amanecer la vieja entendió que brillaría el sol aquel día, se atrevió a coger un bastón y después de echar troncos en las hogueras para que resistieran el tiempo que pensaba estar ausente, comenzó a descender a trompicones el camino helado, cubierta con un abrigo negro de mangas estrechas que casi no le tapaban las muñecas enrojecidas por el frío y con las manos cortadas por el viento y la humedad escondidas en sus exiguos bolsillos. Debió de tardar poco más de una hora en llegar al pueblo y no se la volvió a ver subiendo a toda prisa la cuesta hasta unas tres o cuatro horas después, cuando el sol estaba tan alto como permite un cielo de febrero y el hielo de los caminos por su parte más delgada se había convertido en barro, adelantándose a la ambulancia que habría de llegar mucho más tarde porque la del ambulatorio estaba averiada y la de Toldrá se pondría en camino en cuanto volviera de un servicio de urgencia para el que había sido requerida por la mañana. Ahora, la vieja, aunque encorvada contra la pendiente, caminaba más ligera estrujando en su mano un pañuelo con el que de vez en cuando se secaba un sudor inexistente, y en la otra cargaba un paquete atado con un cordel de esparto que ni los más avezados del lugar lograron jamás saber qué contenía. Pero era tan inusual que anduviera por los caminos enfangados (ella que no descendía de sus alturas más que una vez por año para comprar la matafaluga y la celiandria, las dos especies indispensables para cocinar las barandas de San Juan, ya que todo cuanto comían lo sacaba de la huerta y los corrales y no se había comprado ropa —Manuela lo sabía muy bien— desde que, treinta años antes, fuera a la boda de su único hijo) que su presencia debió ser detectada inmediatamente por los vecinos de las demás masías y por los guardas de la Casa Grande y por Manuela, alertados ya por el suave fulgor de las hogueras nocturnas, que permanecieron callados tras sus ventanas esperando a ver en qué acabaría todo aquello.

Cuando Iliana a toda prisa salió del túnel de enebros encontró a Feliciano sacando espumarajos de rabia por la boca increpándola porque, en su ausencia y aprovechando la inmovilidad que lo tenía postrado, los enemigos mortales habían izado la bandera que, por primera vez en muchos años, ondeaba sola y victoriosa por culpa de esa mujer que había abandonado sus deberes más sagrados. A Iliana le parecieron tan justos los reproches y vituperios, que sin atender a la humedad de las ropas de su marido ni reanimar las brasas casi extinguidas de las hogueras, se fue a la casa a izar, aunque fuera con retraso, su propia bandera, llorando esa imborrable mancha en el blasón de su historia con una rabia sólo comparable a la profundidad de su desconsuelo.

Feliciano volvió del hospital de Toldrá casi un mes más tarde cuando ya no quedaba ni un ventisquero, ni un cristal de hielo en el lecho umbroso de una vaguada, el mismo día que comenzó a soplar la enloquecida tramontana agostando con saña las profundas humedades de la nieve. Venía repuesto ya de un enfisema pulmonar que él achacó al frío de su larga espera y los médicos a las colillas que succionaba todo el día desde el amanecer, restos de cigarrillos liados por él mismo con una mezcla de picadura y hebras de calidad tan dudosa que no lograba mantener encendidos más que el tiempo suficiente de dar una chupada y, sin que le disuadiera la escasa combustibilidad de la colilla, insistía una y otra vez hasta dejar chamuscado su bigote negro.

Encontró los campos aparentemente en orden: desde el accidente Iliana, que había llevado sola todo el peso de la huerta y de los animales sin ni siquiera la ayuda del hijo cuya visita había esperado en vano —igual que ella tampoco había acudido al hospital a ver a su marido—, había trabajado duro, pero Feliciano no necesitaba que nadie le hablara del tiempo perdido que ni por asomo podría recuperar, ni era precisa mayor perspicacia para reparar en la primavera instalada definitivamente sobre la tierra, una barrera de exuberancia que le impediría alcanzar a su vecino hasta bien entrado el proximo año; y además en el campo, y eso lo había aprendido en su propia carne, un descuido, como un retraso, sólo puede medirse, y solventarse, en dinero, y Feliciano no lo tenía.

Hizo un gesto a su mujer sin apenas mirarla y pasó por mi lado sin sorpresa como si mi presencia le hubiera sido comunicada antes de bajar de la ambulancia que lo había traído de vuelta.

Porque yo estaba en la puerta de su casa cuando llegó.

Desde el día en que supe lo ocurrido tenía previsto ir una tarde a ver a Iliana más por cumplir con un deber de buena vecindad y procurar congraciarme con ellos que por verdaderos deseos de visitarlos. Manuela me había dicho que la mujer era hosca y malhumorada, no hablaba jamás con nadie y, además de estar peleada a muerte con sus vecinos, tenía a gala no saludar ni ofrecer o pedir jamás ayuda a ninguno de los habitantes de Almator, porque se decía que era tanta la suciedad en la que se movían y tal el desorden de su vivienda que no permitían a nadie ser testigos de la decrepitud de su hogar. Yo la había visto una sola vez, en la viña, el día que se perforó el pozo, pero entonces sólo fue para mí una persona más del público agorero que me rodeaba. De cuando era niña recordaba, aunque con imprecisión, a la mujer que cultivaba esas calabazas especiales con las que en casa se hacía confitura de cabello de ángel y que en septiembre Manuela iba a recoger, y yo con ella, a los campos más altos, pero hacía tantos años y fueron tan pocas las veces que su rostro arrugado de ahora no guardaba ya relación con el que yo conocí.

Llevaba en la casa escasamente diez minutos cuando llegó Feliciano, pero me había sobrado tiempo para comprender que si los demás vecinos de Almator y la gente del pueblo la llamaban la Purráfula no era sólo por el placer de machacar su nombre de princesa: desde la puerta hasta el fondo incierto de la cocina cuyos fogones se adivinaban en la penumbra espesa de aquel ambiente cargado, el suelo quedaba sepultado por objetos en distintas etapas de destrucción y descomposición, pedazos de pan, trapos, papeles y plásticos, y montones de cerillas usadas, y el techo sostenido por vigas de madera estaba casi oculto tras espesas cortinas de telaraña; las ventanas no se habían abierto en lustros, los cristales no se habían lavado jamás y los goterones de tantas lluvias y el polvo de más sequías aún se acumulaban formando un esmeril turbio y oscuro; junto a la pared que debió de haberse encalado por última vez cien años antes, se apoyaba una cómoda ladeada cuyos cajones abiertos y descuajaringados rezumaban papeles y harapos mugrientos que caían en cascada hasta el suelo y en la mesa escasamente arrinconada, había tal cantidad de botes sin tapar, platos sin lavar, cajas de cartón rotas con hortalizas disecadas y tazones desconchados cuyos fondos de color pardo y reseco indicaban la presencia años ha de líquidos diversos, que no habría podido adivinarse el color del hule que la cubría de no ser por sus bordes acartonados y mugrientos. La vaharada de olor a rancio que se me había venido encima al abrir la puerta se mezclaba ahora con un tufillo agrio y mohoso sobre una sinfonía de olores que el olfato humano habría necesitado décadas en descifrar. De pronto reparé en un paragüero de cerámica junto a la pared, cubierto también de trapos y lleno de cañas secas que me llamó la atención, pero no pude descubrir en qué consistía esa cualidad extraña que lo diferenciaba de la amalgama de cochambre, ni las hojas de parra del dibujo que asomaban entre harapos, ni esas tonalidades ocre, blanca y azul tan familiares lograron encajarse en ningún rincón de la memoria que aliviara ese repentino malestar, ese otro tipo de inquietud que se sumaba a la pura repulsión: el de la palabra oculta cuyo significado se conoce pero no se deja ni formular ni recordar. Pero al instante desvió mi atención la exigua potencia de la bombilla que acababa de encender Iliana al asomar por la puerta del fondo y la luz macilenta que su cristal opaco arrojó sobre este campo de batalla cuyo último combate parecía haberse dirimido hacía siglos porque se respiraba una inmovilidad momificada y purulenta. Y sin embargo Iliana emergió de las tinieblas y atravesó con naturalidad, casi con agilidad, aquel caos enjugándose las manos como una mujer a la que se hubiera sorprendido en plena limpieza, aunque mirándome con desconfianza, abierta la boca desdentada como si fuera a hablar. Llevaba un pañuelo oscuro anudado a la cabeza que casi le cubría la frente justo sobre unas cejas negras y pobladas en contraste con las greñas canosas que asomaban debajo de la oreja. Nos quedamos en la cancela, un espacio entre dos puertas vacío de muebles, con unas botas enfangadas en el rincón cubierto de escombros y colgada de una viga la jaula con un canario o un jilguero reseco que mantenía entre sus barrotes un peine sin apenas púas envuelto en pelos canosos tan enroscados y pegados a él que probablemente habían enraizado y seguían creciendo fertilizados por la desintegración circundante. En aquel mismo momento me arrepentí de haber ido, porque el asomo de piedad y los deseos de congraciarme con mis vecinos habían desaparecido y quedaba únicamente la situación descarnada, la mujer recelosa y ese olor nauseabundo que me mareaba. Me di cuenta de que Iliana no hablaría hasta que lo hiciera yo, pero mi garganta no respondía a las órdenes de mi voluntad embotada por una sola idea: huir.

En aquel momento las luces de la ambulancia y el ruido del motor se abrieron paso a través de las ráfagas de viento y llenaron la explanada sumida en la penumbra del atardecer. Yo aproveché para salir al exterior y respirar. Iliana había ya iniciado un gesto para seguirme cuando retrocedió apresuradamente y sólo entendí la premura que le impedía recibir a su marido al ver brillar la luz de la bombilla sobre el dintel casi en el mismo instante, como me había contado Manuela, que la del dintel de su vecino, Xofre, a cien metros escasos de distancia, con tal simultaneidad que me fue imposible saber cuál de las dos se había encendido en primer lugar.

Feliciano bajó con dificultad de la ambulancia y se sentó junto a la puerta, en un banco de piedra resguardado de la tramontana que se oía silbar sobre el tejado, rodeado de primorosos parterres que, como los de su vecino, rebosaban de caléndulas en flor. Tenía el aire cansado y malhumorado, envuelto en su chaquetón parduzco y ni me miraba; mientras tanto su mujer, una vez cumplido el oscuro y cotidiano mandato, descargaba la bolsa de su marido y la dejaba sin decir nada detrás de la puerta. Me apresuré a murmurar unas frases solidarias de ayuda y aproveché la excusa de la ambulancia para despedirme precipitadamente y subir junto al conductor que se había ofrecido a acercarme a mi casa al comienzo de la avenida de los plátanos.

Él no respondió ni levantó la cabeza y ella ni siquiera me prestó atención, quizá me despidió con la mirada pero sin una sola palabra y se quedó de pie en la puerta de la casa ajena al hombre que acababan de traer y a los bramidos del viento, fijos los ojos en el camino mientras la ambulancia maniobraba y sin apartarlos de ella por lo menos hasta que yo la perdí de vista, como para cerciorarse de que efectivamente, esa forastera más forastera aún que nosotros porque había llegado todavía más tarde, se había marchado y los había dejado en paz.

—¿Así que yo soy más forastera que nadie? —le pregunté a Manuela cuando al volver ella misma puso en boca de Iliana esas palabras y me explicaba después con todo detalle el orden de prioridades de los habitantes de Almator.

—Claro está. Usted ha llegado la última. En eso tienen razón ellos, usted lo tiene que comprender. Una cosa es estar aquí cuarenta años y la otra haber llegado hace cuatro días.

Yo reaccioné un tanto airada:

—Pero bueno, Manuela, la casa es mía y mis antepasados llegaron aquí antes que nadie, antes incluso que la familia de Pontus y mucho antes que la de Darío. ¿Eso no cuenta? Al fin y al cabo soy nieta de mi abuela, ¿no?

Manuela se atolondró como siempre que nombraba a la abuela, recogió la ropa que estaba cosiendo, farfulló unas palabras y se fue a toda prisa, profundamente agobiada.

—¿Qué pasa Manuela? ¿He dicho alguna inconveniencia? —y me levanté para seguirla. Pero me había tomado la delantera y corría con una ligereza desusada y sin el menor disimulo se metió en su casa y cerró la puerta.

De nada me sirvió insistir a la hora de cenar. Llorosa y casi ofendida se negó a responder, me sirvió una tortilla de calabacines y una fuente llena de lechuga a la que añadió adrede una cantidad excesiva de cebolleta, lo dejó todo sobre la mesa y sin decirme una palabra se fue a su casa enjugándose los ojos. Cuando volvió para recoger los platos y cerrar las puertas, mucho más tarde, mantenía aún su expresión ofendida y silenciosa y no la modificó hasta convencerse de que su actitud me había disuadido y no volvería a hablarle de la abuela. ¿Qué otra cosa podía hacer yo?

Entonces se mostró amable otra vez y cooperadora hasta el punto de que, cuando a los pocos días comencé a reconstruir la parte alta del gallinero que los albañiles habían cimentado la tarde anterior a la nevada, venía cada media hora a ver si necesitaba ayuda y aprovechaba para traerme una bandeja con tapitas como decía ella, y un vaso de vino, que el vino hace sangre y usted trabaja mucho: había vuelto la paz.

Por la tarde del mismo día apareció Feliciano por el camino vecinal, renqueando lentamente en dirección al pueblo. Respiraba con cierta dificultad y se detuvo para encender la colilla que llevaba en la boca. Manuela, que había iniciado el camino hacia su casa, se detuvo a curiosear. Desde donde estaba gritó el hombre:

—¿Qué, el gallinero otra vez? —y me pareció que el tono casi risueño con que había salido de su mutismo habitual no era más que un anticipo del placer que habría de producirle lo que se avecinaba, como quien ve acercarse el momento de realizar su venganza. ¿Qué estaba tramando? ¿Le habría molestado que hubiera tenido el atrevimiento de meterme en su casa y preparaba represalias? o ¿seguiría vigente el despecho por esa vena de agua que yo había encontrado en mis tierras? ¿Y si hubiera sido él quien me robara las gallinas? No, imposible, era Xofre el que había venido con su perra. Alejé como pude esa sospecha que flotaba en el aire y que en los últimos días asomaba cada vez con mayor frecuencia.

Feliciano se tocó la gorra con un dedo y siguió descendiendo con sus pasos menudos y desacompasados de anciano todavía fuerte y Manuela no dejó de mirarlo hasta que desapareció por el recodo:

—¿A dónde irá ése? —dijo frunciendo la nariz—. Huy, si acaba de volver del hospital, ¡pues sí que debió de estar malo! —añadió con un tono de desconfianza en el mundo en general. Y desapareció abstraída en sus murmuraciones.

¡El gallinero otra vez! Sí, allí estaba yo rehaciéndolo pacientemente, terminando la obra que iniciaron los albañiles. No quise saber la opinión de mis vecinos ni me detuve a escuchar los consejos de Cosme que cuando me veía afanada en mi trabajo decía, antes de darme los buenos días:

—Déjelo ya, mujer.

Estuve más tiempo esa segunda vez que la primera. Me faltaba ardor y la inútil pasión que convierte a veces los proyectos intrascendentes en objetivos fundamentales e imprescindibles. Y además ya no podía recordar cómo había hecho lo que ahora me tocaba rehacer, no sé si por el tiempo transcurrido o por una extraña desgana que me negaba a aceptar, como me negaba a oír la lejana voz que susurraba a todas horas la inutilidad de mi hazaña, como si el destino de las cosas estuviera escrito en ellas y yo no quisiera leerlo.

Por eso, cuando a la mañana siguiente de haber terminado el gallinero y haber comprado las gallinas y haberlas puesto en su sitio como hacía cuatro meses ya, bajé a desayunar y Manuela me recibió con la cara compungida y comenzó a divagar sobre las desgracias reiteradas que golpean a los humanos enumerando a continuación una serie de casos ocurridos a sus parientes y amigos con ese trasfondo de satisfacción en la voz plañidera que empleaba para compadecer al género humano, supe sin hacer el más mínimo esfuerzo que mi gallinero había sucumbido a su destino.

—¿Qué ha pasado, Manuela?

Esta vez, según me explicó, habían sido los hurones. Ésa era la función de los hurones: ahondar en la tierra, dijo. Habían pasado muy por debajo de los elementales cimientos, se habían introducido en el recinto y habían acabado con todas las gallinas que dejaron en el suelo desangradas y con un agujero en el cuello.

—Aún puede usted verlas, ahí están bañadas en sangre. ¡Claro, ya lo decía mi marido!

—¿Qué decía su marido, Manuela? —le pregunté con un tono agrio que delataba mi resentimiento.

—Pues eso, que los hurones, los bichos del campo, que ya se sabe, agarran todo lo que encuentran.

—Y ¿qué hacen en el resto del mundo los que tienen gallinas? ¿Qué hace Tana?

—No, eso es distinto. La mujer, las cosas como sean, a las gallinas las lleva muy bien, eso sí. Ella será lo que sea, pero a las gallinas no les falta de nada: su pienso, su maíz, su hojas de lechuga, su pan mojado...

—Y ¿por qué a sus gallinas no se las comen los hurones?

—¡Ay, yo qué sé!, cosas de ellos, los payeses, que ellos saben cómo va to...

Con la fantástica historia de los hurones, esos vampiros autóctonos que habrían abierto un orificio en el cuello de mis gallinas, al parecer sin la menor intención de chuparles la sangre que bañaba todavía el suelo del gallinero, apareció la sospecha otra vez. Y al poco rato no sólo estaba convencida de que mis vecinos —¿Xofre? ¿Pontus? ¿Feliciano?— eran los culpables de la matanza de las seis gallinas ocurrida la noche anterior, sino también de la desaparición de las seis primeras, y a la media hora los acusé de haber echado en el pozo la gallina negra y poco faltó para que los hiciera responsables también de la nevada que había acabado con el huerto.

La suspicacia crea inquietud y alimenta el miedo, agiganta los hechos y convierte en monstruos a los encartados. Pero ¿cómo conocer la verdad? Yo sola nunca podría adivinar qué es lo que había sucedido, ni si eran ciertas esas historias de los perros y los hurones que no atacaban más que a mis gallinas. ¿Lo sabría Manuela? ¿Y Cosme? Tampoco podía estar segura de ellos, así que decidí no indagar más, olvidarme de las gallinas, del gallinero y de los hurones y ahuyentar la desconfianza, porque, me dije, así no podré vivir.

Dejé a Manuela, que había reanudado su discurso plagado de ejemplos extraídos de su propia experiencia, estructurado con una lógica ajena a mi modo de razonar y teñido de aquella alegría mal disimulada que me irritaba en exceso, abrí la puerta y salí como si nada hubiera ocurrido. Me negué a bajar al huerto para ver el desastre y durante todo el día deambulé con el jardinero y el hortelano de un lugar a otro sin hablarles del percance siquiera para mirar hacia el lugar donde estaba la prueba de mi misterioso fracaso y de mi derrota. Y ellos, que quizá sabían, me silbó al oído una rezagada serpiente del recelo, tampoco lo mencionaron.

Yo debía de haber cumplido ya los dieciséis años cuando mi padre se enamoró —eso decía él al principio— de una cantante bellísima y muy famosa que aparecía continuamente en los periódicos. La fama parecía venirle no sólo de su voz mórbida de contralto sino de su sabiduría en todas las disciplinas de este mundo: pontificaba sobre moda, política y arte con tal naturalidad y con tanta frecuencia que se hacía difícil dudar de su ciencia infusa. Hablaba de ecología, arquitectura, tenía opiniones sobre la conservación de los museos y los trasvases de las aguas y no había periódico, revista o revistilla, radio y programa de televisión que no requiriera su presencia o su opinión. Por si fuera poco protagonizaba toda suerte de anuncios y promocionaba obras benéficas, campañas sanitarias y cívicas y actividades culturales y recreativas. Mi padre miraba embobado sus intervenciones y compraba todos los periódicos locales y de ámbito nacional que leía con detenimiento y fruición buscando las mágicas letras que componían el nombre de su amada. Vivíamos entonces en una ciudad del sur donde había obtenido él un puesto de profesor de piano en el conservatorio y durante unos meses disfrutamos de una vida relativamente sedentaria. Como el horario de cursos de mi padre era sólo de tarde y yo seguía estudiando por mi cuenta porque nos habíamos instalado en aquella ciudad a medio curso, a la hora del desayuno bajaba con él a comprar los periódicos y una bolsa de churros y volvíamos a casa y nos instalábamos en el mirador del piso que habíamos arrendado, volcado sobre un paseo un tanto marginado de la circulación de la ciudad donde ni un solo día dejó de brillar el sol, y alargábamos la mañana hasta el mediodía tomando café y leyendo la prensa. Nunca antes habíamos sido grandes aficionados a los periódicos porque en nuestro constante deambular sólo conocíamos la fecha en que vivíamos y el lugar donde estábamos por el programa de los conciertos contratados, y así, la fidelidad a un periódico, condición indispensable para encontrarle placer, nos había estado vedada. Además, la distinta intensidad e importancia que cada ciudad concedía a los acontecimientos los hacía aparecer a nuestros ojos con tal relatividad y distancia que desaparecía gran parte de su interés. En aquella ciudad del sur nos acostumbramos a los periódicos y después de haber leído los mismos todos los días, detenidamente y sin prisas, de comentarlos y de pasarnos el uno al otro esa reseña que se nos había escapado en la primera lectura, nos volvimos adictos, quizá por llenar juntos la larga mañana pero también porque la continuidad de las noticias y su devenir nos llegaban al día, y acabamos pendientes de cuanto ocurría en la vida social y laboral de esa comunidad y de un país que hasta entonces sólo había sido para nosotros un lugar de vacaciones.

Pero aquellas mañanas soleadas y perezosas duraron lo que duró la historia de amor porque una vez la hermosa mujer desapareció de su vida, mi padre se negó a comprar un solo periódico más. Al no bajar a por la prensa nos quedamos también sin los churros y el desayuno, despojado de tales alicientes, duraba menos cada día hasta que acabamos tomando el café de pie y cada uno por su cuenta.

Decía mi padre que abrir el periódico y toparse con la fotografía de su amada entre sorbo y sorbo de café bastaba para amargarle el día y quitarle el apetito. Tampoco podía ver la televisión porque le invadía el mismo temor de ver aparecer a la ingrata mujer de sus sueños en un coloquio o una entrevista y su alma dolorida se llenaba de tal desasosiego que no recuperaba la calma más que después de una noche de sueño inquieto. Aunque mi padre, por no perder su talante iconoclasta y muy posiblemente por un despecho que jamás habría reconocido, arremetía contra la famosa cantante con todo el sarcasmo de que era capaz despojándola de los atributos que lo habían inmovilizado a sus pies, yo entendí que con ello intentaba buscar remedio a su mal, y que si había escogido esa cura tan drástica era porque no ver ni oír nada relacionado con ella, aunque sólo fuera su nombre escrito en un periódico, lo ayudaba a olvidarla y con ello mitigaba su tormento. Hasta después de aquellos meses, que le sirvieron para sosegar su corazón malherido y borrar la humillación o reconocer quizá que la pasión devastadora había sido producto de su propia invención o del ansia de ser víctima de ella, no volvimos a leer los periódicos ni a ver la televisión y cuando comenzamos a ponernos al día de nuevo ya nos esperaba el tren para llevarnos a otros mundos donde nos sería imposible mantenernos informados y de muy poco iba a servirnos la sabiduría local que habíamos adquirido.

El día de los hurones recordé la terapia elegida por mi padre quien debía tener por aquella época la misma edad que yo tenía entonces, quizá un poco más, y como se había demostrado eficaz en su caso, decidí —como él con su amada— no volver a mirar ni una sola vez el objeto de mi desazón, ni aquella higuera escogida para dar sombra en verano a unas gallinas que, quién sabe por qué misteriosa concatenación de incidentes, no se les había concedido habitar ni pasear ni poner huevos en la morada que yo les había preparado con tal insistencia. Allí seguiría el gallinero como un amargo gallardete, como un monumento a la inutilidad.

Al cabo de un mes no quedaban más que las estacas de las esquinas y los colgajos de tela metálica que aún deteriorados seguían empeñados como el primer día en volver a enrollarse buscando su forma original, con el patio lleno de altas hierbas y la puerta sostenida por un gozne oxidado y ruidoso dando bandazos al más leve soplo de aire. A la tramontana, que entró de golpe una tarde clara del mes marzo secando los últimos vestigios de humedad que habíamos de ver en muchos meses, le bastaron dos días de furia descontrolada para acabar con ella y enviarla dando tumbos hasta las terrazas de olivos de la Casa Grande.

Al final de aquel inusitado invierno, cuando ya comenzaba a mirar ese despojo con timidez pero sin permitirme aún reflexión alguna sobre su infortunada historia, los perros se acostumbraron a dormir allí y por las mañanas la hierba amanecía aplastada por el peso y el calor que dibujaba la forma de sus cuerpos enroscados.

Y uno de esos días largos de primavera que parecen no acabar y dejan un sabor dulce y unas ganas inexplicables de continuar, sin saber por qué, como si me hubiera ya curado de la humillación y no me afectara la duda —o la mala suerte—, igual que mi padre había vuelto a comprar el periódico, procedí a la destrucción del gallinero.

Estaba con Abel, el jardinero, afanada en arrancar las malas hierbas que en una semana habían invadido los márgenes de las higueras, los caminos, los regueros, y tratando de no llevarme también las retamas salvajes que crecían entre ellas, cuando sin que mediara una decisión o una reflexión, me oí a mí misma decirle:

—Creo que ya es hora de quitar el gallinero.

Como si hubiera seguido los pasos de mi humor o como si realmente hubiera llegado la hora, se fue lentamente con su carretilla a buscar las herramientas.

Poco después lo oí picar y martillear, resonando en el aire casi al mismo tiempo que su propio eco, los golpes que retumbaban en el valle y lo colmaban en toda su amplitud.

Me fui a casa después de dejar el camino limpio sólo a medias y subí a mi cuarto, y cuando me asomé vi que no quedaba debajo de la higuera más que un solar llano de tierra oscura, sin estacas, ni telas metálicas, ya preparado para plantar los puerros y las cebollas, y en un rincón junto al pozo, las maderas amontonadas en una pila que si no le prendíamos fuego enseguida, en pocas semanas se convertiría en un montículo de hierba verde debajo del cual anidarían las hormigas, las ratas y quién sabe si los topos y los hurones.

La hierba, efectivamente, comenzó a crecer y a tapizar el campo, primero como una leve pelusilla, luego a borbotones, desordenadamente como si no tuviera tiempo de hacerlo mejor. Las veredas, los márgenes, los surcos, todo lugar donde hubiera un poco de tierra, incluso los resquicios entre piedras y las hendeduras en los troncos secos colmados por la acción del viento, quedaron tapizados de hierbas, hierbajos, zarzas y ortigas; el suelo bajo los cipreses se llenó de violetas y salpicando la sinfonía verde de las praderas aparecieron infinidad de florecitas de colores como perlas de juguete, y sólo conservaron el color de la tierra las estrechas líneas paralelas que marcaban las roderas del camino; el espliego y la manzanilla, el tomillo y el romero, y algunas matas escondidas de ajedrea recobraron su esplendor y se cubrieron de colores, y cuando ya no quedaba de la nieve casi ni el recuerdo floreció también, como una estela del paisaje blanco desaparecido, el melocotonero borde detrás de la casa que Manuela en su afán de llenar las mesas y las consolas de primorosos ramos dejó amputado y asimétrico para siempre.

Este año no habría almendras porque la nieve había helado las flores y sin flores no hay frutos, decía Cosme con aires de experto en agricultura, y lo repetía a cada instante con un cierto desdén, como para remachar una calamidad ajena. Abel, el jardinero, lo miraba con escepticismo sin acabar de comprender que tan grande verdad saliera de la boca de un profano como aquél, y para demostrar que no tenía tiempo que perder ni intención de responder, se ponía el hacha al hombro y se encaminaba al monte donde pasaba la tarde abatiendo las ramas rotas por el peso de la nieve que de lo contrario, decía, serían un peligro durante los inevitables incendios del verano.

El hortelano, impasible a los cambios y a los desastres, había adecentado el huerto otra vez y al compás que le exigía la naturaleza comenzó a plantar tomates, pimientos, melones, sandías, calabacines y zanahorias, y otra vez los rábanos que habían sucumbido con las habas y los guisantes a la nieve y a las heladas nocturnas. Todo el día lo veía doblado sobre la tierra quitando las malas hierbas, rehaciendo surcos y regatas, abriendo zanjas para convertirlas en acequias, y no quedó contento hasta que el huerto recuperó su aspecto de jardín pero no de invierno esta vez, sino un vergel de colores y aromas intensos emergiendo del zumbido de moscas, abejorros y diminutos insectos, una nube de notas y chasquidos mezclados con el canto y los gorjeos de golondrinas, gorriones y jilgueros, y algunos atardeceres del ruiseñor, y cortando el aire perfumado las notas machacantes del piar de la urraca.

Con los primeros calores de mayo había brotado el mundo como una explosión y en pocos días los rosales levantaron sus tallos y florecieron racimos de rosas rojas como había planeado aquella tarde de otoño mi imaginación exaltada y enloquecida por modelos de vida que prometían la felicidad.

Hubo que abatir la buganvilla, seca ahora y muerta, creí yo, por las feroces heladas, pero al cabo de varias semanas había rebrotado el muñón a ras del suelo con más entusiasmo después de aquella poda natural, y en un par de meses los tallos nuevos alcanzaron otra vez las tejas del alero. En agosto nadie habría dicho que después de la nevada todos la dábamos por muerta. Antes de serrar el tronco habíamos tenido que derribar sus viejísimos tallos, endurecidos y enmarañados por años de crecer a su aire, con hachas y guantes de cuero para defendernos de las púas y las ramas secas a las que, a pesar de su color de noviembre, el golpe de tijera infundía un último estertor, un asomo de vida, disparándolas como látigos que azotaban y desgarraban todo cuanto se les ponía al paso. Una mañana y una tarde enteras habían pasado Casimiru y Abel renegando en voz alta contra sus movimientos descontrolados, y yo con ellos en silencio, y cuando terminamos casi de noche aprovechando el prolongado atardecer de primavera, comprobé que mi estado lamentable era peor que el de ellos, como si se tratara de demostrar en cada ocasión cuán lejos estaba yo de acoplarme al ritmo y a las exigencias y necesidades de la loca naturaleza a la que para complacer y apaciguar había asimismo que dedicar los pensamientos y la vida entera

—y aun así—, de lo contrario se revolvía furiosa y atacaba hasta por los pinchos de la buganvilla moribunda.

A finales de mayo la cebada y el trigo alcanzaron su altura definitiva y a los granos henchidos de sus espigas no les faltaba más que acabar de dorarse al sol, pero el hijo menor de Pontus, un rubio de barba rizada con aire medieval, alto y fornido como su padre y su tío, el inevitable hombre de la guadaña, dijo:

—*Encara pot ploure*[36] —porque si llueve cuando las espigas son tiernas todavía, el agua las dobla contra la tierra, no tienen fuerza para enderezarse, la sazón se hace trabajosa y se demora la siega.

—*Encara pot ploure* —repetía todos los días mirando el cielo sereno.

El campesino no ve la faena que tiene entre manos sino su historia completa y su posible devenir, y con él las contingencias que en último término son las que acaban prevaleciendo porque la naturaleza es imprevisible y no le deja en paz. Se hace hombre envuelto y vapuleado por la arbitrariedad de los elementos, escudriñando constantemente el cielo y la tierra con la esperanza de poder predecir su comportamiento y descubrir algún día esa solidez y esa sabiduría que se les atribuye, estructurarlas en preceptos donde apoyar sus creencias, atenerse a ellas y vivir sin sobresaltos; pero esas leyes ni siquiera llegan a la categoría de confusos patrones porque la naturaleza se dedica con saña a desmentir de un año a otro, de una cosecha a otra, de una luna a otra, cada una de sus anteriores manifestaciones. Por eso la desconfianza en el presente y en el futuro de quienes viven del campo no les permite más proyectos que los enraizados en el pasado y su agnosticismo es tal que si

36. Aún puede llover.

un día cualquiera saliera el sol por occidente no les parecería más paradójico que un chaparrón sobre los trigales o la imprevista nevada que nos asoló al franquear la primavera.

Pero contrariamente a sus temores no llovió y las espigas se doraron; las ráfagas de viento, siguiendo cada una su propio camino, recorrían la superficie de los campos bordeados de amapolas y tréboles gigantes, y abriendo estelas con brillo de navaja, sorteaban obstáculos imaginarios y se atropellaban unas a otras como si pugnaran por ver cuál llegaba antes al otro extremo. Los mediodías secos de junio, cuando apretaba el sol y Drake y Amín cabalgaban abriendo surcos en los trigales acudían a mi memoria las sombras de Terry y Linda, los primeros perros de la Casa Grande, pero nunca las confundí con ellos porque su galope no era tan regular y elástico ni sus cuerpos aparecían y desaparecían entre las espigas. Aunque Drake había crecido en pocos meses de ningún modo alcanzaba la envergadura de Terry, grande ya de por sí, incrementada su imagen por los años y la imaginación y por el recuerdo que yo tenía de cuando mis ojos llegaban a la altura de los suyos; y Amín, demasiado pequeño para sobrepasar las espigas ni siquiera dando saltos, corría por las profundidades umbrías de los trigales, sin otra señal de su paso que un leve murmullo en la superficie, confundido a veces con un soplo de brisa que refrescaba el aire soleado hasta el atardecer.

Drake y Amín se habían convertido en amigos inseparables. Comenzaron por revolcarse en la nieve y luego en el barro y finalmente en el polvo, jugando a morderse, tirándose de las orejas y lamiéndose después, adecentándose, como si fuera uno el espejo del otro, antes de volver a casa con un aspecto menos descompuesto. Tom los miraba con cierta condescendencia porque desde que el carnicero de Toldrá, y el holandés con él, había venido a casa en busca de Sultán alegando que era suyo, se había convertido en el guardián incuestionable de todos nosotros. Seguía ladrando enfurecido a los intrusos y cuando no los había se tumbaba ante el portalón de entrada dispuesto a enfrentarse a los ogros, malhechores o demonios que tuvieran la osadía de acercarse. Seguía hostigando a Drake a todas horas si lo encontraba solo, le arrebataba la comida aun a costa de perder la suya y le zahería sin compasión. Pero si Drake jugaba con Amín, se sentaba sobre las patas traseras atento a lo que ocuría con una expresión de compromiso, igual que las madres contemplan sonrientes pero vigilantes los juegos de su hijo con un amigo del que no se acaban de fiar. Porque Tom adoraba a Amín —bien es verdad que a Amín lo adorábamos todos— y desde que había llegado aquella noche de la nevada nadie sabía de dónde ni cómo, lo protegía contra sus propios enemigos: a la hora de comer hacía guardia temeroso de que Drake, al que debía de atribuir su propio modo de ser, dejase el plato en el que comía para abalanzarse sobre el de Amín, y no comía del suyo hasta que Amín había terminado. Su relación con Cano era distinta: Cano se mantenía al margen de esas tensiones de la vida cotidiana, ocupado quizá en pensamientos más profundos y ensoñaciones más abstractas, y sus movimientos eran más discretos: a veces iba a la Casa Grande en busca de quién sabe qué. Lo veíamos entonces descender por la avenida de los plátanos y subir por la pendiente con dificultad pero sin perder el ritmo de su paso cansino; luego volvía por el mismo camino en busca de otro objetivo igualmente desconocido, se tumbaba en la solana y contemplaba con escepticismo y cierta nostalgia los juegos incansables de Drake y Amín y con toda la comprensión de que era capaz la importancia que Tom atribuía a su misión de vigía y de custodio.

Bien entrado junio, Drake y Amín dejaron de retozar para correr con Tom, y algunas veces también con Cano, tras de la segadora y ladrar sin tregua a su conductor, el hijo menor de Pontus Abreu y a su perro encaramado en la cabina que dibujaron su estampa por los campos hasta dejar todo el paisaje rasurado. La segadora, ajena al alboroto y la baraúnda que la amenazaba, seguía impertérrita abatiendo las mieses, haciendo saltar el grano contra el cielo y amontonando la paja al borde del recorrido, y durante dos semanas llenaron el aire ardiente de junio el monótono y estridente ruido del motor y el polvillo de paja. Hubo que cerrar las ventanas para detener las nubes blanquecinas que se habrían posado como un mantel sobre los muebles y los objetos, aunque nada pudo impedir que invadieran los pulmones de Manuela, cuyas explosiones de tos alérgica nos libraban, a mí y a su público imaginario, de oír una vez más la amalgama de antropología, medicina y magia a la que, con tecnicismos tergiversados, atribuía el origen de su mal.

El hijo menor de Pontus debía tener problemas entre la costumbre y la imaginación porque segaba sin seguir jamás el mismo orden: unas veces recorría el campo en espiral comenzando por la parte exterior y acabando en un punto central; otras en zigzag de un extremo a otro; en el campo de más allá alternaba pasadizos imaginarios, primero los pares para luego segar los impares, pero siempre enfrascado en las líneas que la máquina dibujaba en el suelo, quizá para intentar distraer de sus tormentos a su hermana Palmira, que algunos días instalaba en el asiento contiguo, junto al perro, paseando con ella sus fantasías muertas bajo el cielo rutilante de junio. Si el sol era muy fuerte la dejaba sentada en el banco de piedra a la sombra de los chopos camino de su casa, un hueco sombreado que ocupó muchos días del verano, al que la mirada de su hermano o de Tana o del hombre de la guadaña, o de su abuela escondida tras el postigo, se referían desde cualquier punto del valle.

Nunca acabarán de segar, me decía yo harta de ruido y polvo. Había trigales detrás de la casa, en las terrazas que llegaban hasta la masía de enfrente y en los campos de la Casa Grande del otro lado de la viña. Pero una mañana temprano, cuando el paisaje desnudo se había llenado de balas de paja, vimos ascender la segadora aguas arriba del torrente, camino de las masías gemelas y comprendí que la siega había terminado en el valle y ahora les tocaba el turno a los enemigos mortales.

Al cesar el ruido y el constante ladrido de los perros, reapareció el espeso trino de los pájaros que había inundado las alturas desde que las sombras se quedaron sin la longitud fantasmal del invierno, y se llenó el valle de olor a retama, la flor amarilla que nace en los bosques y la montaña e invade los ribazos secos y los márgenes de los caminos para anunciar los tórridos calores.

Entonces iniciaron Drake y Amín sus escapadas, seducidos en alguna ocasión por Kativa, la perra cazadora de gallinas que debía mostrarles parajes plagados de tentaciones, o perturbados por alguna perra en celo de la que se habrían enamorado perdidamente. Desaparecían durante dos o tres días que yo permanecía en vilo preguntándome a todas horas si habían de volver. Llegaban derrengados, sucios, agotados y tan sedientos que podían beber agua en la fuente de la solana durante diez minutos seguidos para dejarse vencer luego por un sueño profundo sobre las losas del porche sin que ni la vista de un hueso o un pedazo de carne lograra activar sus energías. Se levantaban con calma al atardecer, comían sobriamente y volvían a tumbarse cambiando quizá la posición de su cuerpo maltrecho pero siempre acababan apoyando la cabeza sobre las patas delanteras como dos esfinges dormidas respirando acompasadamente durante horas con los párpados entreabiertos como si al abatirse el sueño sobre ellos no les hubiera dado tiempo a cerrarlos por completo. Recorrían tantos kilómetros que volvían ambos con las plantas de las patas resquebrajadas y ensangrentadas y no era extraño descubrir en su pellejo heridas, dentelladas y desgarrones que delataban el precio de las aventuras y la libertad. Yo me acercaba entonces a sus sueños, enternecida por tenerles en casa otra vez y les curaba las heridas, les cepillaba el pelo sucio y despeinado —y las largas orejas de Amín— cuajado de las zarzas y abrojos adheridos a lo largo del recorrido. Les limpiaba las patas con el ungüento verde de don Cardús, el veterinario del pueblo, y los veía gemir en sueños y retirar la pata en un gesto instintivo que, sin embargo, no bastaba para hacerlos volver de la profundidad en que les había sumido el cansancio. Y cuando, antes de dejarles en paz, les acariciaba la cabeza en una última muestra del profundo amor que les tenía, sin levantarla ni abrir los ojos sacaban la lengua buscando mi mano para lamerla como si, incapaces de moverse, enviaran en su lugar a un emisario con un mensaje de agradecimiento. Tom entretanto esperaba un poco apartado a que yo terminara y en cuanto me había levantado saltaba sobre mí con tal brusquedad que más de una vez me desgarró la ropa para recordarme que también él estaba ahí y que si bien ni había que curarle las patas porque jamás se apartaba de la puerta de la casa ni agradecerle un favor porque todavía no había tenido ocasión de atacar al forajido que su vigilancia esperaba a todas horas, no por eso tenía menos motivo para reclamar una caricia. Y Cano, si estaba en la casa, al ver mi respuesta a los requerimientos de Tom, emitía un sordo gruñido desde su puesto levantando la cabeza a golpes, y yo tenía que ir a darle su parte de ternura para que no se sintiera abandonado: sólo así se mantenía la armonía.

Porque nos amábamos tiernamente. Yo había aprendido de ellos a no contener las pruebas de amor, no sólo por responder a sus continuas exigencias como si en cada ocasión hubiera que ratificar todo lo hecho y dicho hasta la fecha, sino además por el puro placer de decir te quiero sin temor a que la reiteración constante y la muestra excesiva de mis afectos tuviera que incomodarlos o abrumarlos.

En cuanto salía de la casa corrían los cuatro a recibirme y saltaban felices como si mi presencia les anunciara un cúmulo de aventuras excitantes que iban a realizarse una tras otra a partir de ese momento: nos íbamos juntos al huerto jugando con las piedras a modo de pelotas o con pedazos de corcho que encontrábamos en el camino. A veces Drake llevaba en la boca un balón de cuero deshinchado que había traído consigo a la vuelta de una de sus correrías y lo dejaba a mis pies para que yo lo lanzara lo más lejos posible y entonces él corría en paralelo al balón que agarraba casi al vuelo justo antes de tocar tierra y volvía junto a mí haciendo amagos de no querer soltarlo hasta que yo se lo arrancaba de los dientes y lo lanzaba de nuevo tantas veces como durara la diversión. Por la noche como un niño que ordenara sus juguetes, lo llevaba al cobertizo y allí lo dejaba hasta que al día siguiente iba a buscarlo por la mañana, un poco antes de verme aparecer.

Iban conmigo al huerto y se tumbaban en el suelo bajo una sombra cuando arreglaba los parterres con el jardinero; si barnizaba las sillas del jardín o cortaba los setos o ensanchaba la parra con alambres o arrancaba la hiedra que levantaba las tejas del cobertizo, se instalaban cerca a cierta distancia esperando mansamente a que terminara y en cuanto yo cambiaba de lugar se espabilaban y me seguían. Y si decidía irme a casa, volvían conmigo y me dejaban en la puerta con una mirada tan triste y desolada que la mayoría de las veces no podía resistirme, volvía a salir y los llevaba hasta las masías gemelas, donde siempre encontrábamos a Feliciano o a Xofre —pero nunca a ambos— a la salida del túnel de enebros, de pie, apoyados en su azada como si hubieran sabido de antemano que íbamos a llegar; o nos adentrábamos en el bosque y siguiendo veredas umbrías llegábamos hasta la fuente de las encinas y nos sentábamos a descansar en las piedras herrumbrosas del color del cobre. No era extraño toparnos por sorpresa con uno de los muchos vertederos improvisados y jamás recogidos que los cazadores o los domingueros mantenían con sus detritus, y para demostrar una vez más la naturaleza su incongruencia amanecían entre escombros e inmundicias los lirios silvestres cuyo aroma intentaba en vano paliar la pestilencia de aquel albañal intempestivo en el paisaje primaveral que nos hacía retroceder y huir en otra dirección. Caminábamos entonces por los cerros descubriendo nuevas sendas y a veces nos habíamos alejado tanto, persiguiendo ellos animales veloces que yo no atinaba a reconocer, que se hacía difícil orientarse y para volver había que salir a un claro y buscar los cables de alta tensión que cruzaban el cielo porque sabía que siguiéndolos acabaría encontrando de nuevo mi casa de Almator.

Si iba al pueblo a comprar o al cine por la noche, los encontraba sentados en un montículo detrás de la viña desde donde se dominaba la avenida de los plátanos en toda su longitud, y comprendía que me estaban esperando porque al verme cedía la tensión de las orejas de Tom y Drake, y Amín iniciaba el descontrolado contoneo de sus nalgas que ni en esas ocasiones de alegría lograba sincronizar con el movimiento de su rabo.

Conocían desde lejos el motor de mi coche y muy pronto reconocieron también el del suyo, más grande y menos ruidoso, pero no veían cabalmente la relación que había entre ambos y nunca lograron comprender, por ejemplo, cómo a veces llegaba el coche grande y al mismo tiempo yo estaba con ellos en el huerto o en el bosque, y al oírlo, como si mi presencia respondiera sólo a un engaño de los sentidos, salían corriendo a recibirme convencidos de que era yo quien había venido y no solamente el hombre que yo amaba. Quizá valoraban menos el tiempo que nosotros, o de un modo más fugaz, y reaccionaban según fuera la intensidad de los estímulos con independencia del momento en que se producían. Porque cuando el coche se detenía en el cobertizo detrás de la casa, coincidiendo su frenazo casi con el de ellos, saltaban y ladraban locos de excitación buscándome por las ventanas sin prestarme atención a mí que había echado a correr también y les iba a la zaga, y sólo pendientes de ese otro yo tal vez igualmente real que esperaban ver salir por la portezuela del coche de un momento a otro. Y al vernos abrazados dando vueltas como si bailáramos el vals al son de una música de violines que sólo podíamos oír nosotros dos, participaban de nuestro hechizo pero con mayor alborozo, como si yo realmente llegara después de una larga ausencia, sin caer en la cuenta de que había estado con ellos toda la tarde de ese día y las mañanas y las tardes y, muchas veces las noches, anteriores desde que aquella casa se había convertido en la suya.

Y si esa misma noche salíamos a cenar nos acompañaban hasta el pozo viejo entre ofendidos y cabizbajos, pero algo debía decirles que habíamos de volver enseguida porque lejos de quedarse mirando el coche, fijos los ojos en las luces rojas que se alejaban, daban la vuelta y volvían a la casa sin el menor asomo de inquietud.

En cuanto hubieron pasado los fríos íbamos algún día a cenar a un restaurante de la playa y aprovechando el aire cálido dábamos luego largas caminatas por el paseo de mar o las carreteras y caminos paralelos a la costa para tomar la última copa en una taberna vacía aún de turistas o gentes de la ciudad.

Porque desde la nevada él había venido, siempre por sorpresa, casi todas las semanas un día, a veces dos, visitas demasiado breves y rápidas para decidir qué iba a ser de nuestra vida y cuando yo, acolchada por la intimidad de la noche, había intentado saber un poco más sobre nuestros planes, mis preguntas actuaban a modo de resorte porque inmediatamente provocaban ternuras de una tal intensidad que se disolvían en ellas la vacilación y las dudas y le oía susurrar las mismas palabras de siempre en un tono de voz casi inaudible —reténme, reténme— que habían tomado ya carácter de costumbre y se había desplazado su significado oculto que yo recibía ahora como esas pruebas de cariño con un momento preciso, como el pastel de cumpleaños o la rosa de San Jorge, y ya no volvía a acordarme de retomar el hilo de la conversación hasta que veía desaparecer su coche por la avenida de los plátanos.

Después de esas pocas tentativas fallidas no volví

a mencionar ni plazos previstos ni posibles programas, ni cuestioné siquiera su existencia, probablemente porque mi vida cotidiana había comenzado a tomar cuerpo y los meses transcurridos en Almator me estaban enseñando a decidir los asuntos de mi propia casa y a valerme sin muletas, una fascinación desacostumbrada que abría paso a la vertiginosa actividad cuyo objetivo oculto bien podría haber sido no dejarme torturar por la incertidumbre. Es cierto que me sentía cada vez menos dependiente de su ir y venir y constatarlo no hizo sino enardecer su desvelo, porque ya se sabe que la pasión no se alimenta de seguridades ni de cotidianidad y quizá por eso desde la primavera nos vimos con mucha mayor frecuencia que al principio. Pero los encuentros fueron hasta comenzar el verano por lo menos, breves, aunque intensos, el teléfono sonó más a menudo también y me sorprendió de vez en cuando su repentino interés por acontecimientos o personas de mi entorno que hasta la fecha había ignorado.

Recuerdo que por aquellos meses cuando quería hablar conmigo y no lograba hacerlo hasta la tercera o cuarta llamada, porque tanto Manuela como yo estábamos fuera de la casa y no oíamos el teléfono, decía con impaciencia:

—Pero, ¿dónde te metes?

Llegaba siempre sin avisar a veces sólo por unas horas, con tal urgencia que me arrancaba del huerto o del jardín, o me quitaba el pincel si me encontraba pintando las persianas o los marcos de las ventanas, y no me daba tiempo ni a cerrar los botes ni hacía caso de mis protestas —todavía vestido con un traje y una camisa celeste o blanca como si tuviera que presidir un consejo de administración—, me arrastraba de una mano sin soltar de la otra su cartera que jamás olvidaba en el coche y que dejaba junto a la mesita de noche en el suelo de la habitación donde subíamos sin detenernos en la escalera, indiferentes a la reprobadora mirada de Manuela, con el anhelo fijo en la cama blanca que había de acogernos durante aquellas pocas horas.

Más tarde yo bajaba envuelta en una toalla que tenía todavía restos de pintura, o de barro o de hierbas, a buscar frutas, queso y algo de beber. Dormitábamos a ratos y a veces comenzábamos a hablar, atropellándonos para contarnos minucias que dichas a tan poca distancia se convertían en complejas historias llenas de recovecos que explorar, manifestándose los detalles y los matices como si las contempláramos a través de una lupa gigante, y alternábamos los arrebatos de amor con la placidez, enroscados en sábanas y colchas que ni siquiera nos habíamos tomado la molestia de apartar.

Me pregunto ahora de qué podíamos hablar con esa precipitación como si nos faltara tiempo para conocer el final de una historia. Pocas veces mencionaba a su familia, yo apenas conocía el nombre de sus dos hijos —eran dos, tres, no recuerdo— y había dejado de referirse a su mujer, como hacía los primeros tiempos del loco verano anterior al enumerar las dificultades de su vida conyugal y los obstáculos a su divorcio, igual que había dejado de hablar de él. Algunas veces, cuando no sabía dónde estaba él ni cuándo volvería, me mordían los celos y la incertidumbre y su mujer aparecía entonces a mis ojos glorificada por su reserva como una heroína altiva y prepotente que no necesitaba lamentarse, amenazar o suplicar para tenerle todas las noches y prevalecer frente a sus amores marginales. Mucho más tarde habría de comprender el error al que me abocaron aquellos recelos porque si bien debió de ser cierto que al principio, cuando todavía no se sentía realmente amenazada, no utilizaba los habituales recursos de las mujeres engañadas, segura quizá de la preponderancia que yo le atribuía a ciegas, en cambio al verse acorralada y perdida echó mano de los medios ancestrales de coacción y coerción a los que una mujer —como yo la veía— no podía recurrir ni en última instancia. La nombraba sólo de forma ocasional y con voz neutra, como si se tratara de una amiga común que ambos veíamos habitualmente: Irene estaba también, decía exhibiéndola brevemente para encerrarla a continuación en su torre de marfil. La absurda descarga de los celos me llegaba directamente al corazón mientras resonaba en mis oídos su voz pronunciando ese nombre odioso como si fuera de terciopelo.

Tampoco hacía comentarios sobre su vida en la ciudad, ni sobre sus negocios, de tal forma que yo no sabía a ciencia cierta a qué se dedicaba. Finanzas, negocios, decía sin más. Viajaba, eso sí lo sabía, constantemente. Me enviaba breves notas y postales con mensajes escuetos de sus numerosos itinerarios por el planeta escritas en los aviones en papeles con membretes de hoteles míticos que llegaban mucho después de que él me hubiera traído en persona las figurillas de metal, barro o porcelana que yo iba coleccionando sobre la cómoda de la abuela en el lugar donde antes se alineaban las cajitas de las sorpresas. Me llamaba a veces desde el otro extremo del mundo más impresionado él por la distancia que yo, tan feliz de oír su voz como si me hubiera hablado desde su oficina en la ciudad, porque para mí estaba igualmente lejos. Tal vez compartíamos ciertas ideas y creencias, por lo menos lo dábamos por supuesto, pero rara vez nos referíamos a ellas. Y yo no me extendía demasiado en mis propios asuntos o los de mi casa: al principio le había contado con todo detalle la cuestión del pozo y aunque la había aplaudido —probablemente porque supo al mismo tiempo el final y pertenecía a esa categoría de humanos para quienes no sólo importa la productividad sino también la eficacia y el éxito—, no parecía en cambio muy interesado en los pequeños y misteriosos problemas que tenía yo en Almator y menos aún en la actividad que de forma tan acuciante había organizado. Para él el campo representaba el paisaje, los paseos, la distancia con sus negocios, la salud y su secreta esperanza de algo que jamás habría de hacer, tal vez porque no lo deseaba realmente: la posibilidad de sentarse plácidamente a leer los clásicos. No entendía que me pareciera misterioso encontrar una gallina negra en un pozo ni que sospechara del carnicero de Toldrá que había venido a buscar a Sultán con el pretexto de que era suyo, y no veía por qué había de ser extraño que Kativa hubiera robado seis gallinas metiendo la pata por debajo de la tela metálica o que los hurones hubieran asesinado —porque matar por placer, insistía yo, es asesinato— las otras seis dejando sus cadáveres desangrándose en el suelo. Me acusaba de tener demasiada fantasía y aunque a veces lograba tomarlo a broma en general callaba porque estaba convencido, aunque no lo dijera, de que el origen de tantos misterios había que buscarlos dentro de mí. Y esta idea, yo lo veía en su mirada, le estremecía. Así pues, acabé contándole escuetamente lo que ocurría pero guardaba para mí el temor y la inquietud, y escondí la suspicacia con la que seguía las andanzas de mis vecinos si casualmente los veía acercarse a mi casa por no enfrentarme a la mirada ausente y al rostro árido de indiferencia con los que pretendía ocultar su desazón. Tampoco sabía, como la mayoría de los hombres, entretenerse en compartir y desmenuzar sus sueños, temores o esperanzas, por su arraigado pudor, o quizá porque temía, como ellos, que desbaratarían su mundo de firmes convicciones los descubrimientos a los que indefectiblemente se llega observando los movimientos del alma.

¿De qué hablábamos entonces hasta la madrugada? ¿En qué consistía esa estricta avenencia que sólo percibía el paso de las horas por un asomo de calambre en una pierna presionada demasiado tiempo bajo el peso de la cabeza o el brazo del otro, en la cama, debajo de un árbol, en un café de la playa o en el inhóspito salón de la abuela? No lo sé, no lo recuerdo ahora, pero fue así porque si bien no consigo reproducir el hilo de ninguna conversación por más que revuelvo la memoria, sí aparece como entonces el ardor de las palabras, el asombro de oírlas y la cadencia de su voz, del mismo modo que desde hace mucho tiempo ya no logro recuperar tampoco los rasgos de su cara por más que me esfuerce en evocarlos sino sólo, con la transparencia de un rayo de luz, la coincidencia de su mirada con la mía sin otro resquicio que la sombra por donde se filtraba el temor que de un momento a otro, incluso en plena noche, se levantara y dijera:

—Hay que irse —y se viniera abajo la magia de aquel espacio cerrado como una nuez. Entonces yo permanecía entre las sábanas viendo cómo se levantaba y se duchaba; paseaba por el cuarto secándose y vistiéndose lentamente buscando mis ojos al pasar. Y a veces cuando con la mirada renacía de pronto el deseo, se inclinaba con el pretexto de una última caricia que se convertía en un nuevo desafuero hostigado sobre todo por la añoranza que ya comenzaba en aquel instante porque ambos sabíamos que el tiempo había terminado.

Otras veces llegaba con menos prisas y se quedaba dos o tres días, y jugábamos entonces —o quizá jugaba yo sola— a imaginar y a remedar lo que sería la vida que nos habíamos prometido llevar. Yo no iba al huerto, ni pintaba persianas, e incluso los perros tenían que esperar para reanudar conmigo los paseos por el bosque. Compartíamos todas las horas del día y de la noche como si la vida careciera de sentido sin el contacto del otro, visitábamos lugares cercanos que, no obstante, eran para mí tan lejanos y extraños como podían serlo para él, un intruso en esas tierras, caminábamos por la playa todavía virgen, nos sentábamos en los merenderos a tomar los primeros mejillones con vino blanco y hablábamos interminablemente de esas cosas misteriosas que ya no consigo recordar.

La placidez de esta situación y el sosiego de la inquietud y la incertidumbre dieron a nuestras relaciones en ese período una espontaneidad y una fragancia que nos convirtió tácitamente en dos seres libres de compromisos. Estaba convencida de que ni él ni yo habíamos renunciado al futuro y nos refugiábamos en ese presente que tomábamos como un intervalo en suspenso. Yo dejé de pensar en el día en que había de resolverse porque parecía tan lejano y abstracto como un objetivo situado en el infinito. Pero no recordaba entonces, o no conocía, los sobresaltos que origina el tiempo al que gobierna un timón de ocultos designios, y vivía plácidamente convencida de que los dioses habrían de ser benignos y mi historia de amor navegaría con vientos favorables por un derrotero al que no se le veía el fin, sin más escollos y borrascas que los indispensables en una larga travesía. Porque no quería ver la neblina que enturbiaba la línea del horizonte ni podía imaginar que lo más difícil no había hecho sino comenzar.

Una mañana, a mediados de junio, después de que se hubiera ido al amanecer porque tenía que estar en la ciudad a una hora temprana, yo me sentí incapaz de permanecer sola en la cama, en la habitación o en la casa, y me fui al pueblo a comprar unas semillas y plantas del huerto que el hortelano reclamaba con urgencia desde la semana anterior. Hacía calor incluso a esa hora en que las payesas comenzaban a montar sus puestos en el mercado, y una vez hecha la compra me senté a tomar café en el bar de la plaza bajo la morera que había concluido su espesa sombrilla de hojas verdes. El aire olía a pan recién sacado del horno y en el fresco de la mañana la plaza se recogía bajo el insistente piar de mil pájaros, un toldo más alto aún que el de las ramas de la morera. Me había sentado a tomar café y ordenaba cuidadosamente los sobres de semillas recién comprados en el almacén, que había esparcido sobre la mesa, cuando sin el menor ruido se sentó a mi lado el holandés y gritó poniendo ante mis ojos su puño cerrado:

—Hola, señora, le apuesto el café a los chinos.
—Yo no sé jugar a los chinos.
—Yo le enseñaré. Verá.

Sin prestar atención, o sin reparar en mi sobresalto, llamó al camarero que deambulaba plácidamente entre las mesas vacías:

—Manolo, tráeme un carajillo.

Me enseñó jugando consigo mismo, como si sus dos manos fueran dos personas distintas, torciendo la cabeza en una u otra dirección en el momento de hacer los respectivos vaticinios.

Perdí el primer café, pero gané el segundo y el tercero también. No hubo tiempo de más porque se levantó con prisa y preguntó:

—¿No va nunca a la playa?
—No, hasta ahora —dudé.

263

—¿Por qué no va a la de la Torre del Norte? Por la tarde, sobre las seis o las siete, a esa hora ya se han ido los turistas. Vaya algún día, a lo mejor nos vemos —y sonrió guiñando el ojo.

Lo vi alejarse con forzada pasividad. Había estado escasamente diez minutos y se volvía a marchar como una exhalación. Cuando ya estaba casi por entrar en la calle del mercado se detuvo buscando algo en el bolsillo del pantalón, y se volvió mirándome todavía con su media sonrisa. Me fijé en su camisa azul celeste, recién planchada y de un buen tejido de lino grueso, los mismos pantalones, u otros quizá pero con igual apariencia, y la piel tostada de aire del mar, tan distinta de la piel oscura y repujada de los peones o de los campesinos.

—Venga, venga —me hacía una señal con la mano.

Me levanté y fui hacia él.

—¿Nos jugamos el café de mañana a las chapas? —me tomó la mano, puso tres monedas en la palma y se dispuso a echar las suyas.

—El que llegue más cerca de aquel muro sin tocarlo, gana. —Se inclinó, adelantó un pie y lanzó su primera moneda que fue a parar escasamente a unos centímetros. Yo hice lo mismo, pero me quedé corta. Repitió él y se pasó: la moneda rodó sobre su canto, inició un círculo y chocó contra la pared:

—No vale —dijo—, le toca a usted.

Me pareció tan ridículo estar en un rincón de la plaza jugando a las chapas con un tipo que me llamaba de usted que mientras echaba a mi vez le dije lo más despreocupadamente que pude:

—No me llames de usted —y dejé la moneda casi rozando el muro—. Creo que es inmejorable —añadí satisfecha sobre todo de la naturalidad con que había enlazado dos propósitos tan dispares.

—Chulerías a mí no, ¿eh? —y me tiró de la trenza

como si fuera el badajo de una campana. Echó su última moneda con más atención aún que yo, pero cayó muy por detrás de la mía.

Ese triunfo me produjo un entusiasmo exagerado que intenté disimular.

—He ganado —dije con suficiencia.

—Está bien, está bien, mañana pago yo los cafés. Adiós, y cuidado con el campo: está lleno de bichos —y se fue corriendo y saludando con la mano durante mucho rato para compensar una despedida tan precipitada.

Me acerqué a la mesa, recogí las semillas y me fui.

Al día siguiente volví al bar a la misma hora, tomé varios cafés y esperé más del doble del tiempo que me había propuesto, pero no apareció. Tampoco lo vi al otro día, ni al otro, ni al otro, y al cabo de una semana, con cierto resentimiento que procuré confundir con la indiferencia, dejé de asistir a esa cita cuya demora yo misma había prolongado inútilmente.

Quizá el coraje del desaire o la desazón que su ausencia había dejado a todas horas en mi alma, mitigada tan sólo por una breve aparición de mi otro amor —del verdadero, del único, repetía intentando convencerme y tranquilizarme— facilitaron la correlación entre el holandés y los pasos en la solana que se dejaron oír la misma noche del día en que había decidido no volver al café. O tal vez caminaba él por mis sueños cuando me despertó una inquietud de origen desconocido que atribuí a los primeros calores del verano. Durante todo el día el sol había caído vertical sobre los campos segados sin una brisa en el aire ni una nube en el cielo para contener su determinación y paliar su contundencia. Y al esconderse tras los bosques había dejado intacto su calor sobre la tierra y una vaga claridad que mantenía en suspenso el silencio de la noche y silueteaba las colinas y las copas de los árboles inmóviles, como un escenario mágico plagado de fuegos fatuos en el que todo podía ocurrir. Me levanté a oscuras para abrir la ventana y fue entonces cuando percibí otra vez ese ruido de claqueta atenuado, con su eco casi imperceptible como si se hubiera adherido al sonido que lo producía. No había confusión posible, eran aquellos pasos, los mismos de entonces que se oían claramente casi debajo de mi ventana y sólo se detenían para dejar paso al roce de la cerilla rasgando el papel o una piedra. En esos meses no había vuelto a pensar en ellos más que para referirme a lo ocurrido durante la noche de la nevada como un elemento añadido, un elemento mágico que formaba parte del fenómeno de la nieve, mucho más asombroso aún, y excepto a la mañana siguiente de haberlos oído por primera vez cuando me había sido imposible recomponer la noche al comprobar que eran incompatibles con la nieve, nunca los había considerado en sí mismos. No fueron muchas las veces que conté la historia pero sí las suficientes para que la repetición borrara la zozobra de entonces y petrificara el enigma quedando reducido a los límites de su función de comparsa sin exigir en ningún momento que se desvelara su misterio. Quizá precisamente por eso o porque estaba segura de que anoche Manuela había puesto la tranca o porque se oyeron en mi conciencia pisando la imagen del muchacho, no tuve que enfrentarme al pánico sino a la curiosidad y a un asomo de expectativa, como si aquellos pasos sólo hubieran vuelto para afianzar su existencia frente a la sinrazón y el olvido. Permanecí inmóvil, atenta a su ritmo acompasado sobre las losas: uno, otro y otro, breve descanso y vuelta a empezar. Por las rendijas de la persiana intenté seguir el tenue trayecto de las cerillas que caían en mi ángulo de visión aunque no podía ver quién las echaba al suelo caminando arrimado el cuerpo a la pared, ni tampoco su sombra proyectada por la luz del dintel que Manuela dejaba prendida toda la noche porque como entonces se había apagado. Sin embargo, incluso con la bombilla encendida me lo habrían impedido los nuevos brotes de la buganvilla que habían iniciado el trenzado de un muro paralelo al de la casa, y la amplia y espesa parra que, sostenida por recias varillas de hierro hundidas en la fachada como la visera del dintel, daba sombra a la puerta y a las ventanas de la cocina y del salón.

Sólo afloró vagamente el miedo cuando me percaté de la ausencia de esa luz que no podía deberse a una avería general, porque la Casa Grande seguía iluminada con sus inciertos fulgores filtrándose entre los árboles, y aunque la masía de enfrente estaba sumida en la oscuridad era imposible saber a ciencia cierta si se debía a la misma avería que podía afectar mi casa o a la frugal costumbre de dejar la suya a oscuras en cuanto la familia se iba a dormir. Al principio no me atreví a dar la luz de mi habitación por temor a que, de haberla, se reflejara en la solana, pero luego en un arranque de coraje encendí y apagué el interruptor con tal rapidez que el destello tranquilizador me lanzó al rostro la monja enferma y el lagarto del tapiz, y al intruso debió de parecerle un fulgor extraviado en la noche calurosa, el vaivén de un cristal en la lejanía o una estrella fugaz que iniciaba las apariciones del verano.

Eran las tres de la madrugada y el bochorno vibraba con el chirriar de los grillos y las cigarras. Fui de una ventana a otra buscando en vano un hueco de visibilidad; asomé incluso la cabeza y pregunté débilmente (porque desconocía la identidad del interlocutor y me debatía entre la timidez y el miedo): ¿hay alguien?, con un hilo de voz al que respondió el silencio taladrado por los pasos y finalmente volví a la cama y permanecí quieta, atenta a su ritmo sólo interrumpido por el constante rasgar de las cerillas con las que ese misterioso ser debía encender un cigarrillo tras otro como un fantasma moderno.

Mi desvelo debió emborronarse por la monotonía de los sonidos que me mantenían subyugada y sin saber qué hacer, porque casi inmediatamente el reloj del zaguán dio las cuatro. Los pasos se detuvieron entonces —no podría precisar si antes o después de las campanadas— para no oírse más en el resto de la noche, desapareciendo igual que habían llegado. Quizá, pensé, el culpable, al dar por terminado su recorrido, se ha descalzado y ha huido subrepticiamente.

Al día siguiente cuando me desperté y me asomé a la ventana me sorprendió por un instante el paisaje que comenzaba a dorarse, como si la existencia de los pasos llevara implícita la aparición de la nieve sobre el mundo. Y aunque la luz del sol alejó el miedo de la noche pedí a Manuela que durante una temporada su marido vigilara e intentara descubrir de quién eran esos pasos. Pero como las ventanas de su casa no daban a la solana sino a la fachada posterior respondió de malos modos.

—Eso es imposible —dijo con más irritación que convencimiento—, no querrá usted que se quede en vela toda la noche a ver qué pasa, ¿no? —añadió sin saber todavía qué era lo que había de vigilar, pero al cabo de un momento se detuvo, recapacitó y preguntó con escepticismo—: ¿Pasos de quién?

—No sé, eso es lo que quiero saber.

—Me parece a mí que los pasos los ha soñando usted.

—No los he soñado, Manuela —pero no había demasiado convencimiento en mi voz.

—Será como usted dice pero desde que yo estoy en esta casa, no se sabe de nadie que, ni de día ni de noche, se haya paseado por ahí sin nada mejor que hacer.

—No había luz en la solana —dije con la esperanza de que tal afirmación constituyera una prueba.

—Se habrá fundido la bombilla. ¡Santo Dios! ¡Cuántas bombillas no se fundirán en esta casa todos los días!, no hay más que poner otra y se acabó. Pero ¿pasos? —frunció la nariz como cada vez que descubría un hecho en desacuerdo con su mundo de firmes creencias, y se fue a la despensa a buscar una bombilla de recambio repitiendo una y otra vez—: ¿Pasos?, ¿pasos?

Cuando volvió con la caja en la mano y salió a la solana yo fui tras ella porque se me ocurrió de pronto que quizá estuvieran aún por el suelo las cerillas, o las colillas, pero encontré las losas recién barridas y húmedas todavía del agua de la manguera con la que ella misma las regaba todas las mañanas interminablemente, su primer trabajo y en el que más se demoraba en cuanto había tomado su primer café.

—El agua es la vida —decía con fruición mirando el exagerado chorro que alcanzaba sin esfuerzo los límites de la solana—. Si en mi pueblo hubiera habido agua... —y algunos días me cogía desprevenida e iniciaba la lista de virtudes que se habrían manifestado en él de haber podido disponer del caudal que tan pródigamente utilizaba ahora.

Se encaramó a una silla y ya había separado las hojas de la parra que le impedían desenroscar la bombilla fundida, cuando con los brazos todavía en alto se detuvo y dijo como para sí:

—¡Qué raro! Está rota, ¿habrá estallado? —Y miraba sin comprender el casquillo que tenía prendidos aún varios trozos del cuello de la bombilla.

Alguien la ha roto, pensaba yo, pero aunque con el tiempo había empezado a veces a imponer mi criterio sobre el de Manuela, no me atreví a insistir por temor a parecer una visionaria alucinada e histérica, ni la seguridad que adquirí en ese momento, al confirmarse que los pasos no eran un invento de mi imaginación ni una bifurcación de mis sueños, fue satisfacción suficiente para borrar la verdad desnuda ahora de suposiciones y confusiones: había efectivamente alguien que por las noches paseaba ante mi puerta sin dejarse ver y que además rompía la bombilla. Pero ¿por qué?, y ¿quién?

Estuve todo el día haciéndome las mismas preguntas y cuando al atardecer bajaba Xofre por el camino del torrente con dos de sus hijos menores en dirección al pueblo me sorprendió el ruido de sus zapatos contra las piedras del camino, y me estremecí.

Estábamos Casimiru y yo en el huerto atando las cañas sobre las tomateras, cuando los perros, tumbados hasta entonces a la sombra de la higuera, se pusieron a ladrar. Yo llevaba un rato oyendo ese paso que me pareció tan familiar y me había quedado embobada viendo llegar al hombre e intentando precisar su conexión con el de los pasos de la noche. Debió de notar mi atenta expresión porque me miró con curiosidad al tiempo que ahuyentaba a los perros con la mano.

Dejé las cañas y avancé unos pasos:

—Qué Xofre ¿ha dormido bien? —pregunté improvisando con rapidez una frase que pudiera echar algo de luz sobre mis sospechas, pero antes de terminarla ya había comprendido la estupidez de mi propósito. Xofre se detuvo, estaba tan sólo a unos pocos metros y torció el gesto inquisitivamente.

—*Per què ho vol saber?*[37] —preguntó cerrando un poco los ojos para enfocar con más precisión su mirada.

—Por nada, es un decir. ¿Cómo está? —intenté rectificar la intención de la primera pregunta.

—*Jo bé*[38] —y siguió su camino volviéndose de vez en cuando con una expresión que, no obstante, me fue imposible interpretar y que de ningún modo ahuyentó mis sospechas.

Al cerrar las puertas antes de acostarse, Manuela, a quien el casquillo había dejado un tanto perpleja, me dijo que si oía los pasos no dudara en llamarla por el teléfono interior.

Pero no hubo pasos ni aquella noche —o por lo menos yo no los oí— ni tampoco en las sucesivas por más que esos días tuve el sueño inquieto y cada vez que me despertaba escuchaba el silencio compacto de la casa intentando descubrir si había vuelto el paseante solitario. Se apaciguaron un tanto mis temores poco a poco hasta que al cabo de unas dos semanas, cuando casi los había olvidado volvieron a oírse. Pero esta vez había luz en la solana y desde la ventana pude vislumbrar, sin que me fuera posible reconocerla, la sombra borrosa y deformada cuya orilla se desplazaba con la misma monotonía más allá de la zona oscura cubierta por la parra. Sin atender al miedo, me levanté de la cama y llamé a Manuela por el teléfono interior y ella y Cosme aparecieron envueltos en batas y pañoletas a pesar del calor, con un aire demasiado estrafalario para ser natural como para que yo tomara conciencia de la molestias que les causaban mis fantasmas particulares, porque los días transcurridos habían borrado también para Ma-

---

37. ¿Por qué lo quiere saber?
38. Yo bien.

nuela la estela de inquietud que le había producido el casquillo de la bombilla rota. Con el cuerpo encogido y cara de malhumor y condescendencia entraron por la puerta de la cocina y llegaron ambos a mi habitación, pero los pasos que yo todavía oía cuando ellos subían la escalera cesaron repentinamente. Asomé medio cuerpo por la ventana y comprobé que también había desaparecido el fleco de sombra cuyo titular había intentado yo descubrir hacía un momento.

Cosme bajó entonces con tanto ruido que de no haber estado el intruso ya prevenido —quizá por el teléfono o las voces o las luces que ellos encendían a medida que avanzaban hacia mi dormitorio— lo habría alertado inmediatamente: quitó la tranca, salió a la solana y paseó su silueta de refugiado abriendo los brazos y dando alaridos.

—¿Lo ve?, aquí no hay nadie. ¿Está usted tranquila ahora?

—Es que usted trabaja demasiado —fue la explicación de Manuela, que ya se disponía a iniciar una larga conversación—. Los perros ni siquiera han ladrado —añadió como un argumento incontrovertible.

Los perros, efectivamente, estaban en la solana silenciosos y sólo movieron la cola por nuestra aparición extemporánea, y era cierto también que, incluso iluminando las viñas y los campos cercanos con la potente linterna de Cosme —yo siempre siguiéndole los pasos— no vimos a nadie más. Sin embargo descubrí en el suelo tres cerillas usadas, aunque ni una sola colilla, que recogí, guardé en la mano y no quise exhibir porque yo misma estaba avergonzada del alboroto que había organizado y porque la exigüidad de la prueba habría provocado torrentes de hilaridad que no estaba dispuesta a soportar. Pero ahora, al comprobar que los perros no habían ladrado me convencí de que quien paseaba por la solana tenía que ser alguien que les fuera familiar. ¿Quizá Pontus cuya gorra deformada por la sombra yo no había reconocido?, pero Pontus no fumaba y nunca se quitaba esos botines de felpa a los que toda la familia era tan aficionada, demasiado silenciosos para que yo los oyera. Mi convencimiento duró poco. ¿Feliciano? Sí, Feliciano fumaba constantemente, pero no llevaba gorra. ¿Y Xofre? ¿No le había visto yo misma con zapatos? Tampoco fumaba. No, quizás no fueran ellos.

Cosme cerró la puerta y la atrancó y Manuela a pesar de ser aún de noche apagó la luz de la solana porque, dijo, el amanecer asoma detrás de las colinas; y entonces el valle quedó envuelto en una luz espectral —no la del día ni siquiera la del alba, sino la claridad difusa que precede las madrugadas de junio alteradas por un hálito de frescor y el trino de los vencejos rasgando el cielo con su vuelo trémulo— que redescubría los contornos de los árboles cuyas hojas, como los vencejos, temblaban anticipándose a la llegada de la brisa matinal.

A partir de ese día, excepto en dos ocasiones, no volví a mencionar los pasos que se oían sólo muy de vez en cuando. Creo que sólo me referí a ellos en esas dos ocasiones: una fue a raíz de un robo que había de producirse en la casa y me pareció oportuno comunicárselo a los guardias civiles que vinieron después de que hube hecho la denuncia y que por supuesto no me creyeron. Pero eso sucedió mucho más adelante, casi a finales de septiembre. La otra fue al cabo de pocas semanas, una de aquellas noches al volver del restaurante de la playa, y me di cuenta por la indiferencia de su expresión que la historia de los pasos que yo le acababa de contar con tanto detalle no se convertiría nunca en un tema de conversación ni en un intercambio de pareceres, y efectivamente, en cuando me callé, dejando los últimos detalles sin acabar, no hubo respuesta alguna por su parte y al poco rato como si la historia de los pasos nunca hubiera sido contada, nos fuimos a dormir hablando de otras cuestiones que tampoco logro recordar. Pero precisamente esa noche, cuando debíamos de llevar un buen rato dormidos, me despertaron de nuevo. Paré el oído para estar segura; sí, allí estaban igual que siempre, se oían nítidamente. Noté que mi pulso se aceleraba, pero seguí escuchando. La brisa empujaba de vez en cuando la persiana contra el marco, arrastrando las dos o tres últimas tiras de madera sobrantes por el antepecho de la ventana.

—¿Oyes los pasos? —susurré sin moverme.

No contestó enseguida. Presioné su brazo extendido entre mi hombro y mi cabeza y le retuve la mano para indicar en silencio que si no se movía, oiría mejor.

—¿Los oyes? —dije un poco más alto.

—No oigo nada —susurró detrás de mí, casi junto a mi oído, dando a la voz esa máscara que el rostro no podía ahora mostrar para esconder su desagrado. Yo lo sabía y no me habría atrevido a insistir de no haberlos oído tan claramente:

—Presta atención —añadí sin soltarle la mano—, no puede ser que no los oigas.

—Es el viento contra la persiana —respondió arrimando su mejilla a mi espalda y envolviéndome con el otro brazo como si al inmovilizarme me redujera también al silencio.

—Escucha bien —dije una vez más en un susurro.

—No oigo nada, de veras —insistió dulcemente, dormido casi.

Permanecí despierta mucho rato aún atenta a los

pasos y al rumor de las cerillas, buscando protección en el hueco de su cuerpo y de sus piernas encogidas sin conseguirlo. El pánico me tenía inmovilizada, porque, me dije, si él se ha dormido, es que ya no está y yo he vuelto a quedarme sola.

¿Por qué nadie oye los pasos más que yo?, me pregunté intrigada. ¿Cuál es el misterio? ¿Será como dijo Pontus Abreu que los forasteros no pueden oírlos? Con el ruido de los pasos como fondo de mis pensamientos, apagados a veces por la acompasada y profunda respiración cuyo aliento cálido acariciaba mi espalda, surgió poco a poco con todo detalle el rostro de Pontus animado por la explicación de los hechizos y la maldición que pesaban sobre mi casa: los dos hombres ahorcados en el almendro, desgracias inexplicables que escapan a la razón, el niño ahogado por las picaduras de un enjambre de abejas, el rayo que cayó sobre el almendro una tarde serena, las plagas de los lagartos, las almas de los dos hombres que se levantan por la noche y caminan por la solana. Me encogí todavía más abrumada por esas amenazas que desbordaban la angustia de los imparables pasos, monótonos, perseverantes, ciertos.

¿Quien ha oído los pasos, Pontus?, dijo mi voz recuperada del pasado, y la de Pontus: *Jo no, però els que hi viuen, sí,*[39] y de nuevo la mía: ¿Manuela también?, y su respuesta que ya había olvidado: *La Manuela no els pot sentir. Es forastera. ¿Y yo? Vostè sabrà,*[40-41] fue lo último que oí.

Mi forastero tampoco puede oírlos pues, y no pude añadir nada más porque de repente cesaron los pasos. El silencio que siguió, como el vacío que deja en la atmósfera la detención de un ruido monótono y

---

39. Yo no, pero sí los que viven en ella.
40-41. Manuela no los puede oír. Es forastera. / Usted sabrá.

sordo que hemos oído durante horas, restituyó la paz y me acercó a los límites del sueño.

Al día siguiente no mencioné para nada los pasos de la noche anterior ni me referí a la escueta conversación en la oscuridad, y tampoco él lo hizo. Yo no me atreví a defender una vez más que los había oído, y él creyó probablemente, o quiso creer como la mayoría de nosotros, que sólo existe lo que se nombra y por eso calló.

Volvió a renacer entonces, tal vez por necesidad de encontrar una explicación más razonable o porque los sentimientos heridos se defienden buscando por su cuenta el precario equilibrio que les permite no enfermar ni sufrir en exceso, la incierta esperanza de que aquel intruso fuera el holandés, que por aquellos días había vuelto a asomarse a mi memoria y a mis sueños. Pero no duró mucho: una noche de luna de la última semana de julio, después de oír los pasos una vez más, me atreví a abrir el portalón, escudada en la claridad blanca sin tinieblas. El calor era sofocante y el temblor de mi cuerpo no se debía ni al miedo, ni al remoto azar del encuentro que quizá sólo existía en mi imaginación, sino al desasosiego más sobrecogedor aún de sentirme observada por unos ojos amparados en alguna sombra lunar. No me aparté de la puerta abierta ni separé la mano del cerrojo cuyo pasador agarraba con la fuerza de la crispación ni traspasé el umbral con los dos pies, y mi aparición en la fantasmagórica solana sólo duró el tiempo preciso para saber que tenía el corazón en la boca y comprender que no podía ser el holandés el observador oculto, porque ni su jactancia ni el único propósito que podría haberle llevado a tan espectral visita le habría retenido escondido siquiera el instante que yo mantuve la puerta abierta sin atreverme a dar un paso más. Al cerrar el portalón, el lento chirrido rompió el silencio y debió de atraer las dos notas del canto del cuco y los inquietantes murmullos horadando el aire; aparecieron entonces los perros que una vez más se habían mantenido en silencio como si realmente nadie hubiera caminado por la solana. ¿Tampoco los perros oían al intruso, ni lo veían? Porque estaba ahí un minuto antes, de eso estaba segura: una de las cerillas que había recogido del suelo un segundo antes de cerrar y atrancar —tan deprisa como permitía el peso de su envergadura— el portalón contra el que apoyé inmediatamente mi cuerpo aterido y sudoroso, tenía el extremo chamuscado todavía tibio, y al día siguiente Manuela tuvo que reponer la bombilla que otra vez había aparecido rota.

Todavía se dejaron oír los pasos varias veces a lo largo del verano y el otoño. Pero aunque no se oyeran el tormento llegaba con el despertar a media noche, porque se iniciaba entonces una espera igualmente angustiosa y sentía en los brazos y las piernas el mismo sudor frío que se extendía luego por la espalda y el vientre y la frente, como la hoja de un cuchillo paseando sobre mi piel, paralizándome bajo las sábanas que perdían peso y me dejaban desnuda e indefensa frente a la vacía incertidumbre del silencio sin otro recurso que esperar a que transcurrieran las largas horas de vigilia, consciente del imperceptible temblor de mi cuerpo inmóvil y abrumada por la sombría certeza de que ni al día siguiente ni nunca, nadie había de creerme. Sólo me tranquilizaba y atinaba a distender las piernas agarrotadas de tanta inmovilidad con la llegada del amanecer que diluía lentamente el pánico en sus luces sin color, instantes antes de arrebujarme en una manta y sumirme en un sueño del que despertaba cansada y con la boca espesa, apenas una hora más tarde, cuando todavía no se oían los primeros ruidos de la casa y del campo y entonces, envuelta en una toalla, me precipitaba a la solana donde encontraba a veces las mismas cerillas de madera usadas que recogía cuidadosamente y guardaba en un bote de cristal sobre la cómoda, como hacía la abuela con cualquier minucia repetida. Y en el cansancio de aquellas mañanas borrosas me parecía contemplar la progresiva aparición de unos rasgos desconocidos de mi propio carácter que acabarían por convertirme, aun a mi pesar, en una anciana meticulosa y maniática como ella.

No puedo decir cuántas veces ocurrió, no debieron de ser muchas, pero aunque hacia final de año los pasos dejaron de oírse nunca acabé de convencerme de que no habían de volver y hasta el último día de mi estancia en Almator cada vez que me despertaba en mitad de la noche, estuviera sola o no, seguía atenazándome la tortura de la espera. Aun hoy, desvanecido el pavor sin rostro tras el que acechan mis nostalgias de aquellos años, cuando me despierto al amanecer o a media noche, el helado sabor del pánico araña mi conciencia un instante con la misma insolencia y seguridad que si la razón de tantos miedos no perteneciera exclusivamente al pasado.

Pero sólo de noche me atormentaba. Durante el día los pasos no eran más que chispas en la memoria que la luz y las obsesiones del trajín en la casa y en el campo dejaban sin consistencia y se movían en mi pensamiento como el recuerdo de un mal sueño debatiéndose por recuperar su argumento; y tampoco me impedían ir a dormir en paz, la mayoría de los días demasiado agotada para pensar en otra cosa que en dejarme caer en la cama, porque habíamos comenzado la recolección de las cerezas, los albaricoques y las ciruelas y teníamos contratadas a dos muchachas del pueblo con cuya ayuda nos dedicamos Manuela y yo a transformar la cocina en un obrador de mermeladas como el de las antiguas dependencias de la casa. Por si fuera poco el trabajo con el que se ahuyentaban mis terrores, hacia finales de junio Manuela me dejó sola con las dos chicas envuelta en un desbarajuste de frutas, azúcar, botes y marmitas, porque ella, apropiándose de uno de los fogones de la cocina y aumentando con ello la confusión y el caos, se había sumergido en sus barandas: había comenzado como cada año, me dijo, la fiebre de las barandas que precedía la verbena de San Juan.

Las barandas son unas rosquillas hechas con harina, agua, huevos, azúcar, especies (la celiandria y la matafaluga) y algo de levadura, aunque no la suficiente para ahuecar su consistencia pétrea y amortiguar la solidez de la pasta.

La costumbre, más perentoria que una ley, exigía que cada cual obsequiara a los demás vecinos con una bolsa de barandas que debía llevar personalmente la mujer de la casa. Así, la víspera de San Juan, mientras los niños —en contra de todas las disposiciones oficiales— preparaban las hogueras con trastos viejos, papeles y troncos secos de higuera, los mayores se repartían el trabajo en la cocina, para que la mujer pudiera desplazarse a las demás masías. Y cada cual recibía el obsequio con una fingida y entusiasta sorpresa y a su vez se dirigía a entregar el suyo como si lo hubiera preparado precisamente para provocarla.

Manuela no se movió de la cocina en dos días, sin preocuparse de las mermeladas ni de preparar la comida para nadie, ni para los perros que acudían directamente al saco de pienso, abierto esos días para no tener que perder tiempo en llenarles los cuencos, y no hablaba más que de entregar a tiempo las barandas de lo contrario, estaba convencida, podrían abatirse sobre ella todas las desgracias de este mundo.

El rito era de ejecución difícil y presentaba cierta

complicación. Tenían que estar todos alerta, más alerta y más vigilantes aún que de costumbre, porque si bien la mujer de la casa debía llevar las barandas personalmente a todas las demás, tenía que estar presente también cuando alguna de las vecinas se acercaba con su ofrenda. Y además la entrega se hacía por un orden preciso que nadie había establecido de antemano pero que se regía por rigurosas categorías de propiedad, antigüedad y extranjería: el primero en recibir las barandas era el Señor, aunque no estuviera; hasta el año anterior la segunda había sido la abuela; el tercero Pontus Abreu; en cuarto lugar iban los enemigos mortales de las masías gemelas que si bien se habían instalado en el valle al mismo tiempo, Feliciano tuvo que soportar por forastero ir a remolque de Xofre, nacido en el pueblo, y finalmente Matías, el de la masía de la palmera que había llegado el último.

Este año, me había contado Matías, se han encontrado con un problema a primera vista insoluble: o bien yo ocupaba el último lugar por haber llegado la última y ser forastera, o bien se me consideraba heredera de la abuela —como Darío de su padre— y ocupaba el segundo. El problema era arduo y al parecer había discrepancias: yo había llegado la última, era cierto, pero durante toda su vida habían ido en segundo lugar a mi casa para rendir pleitesía a la abuela al entregarle las barandas. Era evidente que no me la iban a rendir a mí, ¿qué orden pues me iban a adjudicar?, ¿era yo realmente forastera? Por ese año, habían decidido, que cada cual seguiría el orden de acuerdo a su propio parecer y en el futuro el tiempo se encargaría de reinstaurarlo.

Para Manuela, sin embargo, no había cambios.

—¡Santo Dios! —decía una y otra vez—, ¡qué ganas de complicar una cosa tan sencilla! ¡Así no hay quien se aclare!

Y llevó en mi nombre barandas a la Casa Grande para que la guarda las entregara a Darío, que si bien no había aparecido por Almator desde antes de la nevada no por ello se le dispensaba de recibirlas como los demás porque era el único a quien no se exigía la presencia en la casa. Luego se las llevó a Pontus Abreu, a Xofre Pellegrí, a Feliciano e Iliana, y a Matías, con esa prisa y esa intermitente fatiga de las personas que quieren dejar bien sentado en todo momento cuán ocupadas están en asuntos que de ningún modo pueden delegar ni eludir. Y recibió, recibimos, las barandas de todos ellos sin que ninguna de las mujeres llegara en su ausencia ni faltaran a su vez en las demás casas, ni mucho menos coincidiera con otra vecina, aunque era tan complicado deducir por las idas y venidas quién había recibido las barandas antes que yo, que nunca supe qué número me había adjudicado cada uno en el orden ni pude descubrir por el talante de Manuela, ensimismada en sus preocupaciones y aturdida ella también por temor a no acertar cabalmente su papel en ese baile de categorías y paseos, con cuál de los vecinos estaba de acuerdo ella que se consideraba la representante oficial de mi casa. De todos modos yo, en un arrebato de optimismo más dictado por la esperanza que por la experiencia, interpreté las bolsas de barandas que sustituyeron aquella tarde a las mermeladas en la mesa de la cocina como una señal de buena voluntad por parte de mis vecinos, aunque muy pronto había de caer en la cuenta de que el cumplimiento de la costumbre excedía las demostraciones de afecto y de buena o mala voluntad, porque era tan sagrada que incluso los vecinos de las masías gemelas la cumplían entre sí muy a su pesar, y si bien no entraban en la casa ni intercambiaban una palabra o un gesto sino que echaban frente a la puerta la bolsa de papel de estraza empapada en aceite que contenía la misma cantidad de barandas que las destinadas a los demás, se hubieran guardado mucho de no llevarlas o no estar a su vez en casa para recibirlas —aunque invisibles fisgando detrás de la puerta— cuando el enemigo mortal se las echaba en su portal.

Una vez todas las barandas distribuidas, lo que suponía un esfuerzo colectivo e individual de sagacidad y precisión, cada familia se reunía alrededor de la bolsas y comenzaban la degustación, las comparaciones y las críticas que nada tenían que ver con el sabor o la consistencia, siendo como eran todas ellas igualmente compactas porque contenían iguales ingredientes (la harina de trigo de sus campos, la leche de sus vacas, los huevos de sus gallinas y la matafaluga y la celiandria de las bolsitas de celofán que compraban el lunes de Pascua en la tienda de doña Gaiana, una viejecita que las recogía en el monte durante las semanas de Cuaresma y las colgaba después en ramitos de las cuerdas tendidas entre las paredes de su minúscula cocina como si hubiera puesto a secar los atavíos de las hadas); se elaboraban a partir de la misma fórmula ancestral que aprendían desde niñas, o si no se cuidaban muy bien de no apartarse de la receta porque por la exactitud o la diferencia con ella se medía su pertenencia al valle.

Las críticas nunca eran explícitas ni claras: una persona tras otra, pero nunca dos a la vez, probaban la baranda de una bolsa cuya procedencia no era necesario anunciar porque todos la conocían, torcía el gesto o hacía una mueca con la nariz y luego un comentario abstracto: *ja pots comptar*,[42] o ¡vaya por Dios!, que nada habría significado para un forastero.

Manuela, que venía a mi casa a probarlas porque

---

42. ¡Imagínate!

ni en una ocasión como ésta me permitió la entrada en la suya, era en cambio más explícita. Comía una baranda de cada bolsa con cara de asco como si tuviera la obligación de tragarse una pócima nauseabunda y añadía después de cada una la misma explicación:

—No es porque yo lo quiera decir, pero las nuestras son las mejores.

Aquella víspera de San Juan, cuando Manuela cogió la última bolsa para llevarla a la masía de la palmera, me fui con ella porque ya era tarde, estaba cansada de mermeladas y tenía ganas de ver a Matías.

Desde que nos habíamos conocido el día que lo increpé porque cogía aceitunas del suelo, Matías encontraba siempre un pretexto para acercarse a la casa, sobre todo después de la nevada: pasaba caminando con su bastón y ese sombrero de pana que se quitaba en cuanto se detenía o se sentaba. Venía a preguntar cómo marchaban los trabajos de los electricistas, a admirar el huerto que había vuelto a resurgir o simplemente a charlar, sólo contigo me decía, porque si había alguien más en la casa, daba media vuelta y discretamente se iba.

Debía de tener unos sesenta y cuatro o sesenta y cinco años pero seguía alto y delgado, demasiado alto y delgado, como yo misma, para ese valle de figuras sólidas y corpulentas, y era fácil verlo llegar y partir.

Su masía estaba en un altozano desde el que se divisaba de soslayo la parte más ancha del valle donde arrancaban los caminos que iban a mi casa y a la de Pontus. Y tenía un aspecto risueño, como las casitas de los premios de las ferias, o las de corcho que se ponían en los belenes con su altísima palmera a un lado de la puerta, como una atalaya vegetal, dobladas permanentemente sus ramas por el viento.

—Hace muchos años, en las casas de esta zona

—me había contado Matías— se plantaba una palmera cuando un hijo se iba a la guerra de Cuba, como un cirio monumental, una ofrenda votiva que recordara al Altísimo las plegarias de los padres e hiciera volver a los hijos vivos y ricos para honra y gloria de su santo nombre.

La masía tenía además, entre los olivos que flanqueaban los corrales de la fachada de levante, una vieja barca que estuvo en tiempos pintada de color azul, varada en un descampado algo inclinada a babor, escupiendo el color blanco de su borda como un reflejo de metal acosado por la luz. Y cuando yo le preguntaba qué hacía la barca entre los olivos respondía siempre dándose una palmada en la frente:

—¡Ay!, un día de éstos tengo que devolverla a Salustio.

Un atardecer de finales de mayo había venido a casa sobre las ocho o las nueve, esa vez sin más pretexto que el de beber un vaso de vino. Suspendido en el aire el tibio aroma del romero en flor anticipaba los primeros efluvios del verano, y nos sentamos en el porche a tomar el fresco. Bebía a sorbos cortos y habló pausadamente al principio aunque sin parar, y sólo a medida que se vio obligado a justificar su forma de vivir comenzó a enardecerse.

Me contó que había comprado su masía en los años sesenta cuando todavía tenían precios asequibles, y que el antiguo propietario, Torres Pujals, no había querido venderle más que las ocho vesanas del pequeño altozano donde estaba situada guardando para sí el resto de la tierra, otras treinta hectáreas de secano que seguía trabajando él mismo. En realidad Matías le había cambiado la masía por un piso en el único edificio alto del pueblo, un rascacielos de quince plantas con minúsculas terrazas en cada habitación como un panal de cemento, que ocultaba la torre de la iglesia. Lo había construido hacia los años cincuenta, en contra de todas las disposiciones y reglamentaciones, una Caja de Ahorros de la ciudad al amparo de su propio poder, que —en opinión de Matías— había iniciado el proceso de construcción descontrolada y dejado el pueblo —igual que todos los del litoral— deshecho, como un desaforado muestrario de formas de vivir a cuál más exótica e incómoda, truncado para siempre el plácido perfil de su silueta contra el horizonte.

De aquella época, me contó, eran también algunas casas entre medianeras, casi siempre albergando bancos (seis había en ese pueblo minúsculo) con las fachadas recubiertas de gres como estufas centroeuropeas y las puertas flanqueadas por exóticas plantas de verde acharolado más propias de la selva del Amazonas, pero al gusto de esos arquitectos —añadía exaltándose— tan pagados de sí mismos y tan convencidos de sus propias razones que basan sus proyectos en unas necesidades inexistentes y una estética ajena a su entorno, convencidos de que su ministerio es transformar la vida de las gentes a su antojo; esos petulantes arquitectos, esos déspotas ilustrados, añadía cada vez más irritado, condenados por su orgullo a construir no para, sino contra sus clientes a los que, además, desprecian.

Bebió un poco de vino para tranquilizarse y continuó: había terminado la carrera de derecho en Santiago de Compostela, el lugar en que había nacido y vivido hasta entonces, y luego se había trasladado a Madrid donde durante varios años trabajó y estudió hasta llegar a ser abogado del estado. Ganaba bastante dinero, y tenía ante sí, en opinión de sus padres, un brillante porvenir.

—Pero yo era un abogado progre —dijo.

Y poco después conoció a una chica americana y

se hizo, como ella, hippy —que no sólo a las mujeres les llega la liberación por la cama—, añadió con sorna. Abandonó el trabajo y se fue a Ibiza y cuando al poco tiempo murió su padre, que había sido notario en Toldrá antes de jubilarse y vivía en el rascacielos del pueblo, vino a tomar posesión de la herencia y fue entonces cuando cambió el piso por la masía. Una vez instalado organizó su vida para no tener que trabajar nunca más; tenía unas pequeñas rentas, vivía modestamente en la masía con la americana, hizo nuevos amigos, y no tenía más diversión que caminar, dormir, ver cómo pasaban las primaveras, escuchar música y tomar de vez en cuando un ácido que le tenía la noche entera viendo cómo los aviones chocaban con las estrellas. Al cabo de un año la americana se había ido sin dejar rastro y nunca la volvió a ver. Más tarde se casó con su actual mujer, gallega como él pero de la provincia de Lugo, con la que tuvo dos chicos que ya tenían veinte y veintiún años, a los que no parecía haber hecho mella el ejemplo de su padre: eran trabajadores y habían montado un centro de jardinería cerca de Toldrá, hacia el interior. Quizá, dijo, ahora pongan otro en la masía, a mi mujer no le gusta estar sin hacer nada, pero todos saben muy bien que yo no pienso ayudar. Aunque ya no era hippy, añadió, seguía con el mismo horror al trabajo. Estaba convencido de que los dos años de las oposiciones y los varios de abogado del estado habían redimido del todo su deuda con la sociedad y desde entonces estaba en paz. Bien es verdad que seguía viviendo con sencillez: la familia entera era vegetariana y comía lo que daba el huerto, no tenían más aparato doméstico que un equipo de música, no veía la televisión, no compraba periódicos ni revistas que no eran sino entretenimientos sin relación alguna con la realidad a la que sólo unos pocos accedían. Ni siquiera, decía, el poder lo ostentan quienes salen en primera página, los jefes de los gobiernos. Ésos eran muñecos de papel de cuyos hilos tiraban hombres sin rostro ocultos de todo y de todos, los amos del mundo, los que tomaban las decisiones a su gusto en la medida en que se lo permitía el equilibrio de tensiones y fuerzas que los mantenía en ese oculto poder, los que controlaban la riqueza, la publicidad y los medios de producción, la producción de armamento y de productos farmacéuticos cuyos beneficios invierten no en el negocio de la droga —y se enardecía otra vez— sino en la lucha por conseguir su control. Dejaban minúsculas parcelas de poder a unos pocos títeres que se amparaban y se ayudaban para no dejar entrar a nadie en el ruedo, conscientes de que cuanto más apretada fuera la malla más resistente sería también, y uniéndose sólo —para adjudicarse ideales más nobles— a esos otros, los papas de la cultura que sentaban cátedra y definían el bien y el mal, lo hermoso y lo execrable, lo legítimo y lo inane. Ésos eran los que creaban unas diferencias más profundas que las clases sociales, siguiendo la tradición dogmática de las iglesias y demás tiranos, sus antecesores, pero ahora más indestructibles porque se fundamentaban en la voz del pueblo, como si el pueblo pudiera dar otra respuesta o tener otro deseo o configurar otra opinión que los que le dicta la poderosa y constante publicidad que dominan a su vez aquellos mismos poderosos. Los mismos que ponen a su propio servicio y al de unos ideales que justifiquen el poder otorgado a sus marionetas y tener así sometida a la población. Y mientras tanto, el mundo entero enfurecido o entusiasmado, según sea la noticia que aquel día hayan decidido divulgar.

Tomó aire porque no había respirado una sola vez y añadió:

—¿Para qué leer entonces? ¿Para seguir con el bulo? ¿Para añadir un aplauso más a sus invenciones, o una protesta más? No, nada se puede hacer por evitarlo pero por lo menos que lo que hagan lo hagan sin mi colaboración. Y además —decía— si leo el periódico sucumbiré a la necesidad de leerlo todos los días, y a su publicidad, y si tengo televisión, yo que no trabajo más que un par de horas al día en el huerto, con cualquier pretexto acabaré arrimado a ella todo el día y mi vida estará pendiente de los cotilleos y de los concursos y de los seriales, me alejaré de la música, y ya no sabré mirar, un placer que me ha costado años descubrir y aprender. No, yo de verdad, estoy por la aventura interior, la contemplación y el goce y en contra de la esclavitud del consumo, la competencia y el éxito. Aunque sea una pedantería. Yo no quiero esa libertad que me ofrecen, la que no puede prescindir del ansia de tener y desear. Que cada uno viva como quiera pero a mí que me dejen en paz.

Yo lo escuchaba en silencio admirada por su inmitigable apasionamiento. Mis ideas políticas se habían quedado petrificadas en el antifranquismo feroz de mi padre que, olvidando sus penurias en el país, pretendía al cabo del tiempo —ante sí mismo, sobre todo— atribuir su exilio a razones de tipo político; y sus ideas y sus creencias habían cristalizado y no pudieron variar con los años provocándole la nueva situación desgana, resentimiento y desprecio porque de ningún modo coincidía con las expectativas alimentadas y acariciadas durante tanto tiempo. Tal vez ésa fue la razón de que la política acabara siendo para mí una forma romántica de entender la vida pública que, en el mejor de los casos, conducía a la desesperanza. Y en la universidad no tuve o no supe ver la oportunidad de conectar con grupos políticos, y me decanté, apoyada por el incipiente amor que había de llevarme al altar, hacia formas más laboriosas de la vida universitaria que se perpetuaron en la conyugal, cuyo único anhelo político era la persistencia del orden social que nos permitiera seguir nuestro trabajo.

Al oír aquel torrente de pensamientos mal hilvanados y atropellados de Matías comencé a darme cuenta de que jamás había pensado en todas esas cosas. Pero él continuaba hablando de sí mismo: amaba a su mujer con quien iba descubriendo el placer de envejecer, le gustaba el campo y los animales y si le horrorizaba la esclavitud del éxito y del dinero aún le angustiaba más la lucha por obtenerlo que, dijo, volvía a los humanos ridículos. Le había costado mucho hacerse aceptar por las gentes de Almator, pero finalmente habían reconocido por lo menos su amabilidad si bien nunca pudo evitar que lo tildaran de perezoso, un hombre —decían incluso en su propia cara, sonriendo todo lo que eran capaces de sonreír— al que un hueso en la espalda impedía doblarse sobre la tierra.

—También a ti acabarán aceptándote —me auguró al interrumpirle yo para contarle las aventuras del pozo, de la gallina muerta y de los hurones, pero no quiso extenderse más, como si le incomodara la cuestión. Y por eso ni entonces ni nunca me arriesgué a confiarle la aparición y persistencia de los pasos nocturnos en la solana.

—Las gentes cambian de objetivos con los años —continuó no supe muy bien si para desviar la conversación o para seguir hablando de sí mismo—, pero yo no: lo único que deseo es continuar viviendo como vivo, sólo así me siento persona. —Y ya más calmado me contó cómo dejaba pasar las horas enteras sin hacer apenas nada porque no le agobiaba el tiempo así transcurrido ni se dejaba llevar por la sensación de vacío ni tenía ansias de hacer una obra que lo sobreviviera ni quería pasar él mismo a la posteridad. Ni escribía ni leía y quizá había aprendido a vivir como un noble arruinado entre las ruinas de su inteligencia, terminó citando un poeta que había leído hacía años.

Me había contado su vida, como hacemos todos, en una versión elaborada desde el presente y como el devenir lógico, armónico y casi predecible de etapas encadenadas, adjudicando a cada una de ellas, por parecer imparcial, el mismo tiempo en el relato como si el tiempo del recuerdo pudiera medirse también por magnitudes objetivas. Se detuvo entonces, bebió otro sorbo de vino, dejó el vaso sobre la mesa y como si hubiera venido a eso, y la larga parrafada no hubiera sido más que un preámbulo, un pretexto para que yo hablara también a mi vez, preguntó:

—Y tú, ¿qué haces aquí?

Dudé un momento, luego respondí:

—Me dejó la casa la abuela al morir.

—Sí, eso ya lo sé. Pero ¿por qué viniste a vivir aquí?

El ambiente era propicio, la noche suave, el vino cálido y la pregunta tan directa y tan simple que no me resistí a hablar. Pero yo no le di la versión de mi vida pasada sino de lo que había de ser, del libro que había de escribir, de mi libro. Fluyeron las palabras encadenando una historia, una verdadera historia que contar, que recordaba vagamente aquella otra gastada por los años y la inanición, polvorienta casi, esperando pacientemente en la maleta abierta el momento de ser desvelada, que atribuía a los personajes miedos y esperanzas que sólo entonces reconocí en mí misma, descubriendo en la historia, a medida que avanzaba unos vericuetos y conexiones que mi conciencia desconocía hasta ese momento. Parecía todo tan fácil que me costó entender por qué el libro no estaba ya escrito.

Él me escuchaba con atención y yo misma oía complacida mis propias palabras, con el único resquemor sin embargo de ese «mañana lo habré olvidado» que amarga al borracho todavía con un atisbo de lucidez para saber que el mundo maravilloso donde vive se desvanecerá también cuando le abandonen los vapores del alcohol. Sólo que yo no me había emborrachado.

Al terminar permanecí en silencio para que nada suplantara la firmeza del relato y la historia quedara grabada en mi memoria con la misma rotundidad y coherencia con que se me había manifestado.

Cuando le acompañé hasta el pozo caminando los dos callados por la avenida de los plátanos, el gajo de luna había desaparecido del firmamento dejando el cielo cubierto de estrellas diáfanas que no vimos chocar con los aviones porque el vino, ya se sabe, tiene efectos menos contundentes, pero yo me sentía igualmente poderosa bajo la bóveda abierta del universo.

Volví lentamente flanqueada por mis perros silenciosos también que debían de haber comprendido el milagro, y todavía estuve sentada en el porche hasta que oí dar las once en la lejanía.

Está entrando la tramontana, observé, por esto el cielo está tan claro. Habrá que cerrar las ventanas. Y me levanté acuciada por las ráfagas de viento imperceptiblemente más potentes cada vez, pero todavía antes de entrar me dio tiempo a hacer el propósito de escribir un esbozo completo en cuanto me despertara al día siguiente. Sí, mañana por la mañana; tenía tiempo de sobra todavía. Era cierto que nada había escrito hasta entonces pero sólo habían transcurrido siete u ocho meses desde mi llegada... ¿sólo siete u ocho meses?, parecía que llevaba en Almator toda la vida y no veía fin al futuro que allí me esperaba. El tiempo es elástico..., pero nunca terminé ese pensamiento porque el súbito portazo de una cristalera exigió primero mi presencia y mi atención y al querer reanudarlo comenzó a tambalearse y esfumarse a medida que cerraba una ventana tras otra, igual que al día siguiente se había difuminado la historia que no tuve el coraje de escribir aquella noche; o tal vez la claridad con la que aparecía ante mí, aun a pesar de la urgencia con que me reclamaban los golpes de tramontana, me impidió ver cuán lejos estaría cuando quisiera recuperarla tan diluida y evaporada como un sueño al despertar, como si hubiera vuelto a esconderse en las profundidades de la maleta abierta en el sofá del estudio del abuelo.

Aquélla fue la primera de las muchas conversaciones que mantuvimos Matías y yo sentados ambos frente a un vaso de vino. Después tomó la costumbre de venir a recogerme cuando iba a sus excursiones productivas, como las llamaba con sorna. Al final de la primavera habíamos ido a buscar los últimos espárragos trigueros que crecían en las lindes de los campos tan difíciles de detectar para mí como los níscalos rojos del otoño, y a principios de junio me había llevado al bosque a cortar brezo con el que, una vez seco y liado en gavillas, quería cubrir el trenzado de alambres que daba sombra a la puerta de su casa para sustituir la parra que había muerto con las nieves de febrero. Pero a partir de la noche de San Juan en que yo descubrí en su casa los cubiertos de la abuela, y hasta septiembre, no volvió. Luego aparecía a veces con Maruxa, su mujer, probablemente para no tener que darme explicaciones, e íbamos a caminar por los montes que bordean el valle por el sur y al atardecer me dejaban en casa. Después las cosas se complicaron y no volvieron ni él solo ni los dos juntos.

Aquella víspera de San Juan éramos todavía buenos amigos y yo iba hacia su casa, detrás de Manuela y sus barandas, con ganas de sentarme a charlar una vez más. Debieron vernos llegar porque nos salieron los dos al encuentro, sacaron vino y nos instalamos en las viejas tumbonas junto a la palmera, al final de la cuesta.

Manuela, que había llegado jadeando y sin poder pronunciar una palabra, se sentó en un poyo a descansar y les entregó las barandas. Era anciana y estaba cada día más pesada, el camino la había fatigado y habría preferido seguramente un vaso de agua fría, pero tuvo que beber el vino rancio como exigía la costumbre aunque torció el gesto para demostrar qué poco acostumbrada estaba a esas licencias. Se despidió enseguida y bajó la cuesta precipitadamente porque, al no tener la precisión de Tana, o Berta, la mujer de Xofre, no le quedaba más remedio que estar en casa el mayor tiempo posible. Yo no la seguí hasta más tarde, aunque su mirada había expresado con suficiente claridad cuán importante habría sido mi presencia en la casa para ofrecer vino y recibir las ofrendas, pero no le hice caso y para cuando regresé ella y Cosme ya habían dispuesto las bolsas sobre la mesa de la cocina y se disponían a probar las barandas porque habían terminado las ofrendas.

Por la noche volví a la masía de la palmera a celebrar con Matías y Maruxa, sus hijos y otros amigos que yo no conocía, la verbena de San Juan. Antes de sentarnos a cenar, antes incluso de beber el primer vino de Riveiro, Matías, como un druida casero, nos mandó a todos a recorrer el jardín y los márgenes del camino en busca de rosas, amapolas, jazmín, romero, lirios y retama, que deshojamos y echamos en un cubo de estaño lleno de agua de pozo. Según una tradición que aunque Maruxa recordaba vagamente repetía todos los años, el agua y los pétalos se dejarían al sereno y antes del amanecer las mujeres se lavarían la cara y la piel recuperaría la tersura de la adolescencia.

La noche era clara, el aire límpido agrandaba el espacio y transportaba los ladridos de los perros de las masías lejanas, atravesaba el cielo de vez en cuando un estallido de luz como un puñado de arena de diamantes y, salpicados de ráfagas intermitentes, de tracas y petardos nos llegaban retazos de música distante y gritos de gentes que celebraban el solsticio sin saberlo, al amor de las estrellas y bajo la misma bóveda estival que nosotros. Todo estaba en paz: la fiesta había comenzado.

Fue entonces cuando los vi, en el mismo momento de sentarnos a la mesa: grandes, pesados, sin proporción con los pequeños platos de loza oscura y con los vasos de vidrio verde que Maruxa había puesto en la mesa, ahí estaban los cubiertos de la abuela con las enmarañadas iniciales de sus antepasados destacándose casi con brutalidad del resto del entorno que se convirtió en un distante fondo de voces, risas, ruido de sillas y descorchar de botellas.

Matías se dio cuenta de mi descubrimiento, vi sus ojos fijos en los míos, inquietos y al margen también del alboroto, cuando alguien me conminó a sentarme, y oí el tartamudeo de su voz que me devolvió a la fiesta:

—Si, los cubiertos, son..., tu abuela, claro, se los compramos, bueno, tu abuela, ella no los quería, decía ¿para qué?, decía, nadie viene a esta casa...

Fue sólo un instante y quizá yo fui la única en darme cuenta de su turbación. Después bebí vino y comí y reí con los demás y bailamos hasta que llegó el momento de hacer cuenco con las manos y lavarnos la cara, y no pensé en los cubiertos hasta más tarde, cuando volvía a casa por el atajo del bosque de encinas con la piel tersa por el agua perfumada del cubo de estaño.

Así que Matías, que vive modestamente procurando no sucumbir a las exigencias y leyes del consumo, compra a la abuela la cubertería de plata de sus antepasados, a la abuela que casi no conocía según me dijo la primera vez que nos vimos —apareció repentinamente la contradicción en el expectante silencio que precede a la aurora. Parecía gobernar este valle una extraña lógica según la cual, no sólo los hurones horadaban túneles subterráneos para morder el cuello de las gallinas sin beber su sangre ni comer su carne, sino también un marginado voluntario, un anarquista casero, desprendido de las glorias de este mundo, deseaba y adquiría un objeto tan costoso y tan unido a formas de vivir que repudiaba. No había sarcasmo en esa reflexión, ni la irritación y el encono que habría de apoderarse lentamente de mi alma sino de momento sólo sorpresa, incomprensión, desconcierto.

Tan absorta caminaba que ni pasó por mi mente la posibilidad de toparme con el intruso de los pasos si esta noche había decidido iniciar de nuevo su ronda por la solana. Pero casi no me habría dado tiempo: en el altozano desde donde se dominaba por igual la salida del atajo y la avenida de los plátanos la claridad del alba recortaba las oscuras siluetas de mis perros, Amín, Drake y Tom, aguardando mi llegada pacientemente, dormidos casi ya pero vigilantes aún. Era tan inusual verme volver sola a esas horas tardías que mi presencia les produjo un alborozo inusitado y comenzaron a saltar y ladrar y para demostrar la alegría de su corazón dejaron los tres la impronta de sus patas polvorientas en mi vaporoso vestido blanco, que por una vez había sustituido los pantalones para celebrar como merecía esa noche mágica.

Entré por la puerta de la cocina como siempre que volvía tarde y fui apagando a mi paso todas las luces que Manuela dejaba prendidas:

—Así no verá usted cosas extrañas —decía.

Al pasar por la entrada, sobre la mesa llena de periódicos sin abrir, reparé en dos cartas que no había visto antes. Reconocí inmediatamente una de ellas: era la carta con el membrete del Conservatorio de Viena que mi padre enviaba una vez al mes con precisión rutinaria. La otra llevaba un tampón oficial, Secretaría Territorial, Departamento de Aguas, que tomé por los documentos de la legalización del pozo nuevo. Las subí a mi habitación para leerlas en la cama pero mucho antes de terminar las cuatro hojas de la de mi padre, como ya no podía mantener los ojos abiertos, las dejé en la mesita de noche, apagué la luz y me dormí.

Hasta tres semanas después no abrí la otra. No sé cómo pudo volver a la mesa de la entrada. Quizá la llevé yo sin darme cuenta o Manuela la volvió a colocar allí al ordenar mi cuarto en una de esas limpiezas propias de otros tiempos que hacía en mi habitación en cuanto se había marchado ese señor (¿sabe usted si el viernes vendrá ese señor?, preguntaba cada semana sabiendo mejor que yo que llegaba siempre por sorpresa y raras veces en fin de semana, quizá para dar naturalidad a la situación o más probablemente para echarme en cara que no la tenía). Esta vez ese señor, que había llegado al día siguiente de San Juan, se había quedado unos pocos días más para paliar tal vez la larga ausencia de las vacaciones familiares de julio y agosto que venía a anunciarme, y que, dijo, de ningún modo podía eludir, y en cuanto se hubo ido, Manuela inició una limpieza que la tuvo dos o tres días fregando los suelos con lejía, sacando los colchones a la ventana, limpiando los cristales, las sillas, el somier, como si abriera la casa después de una ausencia de meses, o, lo más seguro, como si quisiera borrar las huellas de un apestado. Y en su afán de restablecer un orden que su presencia por lo menos había amenazado, quizá devolviera la carta de la Secretaría Territorial a la mesa de la entrada donde yo la descubrí exactamente el día anterior al de la citación que en ella se me comunicaba: debía presentarme al día siguiente a la Subsecretaría de Aguas de Toldrá con todos los documentos pertinentes y prestar declaración. Se adjuntaba a la citación una copia de la denuncia que la había provocado en la que se alegaba que el pozo de mi propiedad recientemente perforado, si bien cumplía con la vigente ley de aguas y respetaba las distancias reglamentarias con los demás pozos del valle, los había dejado a todos sin agua. Estaba fechada el 15 de mayo del año en curso y al pie venía el nombre y la firma de los cuatro demandantes: Pontus Abreu Madí, Xofre Pellegrí Montsant, Feliciano Martínez Flores y Matías Nicasio Ponte.

Al día siguiente, con el administrador y el señor Alamán, el ingeniero hidráulico, que se habían desplazado a Toldrá para acompañarme, me presenté en la Subsecretaría con los ojos enrojecidos por una interminable noche en vela cuya irritación y amargura no pudo suplantar ni siquiera el temor a que se oyeran de nuevo los pasos en la solana.

Pero ni después de tantas horas de volver sobre lo mismo sospeché lo que iba a significar aquel aciago documento oficial que precipitó los acontecimientos como una orden durante mucho tiempo esperada, o quizá fuera simplemente el azar, el caso es que a partir de entonces a las señales escasamente insinuadas, a los hechos a primera vista intrascendentes, casi inocentes, se sumaron otros más sombríos, complicándose, acelerándose e imbricándose en un infausto juego de trama y urdimbre que aún hoy me resulta difícil interpretar cabalmente.

—Ahora habrá que esperar la inspección —dijo el señor Alamán al salir de la Subsecretaría una vez me habían tomado declaración—, pero es sólo una cuestión de trámite.

—Estamos —añadió el administrador empleando el plural mayestático que tanto le gustaba— dentro de la más estricta legalidad. Nuestro pozo está en una cota más baja que la de los demás y es muchísimo más profundo. Los suyos son pozos de aguas someras, de no más de seis o siete metros, en cambio nosotros sobrepasamos los ochenta, no podemos de ningún modo quitar el agua a nadie. No hay pues motivo de preocupación.

Pero no era perder o ganar el pleito lo que más me preocupaba, ni el agua, sino mis vecinos.

A partir del día que supieron que yo había recibido la citación, que lo supieron, estoy segura, en el mismo momento en que abrí la carta o incluso antes, se volvieron más retraídos y en lugar de hablarme levantaban brevemente la barbilla con una caída de párpados que les impedía mirarme de frente. O quizás, como él había de asegurar más tarde, fui yo la que, esperando cuál iba a ser su reacción al verme, no les decía nada y ellos en respuesta optaron por callar también. Es posible que llevaran semanas mostrándose distantes y yo, ignorando su confabulación, lo atribuyera a su peculiar forma de ser. Sí, era cierto que desconfiaba de ellos desde tiempo atrás en asuntos de poca importancia, pero nunca habría sospechado que fueran capaces de ponerme una denuncia y meterse en un pleito. Tendría que haberme prevenido la denuncia de Xofre cuando Tom corría tras la moto de su hija, o la seguridad que demostraron al verse unidos frente a un enemigo común, el día de la perforación del pozo.

Pero a Matías ¿qué se le había perdido en ese asunto? Porque no sólo no me había prevenido sino que se había unido a ellos a mis espaldas. Abrumada y abatida por saberme rodeada, y llena el alma de la añoranza por ese señor que no volvería hasta septiembre por lo menos, una tarde de finales de julio, más calurosa aún que las demás, a la hora en que el sol de la tarde cegaba el aire inmóvil sobre los campos en rastrojo, me fui a la playa de la Torre del Norte, la amplia playa de arena entre bosques de tamarindos.

A esa hora, ya se había vaciado de la mayoría de turistas y de casi todos sus detritus que el viento había arrinconado en los parapetos de hormigón, junto a la carretera. Algunos días muy claros la nítida línea del horizonte anunciaba el sol radiante del día siguiente. También el mar estaba en calma porque el viento del verano, por desaforado que fuera al mediodía, era tan inocente que ni siquiera dejaba resaca, y hacia las siete cuando remitía, la rizada espuma de las olas lamía la arena oscura de la rompiente una y otra vez dejando la marca oscilante de sus curvas que se sobreponían unas a otras con un ritmo fluido y sonoro que yo, tumbada sobre una toalla después del baño, me empeñaba inútilmente en descifrar.

Así me sorprendió una tarde ya bien entrado agosto, una voz levántandose sobre los murmullos del mar:

—Hola, señora. —Y acto seguido con la cantinela de la guasa—: Así que ha venido, ¿eh?

—¿Qué haces tú aquí? —respondí mostrando más sorpresa de la que realmente sentía.

—Pues ya ve. —Y se sentó a mi lado—: ¿Puedo?

—Sí, claro. La playa no es mía.

Luego sin decir nada, como si no quisiera interrumpir ese silencio, se tumbó paralelo a mí de tal forma que cuando volví la cabeza y apoyé la mejilla sobre la mano me encontré frente a él exactamente en la misma posición que yo pero invertida la imagen, como si fuera la mía reflejada en un espejo.

—¿Está bien el agua hoy, señora?

—Deja de llamarme señora.

—Es que me gusta —dijo con sorna, y debía de ser cierto porque aunque comenzó enseguida a tutearme al final de cada frase o párrafo nunca dejaba de añadir, señora, con una entonación peculiar, mezcla de ironía y delectación, como si cada vez esperara cuál iba a ser mi reacción, y yo por no ser menos a partir de entonces lo llamé muchacho. Nunca me había dicho su nombre y si bien según Manuela para la gente del pueblo era el holandés, no sabía si era un mote o se le llamaba así abiertamente. De su antigua impertinencia sólo conservaba la mirada descarada y esa vaga sonrisa que me inquietaba porque mostraba excesiva seguridad y petulancia.

A partir de ese encuentro no dejé de ir a la playa más que las tardes muy nubosas y siempre hacía lo mismo: me tumbaba y hundía la oreja en la arena esperando oír sus pisadas, pero nunca lo logré porque cuando venía parecía siempre salido de la nada; se diría que esperaba escondido detrás de una loma y un salto silencioso lo dejaba suavemente a mi lado.

Casi no hablábamos. Dejábamos transcurrir el tiempo tumbados pacíficamente sobre la arena o nos metíamos en el agua y nadábamos hacia una meta desconocida haciendo carreras que yo nunca gané. Luego volvíamos a secarnos. Jugábamos a los chinos la cerveza que tomaríamos al día siguiente —que nunca aparecía— o nos secábamos sobre la toalla. Algunas veces yo volvía la cabeza del otro lado y fingía dormir. Otras no. En el silencio compacto de la tarde resaltaban limpiamente el graznido de una gaviota o un grito en la lejanía o el zumbido de una moto que se alejaba, el olor a salitre impregnaba las toallas y los cabellos mojados, y el calor se extinguía dulcemente con la brisa del atardecer. Y estábamos tan cerca el uno del otro y tan quietos que yo tenía miedo de que se oyeran los latidos de mi propio corazón y apretaba mi cuerpo contra la arena para enterrarlos aunque sabía que no se apaciguarían mientras durara el silencio y la inmovilidad. Él parecía saberlo y callaba y cada vez que yo levantaba la vista tenía los ojos fijos en mí.

—¿Qué miras?

—Tu trenza, señora.

Estábamos así un rato largo antes de irnos. Luego siguiendo no sé muy bien qué oscura imposición, me levantaba, me despedía casi formalmente y me iba. Pero no era la indiferencia la que me obligaba, ni el peso de su sonrisa cínica y de su mirada, porque al día siguiente esperaba impaciente la hora de ir a la playa, un baño que no habría dejado aunque a cambio se me hubiera concedido el don de comprender y hablar todas las lenguas. Me volví rigurosa y puntual a esa cita tácita temerosa de que, de retrasarme, quizá él ya no apareciera. Y cuando me tumbaba en la arena a esperarlo pacientemente con un nudo en el estómago como cuando esperaba oír mi nombre a la hora de un examen, temerosa de que ese día no viniera recorría mi cuerpo un estremecimiento que sólo podía ser un adelanto, una primicia de la recóndita promesa que yo misma no me atrevía a desvelar.

Los encuentros ocurrieron muy pocas veces, pero en mi recuerdo cubren todo aquel mes de agosto y parte de septiembre y borran incluso la añoranza de aquel otro amor, el de verdad me decía yo más para quitar importancia a la obsesiva e inquietante frecuencia con la que pensaba en el muchacho que para convencerme de que el amor para ser verdadero ha de ser necesariamente único; aquel otro amor tan distante del que no había recibido en todo el verano más que, como una forma de urgencia de otros tiempos, un breve telegrama desde una playa italiana fechado una semana antes: Prometeo encadenado en Pescara, te quiero, y sin firma.

Una de esas tardes, al volver de la playa, reparé en que los días iban acortándose: me había retrasado más que de costumbre y Manuela, para oscurecer aún más el final de la tarde y justificar con mayor razón su disconformidad, había encendido la luz de la solana. Sería la segunda semana de septiembre.

Quizá fue la percepción de que los días eran más cortos lo que me llevó a pensar en el tiempo transcurrido desde mi llegada a Almator. Diez meses, diez meses ya, pero quedaba tanto todavía..., en cuanto acabara el verano me pondría a escribir, sí, comenzaría a finales de septiembre. Y con ese afán de concretar que no me abandonaba escogí una fecha y me dispuse a vivir hasta entonces de pura vacación. Pero un propósito recién formulado, un juicio recién afirmado están condenados a que la experiencia venga acto seguido a desmentirlos. Así pues, me encontré al día siguiente en la biblioteca del abuelo. No se podía ir a la playa: las nubes cubrían el cielo, todo indicaba que iba a refrescar y tal vez lloviera y aliviara ese aire seco que pesaba sobre los campos agostados por el sol abatido sobre ellos y por el viento incesante de mar y de montaña, de norte y de sur, que durante todo el verano había barrido el cielo y dejado la tierra sin una gota de agua.

Estaba sentada a la mesa, la máquina de escribir todavía sin desenfundar y los libros en la maleta abierta oponiendo entre ellos y yo una barrera, cada vez más difícil de abatir, mezclados y confusos con ese leve desorden que aumenta casi imperceptiblemente sobre los objetos día a día aunque nadie los toque, un poco sucios también y polvorientos, porque las cosas de por sí se ensucian y se desarreglan, decía Manuela cuando se disponía a limpiar las habitaciones de la casa que jamás se utilizaban.

Entró en aquel momento, a pesar de su mala cara, con un vaso de leche y galletas aunque faltaba muy poco para la cena. Por lo general Manuela me trataba como a una enferma. Le parecía que mi presencia en Almator no podía responder a otro motivo que a la recuperación de una enfermedad y se cuidaba mucho de que en cada comida o cena yo tuviera manjares apetitosos y en abundancia. Es cierto que durante temporadas largas parecía olvidarse y entonces dejaba la cena o la comida sobre la mesa sin preocuparse de lo que comía, pero en general no pensaba en otra cosa: me cebaba como se ceba a los animales que hay que vender. A media mañana se acercaba al huerto o al jardín o al campo que no pisaba más que como atajos del camino, para traerme queso, pan, aceitunas y un vaso de vino, o por la tarde un tazón de leche y unos polvorones que se hacía traer de Andalucía, o chorizo picante con pan y tomate y una cerveza, con una excusa cualquiera como para que yo lo engullera sin darme cuenta igual que se le llevan unas delicadas natillas a un tuberculoso inapetente para reponer su maltrecha salud. No le gustaba que yo anduviera por los campos con azadas o que me pasara las horas recogiendo tomates o trenzando cebollas con el hortelano, porque estaba convencida de que no era trabajo para una mujer y una mujer de salud delicada. Ni me oía cuando yo insistía en que tenía buena salud. Me miraba como se mira a un enfermo que desconoce la naturaleza de su propia enfermedad, no tanto con lástima sino con disimulo para que no pueda adivinar lo que los demás saben. Pero tampoco le gustaba que me sentara a leer en el salón las pocas veces que lo había hecho desde que había llegado, o a escuchar música, un estado de ánimo que confundía con la soledad, la depresión y la melancolía. Otros días me alimentaba y me forzaba a comer sólo por tenerme con la boca cerrada y evitar que le hiciera preguntas sobre mi infancia y sobre la abuela. Casi en un año no había nombrado ni una sola vez los tiempos de mi niñez y cuando yo lo hacía se escurría hacia la cocina o a su casa como para no ver ni reconocer que yo tenía alguna relación con aquellos recuerdos que quería mantener inalterables. Eso creía yo. No entendía por qué nunca me invitaba a su casa y cuando alguna vez yo iba a buscarla se daba prisa en salir para que yo no pudiera entrar en ella. A medida que pasaban los meses se había endurecido un tanto su posición, quizá porque yo sin darme cuenta de que podía molestarle cambiaba de lugar jarrones o tiestos, o incluso muebles, que habían estado de una forma determinada desde siempre, desde que la abuela se había retirado a su habitación y ella había organizado la vida de Almator de la forma que mejor le había parecido. No podía soportar que le preguntara por el paradero de objetos cuya ausencia yo descubría o que acudían repentinamente a mi memoria, como los discos del abuelo, o una serie de libros franceses encuadernados en piel verde que él me enseñaba diciendo, cuando sepas francés aquí tienes toda la literatura que una persona de nuestra cultura necesita haber leído, o la colección de grandes libros ilustrados, o una edición de las obras completas de Shakespeare traducidas en verso por un poeta vernáculo, o la vajilla con las iniciales de los abuelos cuyos lazos yo me entretenía en deshacer mentalmente cuando hablaban los mayores, o los seis grabados de una casa de modas de París del siglo pasado que Manuela me enseñaba fascinada al pasar por el vestíbulo del primer piso, al llevarme a dormir. «Eso eran señoras», decía señalando los miriñaques y las cinturas de avispa y las sombrillas y los sombreritos que acababan siempre en una pluma.

A cada una de mis preguntas respondía con evasivas malhumoradas, intentando dar a entender que le ofendía la pregunta por lo que tenía de desconfianza.

—A mí qué me explica usted, su abuela debió de regalarlo. Yo ya ni me acuerdo. ¡Hace tanto tiempo!

—Manuela, hace poco más de un año que murió la abuela.

—Huy, pero eso que usted pide hace años que yo no lo veo en esta casa.

Era inútil. Ella volvía a su trabajo con un gesto de impaciencia como si yo la distrajera de su sagrada misión de mantener la casa como había estado siempre y no volvía a prepararme la comida de enferma hasta que olvidaba el incidente.

Bebí la leche y comencé a mordisquear las galletas. No sabía qué hacer. Intenté escribir la historia que había contado a Matías hacía meses con el mismo ritmo de entonces. Pero el lápiz no avanzaba. Escribí un par de frases e inmediatamente me sumergí en una ola de pereza. Escribir es un proceso siempre difícil, pensaba, laborioso y angustioso, nunca se encuentra el momento de comenzar. Sentarse frente a la máquina produce a veces vértigo y cualquier cosa es mejor que enfrentarse al papel blanco. Recordé entonces que en la China la falta de inspiración de los poetas se considera una enfermedad. ¿Quién me habría contado esto? ¿Dónde lo habría leído? Yo también debía tener esa enfermedad pero para darme ánimos me agarraba al coraje: si se tiene coraje y se resiste las palabras asoman y poco a poco se entra en un proceso en el que aparece la obsesión y a partir de ahí ya no se piensa en otra cosa: pasan las horas en otro mundo de tal forma que no se puede explicar si el estado al que se llega es la felicidad o el dolor profundo porque el ámbito en el que se vive no es el propio sino ese que se va delimitando y concretando a cuya paulatina aparición y desarrollo se asiste subyugado. Hace falta paciencia, insistía yo, para aguardar las horas que sean ante ese papel en blanco, rompiendo una hoja y otra, dándole vueltas a las palabras hasta encontrar la que se busca y llegar al meollo. Quizá las historias están escondidas como la escultura en el bloque de piedra, y el autor tiene que descubrir en cada página una realidad que ya existía en alguna parte, una realidad que no se inventa sino que sólo se desvela. Pero eso no ocurre sin obsesión. Escribir quizá sea descubrir, descubrir que no se sabía lo que se ha escrito, como un escribiente transcribe lo que le dictan.

¿Será la inspiración sólo la capacidad de obsesionarse?, ¿igual que el amor?, ¿la misma obsesión? Esa sensación, imposible de recordar cuando ha terminado, como evocar los sabores y los olores y el rostro del amado. Sí, se enamora uno de lo que escribe, y tiene las mismas dudas que llevan al desánimo y a la desesperación suplantados, sin motivo ninguno, por un entusiasmo y confianza sólidos, ilimitados. Ese juego de sentimientos contradictorios de la propia escritura, ese amor, no porque sea buena o mala, sino porque es la que se comprende. Recordé al abuelo leyendo con deleite y con una atención que no prestaba a los demás, los libros de leyes que había escrito él mismo, y yo no entendía entonces cómo podía releer una y otra vez los mismos textos porque no sabía todavía que lo que ha escrito uno mismo es lo más diáfano y suena en el oído con la música más convincente. Después se pierde la confianza: el texto parece llano, la forma de decir repetitiva, las metáforas son siempre las mismas, los giros gramaticales también. Pero aun así hay que seguir, hay que tener la fe de los cristianos que creen sin ver y aceptan sin entender.

Porque ¡ay de aquel que se detiene o se entretiene! El papel blanco es entonces todavía más desalentador, se incrementa la distancia y no hay forma de reanudar el trabajo. Y yo me había detenido y entretenido demasiado y ahora el esfuerzo era superior a mis fuerzas y no veía por dónde podía llegar la solución.

Quizá la frenética actividad de los últimos tiempos no había sido sólo una defensa contra la añoranza sino simplemente el temor a enfrentarme a ese papel blanco. Quizá había sido demasiado presuntuosa al creer que era capaz de vivir únicamente para escribir. Quizá.

Ahora recuperaré el tiempo perdido, me dije sin convicción, porque sabía que la escritura tiene su propio ritmo. De nada sirve ganar tres días ya que esas cuartillas precisan un tiempo para asentarse y pasar a formar parte de lo ya escrito y ese tiempo se lo tomarán de un modo o de otro, y será inútil todo esfuerzo por adelantar que —de hacerse— resultará en detrimento del texto. Cada cual tiene su ritmo y es inútil acelerarlo o retrasarlo. Pero lo difícil es conocerlo y no confundirlo con la pereza o el nerviosismo o la prisa.

¿Me encontraría al escribir con la misma pared de frustación, con esa constante cadena de obstáculos a la que me enfrentaba desde que estaba en Almator? ¿Se regía el mundo de la imaginación por los mismos maleficios, incongruencias y sobresaltos que el mundo de las cosas tangibles?

Me puse a escribir palabras sin sentido, frases repetidas una debajo de la otra como el castigo de un niño pequeño en la escuela, por ver correr el lápiz sobre el papel pero hasta este ejercicio mecánico me cansó. Hice una bola con la hoja, la eché a la papelera y cogí otra. Dejé correr el lápiz y al llegar al extremo de la página torcí en ángulo recto y seguí, volví a torcer, siempre en ángulo recto, en la otra dirección, una y otra vez, cruzando la línea sobre sí misma sin coincidir jamás hasta componer un interminable laberinto de una sola línea seguida que iba llenando la página.

¿Y si haciendo este dibujo interminablemente descubriera el secreto de la vida?

Pero me sacaron de mi ensimismamiento los gritos de Manuela que el viento me enviaba a ráfagas de distinta intensidad a través de los golpes de las persianas. Salté de la silla, olvidado ya ese coraje de resistir ante el papel en blanco que unos minutos antes había de abrirme las puertas de la inspiración, y fui corriendo hasta el huerto para ver qué pasaba. Al llegar sin aliento, porque a pesar de las nubes plomizas el calor apretaba, me encontré a Casimiru y Manuela frente a los rosales sin rosas: la bella corona que levantaba sus tallos al cielo se había convertido en una hilera de matojos casi a ras del suelo sin flores, casi sin hojas, que yacían tiradas y mustias en el estercolero donde las acababan de encontrar.

—Eso es una maldad —decía Manuela furiosa—. Eso no aprovecha a nadie. Es hacer mal por hacer mal. ¿Me quiere usted decir a mí —decía golpeando con el reverso de la mano el brazo del hortelano que la miraba sin verla con una expresión neutra que Manuela interpretó como aquiescencia y que la enardeció aún más— a quién aprovecha cortar todas las rosas y echarlas en la cuneta?, ¿a quién?, ¿me lo quiere usted decir a mí? Usted no lo sabe, ¿no es cierto?, pues yo tampoco. Eso es ser malo —ya con gritos que se debieron de oír en todo el valle, y luego consciente del tono demasiado alto que había tomado su voz miró preocupada hacia la otra ladera al principio de la cual vagaba el espíritu de Palmira balanceando su ausencia bajo el tenue vaivén de las hojas del chopo.

—Sí señor, maldad —repitió con firmeza como dando a entender que si bien preferiría que nadie la hubiera oído, si alguien estaba cerca quería que se enterara de que, sí señor, era maldad lo que había dicho y no pensaba volverse atrás.

Por la mirada que echó a la masía de Pontus, frente a la cual veíamos a Tana con los brazos levantados tendiendo sábanas blancas junto al limonero, rodeada de gallinas y perros en perfecta armonía, interpreté una velada insinuación.

—Manuela, ¿usted cree que han sido ellos?

—Huy, santo Dios, Jesús María José, Dios me libre a mí de decir una cosa así —y se persignaba besuqueándose el pulgar cruzado sobre el dedo índice, gritando con todas sus fuerzas porque eso sí habría querido que lo oyeran—. Dios me libre de achacarle a la mujer una cosa tan fea, ni a ninguno, ¡qué demonios! —añadió en un arranque de generosidad exagerada, porque les tenía miedo.

El hortelano aprovechó que Manuela ya no le daba golpes en el brazo, para agacharse otra vez sobre los surcos. Entonces yo le pregunté señalando el montón de rosas mustias:

—¿Qué se puede hacer, Casimiru?

—Nada. Esperar a que se les pase.

—Pero ¿qué?, ¿a quién?

Levantó la cabeza y con una mirada de soslayo y una leve mueca de su mejilla me echó en la cara toda su incredulidad y desconfianza. ¿Me quiere usted hacer creer que usted no lo sabe?, decían sus ojos, ¿me toma por tonto? Y antes de levantar el azadón que había de dar el golpe en la tierra volvió a mirarme y se encogió de hombros como diciendo: Vete a saber lo que ella les habrá hecho.

Es verdad entonces que son ellos, me dije. ¿Qué les hacía yo? ¿Realmente les quitaba el agua? Nunca nadie podría convencerlos de que un pozo de ochenta metros difícilmente puede absorber el agua del de seis, había dicho el señor Alamán. Así que no hay que discutir. Que se atengan al veredicto. Pero en el fondo, yo temía al veredicto. No podía pensar en el pozo y el pleito sin que se me echara a perder el día, ni siquiera el montón de rosas cortadas de raíz me afectaba tanto. Así es que atravesé el camino y fui a sentarme a la vera de Palmira, en el banco. Algunas veces lo hacía, le cogía la mano y estaba un rato con ella. Ahora con el calor ya no llevaba el jersey debajo de la bata de manga corta ni las zapatillas de fieltro rojo sino alpargatas de suela de goma y cintas negras que le dejaban marcas en los tobillos porque tenía los pies hinchados; la piel de sus piernas acusaba una transparencia parecida a la de su niñez pero cubierta de venillas moradas y en contraste las manos rojas del aire de todos los días del año. No podía hacer más que mirarla porque no respondía a la presión de mi mano ni se movía cuando al irme se la pasaba por el cabello, una caricia que había de salvar la repugnancia de su aspereza con el pensamiento puesto en la niña que fue, en mi amiga, en la Palmira pelirroja del sombrero de flecos. Ella seguía balanceando sin cesar la cabeza levemente inclinada en un movimiento rotatorio que acentuaba al tocar la barbilla a su pecho sin dejar de musitar esa repetitiva variación del sonido que sin traspasar los límites de una nota no daba nunca con el tono adecuado.

Detrás de mí apareció el hombre de la guadaña. Era la primera vez que estaba frente a uno de ellos desde que había recibido la citación, porque siguiendo los consejos del administrador y del abogado los había eludido siempre.

—Es mejor que no les diga nada —había insistido otra vez por teléfono— y que evite los enfrentamientos, las cosas son mucho más difíciles de arreglar una vez se han dicho ciertas palabras. Vamos a ver cómo responden a nuestra respuesta, quizá luego haya que ir a visitarlos. Pero usted sola no —me había prevenido reiteradamente al proponerle yo una visita a mis vecinos para arreglar pacíficamente el asunto.

Al ver entonces al hermano de Pontus, me asusté como una niña sorprendida en falta, solté la mano de Palmira que no interrumpió su monocorde lamento y procurando no mirar sus ojos impasibles fijos en los míos ni esa guadaña que llevaba al hombro como una bandera plegada, musité atropelladamente unas frases incomprensibles incluso para mí que las había pronunciado, y a toda prisa, clavada en la nuca su mirada indescifrable, volví junto a Manuela y Casimiru como un indio vuelve a su tribu después de atravesar territorio enemigo.

Fue en aquel momento cuando nos sorprendió el traqueteo del galope de un caballo que al principio fue sólo un trueno encadenado en la lejanía retumbando cada vez más cerca. Pero no era un caballo lo que vimos atravesar los campos sino un perro del color de la canela rasgando el aire a tal velocidad que no era posible saber cuándo tocaban al suelo sus patas. Era Sultán.

Manuela inició una serie de exclamaciones y jaculatorias mientras él, que jadeaba con más ruido casi que el de su galope, recuperaba esa posición vagamente rastrera y servil que sólo había empleado para seducirla.

—Se ha escapado —decía Manuela casi sollozando—, ha vuelto a su casa. Ésta es su casa y no la del hombre aquél, el carnicero. Los perros son muy inteligentes, y éste más.

Enseguida reparó en que no llevaba la carlanca con la placa de su nombre que tenía puesta cuando se lo llevaron.

—Claro, si lo dije yo que era una pieza buena. El carnicero quizá sólo quería el collar. —Pero no le importaba, añadió, y a continuación, olvidando los rosales y las malas intenciones de las gentes y entre lágrimas de emoción y sin dejar de acariciar a Sultán, inició el largo relato que había visto en la televisión sobre un perro que había recorrido doscientos kilómetros para reunirse de nuevo con su amo.

—¿Y si vuelven a buscarlo como vinieron entonces, Manuela? —le pregunté para que no se hiciera demasiadas ilusiones.

—¡Qué van a venir ésos! Si el perro es perro de casa buena, siempre lo he dicho. A santo de qué ha de tener el carnicero de Toldrá un perro como éste.

A partir de aquel momento Manuela adoptó a Sultán y lo puso bajo su protección. Ya no lo llamaba perro como antes, sino mi perro, y aunque se cansaba de repetir que para ella todos eran iguales yo me daba cuenta por el interés que mostraba en que cada uno comiera en su propio cuenco que en el de Sultán había un pedazo de carne extra o un hueso escondido bajo un montón de arroz pastoso.

Sultán volvió a formar parte de la casa pero aunque los demás lo seguían a veces, nunca recuperó el papel de líder que había ostentado por ser el primero en llegar.

Los verdaderos amos eran Tom y Drake. Se había creado un extraño equilibrio entre ellos que no permitía a ninguno tomar el poder de una vez por todas. Tom habría podido ser el jefe de haberlo torturado menos el sentimiento, no haber necesitado a todas horas el reconocimiento de los demás, sobre todo el mío, y no haber tenido la constante obsesión de que Drake había de desbancarlo. Y sobre todo ese miedo irrefrenable a ser abandonado que proclamaban sus ojos. Así, poco a poco, Drake sin habérselo propuesto acabó también defendiendo el territorio como si él fuera el dueño absoluto de Almator, y entre uno y otro ensañándose todos los días un poco más, Sultán luchaba por recuperar su puesto perdido y las peleas eran constantes.

En lo único que parecían estar de acuerdo era en ladrar a los gatos. En cuanto descubrían uno echaban a correr tras él como flechas hasta acorralarlo. Muy pocos se atrevían a merodear por los alrededores, y los que no tenían más remedio que atravesar la solana o dar un salto para encaramarse a una de las ventanas, o a un árbol o al tejado, se encogían antes y permanecían en tensión un segundo, contraído el cuerpo y preparado para dispararse como una ballesta en cuanto apareciera alguno de los perros que tanto temían. Sin embargo los gatos, cuya habilidad y astucia parece aumentar con el peligro, eran siempre más rápidos y se escurrían hasta alcanzar un lugar seguro. Entonces los perros levantaban la cabeza en la dirección de su refugio e iniciaban un escándalo de ladridos, profundamente humillados por la maestría y agilidad del felino. Estas correrías y alborotos tenían a Manuela muy preocupada.

—Un día vamos a tener un disgusto —decía y a continuación la emprendía a gritos para dispersar el corro de perros encolerizados. Porque desde hacía tres o cuatro meses teníamos en casa una gata que Manuela había encontrado en la cuneta del camino maullando de hambre un día de tramontana del mes de mayo. La gata, esquelética, con los ojos llenos de legañas y el pelo sin brillo constantemente erizado, tenía una barriga ostentosamente abultada que Manuela tomó por pura depauperación. Pero aunque le daba de comer a todas horas, ni disminuía el tamaño de su vientre ni se recuperaba, y la pobrecita vagaba por la casa con la apatía del condenado a muerte, dejándose caer sobre los cojines de las sillas de la cocina en un sueño profundo pero inquieto del que la despertaba un sobresalto cuyo origen parecía no localizar al abrir los ojos. A las pocas semanas me sorprendió por la noche un maullido feroz, uno solo pero tan potente y agudo que vibró en el aire durante mucho rato todavía como un eco que no pudiera deshacerse del sonido que lo había provocado. Me fue fácil localizar a la gata debajo de una cama, en una de las habitaciones del fondo en las que sólo entraba Manuela una vez al mes para quitar el polvo y abrir las ventanas. Encendí la luz, me agaché para ver mejor y descubrí con asombro que la gata estaba tumbada en el suelo lamiendo convulsivamente a un minúsculo gatito de pelo blanco y negro escuálido y húmedo con unos ojos tan cerrados que ni siquiera se adivinaba dónde podía estar la línea de los párpados. La gata al descubrirme me miró torvamente, aminoró el ritmo de los lametones y a los pocos segundos se levantó y salió sola de la habitación con lentitud, casi con elegancia, como si la maternidad le hubiera otorgado un toque de majestad. Me quedé mirando al gatito minúsculo e indefenso, y ya estaba elaborando teorías sobre la crueldad de la madre naturaleza cuyos hijos abandonan a sus crías nada más nacer, cuando apareció de nuevo la gata, agarró al gatito por el cogote y se fue con tal rapidez que no pude seguirla ni saber a dónde se dirigía. Iba a llamar a Manuela para comunicarle la noticia cuando me sorprendió un nuevo maullido tan desgarrado como el primero, seguido inmediatamente de otro y otro. Cuatro, me dije, vamos a tener cuatro gatitos. Por la dirección de los lamentos descubrí el paradero de la gata. La madre se había escondido debajo de otra cama con los travesaños casi a ras del suelo para poder terminar de parir en paz sin miradas extrañas que la distrajeran de su cometido, donde efectivamente habían nacido otros tres gatos.

Pero la desnutrición de la madre debía de haber sido tan profunda y desde tanto tiempo atrás que sólo vivió una de las crías, un gatito negro y escuálido como ella al que se afanó en adecentar para que apareciera menos desguarnecido a los ojos del mundo que lo recibía, sin lograrlo demasiado porque ni con tantos cuidados pudo borrar el aspecto de piltrafa que tenía al nacer. En cuanto a los otros tres, los dejó a un lado, sabedora quizá de que todo esfuerzo por salvarlos sería inútil y ni se tomó la molestia de echarles una ojeada para verlos morir. Al día siguiente Manuela los encontró muertos, los recogió y los echó al estercolero.

—¿No le dan pena Manuela?

—¿Y qué quiere usted que yo le haga? ¿Que les cante un responso?

En un par de semanas la poca leche de la madre y

la que le dábamos con un biberón, habían convertido aquella cría esmirriada en un gatito con la gracia despreocupada de los cachorros que llenó la casa de maullidos tenues como los pitidos de un ordenador. Había nacido un viernes y Viernes se llamó y al mes se movía por la cocina y el zaguán con soltura, saltando y jugando con las cerezas rojas como si fueran pelotas que empujaba de una pata a otra, asustándose o excitándose él mismo con sus propios movimientos. Pero no salía de la casa. A veces se sentaba en el pretil de la ventana de la cocina mirando atónito el mundo y oyendo los ladridos de los perros que se agolpaban debajo sin darse cuenta de que le ladraban a él. Aunque lo asustaban, había descubierto que allí estaba seguro y podía pasarse las horas muertas viendo cómo ellos se exasperaban inútilmente.

Un día, muy a finales de agosto, o quizá sería septiembre, cuando ya era inútil tumbarse por la noche en la hierba a ver caer estrellas fugaces, el calor sofocante había remitido un tanto y de vez en cuando una brisa más fresca venía a sustituir los vientos áridos y a anunciar el fin del verano, Viernes saltó a la solana por la ventana de la cocina adentrándose en un territorio hasta entonces no hollado en busca de lo desconocido; avanzaba lentamente mirando con curiosidad todas esas maravillas que jamás había visto, cuando aparecieron como una tromba Drake, Amín, Tom y quizá también Sultán y lo acosaron sin piedad. Viernes se desorientó y en lugar de retroceder y meterse de un salto en la cocina subió a uno de los postes que sostenían la parra colmada ya de uvas verdes e inició la ascensión agarrandose con las uñas y con tanta agilidad como si no hubiera hecho otra cosa en toda su breve vida. Una vez arriba se tumbó sobre uno de los maderos horizontales, mirando con terror a los perros que se agolpaban debajo ladrando amenazadores. Pero los perros eran tan jóvenes que pronto se cansaron, distraídos por quién sabe qué otro descubrimiento, un escarabajo en el suelo o un gorrión en la rama de la higuera a los que su curiosidad no podía resistir. Y el gatito, una vez solo no supo cómo descender. Lo intentó pero no alcanzaba a poner las dos patas delanteras en el palo más que el instante preciso para darse cuenta de que las traseras no lo aguantaban, y entonces volvía a la posición inicial. Lo probó varias veces pero fue en vano: estaba agarrotado y acobardado, probablemente de miedo y no acertaba a dejarse caer. Desde abajo yo lo llamaba pero ni me veía. Luego comenzó a pasear por los maderos casi sin mover las hojas de la parra hasta que de repente dio un salto y se metió en un hueco de la pared que había dejado en la fachada una piedra caída, y allí se quedó como un santo en su hornacina. Casi no se lo veía, oculto por la parra tupida de hojas y racimos y fueron inútiles mis llamadas y siseos: no se movió. Allí seguía todavía al atardecer y debía estar ahogado de calor porque le había dado el sol durante todo el día. Hacia las nueve cuando ya la esperanza de que descendiera por sí solo había desaparecido, y entristecida por su maullar breve, intermitente y diminuto, pedí a Cosme que fuera a por la larga escalera de podar los árboles y luchando por no chocar con los alambres la introdujo como pudo a través de la parra hasta apoyarla en la pared. La operación fue laboriosa porque Viernes estaba ahora doblemente asustado por el ruido de las hojas, seguro de que el peligro se acercaba otra vez, y por la oscuridad. Cuando finalmente Cosme abriéndose paso a su vez lo agarró con una mano y lo descendió, era ya noche cerrada. Al dejarlo en el suelo salió disparado, se metió en la casa y se escondió nadie sabe dónde y no lo volví a ver hasta que, una vez cerradas las puertas, se tranquilizó y descendió por la escalera mirando inquisidor a un lado y otro para convencerse de que esa casa seguía siendo para él tan segura como lo había sido desde su nacimiento.

Habíamos salvado al gatito de su exilio, pero aquella misma noche entraron ladrones en casa utilizando la escalera que Cosme había arrimado a la pared con tanto esfuerzo. Alguien la había sacado sin demasiado cuidado —todavía estaba el suelo lleno de las hojas que se habían arrancado en el intento—, la había arrimado a mi ventana, la única que estaba abierta y había entrado con toda facilidad. Ésta era la versión de los guardias civiles aunque era una conclusión evidente porque los escaladores ni siquiera se habían tomado la molestia de quitar la escalera de la ventana.

Debieron de recorrer la casa entera porque faltaban objetos en todas partes, si bien ninguno de ellos de gran valor, ya que como reparé entonces, no había nada que lo tuviera. Se habían llevado la televisión, tres cajas de discos, el aparato de radio que Manuela tenía en la cocina, la plancha, todos los vasos y las tazas de las estanterías de la cocina, una trituradora de carne, una botella de cristal de la alacena, dos almohadones, un par de lámparas de mesilla de noche, el tapiz enmarcado colgado sobre la cómoda de mi cuarto, el reloj despertador de mi mesita de noche, y la colcha de una de las habitaciones del fondo con la que, diría más tarde un cabo de la Guardia Civil, muy probablemente habían liado todos los objetos.

Curiosamente yo no me había despertado y los perros no habían ladrado. Es posible que hubieran echado algún producto para mantenernos dormidos a mí y a Viernes que aquella noche se había acurrucado en mi cama, pero en cambio al día siguiente estaba perfectamente, sin señal alguna de haber sido anestesiado. Con lo pequeño que era —insistiría uno de los guardias civiles— si le hubieran echado un somnífero o no habría despertado o ahora estaría completamente idiotizado.

A mí me torturaba un extraño desasosiego. Me veía plácidamente dormida mientras el ladrón o ladrones paseaban por la casa y entraban y salían por la ventana con linternas, y a ellos descolgando el tapiz sigilosamente para no despertarme. Debieron de pasar varias veces de la ventana a la puerta de la habitación dando un rodeo por mi cama contemplando como dormía beatíficamente con el gato enroscado en el hueco de las rodillas, sin que me despertara ni ese ir y venir a mi alrededor ni tampoco, como otras noches, la vigilancia inconsciente y el temor que no remitía ni en sueños a la aparición de los pasos. ¿Tendrían algo que ver con este robo? ¿Sería por eso por lo que paseaba ese ser por la solana?, pensé mientras hacíamos el recuento de los objetos robados.

De no haber sido porque me espantaba la idea de que alguien había entrado y salido por la ventana de mi habitación sin que yo me diera cuenta me habría alegrado del robo del tapiz. Nunca había podido mirarlo sin sentir repulsión. Me incomodaba aquella monja de expresión fija y perdida, postrada en el lecho de muerte, desnuda la cabeza de su toca, cubiertos los hombros por su rígida y mortecina cabellera, levantados los brazos hacia el cáliz que el sacerdote, bajo palio y con roquete de puntillas, tenía en una mano mientras en la otra sostenía la hostia que irradiaba destellos como una bombilla. No era mucho más atractivo el resto de la comunidad, un enjambre de enanitas, con hábito blanco y velo negro sobre la toca, arrodilladas en posición de orar. Todas las figuras tenían la rigidez de las cenefas egipcias o de los bajorrelieves románicos, quizá el modelo al que se había remitido la monja firmante vistiéndolas luego con sus propios hábitos. De todos los personajes hieráticos de la escena, el único que tenía vida en los ojos y movimiento en el cuerpo era el gran dragón verde oscuro, de gigantescas patas palmípedas, negras como escarabajos, uñas de león, y un afilado cuerno de rinoceronte entre sus ojos aviesos, y las llamas de maldad que le salían de las fauces eran tan movedizas y radiantes que, de haber desaparecido, la escena entera se habría desvanecido en la oscuridad aun a pesar de los destellos de la hostia. Con toda probabilidad esa parte la había bordado otra monja porque había más deleite en ese espíritu del mal que en el beatífico morir de la novicia y la aureola de santidad que la rodeaba. El lagarto asomaba por debajo de la cama dispuesto a esperar hasta el último instante por si había una posibilidad de llevarse el alma a los infiernos, ya que sólo él parecía saber que la tentación a la cual, de sucumbir la pobre monja moribunda, le habría valido esa eternidad de tormentos que él le tenía preparada, habría de ser la última sacudida de su juvenil y exaltada imaginación, visiblemente la única —además de la de la bordadora— capaz de rendirse a la penetración de sus ojos saltones, al acoso de su repugnante fascinación y, como una premonición, al esplendor del fuego de sus colmillos.

Para Manuela, en cambio, el tapiz era una pieza de gran valor que no había que olvidar en la relación de la compañía aseguradora. Era ella la que había descubierto el robo a la mañana siguiente precisamente porque no encontró las tazas para el desayuno, y cada vez que lo contaba se le desataba una verborrea imparable. Llevada de la culpabilidad de no haber devuelto la escalera a su sitio, hacía suposiciones locas que luego le servían de base para otras más absurdas que a su vez se imbricaban en robos que había oído contar e invenciones o exageraciones, y la resultante que dio como verídica por teléfono al guardia civil era tan exótica y fantástica que a punto estuvieron de no venir al oír su relato.

Finalmente llegaron dos jóvenes guardias que se pasearon por la casa dándose una importancia sin proporción con la indiferencia que mostraron por un robo tan exiguo.

—A veces —dijeron como si el mérito que les correspondía tuviera relación con la cuantía del robo— se llevan armarios enteros sin ni siquiera tomarse la molestia de vaciarlos, y pianos y sillones, y no dejan en la pared ni un cuadro, ni en la cocina una sartén.

Con cierta condescendencia dieron una ojeada a la relación exacta de los objetos robados, miraron la ventana como si quisieran descubrir que había sido forzada por más que yo les dije una y otra vez que yo misma la había dejado abierta y nos comunicaron que este verano se había producido una ola de robos de ese estilo en muchas casas y masías de los alrededores, después de lo cual se pusieron a hablar de sus cosas como si tuvieran, que la tenían, la vista y los deseos en otra parte y no les quedara más remedio que acabar de una vez con aquellos trámites.

A punto estuve de no decírselo porque parecían muy poco interesados en saber lo que había ocurrido, pero finalmente cuando ya estaban sentados en la cocina tomando un carajillo que Manuela les había preparado, quizá llevada del ambiente de confraternización que se había creado o de la excitación de tantas novedades, dije:

—Desde hace un par de meses algunas noches oigo pasos en la solana, pero no puedo ver quién es porque camina muy arrimado a la pared.

—¿Pasos?

Enseguida me di cuenta de cuánto mejor habría sido callar.

—Sí —dijo Manuela—, eso dice —y añadió como si se refiriera a las fantasías de una demente—: Es que por aquí se dice que el espíritu de dos ahorcados que vivieron en la casa en los siglos pasados pasean algunas noches por la solana. —E hizo un gesto de condescencia ante esas tonterías de gentes incultas a las que no había que hacer mucho caso.

A mí me asombró que Manuela conociera la historia de mis antepasados pero más aún que la tomara como lo habría hecho un científico neopositivista, ella tan dada a ver razones ocultas y misteriosas en los acontecimientos más comunes.

A los dos guardias civiles no les impresionaron en absoluto ni los pasos que yo había oído tantas veces ni el destino fatal y posterior advenimiento de los dos ahorcados, y estuvieron de acuerdo con la versión de Manuela según la cual los pasos los oía yo en sueños porque desde la primavera trabajaba de sol a sol en el jardín, en el huerto, en los caminos y en el tejado.

—En fin, que no para un minuto sentaíta —acabó sin especificar a qué me dedicaba yo todo el tiempo.

Era cierto que no había tenido descanso durante aquel caluroso verano largo y bochornoso en el que ni un solo día había dejado de apretar el sol, con una humedad viscosa sólo suavizada por la tramontana que se levantaba recurrentemente dejando los campos más secos aún y resquebrajada la tierra que no había bebido una gota de agua en meses. Vaciar y limpiar los cobertizos me había llevado muchos más días y trabajo de los que había previsto, atestados como estaban de objetos de distinto origen y condición que hubo que amontonar por especies para saber qué eran, para qué servían y poder luego echarlos, repararlos o venderlos. Y era cierto también que había ayudado a Casimiru en el huerto, a plantar las cañas para las tomateras y liarlas con cordeles para que la planta se encaramara. Un trabajo en apariencia tan simple era arduo porque se me hacía difícil sostener al tiempo las cuatro cañas y atarlas a una altura de medio metro sobre mi cabeza, sin pisar la mata, sin hundirme en el surco, sin resbalar. Luego a medida que la tomatera crecía, con tal rapidez que casi no llegábamos a tiempo, había que seguir liando los brotes semana tras semana hasta que una vez en lo alto, caían de nuevo por su propio peso. En el mes de junio había recogido albaricoques subida a los árboles, y melocotones, cerezas y ciruelas en una cantidad que a mí me parecía excesiva aun a pesar de la nevada y de las protestas del hortelano y al parecer de mis vecinos que renegaban de aquel año sin fruta. Luego hubo que hacer mermeladas, mondar las frutas, quitarles el hueso, mezclar la pulpa con azúcar y dejar hervir la mezcla durante horas en grandes ollas sin parar de dar vueltas con una larga cuchara de palo soportando un calor de infierno, comprar botes de cristal, hervirlos, llenarlos después y taparlos, y finalmente colocarlos en hileras en las estanterías de la despensa. Por las tardes bajo el calor tórrido que caía a plomo sobre la tierra me sentaba a la sombra de la higuera a trenzar, como me había enseñado Casimiru, la ingente cantidad de cebollas que el huerto había producido, con los perros tumbados también a la sombra adormilados por la canícula esperando el atardecer, cuando yo me iba a la playa, para moverse. Porque si bien el calor no remitía ni de noche, a veces al acercarse la puesta de sol entraba una brisa suave que refrescaba ligeramente el aire. Y a partir de que Abel, el jardinero, con más trabajo en verano del que podía hacer, venía sólo muy de vez en cuando, me había visto obligada a pasar la máquina de segar cada semana por el jardín, que a medida que apretaba el calor me parecía de dimensiones más exageradas, y Cosme y yo habíamos perdido varios días —él anciano y yo inepta— tratando de quitar un avispero de la chimenea, haciendo equilibrios sobre las tejas, encogidos dentro de una coraza de plásticos e impermeables, como caracoles defendidos por sus conchas; y además había habido que regar, quitar las hierbas, y mil cosas más para mantener decente el jardín y seguir con la producción de verduras del huerto, sin contar con los desperfectos que reparar y el mantenimiento de los aparatos y máquinas. Era cierto, no había descansado en todo el verano, pero no lo era en cambio que el cansancio me había trastocado: el trabajo físico no ataca las facultades mentales, al contrario, las relaja, porque mientras el cuerpo se agota la mente va quedando en blanco, indiferente al dolor en las piernas, en los brazos, en la cintura, ajena al cansancio que ya no parece resistible. Sólo así, subida a los frutales o sentada bajo una higuera liando cebollas, me había sido posible ver con tranquilidad a mis vecinos afanándose en el valle como yo misma sin que se acrecentara mi resentimiento, porque ocupada en lo que tenía entre manos no representaba ningún esfuerzo ignorarlos, mirarlos sin verlos. Pero todo esto no se lo quería decir yo a Manuela ni a los guardias civiles porque no me habrían entendido. Hablaban con tal ligereza de los robos de la temporada que me di cuenta entonces del escaso interés que demostraban en descubrir quién podía ser —si es que no lo sabían ya— y si habían venido era simplemente por amabilidad y por tener el trámite cumplido, y quién sabe si por el carajillo también. Pero, dijeron, eran tantas las denuncias de este tipo que se habían acostumbrado y ni siquiera les parecía anómalo un robo en una casa habitada por más que, repitían sin cesar, las casas deshabitadas eran el objetivo seguro de las bandas de ladrones.

Lo único que no entendieron ni ellos ni nosotros tampoco era que los perros no hubieran ladrado. Y de esto estaba segura Manuela que, según dijo, no había podido dormir esa noche por el calor sofocante, y se vapuleaba la cara y el pecho como para secar ese sudor pegajoso que debía de haberle privado del sueño.

Yo me balanceaba nerviosa en la silla de anea de la cocina, insistiendo de vez en cuando en los pasos y soportando igualmente sus miradas de connivencia. Había terminado mi café y me dedicaba a mantener en equilibrio la cucharilla en el borde de la taza, lo que debía poner en evidencia mi nerviosismo, cuando, posiblemente por un falso movimiento, se me escapó de las manos y cayó al suelo. Y fue en este mismo momento, al agacharme para recogerla cuando vi la culebra.

La vi sólo un instante en la arista del suelo contra la pared, vi la cabeza aplanada y la boca grande y cerrada y su cuerpo de guante deslizándose a ondas amplias y rápidas como el látigo de un domador para desaparecer casi inmediatamente por un diminuto agujero entre las losas quizá camino del jardín. Y coincidiendo casi con su descubrimiento salió de mis entrañas un grito de horror, quizá no únicamente por la serpiente.

—¡Una culebra! —chillé y di un salto dejándome caer luego en la silla.

Los guardias se levantaron de las suyas como si hubieran tenido resortes, con la mano en la pistola más por un mimetismo aprendido en las películas que por creer realmente en la presencia de un peligro.

Buscaron en el suelo pero no vieron nada.

—¿Ve usted como está cansada? —espetó Manuela ufana porque la experiencia no hacía sino corroborar sus descubrimientos—, ¿de cuándo aquí hay culebras en esta casa? Si es que no son trabajos para ella —añadió dirigiéndose a los guardias, como si yo, en mi demencia ya no pudiera ni oírla ni entenderla.

—Aquí no hay nada —dijo uno de ellos y me daba golpecitos en la espalda, iguales a los que se dan a quienes se atragantan o tienen un ataque de tos.

Entre los dedos de las manos con las que me había cubierto la cara, los vi mirarse y comprendí que ni creían que había visto una culebra ni que oía los pasos y podía darme por satisfecha si, para redondear el cuadro clínico, no me culpaban de haber escondido yo misma los objetos desaparecidos en aras de quién sabe qué oculta maquinación.

Los dejé hablando de los casos que cada uno de ellos conocía de fantásticas quimeras que parecen a los locos realidades tan tangibles y concretas como esta taza de café, decía uno de los guardias levantándola, y salí a la solana.

No había un soplo de aire. El calor era asfixiante y el bochorno pegajoso como si el verano hubiera decidido no terminar nunca y se cebara en nosotros. Las mariposas, borrachas de néctar fermentado, revoloteaban atontadas dando bandazos entre las abejas del jazmín y en la torpeza de su vuelo no acertaban a posarse en ninguna flor. No corría el aire ni bajo los plátanos de la avenida. Chirriaban nerviosas las cigarras presintiendo sin embargo la tormenta.

Rodeé la casa hasta la fachada norte donde a la delgada sombra de la mañana de verano dormitaban los perros tumbados paralelamente al muro para aprovecharla mejor. Amín se levantó y contoneándose se acercó a recibir su dosis de amor. Yo me senté en el suelo apoyando la espalda contra la pared y las piernas encogidas, cansada de repente, sin saber qué hacer. Amín se tumbó a mi lado y metió la cabeza en el ángulo de mi pierna exigiendo a empujones que la tendiera para apoyar la cabeza en mi muslo con la única intención de facilitarme las caricias que había venido a buscar. Y así estuvimos los dos un buen rato, él dando suspiros y yo tranquilizándome poco a poco, hasta que Drake, que nos había visto, se levantó, sacudió de su cuerpo el calor y el sueño con grandes ruidos de claqueta y se acercó a nosotros. Inmediatamente Tom, temeroso como siempre de que le dejáramos de lado, comenzó a ladrar y se le echó encima; se levantó entonces Amín para unirse a ellos y la frágil escena se deshizo entre ladridos y saltos alocados como se deshace una imagen reflejada en el lago cuando retumba un tambor y el eco riza las aguas transparentes de la superficie.

Yo acababa de decidir que, a partir de esta noche, dormiría con la ventana cerrada aun a costa de pasarla envuelta en nubes de bochorno, pero no tuve ocasión de cumplirlo hasta un par de semanas más tarde porque precisamente esa tarde comenzaron los truenos y los breves relámpagos en el horizonte que anunciaban la tempestad y cuando llegó la noche se habían abierto los cielos en un diluvio que no cesó por lo menos en diez días.

Pero aunque por la tarde el cielo se había ido cubriendo de nubes tortuosas que aparecían inquietas por el horizonte embestidas por un viento de mar húmedo y maligno, yo fui igualmente a la playa. Dejé el coche junto al bosquecillo de tamarindos. La arena se levantaba a ráfagas y el mar se había convertido en una masa informe y oscura que no había decidido todavía qué ritmo tomar. Las olas alternaban con la calma y ese pedazo de mar liso como la piel de un animal marino gigantesco, se removía sobre sí mismo para tomar más vigor y romper en la orilla con una fuerza que le dejaba de nuevo exhausto. La humedad y la espuma dibujaban torbellinos sobre las olas descontroladas y el horizonte no era más que una franja brumosa de humedad y viento que ocultaba la frontera entre el cielo y el mar.

Caminé por la playa contemplando este desolado panorama de tonos grises como de cenizas llevadas por el viento y asistí conmovida a la despedida repentina del verano arrastrado por los primeros vientos de levante que toman por sorpresa a los pescadores y a los turistas, y se cobran todos los años varias embarcaciones para mantener incólume su prestigio devastador. Volaban trozos de papel por la playa y rodaban bolas de hilachas de hierbas secas y algas y otros residuos que recogían a su paso, ingrávidas se diría por la ligereza con la que el viento jugaba con ellas sobre la arena. No había nadie. Los edificios de apartamentos más allá de la pequeña loma de la playa y de la carretera tenían las ventanas cerradas y el dueño del bar había arrimado las mesas contra la pared, recogido las sillas sobre ellas y desmontado las sombrillas en previsión de la tormenta.

—Habrá que irse —me dije utilizando la expresión oída tantas veces y di la vuelta para regresar al coche. Lo vi entonces caminando hacia mí. Llevaba las botas en una mano y con la otra sostenía hacia atrás el pelo rubio que el viento se empeñaba en echarle sobre la cara. Seguimos caminando hasta estar uno frente a otro.

—No creí que vinieras hoy, señora.
—Es el otoño que llega —dije yo.
—Es la tormenta. El viento de levante.
—¿Cómo sabes tú esas cosas?
—Las he oído. Me fijo en lo que dicen. Me gusta aprender. —Y se rió.

Dimos la vuelta y caminamos todavía un buen trecho con dificultad contra el viento.

—Hoy han entrado a robar en mi casa —le dije después de un rato de silencio.

—¿Mucho? Está llena de gamberros esta costa.

—Algo se han llevado. —Enumeré unas pocas cosas, y añadí—: Pero lo que más me molesta es que han entrado en la casa por mi habitación y han descolgado un tapiz y hasta se han llevado mi despertador y yo sin enterarme.

—¿Tú durmiendo? Tiene gracia. Y ¿no te has despertado?

—No.

—Me habría gustado verte durmiendo. —Se detuvo un instante como si se le hubiera aparecido la imagen y se entretuviera en ella, pero preguntó inmediatamente—: ¿Roncas? —y se echó a reír divertido por la broma. Había inocencia en su carcajada, pero también burla en la esquina de sus ojos azules. De repente, como si todo aquello careciera de importancia, me cogió de la mano y echó a correr gritando:

—Ven a ver la moto que me he comprado.

Al llegar frente a una máquina reluciente negra y roja, le pregunté:

—¿De dónde sacas tanto dinero, muchacho?

—Un crédito. Hay que pagarlo cada mes, pero me saco buenas tajadas aquí y allí. Trabajo no falta. ¿Damos una vuelta?

Y sin esperar mi respuesta montó en su sitio y me hizo una seña para que yo hiciera lo mismo detrás de él.

—Agárrate bien, señora.

Dejó el manillar un momento y tomó mi mano derecha que yo había apoyado tímidamente en su cadera, tiró de ella decididamente y pasándola por delante de su cintura la situó en la cadera izquierda y luego le dio unos golpecitos como para conminarla a no moverse diciéndole: así está bien. Yo hice lo mismo con mi mano izquierda en dirección contraria y me quedé aprisionada contra su espalda por mis propios brazos.

Salió a la carretera general y cuando comenzamos a tomar velocidad le pregunté gritando sobre el hombro:

—No llevamos casco, nos van a poner una multa.

—Tampoco llevo matrícula, no me la han dado todavía. ¡Que nos alcancen si pueden!

Dio gas a la máquina y comenzamos a correr. Pasamos pueblos y más pueblos sin casi moderar la marcha, sorteando coches y peatones con una habilidad que me dejó perpleja. Rodamos por la comarca mientras caía la noche empujada por la penumbra de las nubes y seguimos hacia el norte por la carretera principal con el potente faro abriéndose paso en la oscuridad. A veces las ráfagas de viento hacían tambalear la moto y yo me agarraba más fuerte por miedo y por el frío que comenzaba a apretar. Debió de darse cuenta porque aminoró levemente la marcha y aunque debíamos ir a ciento cuarenta o más me pareció ahora una velocidad de paseo.

Al entrar en un pueblo junto a un río hizo una hábil maniobra para eludir un perro de color canela que atravesó inesperadamente la calzada. Recordé entonces a Sultán y aprovechando la reducción de la velocidad le dije:

—Ese perro de tu amigo se habrá escapado, porque volvió con nosotros, ¿lo sabías?

—¿Qué perro? —preguntó.

—Sultán —respondí—, ése que fue a buscar a casa el carnicero de Toldrá, mientras tú esperabas en el coche, abajo en el camino, ¿recuerdas?

—No —gritó e inmediatamente aceleró. Luego en

una carretera comarcal con grandes plátanos a ambos lados, como si nos hubiéramos sumergido en un túnel de frescor, de frío decididamente, se volvió otra vez y preguntó:

—¿Vas bien?

—Sí —grité para que el viento no se llevara mi respuesta.

Y estábamos aún en el túnel cuando noté su mano sobre la mía. Fui a retirarla pero él la presionó y la inmovilizó y cuando se dio cuenta de que la mía se había abandonado cedió la presión de la suya, que se hizo intermitente como si no confiara del todo en mis intenciones, y más tarde, cuando ya casi llegábamos a la playa donde yo había dejado el coche, extendía la mano como si quisiera recoger o abarcar la mía en su totalidad y algún trozo se le escapara. Yo apoyé entonces mi mejilla en su espalda y al torcer la cabeza y pasar junto a su nuca a punto estuve de detenerme en ella y besarla. Pero me dio vértigo pensar en lo que se habría desencadenado, así que aparté los labios y el pensamiento de la tentación, porque si bien algo había aprendido a decidir, aún no había llegado al capítulo de hacer sin justificación ninguna y sin ayuda de nadie lo que me pidieran el cuerpo y el alma.

Hasta que llegamos al bosquecillo de tamarindos permanecí pues quieta, mi mano inmóvil en la suya para cerciorarme y cerciorarle de mi resuelta pasividad.

Al detenerse la moto, el bochorno y la humedad de la calina se hicieron sofocantes y la piel ardía por el efecto del viento cuya velocidad y fuerza había multiplicado la de la moto.

—Es de noche ya, no te irás a casa ahora, ¿no? ¿Vamos por ahí a tomar copas? —preguntó, esta vez sin añadir señora.

—No —dije en voz baja pero no quise mantener su mirada y bajé la cabeza.

Con un dedo bajo mi barbilla, la levantó hasta dejar de nuevo mis ojos a la altura de los suyos.

—¿Por qué no?

Pensé: ahora me besará.

Pero no lo hizo, sino que insistió sin mover el dedo:

—¿Por qué no?

—Porque no —y zafándome me fui hacia el coche.

Tampoco hizo nada por seguirme, sólo le oí decir:

—¡Qué difícil eres, señora!, pero —añadió recuperando el aplomo y su tono de suficiencia, nunca totalmente desaparecido— no hay prisa, tengo toda la vida por delante. —Arrancó la moto antes de que yo pusiera el coche en marcha y desapareció dejando tras de sí un reguero de polvo que no lograban deshacer los primeros goterones.

Hasta el día de mi muerte, cuando lleguen los estertores de la agonía y hagan olvidar finalmente las obsesiones y los desvelos de toda la vida, me arrepentiré de no haber ido con él aquella noche. Aún hoy no he logrado comprender por qué me negué a acompañarlo. ¿Qué ocultas riendas nos retienen cuando ya no hay barreras visibles que nos impidan ir hacia el momentáneo objeto de nuestro deseo?, ¿qué monstruosa infidelidad creí eludir hacia quien me tenía sin noticias desde el sofisticado telegrama de Italia, y las dos o tres escuetas postales de puntos más distantes?, ¿a quién quise engañar con esa renuncia, qué miedo me retuvo?, ¿creía con ella negar que era mi propia persona quien agonizaba de deseo por dos hombres a la vez, incapaz de estructurar una imagen de sí misma que absorbiera tal duplicidad? ¿Quién me había armado de bridas a mí que, como decía la abuela, me habían dejado crecer —tu madre enferma y tu padre un irresponsable—, como los árboles de la Rambla, como un abejorro abandonado a sus propias apetencias, sin cortapisas de morales entumecidas ni religiones inventadas para dominar las conciencias, y bajo el único criterio de alcanzar el placer cuando pase, si es que lo hace?

El camino hacia la libertad es siempre difícil y requiere constancia y tesón para ir desbrozando la maraña de trabas y amenazas, sujeciones, lastres y frenos que lo cierra y lo esconde; de convencionalismos que no hemos vivido y vetos y represiones y falsas honras y fidelidades que ni conocemos ni creemos, pero que pululan en el aire triunfantes y vigentes todavía porque siguen siendo las armas de quienes viven sólo para dominar a los mansos de la tierra.

Pero esto lo digo ahora que el tiempo y la distancia han limado los miedos y las incertidumbres, ahora que ya he aprendido que el deseo, más apremiante aún y más inexorable que el amor, se esconde en él y de él toma sus ropajes y acaba siendo él, y que ya no soy capaz de comprender las amenazas que veía entonces porque conozco el final de la historia y no recuerdo más que la imagen del muchacho desnuda de su arrogancia, multiplicada hasta el infinito la ternura de sus ojos azules, la gracia de su sonrisa ladeada y la seducción de su cuerpo de adulto recién acabado, ahora que la ausencia y el tamiz de la memoria lo han convertido en un gigante rubio montado en una moto sin placa ni registro, como un príncipe romántico cabalgando en su corcel sobre la niebla del mar.

Entonces, sin embargo, volví al coche creyendo que había tomado la sabia y correcta decisión, sin la alegría del deber cumplido que mal podía disfrutar quien ni siquiera creía en él. Pero no quise pensar en eso: volví sin más bajo la lluvia que había comenzado a caer, con los goterones sonando en el techo como un tambor, procurando no recordar ni la presión de la mano ni el calor de su espalda, ni imaginar esa noche a la que había renunciado sin saber por qué como si la vida ofreciera la aventura a cada recodo del camino.

Manuela había sacado a la solana todos los tiestos de ficus, palmas, aspidistras y gardenias que llenaban las esquinas y cubrían las mesas para que recibieran el agua de la lluvia. Al llegar a casa ya caía con fuerza y por la noche arreció la tormenta y señaló definitivamente el fin del verano. La luz de los relámpagos se filtraba por la rendija de la ventana que había cerrado como todas las demás de la casa, por el miedo y por la lluvia, y me detenía para oír el retumbar de los truenos sobre el aguacero que batía a ráfagas los cristales. Al día siguiente continuaba lloviendo aunque la tempestad había cesado, pero a los tres días se sucedían unas a otras sin descanso las nubadas que los torbellinos de viento descomponían. El cielo encapotado se había volcado sobre la tierra dejándola hecha una ciénaga. Al principio la lluvia había sido fluida y musical como la de los países del norte, empapando lentamente el suelo y quitando el polvo de los árboles, pero poco a poco fue arreciando y comenzó a arrastrar todo cuanto encontraba porque no le dio tiempo a la tierra, dura e impermeable después de tantos meses sin agua, a que se abrieran y ablandaran sus capas más profundas, y comenzaron a crecer arroyos en los senderos que se reunían en otros formando torrentes y cascadas, saltando al principio sobre las piedras, luego sobre los márgenes y las ribas acrecentando a cada paso la fuerza de la corriente.

—Así se les llenarán a los payeses los pozos y no

se quejarán de que no tienen agua, ni dirán que el nuestro se la quita —decía Manuela.

Lo mismo pensaba yo olvidando que raras veces las disputas tienen realmente su origen en las reclamaciones que alegan, pero aun así era cierto que todos ellos tenían los pozos secos porque no se había visto una gota de agua en toda la primavera ni el verano, aparte de la que salía de los aspersores de mi jardín y de las mangueras de mi huerta, y de la de los camiones cisterna que subían cada semana el camino de la Casa Grande. Sin embargo Darío no había venido una sola vez en todo el año. Yo había esperado que tantos camiones tuvieran más finalidad que la de llenar depósitos y cisternas, más aún que la de tener la seguridad de que no había de faltar el agua para regar y poner en marcha al atardecer los surtidores que a través de la tupida cerca de hiedra y cipreses daban al jardín solitario la fragancia y el frescor de un vergel encantado, como una promesa de lujuria en el valle pajizo y ardiente.

Al día siguiente del robo, en plena lluvia, había encontrado a Tana en la carnicería del pueblo donde ella iba, como cada semana, a entregar sus pollos y gallinas.

Las mujeres hablaban de las lluvias y de la fecha exacta de la última que recordaban comparándola con la de años anteriores. El acuerdo general era que desde la nevada el tiempo estaba loco. Antes, decían, teníamos las calmas en enero, los fríos en febrero, los vientos en marzo, la lluvia en abril y las flores en mayo. ¿En qué había quedado ese orden inmutable?

Tana me saludó con cierta altanería y me miró con insistencia y penetración como si quisiera dar a entender que conocía todos mis secretos y no pensaba ser benevolente con ellos. La alegría de que me saludara me hizo olvidar que era yo la ofendida, y mi calurosa forma de responder a sus palabras no se vio en absoluto recompensada, porque al comprobar que me tenía a su merced fue adquiriendo un tono cada vez más despreciativo y vejatorio que yo interpreté como la muestra de agresividad de las gentes que creen haber triunfado. Y esa forma de tratarme me dio miedo porque comprendí que tanta seguridad en su triunfo difícilmente la habría demostrado de no ser cierta.

Luego se dirigió a mí a gritos para que todo el mundo la oyera:

—*Diu que li han robat?*[43]

Ninguna de las mujeres, ni la carnicera ni su marido se sorprendieron porque debían de conocer el robo en todos sus detalles.

—Sí.
—*I qui ha sigut?*[44]
—No lo sé.
—*Que vostè no ho sap, diu?*[45]
—¿Yo?, no.
—*I doncs, si vostè no ho sap qui ho ha de saber?*[46]

No entendí la doble intención de esa respuesta ni la risa de complicidad de todas las mujeres que le siguió. ¿Qué quería decir?

—¿Cómo voy a saberlo yo?
—*Ah no sé, a mi no em pregunti.*[47]

Me quedé pensativa guardando mi vez en la cola mientras ella esperaba que le devolvieran sus cestos.

Al poco rato, con una entonación en la voz que no presagiaba nada bueno dijo:

43. ¿Le han robado, dice?
44. Y ¿quién ha sido?
45. ¿Que usted no lo sabe?
46. Pues si usted no lo sabe ¿quién lo ha de saber?
47. Ah, no sé, a mí no me pregunte.

—*A vostè no li falta aigua, oi?*⁴⁸ —y puso los brazos en jarras como cuando en el huerto se levantaba para aguantarse la cintura. Pero ese gesto que me había parecido tan airoso cuando la vi en su casa, estaba ahora preñado de arrogancia.

—No —dije.

Y añadió como para sí misma pero en realidad dirigiéndose al pueblo entero a través de sus emisarios allí presentes:

—*N'hi ha que tenen sort.*⁴⁹

Llegó en aquel momento una de las carniceras con los cestos vacíos. Tana los tomó y se fue hacia la puerta sin decirme nada. La abrió y ya había salido y sostenía el paraguas sobre los cestos cuando, antes de cerrarla, asomó la cabeza y gritando para que la oyera todo el mundo, dijo:

—*Doncs a nosaltres al juliol ja se'ns havia assecat el pou. I no ens havia passat mai.*⁵⁰ —Y luego mirándome fijamente cambió de lengua para que no hubiera confusión—: ¿Que no lo ve que nos ha dejado secos?

Yo escondí mi azoramiento tras la voz de una mujer andaluza que en aquel momento respondía a sus primeras palabras riendo: «No se queje, mujer, tendrá más agua de la que querrá, espere usted un par de días», y otra que le respondía: «*Ja ho pot ben dir: al foc el para l'aigua, però a l'aigua, qui la para?*».⁵¹

Sí, era cierto: con esos tres días los pozos someros de las masías se habrían llenado ya y quizá se olvidaran del mío, pero cuando al cabo de una semana

---

48. A usted no le falta agua, ¿verdad?
49. Los hay con suerte.
50. Pues a nosotros ya se nos había secado el pozo en julio. Y nunca nos había sucedido antes.
51. Qué razón tiene: al fuego lo para el agua, pero al agua ¿quién la para?

la lluvia seguía sin perder fuerza recordé las palabras de la mujer: el camino de las masías gemelas se convirtió en un torrente intransitable por el que bajaba a borbotones el agua de la montaña que las cunetas del camino no podían ya recoger colmadas como estaban por sus propias aguas; los campos se inundaron y las terrazas anegadas también parecían lagunas someras desaguando en cascadas de una a otra. No se podía salir de la casa, pero yo no me cansaba de oír el recio tamborileo de la lluvia contra los cristales y sobre las hojas de las higueras y los chopos, o los grandes goterones en las losas de la solana estallando en burbujas que presagiaban lluvias más torrenciales aún. Y abría la ventana para oler la tierra mojada que me traía nostalgias de tiempos no vividos u olvidados, y me dejaba llevar por el frescor tan esperado, mecida por esa lluvia sin tonada ni compás cuya humedad poco a poco iba filtrándose en todos los recovecos de mi casa y de mi alma. Y la temperatura fue enfriándose a medida que los días se sucedían empapados y encharcados y las nubes se cerraron todavía más deshaciendo la poca luz del sol que a la semana no era sino un desvaído recuerdo de otros mundos.

Entonces hubo que estar atento a las puertas porque además del frío creciente, de la humedad cada vez más densa, arreció el viento y se tornó gélido con ráfagas que estallaban contra las tejas y los cristales y alborotaban los árboles arrancándoles a cada embestida las hojas más tostadas y amarillas que se habían anticipado al otoño, y permanecieron únicamente las pequeñas y rezagadas que a mitad de septiembre mantenían aún el verde tierno de la primavera.

Y con la lluvia sin fin detrás de las ventanas y el horizonte achatado que disminuye la magnitud de los ámbitos, mi valle de Almator volvió a encogerse recogidos sus extremos por una cortina de agua tras la cual la Casa Grande y la masía de enfrente habían oscurecido el color de su rostro invadido por hiedras empapadas como greñas chorreando sobre la frente que yo miraba nostálgicamente pensando en mis amores desaparecidos con vacilación aún, sin atreverme a formular una explicación cabal a la inquietud que acompañaba su recuerdo. E incapaz de enfrentarme a tanta confusión me dejaba llevar de pensamientos abstractos, demasiado generales para que me concernieran, sobre el bien y el mal, la responsabilidad y la ausencia, el amor, la complicidad, el olvido, mientras asistía cada tarde a la acelerada reducción de la luz, incrementada la tiniebla por los inquietos nubarrones negros que invadían el cielo opaco, cerrado sobre nosotros, cada vez más opresivo. Sí, definitivamente el verano se había ido ya y yo seguía sin noticias de mi amado —del verdadero, insistía tímidamente— y fui acumulando resquemor y resentimiento como si su ausencia fuera la única culpable de que ahora no ocupara él todos los rincones de mi mente.

Los perros se habían instalado en el porche y en cuanto remitió un poco la lluvia salieron al campo a chapotear en los charcos y en las acequias. Abel, el jardinero y Casimiru, el hortelano, habían dejado de venir porque los caminos eran de difícil acceso y bastante tendrían con quitar el agua de sus propias casas. Las alcantarillas rebosantes dejaron las calles del pueblo inundadas de un agua mansa que comenzaba a subir. En algunas partes del país se había dado la alerta. Nosotros no habíamos tenido inundaciones, pero las gárgolas del tejado bajaban como fuentes y no alcanzaban a recoger toda el agua de los goterones que desbordaban y la casa parecía ella misma chorrear. Varias veces tuvimos que quitar el agua de la entrada. La humedad era tan grande que hubo que encender los fuegos para que no se pegara a las paredes. La despensa, una habitación bajo tejado, tenía goteras entre las vigas y Manuela había llenado el suelo de barreños y palanganas para que cada cual recogiera la suya.

—Ya sólo nos falta un terremoto —decía malhumorada cambiando los cubos llenos por otros vacíos—. ¿No querían agua? —y miraba torvamente la masía de enfrente, no porque tuviera nada en contra de ellos sino porque por algún lado había que aliviar tanto encierro y tanta humedad que acabarían pudriendo los cimientos de la casa.

Al noveno día de este diluvio, amaneció el cielo todavía más oscuro y amenazador y hacia las once de la mañana se abrió de golpe sobre la tierra y se desataron los elementos en un aguacero tan denso y feroz que no había mundo más allá de la distancia de la mano. El ruido de una sola, gigantesca e interminable tromba de agua, toneladas de arena y piedras lanzadas sobre un suelo de metal —sobre la solana y sobre la tierra— era ensordecedor y pavoroso, y de tal violencia que, cuando a la media hora remitió, el agua bajaba en ríos furiosos por ambos lados de la casa. Le suplantó entonces un bramido que contenía el estampido de la cascada y la estridencia del trueno: eran las riadas, violentos ríos puestos de pie que arrastran a su paso piedras, hojas y troncos, saltando de terraza en terraza como cataratas despeñándose desde las alturas.

Por la tarde, antes de que dejara de llover, el cielo fue aclarándose poco a poco y decidí salir. Fui al rincón de la entrada a buscar el paraguas verde de la isla de Elba donde lo había dejado meses antes. Pero ocurrió entonces un fenómeno sorprendente: al ver el paragüero de metal tuve conciencia de que no lo reconocía, que sustituía a otro, y en aquel momento se abrió paso en mi mente una sensación diáfana que sin embargo no podía todavía definir. Me detuve atenta a su inminente e inevitable aparición que se produjo, como la de la palabra perdida y olvidada que brota inesperadamente por una concatenación de hechos que se nos escapan, con la simplicidad y exuberancia de una rosaleda en flor: el paragüero de Iliana. Sí, el paragüero de mi infancia. Estaba segura ahora al echarlo de menos en su rincón de siempre. Y me vino a la memoria como si diera vueltas a las páginas de un libro que además de las hojas de parra y los racimos de uva, rodeaba el borde del paragüero una cinta ondulante con los extremos enrollados en volutas que acababan en airosas puntas, en cuya parte central figuraban las entrelazadas iniciales de mis abuelos, un dibujo probablemente encargado a un ceramista local, a juego con el de las grandes macetas de hortensias que llenaban el porche de flores moradas y rosas, ahora las recordaba también, y con un aguamanil donde Manuela me obligaba a lavarme las manos los días en que la elemental bomba que entonces subía el agua del pozo no funcionaba. Sí, también el aguamanil tenía las iniciales y la percha de cerámica y la gran toalla blanca bordada y acabada en largos y complicados flecos que había comprado la abuela en Portugal, las mismas de las sábanas, de los cubiertos y la vajilla de los días de fiesta. Recordé que el aguamanil estaba en la pared de las antiguas bodegas, unos espacios húmedos en la parte norte de la casa, en sentido opuesto al de la cocina y el salón, que a partir de la renovación se conocían como las oscuras salas del fondo. Se comunicaban con el zaguán por un gran arco de piedra que yo raramente cruzaba; allí me dirigí, pero en el lugar del antiguo aguamanil no había más que un sillón con brazos de madera y tiras de cuero claveteadas arrimado contra la pared que ocultaba la mancha gris de hormigón, todavía sin encalar, con el que se había rellenado el agujero donde estuvo sostenida la jofaina de cerámica.

Los cubiertos los tenía Matías, el paragüero Feliciano, ¿dónde estaría el aguamanil? ¿Qué tendrían Pontus y Xofre? No podía imaginarme a la abuela vendiendo sus pertenencias como me había dicho Matías, ni me era fácil creer que la Purráfula le había comprado el paragüero. ¿Qué más faltaría en la casa? Quizá todas las masías del valle estaban llenas de objetos que habían formado parte de la casa. ¡Claro! Por eso no había nada de valor, y ¿los cuadros?, ¿dónde estarían? ¿Y los barcos antiguos de la chimenea? ¿Quién tendría el busto de bronce del abuelo? Quizá también Manuela... ¿Manuela? Manuela no me dejaba entrar en su casa. ¿Qué podría tener ella que no quería que yo viera? Nunca quería hablar de la abuela, era cierto, ni al principio, cuando parecía que éramos amigos, tampoco había logrado que lo hicieran los demás.

Cogí el paraguas, me puse unas botas y salí bajo la lluvia final de aquella prolongada tormenta sin dejar de pensar en las extrañas maquinaciones y donaciones de la abuela, intentando descifrar esos misterios mientras veía cómo se aclaraban las nubes que quizá por la fuerza de la costumbre adquirida en tantos días, siguieron soltando agua aun después de dejar el cielo casi despejado.

El mundo entero era un barrizal. Descendí lentamente por la avenida de los platanos en medio del clamor del agua que venía de todas partes a la vez, metiendo los pies en los inmensos charcos y las pozas, descubriendo en todos los huecos la formación de arroyos que se unían a otros, y al llegar al camino me quedé al borde de aquel río que bajaba furioso del torrente encauzado en los márgenes arrasados por la corriente. Pero en un rincón del horizonte una brecha se abría y apareció en el cielo un fragmento de azul radiante iluminado por el sol todavía oculto y como un milagro se oyó el piar de mil pájaros sobre el rumor de las trombas de agua y aun a pesar de las últimas gotas, el valle entero recuperó el color y el relieve perdidos durante tantos días bajo las sábanas de lluvia.

Al torcer a mi izquierda para continuar por una lengua de tierra que sobresalía del agua, vi un paraguas negro en la otra ribera y reconocí a Matías. Él ya me había visto y se acercaba lentamente, prestando excesiva atención a sus botas sumergidas en el agua. Y cuando estuvo frente a mí, siempre del otro lado del agua, me miró y gritó por encima del fragor de todas las corrientes:

—Estás enfadada, ¿verdad?

Me cogió por sorpresa.

—No —chillé—, pero esas cosas se avisan.

—No te oigo, espera. —Y metió uno tras otro los pies en la corriente dispuesto a vadearla si hiciera falta y de un salto se puso a mi lado.

—Esas cosas se avisan —repetí.

—No podía. Ellos lo hubieran sabido.

—Y ¿qué? ¿Por qué no me lo decían ellos también? Y ¿por qué me lo dices ahora?

—No querían que estuvieras prevenida. Se lo dijo el abogado.

—Y ¿por qué firmaste? Tú tienes agua, ¿no? —y con un gesto de abanico del brazo que sostenía el paraguas añadí con un deje de venganza en la voz—: Ahora tienen la que quieren, y más.

—Ah, yo no sé. Necesitaban una firma más. —Se detuvo un poco avergonzado y luego tímidamente dijo—: Yo tengo que vivir aquí.

—Yo también, ¿o no?

—Sí, pero es distinto. A lo mejor ganas el pleito.

—Si todavía no hay pleito. Y además ¿qué, si lo gano? ¿Qué hago con ellos y sus malas caras? Ya los tengo en contra para siempre.

—¿Por qué no lo discutimos tomando un vaso de vino?

En la ladera de enfrente la familia entera de Pontus había salido como nosotros a ver los destrozos de la lluvia. No pude retenerme.

—¿Tienes permiso? —dije señalándolos.

Yo creí que la mordacidad de mis palabras lo ofendería. En cambio respondió:

—Ya les avisé que yo seguiría siendo amigo tuyo. Lo que pasa es que en esos meses no me he atrevido a ir a verte.

—Claro, lo comprendo —dije sin aligerar el tono—, pero no, tomaremos vino otro día. Ahora tengo prisa.

Y me volví sin esperar respuesta sorteando en sentido contrario las pozas profundas y contemplando los márgenes desmoronados de las terrazas de las viñas.

Vuelta otra vez a pagar horas, pensé viendo tanto trabajo que hacer, y siguiendo mi recorrido por donde me dejaba el agua me puse a calcular la magnitud de los daños.

Pero Matías vino a los dos días sorteando aún los grandes charcos que habrían de acabar hundiendo algunos márgenes más, volvió al cabo de una semana con Maruxa, su mujer, y aunque nunca volvimos a hablar ni de los cubiertos de la abuela ni de la denuncia del pozo, reanudamos nuestros paseos con el vaso de vino al acabar y las excursiones productivas en busca de níscalos o brezo o castañas, pero con menos entusiasmo porque ya se sabe que los golpes, aunque se olvidan, se llevan consigo la alegría.

Después de la lluvia quedó el aire límpido y fresco pero destrozados los campos y los caminos, deshechas las torrenteras por las piedras y los troncos que el agua había arrastrado. Durante muchos días los recorrí con Useín y Bagdad y su carretilla llena de picos, azadas y palas para abrir zanjas que dejaran correr el agua encharcada y evitar más deslizamientos de tierras. Me gustaba este trabajo, era un placer desaguar las pozas y encauzar las corrientes hacia las regatas preparadas previamente y verlas desembocar en otra poza mayor que a su vez había que vaciar con otro canalón. Había en el aire una humedad de cristal y el firmamento, limpio de nieblas y calinas, con lejanas y movidas nubes blancas reducidas a su contorno, se había ensanchado. De vez en cuando soplaba una ráfaga de viento tibio sin voluntad de imponerse que desistía a las pocas horas sin saber qué dirección ni qué fuerza tomar, incapaz de acomodarse a esa repentina amplitud, desapareciendo y apareciendo incontrolado de un extremo a otro de la bóveda de los cielos.

Una tarde estaba yo abriendo una zanja en el campo más alejado de la casa desde donde ni se veía el valle ni casi la Casa Grande, cubiertas de fango las botas y los pantalones, el jersey, la cara y el cabello llenos de salpicaduras, cuando al otro extremo del campo apareció Manuela jadeando con una mano en el pecho y otra en la cadera y un gesto de malhumor en la cara gritando para no tener que acercarse más y para imponerse a los chapoteos de los perros y a la música del transistor de los moritos:

—¡Que ha llegado ese señor, que la está esperando!

Efectivamente ese señor había reaparecido después de sus vacaciones familiares y de un viaje tras otro que no le habían dejado un día de descanso como se apresuró a decirme quedamente al oído mientras yo, sin acordarme del barro ni del coraje por tantas semanas de abandono, me había hundido en sus brazos reconociendo al instante ese sosiego y ese bienestar, y la tibieza en la mejilla de su pecho bajo la camisa que la memoria había escondido y yo había buscado en vano durante semanas, reaparecidos como un milagro sin pretensiones, como un hecho más natural aún y más inexorable que la llegada del alba. Se reanudó la historia saltando por encima de la ausencia, borrándola casi, y nos dejamos mecer por aquel mismo anhelo, levemente más apagado, como si la distancia y el tiempo hubieran dejado un rastro de sombra en sus manos y hubieran puesto sordina a su voz —reténme, reténme— en la profundidad de la noche y de la cama, un susurro que apenas atravesó el cristal de mi conciencia endurecido quizás por la suspicacia o por la oculta e innombrable desazón que el recuerdo de los paseos en el mar con el muchacho interponía entre los dos. Y esa visita de unas horas, ni siquiera de un día entero, que en otro tiempo habría representado una prueba irrefutable de su vehemencia, se convertía ahora, a poco que me dejara llevar de las funestas premoniciones que se empeñaban en asomar, en la confirmación de su alejamiento y desinterés.

Mientras Manuela con la barbilla alta y el gesto mohíno nos servía la cena en el comedor, le conté la demanda interpuesta por los vecinos.

—Bueno, no pasa nada —dijo ignorando mi pesadumbre—. Quieren agua: tú la tienes y ellos no. Eso es todo.

—Y ¿qué hago? ¿Se la doy?

—Por supuesto que no si el juez no lo exige. Hoy por hoy, el agua es tuya y tú no tienes por qué dársela a nadie. Pero es natural que ellos la quieran, ponte en su lugar, ¿qué harías tú?

—Y ¿por qué no me la pedían directamente?
—Porque no saben. Nunca han pedido nada, son arrogantes y se consideran los amos del valle, y para ellos tú eres la recién llegada que se ha llevado el agua. Si se la conceden no tendrán que darte las gracias. Tómalo con calma.
—Pero no me saludan.
—Y ¿qué?, ¿qué más da? —dijo con indiferencia—. Y además ¿estás segura de que no te saludan? Deja de pensar en ello, compórtate como si nada hubiera ocurrido. Así son las cosas. Yo no hago más que comer y cenar con personas con quienes tengo litigios y pleitos.
—Sí, quizá —convine para terminar, porque ya no tenía ganas de hablar más.

Y se fue a la mañana siguiente muy temprano sin que le hubiera contado el robo ni la traición de Matías ni tantas cosas como habían ocurrido en Almator desde junio; ni tampoco él me había hablado de sus viajes, pensé. ¿Por qué veía ahora zonas de sombra donde antes no había más que luz? ¿Qué había ocurrido? Miré entristecida el coche deslizándose por la avenida de los plátanos, entre las viñas machacadas por la tormenta a la luz del naciente y cálido sol de otoño que ya se había instalado en Almator y me vestí para incorporarme de nuevo a mis tareas que había dejado en suspenso escasamente las horas suficientes para comprobar y corroborar cuán inquieta y confusa estaba mi alma.

A los quince días y aunque había poca uva que recoger, la familia entera de Pontus Abreu —su mujer, su hermano el de la guadaña y la mujer de su hermano y sus hijos y las mujeres de sus hijos y alguna abuela o tía que todavía rondaban por la casa cuidando de los nietos— se desparramaron silenciosos por las viñas, bajo la solana, para iniciar una vendimia escasa y tardía. Habían dejado como siempre a Palmira a la sombra de los chopos que ya clareaban porque la tormenta se había llevado la mitad de las hojas que el agua arrastró dejando un pozo de humus en los bordes de los ribazos.

—En un par de días acabarán, no quedan más que unos pocos racimos descompuestos —sentenció Manuela.

Era verdad, se les veía avanzar con rapidez: no hablaban ni cantaban, ni se reunían bajo la higuera a desayunar o merendar o beber vino como yo los había visto la semana anterior en sus propias viñas. Se pasaban silenciosos las cestas de racimos destrozados y de vez en cuando unos pellejos de vino para refrescarse la boca con un trago silencioso y solitario: estaban en terreno enemigo, bien lo veía yo. Ni siquiera una mirada a la casa o a la huerta, inclinados sobre las cepas de ramas extendidas que ya se habían cubierto con el rojo dorado del otoño aunque este año tenían los bordes renegridos por la lluvia y la humedad y sin una sola hoja intacta. Hacía mucho calor: había desaparecido el frescor diáfano de los primeros días y la temperatura y la humedad no hacían sino aumentar al mismo tiempo que se enturbiaba el aire, y habían aparecido en mayor cantidad que otros años los enjambres de moscas de octubre porque el viento había caído y pesaba el bochorno sobre la piel y sobre la tierra. Cuando yo salía para ir a la playa y atravesaba las viñas por la avenida de los plátanos sabía que todos me miraban de reojo, y dejaba deslizar el coche sin marcha y a veces incluso deteniendo el motor como si al no hacer ruido fuera posible pasar inadvertida, y en cuanto llegaba al camino y torcía en dirección al pueblo respiraba aliviada liberada la espalda del acero de sus miradas. Al volver, me consolaba pensar que mi tristeza no tenía más origen que la presencia de esos enemigos en mi propia casa y no la vana espera en la arena cálida y vacía que desde las lluvias no hacía más que repetirse inútilmente. A los dos o tres días los vi irse camino de su casa atravesando el valle con los carros y carretas apenas colmados, deteniéndose sólo para recoger a Palmira al pasar junto a los chopos y subiendo luego por el camino empinado.

El hortelano esperó a que se fueran para traer a la casa otras dos canastas de tomates, todos los que había recogido en esos pocos días. Grandes tomates brillantes que habían comenzado a producirse primero tímidamente y luego, con ese calor de invernadero, crecían y maduraban de un día a otro a borbotones. Quizá para resarcirse de las pérdidas que durante la tormenta había diezmado el primer brote completo y había destrozado matas enteras, las que quedaron y sobrevivieron comenzaron a dar frutos en tal cantidad que más parecía un desafío que una cosecha. Se llenaban cestas como bodegones tan repletas que a veces con un golpecito, un leve roce, o un soplo de aire de una puerta al cerrarse, perdía uno de ellos el equilibrio precario desencadenando la caída en cascada de muchos más. Había cestas de tomates en la cocina, en la despensa, en la nevera y en cajones en la caseta de las herramientas. Comíamos tomates a todas horas, y por más que los regalábamos en grandes cantidades a la guarda de la Casa Grande, a los hijos de Manuela, al hortelano y a los moritos, e incluso a Abel el jardinero, que encontraba siempre un pretexto para venir cada vez con menos frecuencia —sólo para reponer, decía sarcásticamente Manuela— no lográbamos acabar con ellos.

—¿Por qué no los llevamos al mercado a vender, Manuela?

Y su marido que acababa de entrar con otro cesto respondió por ella:

—Nos costaría más el puesto que lo que nos íbamos a sacar con la venta, hay que darse de alta de Licencia Fiscal, Seguridad Social de Autónomos y declarar cada tres meses el IVA. Además, hay que esperar a que quede un puesto libre y que el alguacil decida a quién se lo da. Los tiempos han cambiado. Ya ve usted cómo están las cosas, que venga Dios y lo vea.

Manuela lo miró arrobada.

—¡Cuánto sabe! —exclamó juntando las manos—, si podría hablar en televisión. ¡Huyy! —y le tocaba la cara con las dos manos.

—¡Deja ya, mujer! —dijo quitándoselas de encima como se aparta una mosca demasiado insistente.

—¿Y no podemos venderlos a particulares?

—¿A quién? Todos tienen su propio huerto.

La cocina estaba repleta de botellas vacías que había ido a comprar al trapero y había limpiado y hervido, para rellenarlas con la pulpa de los tomates. Sobre los fogones grandes ollas de agua hirviendo donde se escaldaban para quitarles más fácilmente la piel, y luego bien troceados se echaban en barreños Una vez llenas las botellas de pulpa que lográbamos embutir por el embudo con la ayuda de un palo, hubo que añadir unos polvos blancos que Manuela compró en la farmacia, y taparlas apretando con fuerza cada tapón de corcho, que también había ido a buscar al almacén del pueblo.

Pero a los pocos días, mucho antes de haber reducido a pulpa la totalidad de las cestas que aumentaban constantemente, comenzaron a saltar los tapones de las botellas de las primeras series inundando la despensa de disparos y estallidos de salsa que dejaron las paredes y los estantes en un estado lamentable. Hubo que echar a la basura todas las conservas de esa pulpa fermentada y volver a comenzar.

—Ve usted, si tuviéramos gallinas —dijo Manuela para aumentar mi desconsuelo.

Cambiamos entonces de sistema y nos dedicamos a hervir al baño maría los botes una vez llenos y tapados. Pero las cestas no disminuían. Ya no sabía qué hacer ni a quién dar tantos tomates. La gente que conocíamos estaba como nosotros porque la plaga no se limitaba sólo a mi huerto. Todo el mundo tenía tomates. Decidí entonces hacer también mermelada sin detenerme a pensar en la cantidad de cestas que me quedaban aún, ni en qué iba a hacer con las docenas de botes de mermelada que iba a llenar en los próximos días.

A partir de este momento pasé horas con los brazos metidos hasta los codos en los barreños preparando más pulpa o rellenando botes. Y después de unos días me fue difícil pensar en otra cosa que no fuera ese calor bochornoso junto al fuego para dar vueltas a la pulpa de la olla con una larguísima cuchara de madera, y sentir ese olor dulzón del azúcar al espesar.

Cuando ya comenzaban a menguar las montañas de tomates de la despensa al tiempo que aumentaban las hileras de botes en las estanterías, una mañana, al abrir el portal noté por primera vez en el aire inmóvil un olor penetrante y ácido porque habían comenzado a espachurrarse en el suelo los higos que no había tenido tiempo de coger, los de las ramas más altas, carcomidos por los pájaros.

Que caigan, pensé, no voy ahora a comenzar con la mermelada de higos. Bastante tengo ya con las de tomate, y las de melocotón, ciruelas y cerezas del mes de junio.

En la puerta no había más que Tom esperándome. No vi a Sultán. Desde que había vuelto y adquirido la categoría de hijo pródigo, Sultán vivía en la casa de Manuela, de la que no se movía más que al atardecer para ir a dar un paseo, como si el nombre, la legalidad y la seguridad hubieran acelerado el paso del tiempo y le hubieran convertido en un anciano. Había perdido también la solidaridad y ladraba a los demás perros igual que si hubieran sido perros perdidos del monte que se atrevieran a pisar sus dominios. Se había acuartelado en el patio del almendro que consideraba su feudo al que ni Tom ni Drake ni Amín se acercaban por miedo, ni Cano por desprecio y sabiduría, como si quisiera con ello hacerle comprender que a quienes han ostentado el poder desde siempre no les hace falta demostrarlo en lo intrascendente. Y supuse que Drake y Amín estarían en una de esas correrías que habían reanudado después de los grandes calores. Entré en la casa a tomar el café y me disponía a continuar con la mermelada de tomate, anonadada una vez más ante lo que me faltaba todavía, cuando resonó en la lejanía un sonido profundo, el inicio de un ladrido a cámara lenta convertido en lamento que, hasta aquel momento no me di cuenta, estaba oyendo desde hacía mucho rato. Era Drake. ¿Qué le ocurría? Salí por la puerta de la cocina, abrochándome el gran delantal de sarga blanca y me dirigí hacia el lugar de donde parecía venir ese gemido prolongado. Siguiendo su rastro y atraída por él como por un cuerno de caza atravesé el campo hasta más allá del cobertizo y me interné en el bosque por el atajo que desembocaba más abajo de la chopera de Palmira, frente a la masía de la palmera. Lo encontré sentado sobre las patas traseras mirando en la dirección de la carretera principal levantando al cielo la cabeza cada vez que iniciaba el reiterado y descompuesto ladrido, indiferente a mis gestos y palabras. Tenía los ojos cerrados que no abrió para mirarme, ni movió la cola al oír mi voz.

Seguía una y otra vez el vaivén de su cabeza como si levantara con el hocico un peso imaginario y lo mantuviera en vilo unos instantes; se detenía entonces para tomar aire y se inclinaba hasta tocar casi el suelo y con un nuevo impulso y la rotundidad y penetración de una sirena repetía el profundo lamento que había de terminar desafiando al cielo otra vez.

Palpé detenidamente la cabeza, las patas y el cuello en busca de una herida, pero no reaccionó ante la presión de mis manos ni tampoco interrumpió la ceremonia.

—Drake, ¿qué te pasa?, ¿qué me quieres decir?

Inmutable, insensible a todo lo que no fuera el motivo de su gemido siguió en esa posición agudizando y alargando el grito que se perdía entre las encinas y los pinos del bosque. Me senté a su lado en el suelo y le acaricié el lomo esperando que remitiera su obsesión. Finalmente al cabo de mucho rato, perdida la expresión de su cara, calló y comenzó a descender en silencio la pendiente hacia la masía de la palmera. Me pareció entender que quería llevarme a alguna parte y fui tras él. De vez en cuando volvía la cabeza para comprobar si lo seguía, y entonces continuaba la carrera. Pero iba tan rápido que tuve que detenerme a tomar aliento y al darse la vuelta otra vez me miró y se detuvo y no se puso en marcha nuevamente hasta que yo a mi vez lo hice. Repitió la operación varias veces y cuando estuvo seguro de que yo iba detrás tomó más velocidad. Corrimos los dos hasta el camino, atravesamos la parte central del valle más allá de la chopera de Palmira y llegamos a la carretera principal; una vez allí aceleró la carrera por la cuneta ya sin volver la cabeza convencido de que yo lo seguía, y al cabo de unos doscientos metros, cuando faltaba poco para entrar en el pueblo, se detuvo, volvió a sentarse sobre las patas traseras e inició de nuevo su lamento.

Al principio no me di cuenta. Estaba demasiado acalorada y me faltaba el aliento. Aproveché la pausa, respiré profundamente y miré a mi alrededor consciente de mi aspecto porque todavía llevaba puesto el delantal que me llegaba hasta los tobillos. Sólo cuando la respiración se fue normalizando reparé en Amín: estaba tumbado en el fondo de la cuneta en una posición estrafalaria, boca arriba, como los bassets, Hugo, Mistu y Nina de mi infancia cuando querían tomar el sol, los ojos en blanco, las orejas tiesas, la cara medio destrozada por un golpe brutal, inmóvil, muerto.

Sí, estaba muerto. Había sido atropellado por un coche y después alguien lo habría echado en la cuneta salvándolo de ser aplastado por otro. Me incliné sobre su cadáver casi frío y rígido ya, cubierto de sangre que comenzaba a coagularse invisible sobre su pelo negro. Lo levanté del suelo y lo envolví en el delantal, apretándolo con los brazos en un gesto de inútil cariño porque su cuerpo no se acopló al mío como antes cuando todavía estaba aquí. Emprendí el camino de vuelta por la cuneta y dejé a mis espaldas a Drake, indiferente a los coches que en un sentido y otro rasgaban la carretera como golpes de sierra en la madera, ululando contra el cielo su lamento por Amín, pensé, o por todas las muertes quizá, por todos nosotros, los vivos y los inanimados cuyo fin último no es otro que desaparecer.

Eso es la muerte: lo irreversible, la imposibilidad de retroceder, de rectificar, un camino terminado que descubre la manifiesta inutilidad de todo cuanto no sea el devenir de la especie, el inútil devenir del mundo en el que todo tiende a su propia destrucción.

Subí lentamente por el camino del valle con mi carga, contemplando pasivamente el resto del mundo que tenía a mi alcance. Vi en el campo de maíz a la mujer de Pontus con los brazos en jarras incorporada ahora para verme pasar, vi al hombre de la guadaña entre los olivos de las colinas y a Palmira bajo sus chopos, y el incidente de la demanda y su agresividad contenida y solapada, y mis amores descoyuntados, mi propia historia y mi incierto futuro me parecieron tan lejanos y distantes frente a esa estática punzada de dolor como las tragedias de otros continentes que todos los días publicaban los periódicos.

Enterré a Amín en la cabecera del campo entre el bosque y el jardín junto a una pequeña hondonada donde le gustaba refugiarse los días de viento bajo los romeros que yo misma había trasplantado en el invierno. En el mismo lugar donde por la noche se tumbó Drake y del que no hubo forma de apartarlo para que volviera a la casa ni con mis caricias ni con las amenazas de Manuela, ni con huesos o comida que miraba sin mirar para que nos convenciéramos de que no teníamos por qué perder el tiempo en tentarlo, como si estuviera en el límite del mundo y desde allí pudiera contemplar el infinito. Al amanecer lo oí todavía aullar sin esperanza y así permaneció inmóvil hasta la noche. Se acercó entonces a comer sin apetito y a beber, y regresó cansinamente a su puesto de vigía con aire resignado. Así estuvo una semana entera, y aunque después volvió poco a poco a corretear por las viñas e incluso desapareció de nuevo con Kativa, y se enamoró perdidamente durante un par de meses de una perra de Pontus Abreu, ya nunca volvió a ser el cachorro que yo conocí de movimientos torpes y ansias ilimitadas de jugar. Tal vez fuera una forma natural de crecer como el cambio de piel de las serpientes, porque se había convertido en un adulto como todos nosotros, como todos los seres de la creación, a golpes, a disgustos y a decepciones.

El nuevo Drake, el que lo sucedió era comedido y solitario, y no aceptaba familiaridades; y si bien aumentó su paciencia frente a Tom, que lo seguía enloquecido buscando a Amín, ladrándole como si lo hiciera responsable de su desaparición, podía adquirir de repente y sin motivo un aire de ferocidad desconocido hasta ese momento que anunciaba un ataque de furor: Tom y Sultán huían entonces despavoridos e incluso Cano, si estaba presente, iniciaba sin precipitación alguna el regreso a la Casa Grande. Sin embargo la mayor parte del tiempo se lo veía tumbado a la entrada del atajo sobre los romeros que bajo su peso se convirtieron en un lecho de hierbas secas, apoyada la cabeza sobre las patas delanteras y los ojos cerrados con el talante de quien al comprender de golpe las reglas del juego prefiere mantenerse en una tesitura que le permita desarrollar la dosis de resignación y paciencia necesaria para sobrevivir, o simplemente de quien ha decidido conformarse con dormir plácidamente al sol.

A mitad de octubre comenzó lentamente a refrescar y las neblinas dejaban cada mañana una estela de humedad que doraba las hojas de los plátanos y teñía de vino las pámpanas que cubrían las cepas y la parra de la entrada. La tramontana yacía en alguna parte remansada y la quietud del aire conservaba en los árboles el follaje casi intacto al que la humedad daba día a día una tonalidad más dorada. La voz de Manuela, que había iniciado una limpieza a fondo de la casa para el invierno —como quería su abuela, debía de pensar sin atreverse a decirlo— se reproducía por las ventanas abiertas:

—¿Cuándo llega ese señor? —insistía para mortificar, con el pretexto de que, si él había de venir, no empezaría con mi habitación hasta que se hubiera marchado.

Pero Manuela terminó con la casa entera sin que ese señor hubiera aparecido ni llamado, y yo, cansada ya de las mermeladas y de ayudar al hortelano a podar los rosales del huerto, sin lograr sacudirme la tristeza por la ausencia de Amín y cada vez más incapaz de sentarme a la mesa a trabajar —abrumada por el esfuerzo que habría requerido iniciar y mantener la concentración necesaria en un objeto tan vago y lejano como había acabado siendo el libro que había de escribir— repetía incansable mi inútil peregrinación a la playa. Durante el día el sol apretaba todavía y yo iba siempre a primera hora de la tarde porque los días eran ya más breves, y al llegar a casa me dejaba envolver por la quietud del campo y el plácido atardecer de otoño propicios ambos a melancolías y nostalgias.

Una noche llamó el administrador para rogarme que fuera a la ciudad porque necesitaba que le otorgara poderes con los que representarme en la denuncia del pozo y el pleito, si decidía el juez que procedía, y a él le era imposible acudir a Almator. Animada por esa imprevista novedad, a la mañana siguiente salí con el coche camino de la estación. Mientras esperaba el tren me senté a tomar un café en la pequeña terraza del andén. Hacía fresco, pero quedaban todavía unas pocas mesas como un nostálgico recuerdo del verano, y llevada de la calma especial y la modorra que entra en las estaciones me entretuve mirando los plátanos tostados y las alfombras de hojas que cubrían el suelo y el ir y venir de las escasas personas que circulaban en el andén igual que en las pequeñas estaciones de Alemania, Suiza o Austria, cuando en el buen tiempo mi padre se instalaba, como yo ahora, en una mesita del bar de la estación. Porque en invierno esperábamos en las recogidas salas de espera con suelos de madera, caldeadas con grandes estufas de cerámica, sabiendo que estábamos rodeados de montañas y muros de nieve que a veces el tren apartaba con las palas precediendo la locomotora como un animal de grandes orejas. Pero en primavera, le gustaba llegar pronto a la estación de los pueblecitos donde había ido a dar un concierto en la sala consistorial, y pedir una cerveza en la minúscula terraza sobre el andén mientras yo miraba los trenes rojos que maniobraban por las vías muertas como trenes en miniatura. Aquellas estaciones en forma de chalet con cubierta de pizarra y balcones colmados de geranios, detrás de las cuales sobresalía la aguja de una iglesia también en miniatura, eran todas iguales: en la planta baja había la sala de espera, el despacho de billetes y un pequeño restaurante lleno en las horas de comida de disciplinados trabajadores sentados alrededor de una mesa cubierta con un mantel de cuadros y en el centro un ramillete de flores de montaña y ramas de abeto que a mí se me antojaban más propios de Navidad, como los adornos de piñas y acebo de las tiendas de lujo de las ciudades por las que pasábamos. Y a veces el guardabarrera, sentado junto a un montón de maletas, movía los pies despreocupadamente y pensaba quizá en los lugares a los que se llegaba siguiendo los raíles donde habría otro ritmo y otro compás más acelerados que el sosegado transcurrir de esos trenes, la única señal, además de las agujas del reloj que marcaba el paso del tiempo. Y frente a nosotros, más allá de las vías del tren donde comenzaba la pradera que ascendía hasta el muro de abetos, una pareja caminaba dibujando su futuro llano como la palma de la mano, y el jefe de estación vestido de opereta salía del despacho de billetes exactamente medio minuto antes de que la locomotora negra y oro que arrastraba sólo tres o cuatro vagones, obediente a la orden de su bandera roja y su silbato, se pusiera en marcha sin estridencias, deslizándose, serpenteando entre casitas de cuento y grandes manzanos ya floridos que señalaban el fin de la nieve, bajo paredes de montañas tapizadas de abetos y blancas todavía las cumbres que yo intentaba descubrir torciendo la cabeza sin alcanzar a ver la mayoría de las veces más que el cielo azul; y atravesábamos, pitando la locomotora, otras estaciones más pequeñas aún, de breves andenes hechos para despedidas sin retorno, y las cabinas de los teleféricos de montaña se deslizaban por los cables que cruzaban sobre ellas a medio camino del firmamento, y coincidíamos con otros trenes de vagones también rojos que emergían de otro valle y durante un trecho corríamos ambos paralelos a un río de montaña de aguas pálidas y someras y transparentes con encajes que marcaban el paso sobre los guijarros, y a medida que el valle angosto se ensanchaba, las maderas almacenadas ordenadamente o los travesaños o los postes, sobre la tierra negra más allá de las vías muertas, como si unas manos invisibles las hubieran colocado junto a la casa solitaria de postigos rojos o verdes en cuyo interior oscuro y silencioso quién sabe si se dirimía una solapada tragedia, y aparecía por el camino una carreta tirada por bueyes que dentro de poco ya sólo serviría para ilustrar carteles de turismo. Otras veces ni siquiera lograba ver el cielo, tan estrecho era el valle angosto y abruptas e interminables sus laderas, hasta que desembocaba en otro más ancho y el tren corría junto a la carretera y yo hacía carreras con un camión de transporte o con los primeros remolques con dos pisos de coches idénticos de distintos colores que todavía no había visto en mi país, como las charcuterías repletas o los aparatos de radio y televisión acumulados en los escaparates, y dejábamos en la otra ladera los muertos quietos en los cementerios vallados bordeados de cuidados parterres y salpicadas las tumbas de floreros repletos de recuerdos para los que habían vivido en esos valles, tan irreales desde el tren como los que habitaban en el interior de aquellas casas de juguete o en los arrabales de las grandes ciudades atestados de fábricas y talleres de hierro y cristal en un alarde de ingeniería que asombraba mis ojos infantiles tanto como los escombros todavía visibles de los bombardeos de una guerra para mí antigua, lejana e inverosímil, como todas las demás guerras de la historia que poco a poco iría conociendo en los libros de texto, sin que de todos modos nunca fueran tan reales como lo era aquélla para mi padre que miraba las últimas ruinas abrumado, como si se tratara de sus propias ruinas. Y yo esperaba al revisor que una vez comprobados los billetes paseaba por los pasillos y se asomaba para anunciar con voz gangosa la próxima estación casi al ritmo de su pausado caminar y con la misma melancolía que si anunciara la continuación de una lluvia interminable. Y al llegar al llano, aparecían las lomas tapizadas de viñedos cuyas cepas se enroscaban todavía desnudas en las estacas, en cruzadas hileras más regulares que las de un crucigrama, y el lago que siempre acababa por asomar cubierto por la vaga neblina que separaba del tren la otra vertiente del valle, ahora una mancha oscura definida sólo por su perfil contra el cielo claro y blanquecino del llano en la primavera nórdica. Y el paso por las grandes ciudades con mansiones como casinos cuya imagen desde el tren nunca coincidía con la que guardaba la memoria de otras visitas. Y desde la ventanilla contemplaba enternecida las despedidas y descubría aquellas ancianas que sólo se encuentran en la Europa fría con un modelo de sombrero y de gabardina invisible para los demás en los escaparates de los grandes almacenes, inalterable al paso del tiempo.

El amor de mi padre por sus libros provocó mis primeros celos que aprendí a esconder en la extrema atención al paisaje, transformado en cada estación como los rostros y los vestidos de los viajeros, aunque miraba de reojo las páginas que quedaban para que yo pudiera hablarle, antes de que sacara otro volumen del fondo de su saco de mano, y apaciguar así el doloroso e inmitigable anhelo de que nunca llegara el tren a su destino porque me asustaban los hoteles y pensiones donde habían de darme una sopa con albóndigas y queso, y subiría luego a la habitación y me quedaría encogida en la cama a oscuras hasta que mi padre regresara después del concierto, y no haría sino restregarme los párpados para mantener los ojos abiertos porque temía que, de quedarme dormida, al día siguiente encontraría la otra cama vacía y no sabría qué hacer ni a dónde ir.

La llegada del tren, del mío, del azul y amarillo de ese otro país más cálido, me devolvió a la estación de Toldrá, pero en todo el viaje y durante la visita al abogado con el administrador, debí de estar un poco ausente sumergida aún en los incontables viajes de mi infancia, y no presté demasiada atención a la estrategia que se discutía limitándome a suscribir las palabras del administrador en las visitas a otros letrados, en el almuerzo con el geólogo de la administración y en la notaría donde me llevaron después para que firmara los poderes de representación en las diligencias para oponerme a la denuncia de mis vecinos.

Por la tarde, al salir de la última visita, cuando ya me dirigía a la estación, llevada quizá todavía por el talante nostálgico en el que me habían sumido las evocaciones de la mañana y casi sin reparar en ello caminé varias manzanas en dirección a la calle donde había vivido durante los quince años desde que me casé hasta que había vuelto a Almator.

Durante ese año había ido muy pocas veces a la ciudad y siempre con un propósito muy definido y con el tiempo justo para tomar el tren de vuelta. Me sentía desligada de ella: tenía muy pocos amigos porque, obsesionados por el trabajo, habíamos sido demasiado avaros de nuestro tiempo. Excepto los pocos años pasados en Almator en la infancia, durante el resto de mi vida pocas veces había permanecido en una misma ciudad más que períodos muy breves siempre relacionados con la programación de las giras de mi padre. Finalmente, cuando a trompicones, con profesores contratados por semanas y a veces por días hube terminado los estudios secundarios y tuve que ir a la universidad, mi padre decidió buscar trabajo en ella y poner casa en el mismo barrio en el que había vivido desde que había emigrado de su Hornachuelos natal, a los pocos meses de ganar los rebeldes —como le gustaba decir en tono neutro— la guerra civil, con su madre viuda reciente y vergonzante de un fusilado rojo, huyendo de la vergüenza y del hambre. Habían logrado sobrevivir en los años de la posguerra, gracias a la asociación de Damas del Ángel Guardián, cuya presidenta, mi abuela, les había proporcionado la portería y una diminuta vivienda en el mismo edificio, adecentando una parte de los antiguos lavaderos del terrado de aquella casa señorial, la suya propia, donde vivía con su marido, mi abuelo, y la hija de ambos, mi madre, en el piso principal con vistas al paseo de palmeras, a los tinglados y al mar. Mi padre decía siempre que no sabría decir de dónde le había venido ese amor por la música, ni cuándo descubrió que tenía dotes para el canto, pero había hecho sus estudios en el Conservatorio sufragados por el marido de la señora, mi abuelo, melómano furibundo y mecenas magnánimo; había ganado su primera beca corroborando así los pronósticos de su benefactor; había debutado en el Teatro de Ópera con el papel de Pamino en *La Flauta Mágica* y, después de una relación oculta y apasionada (cuyo ardor fue creciendo con los años y siguió incrementándose después de la muerte de ella como crecen todavía los cabellos y las uñas de los muertos) se había fugado y casado con la hija, agradeciendo así todo el bien que había recibido de sus benefactores, decía la abuela cuando contaba la historia. Su madre, mi otra abuela, al morir pocos meses antes, quizá incapaz de afrontar una situación tan humillante para ella como para su señora y consuegra, alivió un tanto la situación pero mi madre no fue perdonada más que cuando nací yo, y mi padre, a pesar de las apariencias, jamás. Y si bien desde que se había casado ya no había vuelto a vivir en la ciudad más que durante breves períodos de vacaciones, siempre la había considerado, dentro de lo posible, la suya, como también dentro de lo posible yo la había tomado como mía. Después me había casado yo y él había vuelto a su vida errante hasta recabar definitivamente en Viena, en un puesto de profesor auxiliar en el Conservatorio que, por lo menos decía, le daría derecho a una jubilación. En los quince años de mi matrimonio cuyo desagrado apenas había logrado disimular, yo, sola, había ido tres o cuatro veces a visitarlo, pero él estaba cada vez más ocupado en cursos, conferencias y comités, quizá para mitigar su creciente y melancólica soledad, y yo pasaba la mayor parte del día esperándolo junto a la ventana mirando los grajos que, posados en la rama más alta del gigantesco chopo del parque, anunciaban el final del invierno.

Porque tampoco a mi padre le gustaba mi marido como a la abuela no le había gustado él aunque por motivos distintos. No podía comprender —decía— que fuera apolítico, un error que difícilmente podía perdonar, y lo consideraba posesivo y autoritario porque —¿cómo podía ser de otro modo?— se había interpuesto entre nosotros dos.

Nuestros amigos —de mi marido y míos— fueron pocos, regulares y fieles, y precisamente por ello, a raíz de la separación, habían elegido sin que nadie los obligara, el bando de él. Me acusaron de traición y tomaron mi decisión por una huida, y una vez fuera del marco en el que nos movimos ya nada o casi nada teníamos que decirnos y no los volví a ver. Bien es verdad que muy pocas veces pensé en ellos y casi ninguna los eché de menos, quizá porque desde siempre había comprendido el carácter condicional de su aceptación.

Aparte de esos pocos conocía únicamente a un matrimonio amigo de mi padre, ambos músicos dedicados a la enseñanza, que habían sido siempre para mí como esos tíos que nos reciben una vez al año y nos mandan postales cuando van de viaje. Estuviéramos donde estuviéramos nos llegaba puntualmente a mediados de diciembre una tarjeta de felicitación de Navidad con una caja de turrones que comíamos con más nostalgia que placer. En alguna ocasión me había quedado con ellos unos días, los primeros años cuando las giras de mi padre por su vertiginosidad o precipitación eran demasiado duras para una niña o más tarde si coincidían con las fechas de mis exámenes, porque mi padre quería a toda costa que aunque viviéramos siempre en el extranjero estudiara en la lengua que él y yo hablábamos. Viví con ellos por lo menos un par de semanas cada mes de junio y me pesaba todavía el recuerdo de los esfuerzos por disimular la añoranza y la tristeza y evitar que repararan en cuán desgraciada me sentía en aquella casa extranjera, porque echaba de menos a mi padre y me encontraba perdida fuera del mundo cerrado que habíamos creado juntos —o quizá sólo él para mí.

Caminaba sin prisa por la calle llena de luz y de gente, recorriendo como una extraña los lugares que durante tantos años me habían sido familiares; era la primera vez que volvía a verlos y la mirada ahora era distinta. Di un rodeo para no pasar frente a mi antigua casa, ni ser reconocida por los comerciantes del barrio y como no tenía nada urgente que hacer, decidí ir hasta la estación caminando.

Acostumbrada a los espacios y las soledades, la ciudad me pareció ruidosa, ansiosa y repleta. Cada persona, fija la mente en su objetivo, andaba deprisa sin mirar casi por dónde pisaba, sin despertar curiosidad ni mostrarla. Pasó aullando junto a mí una ambulancia que me obligó a dar un brinco y ponerme a resguardo; los coches se apartaron y aminoraron la marcha, y la gente de la calzada, indiferentes, subieron a la acera para dejar la vía libre al condenado a muerte que llevaban al patíbulo, que, quién sabe por qué insondables previsiones del destino, nos había precedido, y ante cuya presencia nos apartábamos impacientes por olvidar que uno cualquiera de nosotros había de ser el próximo en esta ruleta sin escapatoria a la que acabaríamos sucumbiendo inexorablemente uno tras otro. Pero ignorándola, quizá, se alejaban los demonios y seguirían siendo otros, como hasta ahora, los que morían a nuestro alrededor.

Al doblar la esquina me llamó la atención una tienda sin puertas visibles. Había sacos con distintos trastienda, todavía más atiborrada de jaulas que el exterior y allí, en un escaparate, cubierto el suelo de papeles de periódico, me mostró decenas de gallinas que a mí, a simple vista, me parecieron bastante pequeñas. Pero él insistió en que eran hermosísimas gallinas de la clase más ponedora, leghorn, con el plumaje rojo y dorado y el pico oscuro, no había más que verlas, dijo. Eso sí, no pondrían huevos hasta dentro de uno o dos meses a lo sumo, porque no era época y las gallinas, mejor dicho, las pollitas, porque, dijo, eran pollitas, tenían que crecer, acostumbrarse a su nuevo domicilio y esperar a que hiciera mejor tiempo. A las gallinas no les gusta la oscuridad, añadió, y a oscuras no ponen: en los países donde los días de invierno son muy cortos y en las industrias que quieren incrementar la producción de huevos encienden sobre ellas lámparas potentes para que crean que es el sol y pongan huevos.

—Como en las granjas —dije yo para que viera que algo entendía.

—Sí, pero en las granjas tienen otro tipo de gallinas. Usted se lleva una gallina...

—Nueve, ¿no?

—...es un decir, es una clase de gallina de las mejores que se pueden encontrar en el mercado... la más ponedora y sobre todo con este tipo de gallinero... usted verá como no se arrepiente de haberlas comprado.

Ahora tenía que decidir la manera de llevarlas a casa.

—Yo vivo en el campo y he venido sin coche.

—No se preocupe —dijo el vendedor, que tenía solución para todo y que no estaba dispuesto a admitir el más mínimo problema—, lo mandaremos por el recadero.

—¿Recadero?

—¡Claro! Recadero. Yo le pongo las gallinas en una caja y van tan contentas.

—Pero a mi casa no llega el recadero. Le daré el teléfono y que el recadero me llame desde el pueblo en cuanto lleguen y yo iré a buscarlas.

El hombre se fue a mirar la lista de los recaderos y volvió al cabo de un minuto diciendo que las gallinas tendrían que hacer transbordo porque no había ningún recadero que fuera directamente a Toldrá.

—Y ¿llegan en un día? —pregunté.

—Quizá no. Quizá tengan que hacer noche en casa del segundo recadero.

—¿Y no se morirán de hambre y de sed?

—Quizá sí, ahora que lo dice.

Nos quedamos un poco sorprendidos los dos y sin más soluciones a la vista. Pero yo estaba decidida a que aquellas gallinas y aquel gallinero habían de ser míos. Así que dije al hombre:

—Yo se las pago y ya volveré a buscarlas como sea.

Pagué y salí de la tienda con la sensación de que había hecho exactamente lo que no debía, y sin embargo con la satisfacción de saber que deshacer el lío era todavía más complicado que solucionar el problema y echar el proyecto adelante.

Bajé caminando por la calle intentando a toda costa encontrar una salida. En una esquina había una cabina telefónica; marqué el número de los amigos de mi padre a los que no había visto desde mi separación y les pedí el coche sin mencionar el gallinero y las gallinas. Ellos se avinieron a dejármelo pero tenía que devolverlo al día siguiente a la hora de comer, porque querían salir el fin de semana.

Vivían en el otro extremo de la ciudad y si quería llegar a la tienda antes de que cerraran tenía que darme prisa. Tomé un taxi que se abría paso con dificultad en el tráfico colapsado, tenso e histérico, los semáforos parecían más lentos de lo habitual y el ruido de bocinazos y la proximidad de tantos coches y de tantas motos me hacía sentir en un océano poblado de monstruos metálicos que se cortaban el paso unos a otros impidiéndose avanzar. El tiempo pasaba a una velocidad inversamente proporcional a la del tráfico. Además el taxista se equivocó porque, según dijo, la calle había cambiado de dirección recientemente. Me dejó en la esquina pero en realidad tuve que correr doscientos metros o más. Llegué y el ascensor estaba averiado, subí los siete pisos a grandes zancadas y al llamar casi no podía respirar. Como había decidido no decirles qué era lo que tenía que llevar a Almator se creó un momento de tensión que yo no supe aliviar, porque estaba tan pendiente del tiempo que no acerté ni a seguir la conversación sobre la próxima jubilación de mi padre, que los amigos habían iniciado.

—Quédate a dormir —insistían discretamente—, y te vas mañana con calma.

Yo moría de impaciencia. Me fui todavía jadeando en cuanto me fue posible y les juré que al día siguiente les devolvería el coche y hablaríamos sin prisas. Bajé las escaleras de cuatro en cuatro ante su mirada de incomprensión y pensando al mismo tiempo en cómo se complicaría todo si resbalaba y me rompía una pierna. Pero prevaleció el pensamiento de que la tienda iba a cerrar. De hecho no tenía tanta prisa, si la tienda cerraba me quedaría a dormir y recogería las gallinas al día siguiente, pero yo misma me había contagiado de mi propio nerviosismo. Me sumergí otra vez en el tráfico avanzando a trompicones en unas calles cada vez más densas y más ruidosas. Decidí aparcar y llamar a la tienda para que me esperara aquel señor tan convincente. Hasta después de tres semáforos no logré arrimar el coche y subirlo a la acera. Salí corriendo hacia la cabina pero el teléfono no funcionaba. Repetí la operación varias veces sin resultado. Finalmente descubrí una aunque estaba ocupada, una persona hablaba y gesticulaba. Arrimé de nuevo el coche como pude entre los bocinazos y las amenazas de los que venían detrás y salí. Ostentosamente miré el reloj varias veces, el ocupante me miraba pero sin verme: seguía echando monedas en el aparato con los ojos paseando distraídamente del techo a la circulación, pendiente sólo de su propio discurso. El tiempo pasaba. Con los nudillos llamé al cristal. Me hizo un gesto de desprecio con la mano y se apoyó de espaldas a mí para darme a entender que no pensaba apresurarse. Me concentré en su imagen caída en el suelo sin vida por si acaso tenía yo poderes sobrenaturales, deseé con todas mis fuerzas que muriera allí mismo, fulminado. Cuando los abrí el tipo colgaba el aparato y salió cerrando de malos modos la puerta.

¡Así te mueras!, repetí echando en el deseo toda la agresividad acumulada y marqué el número. El teléfono no cogía línea y daba una señal demasiado rápida para ser reconocible. A la tercera vez el aparato se tragó las monedas y se quedó mudo. Salí con tal agitación que tenía la boca amarga y sentía los latidos del corazón retumbando en la espalda. Volví a meterme entre los embotellamientos en un estado de agitación que no recordaba haber tenido jamás y finalmente llegué a la tienda, donde encontré al hombre atiborrando las gallinas en dos cajas en las que había hecho varios agujeros para que respiraran. El coche era pequeño pero, aunque con cierta dificultad, metimos las gallinas, el gallinero y el saco de pienso, y con un pañuelo rojo atado al final de la barra más larga que sobresalía por la puerta trasera, emprendí el camino de Almator. Hacía horas que había anochecido. Sólo cuando enfilé el negro túnel de la carretera remitió la agitación.

Llegué a casa en la oscuridad más absoluta. No había luna y las estrellas estaban ocultas tras un manto de neblina opaca. Salieron a recibirme Drake y Tom y entre el clamor de sus ladridos multiplicados por la humedad del aire y la oscuridad, y el temor a que las devoraran, perdí dos horas yendo del coche al cobertizo, defendiendo a las gallinas de sus agresores y procurando no tropezar. Manuela y Cosme dormían ya, debían de ser mucho más de las doce, una hora que en el campo ya no están despiertos más que los murciélagos, así que monté como pude el gallinero, coloqué en sus anillas las botellas del revés tal como me había indicado el hombre, las llené de agua, les puse el pienso y finalmente con asco y miedo a que me picotearan saqué las gallinas de sus cajas una a una y las coloqué en la jaula. Una vez dentro parecían contentas con su pienso y su maíz, pero estaban tan apretujadas unas contra otras que casi no podían moverse y no atinaban a estar quietas porque el suelo era también de rejas de alambres como las paredes y el techo. Las nueve alargaban el cuello a trompicones y sacaban la cabeza entre las rejas para poder alcanzar el pienso que les había echado en el canalón, debajo del cual otro canalón recogería los huevos que habían de poner. El hombre me había dicho que no había que sacarlas jamás porque estaban bien así y pondrían muchos más huevos ya que no se les abrían las patas como a las que todo el día andan por ahí caminando, dijo, y además al no estar a su alcance los huevos no los podrían picotear. Debió haberme visto poco convencida porque, para consolarme, me dijo que lo único que quieren las gallinas es comer y poner y que de todos modos si yo no las compraba alguien se las llevaría. Había vendido, añadió, cientos de gallineros como éste a gente de la ciudad que sólo así podían tener gallinas en sus terrazas y balcones. Mientras hablaba yo me había hecho el propósito de sacarlas de vez en cuando para que pasearan pero en la operación del traslado, el alocado batir de sus alas, ese tacto escurridizo de las plumas y el agrietado cloqueo con que lo acompañaban me había bastado para comprender que esas pobres gallinas ya nunca más tocarían el suelo, ni picotearían el campo, ni había posibilidad alguna de que encontraran jamás un gusano o una lombriz; en contrapartida difícilmente un perro o los hurones —o alguien que me quisiera mal, como decía Manuela— podría acabar con ellas. Yo no tengo debilidad alguna por las gallinas pero me fui a casa, rendida y con el corazón encogido.

Eran las dos menos cuarto cuando me metí en la cama y me dormí casi inmediatamente, con el tiempo preciso de advertir que desde mi entrada en la tienda de las gallinas no había vuelto a pensar ni en el pleito del agua, ni en mi añorado Amín, ni en las largas esperas en la playa, ni en los días que llevaba sin noticias de mi amor. Y ni siquiera me entretuve en ese pensamiento porque al día siguiente tenía que madrugar para volver a la ciudad, comunicar la noticia a Manuela y Cosme y soportar sus malos agüeros y sus catastróficas profecías.

—He de ir otra vez a la ciudad, Manuela —le dije cuando la encontré en la cocina haciendo café—. Tengo que devolver el coche que me han prestado y luego volver en tren y recoger el mío en la estación de Toldrá.

—¡Qué líos se trae usted! —respondió sin comprender. La dejé enfurruñada. Al principio no entendí por qué pero pronto recordé que ese día precisamente yo debería haberla llevado a la terminal del coche de línea para ir a Toldrá. Porque una de las obsesiones de Manuela era su salud. La casa, yo misma, incluso su marido y los extraños secretos en los que envolvía la memoria de la abuela desaparecían cuando se trataba de sus males. En un año había aumentado de tal forma la preocupación por ellos que por lo menos una vez a la semana me pedía que la llevara o la fuera a buscar al coche de línea que la traía del Hospital de Toldrá donde visitaba un médico tras otro para remediar el único mal del que sufría realmente, la vejez, que ella expresaba de las formas más curiosas y heterogéneas: tengo los nervios en las rodillas, decía por ejemplo, o se me ha puesto una moneda de frío en la espalda, o me cae el pelo porque tengo ácidos en el estómago. Y exigía análisis, radiografías y medicinas que ante su insistencia ningún médico le negaba.

La casa acusaba su desgana, quizá porque yo no la tomaba tan en serio como ella habría querido y no le repetía a cada momento las alabanzas que necesitaba para continuar, y además a veces, me atrevía a darle unas órdenes a las que no estaba acostumbrada. En esos casos, parecía oírme pero se las arreglaba para no hacer nunca lo que le mandaba, alegando olvido o simplemente guardando silencio cuando se lo repetía.

Debió de pasar aquella mañana, mientras yo iba y venía de la ciudad, dando brillo a las viejas baldosas rojas de la casa, un trabajo que reservaba para cuando se sentía ofendida y quería demostrar a qué grados de humillación se veía sometida, ella que por nada del mundo, decía su contrita expresión, sería capaz de protestar. Y de poco servía que yo la conminara a levantarse y dejar este trabajo, como las personas que no admiten ayuda para que quede su mérito de manifiesto y se acentúe la culpa ajena.

Y sin embargo tenía una verdadera pasión por esas baldosas a las que, a pesar de mis protestas, fregaba con estropajos de esparto y tierra, arrodillada en el suelo dando impulso al brazo con el vaivén de su cuerpo doblado sobre ellas, y las empapaba luego con una mezcla de aceite de linaza y polvos rojos y una vez secas las restregaba hasta sacarles el brillo con bayetas pringosas que guardaba en un cubo de estaño. Era tal su obsesión que si le sucedía ponerse a fregar a primera hora de la tarde, cuando el sol entraba de lleno por las ventanas del zaguán, más de una vez la había encontrado congestionada por el esfuerzo tratando de borrar la sombra del barrote de la reja que su vista disminuida confundía con una mancha tenaz.

—Manuela, está usted fregando la sombra.
—¡Qué va a ser la sombra! Si lo sabré yo.

Yo no insistía para no afrentarla todavía más, y ella seguía hasta que el sol descendía por el horizonte y ascendía por la pared la sombra del barrote dejando el pavimento liso, pulcro y uniforme para su completa satisfacción.

Tan enfrascada la encontré a mi vuelta que ni siquiera había descubierto el gallinero. Con esfuerzos la convencí de que fuera a verlo, sólo para distraerla porque estaba segura del escepticismo con que había de acogerlo. Pero para mi sorpresa el gallinero le gustó e inmediatamente comenzó a hablar a las gallinas como se les habla a los cachorros y los niños.

—Huy qué bonita, qué guapa eres tú. Mira ésa qué graciosa. Chucurrita, chucurrita, verás qué buenas migas de pan te voy yo a dar a ti, verás tú, preciosa.

Estábamos las dos frente a la jaula como frente a

un escaparate y las gallinas no podían verla porque con ambos ojos en direcciones opuestas les era difícil mirar al frente, pero Manuela les hablaba ajena a su aspecto de puntillosa y ausente esquizofrenia y con el mismo cariño que si sus cacareos tuvieran la dulzura de los ronroneos de los gatos. Allí la dejé arrebolada por aquellos animales tan poco tiernos sin entender qué podía inspirarle tanta dulzura ni qué atributos físicos o morales tenían las gallinas que pudieran hacerle tanta gracia.

Todos los días les echaba a las gallinas pan mojado porque decía que era muy bueno. Pero una tarde que yo estaba en el huerto ayudando al hortelano a quitar las cañas de las tomateras que finalmente habían dejado de producir, sorprendí a Manuela en el camino hablando con Tana, la mujer de Pontus; me escondí detrás de la cerca de espinos que bordeaba la valla para que no me vieran y escuché lo que decían:

—Tana, ¿cuántos huevos ponen las gallinas, usted que sabe de esas cosas? —preguntó Manuela que comenzaba a estar preocupada por su improductividad.

—Eso depende. *N'hi ha* que ponen muchos, *n'hi ha*[52] que ponen pocos —respondió Tana.

—Pero bueno, las unas por las otras.

—Depende —se mantuvo Tana en su primera opinión—, pero cuando las gallinas ponen huevos hay que dejar siempre uno en el ponedero, igual que hay que dejar un limón en el limonero porque si no las gallinas se olvidan de poner huevos y los limoneros de producir limones.

Tana le dijo también que el pan mojado cría pulgas y se lamentó de que nuestras gallinas, las pobres, estuvieran atiborradas en esas jaulas en las que no podían ni poner huevos ni casi mantenerse en pie.

52. Los hay.

—Las gallinas tienen que poder picotear, comer piedras para hacer la *closca*,[53] y comer gusanos que les es bueno para la sangre.

—Es que en el suelo se las comen los hurones.

—Los hurones, los hurones... —fueron las últimas palabras que pude oír de Tana que ya desaparecía por el camino hacia su casa.

Manuela volvía malhumorada hablando en voz alta consigo misma.

—¿Qué dice usted, Manuela?

—¿Yo? Yo no digo nada. Es Tana.

—Y ¿qué dice Tana?

—¡Yo qué sé! Ella sabrá, pero yo ya no les doy más pan a mis gallinas.

Esta vez las gallinas ni desaparecieron ni amanecieron con un agujero en el cuello, pero eran voraces como leones: cada semana había que ir a buscar sacos de pienso, maíz y esos polvos blancos que se les mezclaba con la comida para que los huevos, cuando llegaran, tuvieran fuerte la cáscara.

—Yo iré al almacén, Manuela —decía yo como si me viniera al paso—, no se preocupe. —Pero por muchas veces que fuera ni una vi al holandés.

Durante semanas Manuela estuvo yendo al gallinero cada mañana al levantarse con la esperanza de un huevo, y su desilusión al no encontrarlo no remitía con la rutina. Yo ya había desesperado y me mantenía alejada de las gallinas a las que ella había tomado bajo su tutela. Cosme no hacía comentarios, sólo al pasar ante el cobertizo se limitaba a murmurar con un tono de amargura tan exagerado que le rasgaba como un latigazo la expresión del rostro:

—Ésas no sirven para na. Le han dado gato por liebre.

53. Cáscara.

Entretanto desde las ventanas de mi habitación, desde el jardín, las viñas, el huerto y casi desde cualquier punto de mi casa, yo veía la otra ladera del valle entre los árboles que iban perdiendo todas sus hojas, donde cada mañana Tana sacaba a las gallinas de un cobertizo desvencijado frente al corral de los cerdos y las dejaba sueltas picoteando frente a la casa, junto a Palmira sentada en el banco de piedra, o en los campos para que acabaran con los rastrojos. Y Manuela se quejaba amargamente de que cada vez que encontraba a alguno de nuestros vecinos tenía que soportar la tosca ironía de su sempiterna pregunta: ¿Qué las gallinas, bien?

Yo me reía.

—Claro, a usted le hace mucha gracia, porque a usted no se lo dicen. Como no se hablan, ¡así cualquiera!

Y esperaba en vano que este comentario me forzara a contarle mi versión del pleito del agua. Entonces, enfurruñada por mi silencio, iba a por sus cubos y se tiraba sobre los ladrillos rojos, haciéndose cruces a murmullos de que a su edad, con lo que ella había hecho por la casa, todavía no se la hubiera liberado de esos trabajos tan duros.

El calor iba en aumento, ese veranillo de San Martín venía con más fuerza que el propio verano, y a medida que pasaba el tiempo parecía más distante la lluvia que no llegaba (ni había de hacerlo ya en todo el tiempo que yo permanecí en Almator ni había de sentirse el frío más que un par de semanas hacia finales de febrero del próximo año).

—¿Para qué quieren la lluvia ahora? —le preguntaba yo al hortelano—. ¿No acaba de llover hace escasamente un mes?

—Aquello fue hace casi tres meses y además no

sirvió más que para arrasar. Es ahora cuando tiene que llover, ahora que se ha sembrado —respondía impaciente ante mi desconocimiento de leyes tan elementales.

El bochorno era insoportable, de nuevo vestía camisetas sin mangas como en el mes de julio y el pueblo, con la luz oblicua del otoño, la contundencia del sol de verano, las calles vacías de turistas y forasteros, tenía un aspecto desplazado y expectante como si aguardase la llegada de un fenómeno desconocido que había de reinstaurar el orden perdido de los ciclos.

Cuando aquel día de mediados de noviembre fui al coche de línea a buscar a Manuela que volvía de una de sus múltiples visitas al hospital de Toldrá, abrí las dos ventanillas que sin embargo no lograron refrescar el interior del vehículo, aparqué sobre la acera a la sombra del alto edificio de la terminal de autobuses y me dispuse a esperar pacientemente, escuchando distraída la música de la radio.

De pronto la puerta se abrió y antes de que pudiera darme cuenta el muchacho, el holandés, se había sentado a mi lado y había vuelto a cerrar la puerta.

—Hola —dijo sonriendo y añadió—: ¿Qué hace una señora como tú detenida en medio de la calle y tan aburrida?

—Espero el coche de línea —respondí.

Con toda naturalidad, como si quisiera instalarse mejor y se dispusiera a pasar allí un buen rato, apoyó el brazo izquierdo en el respaldo de mi asiento rozando levemente al pasar su mano con mi hombro desnudo y dobló una pierna sobre otra.

Yo me eché hacia delante con el pretexto de cambiar de emisora.

—¿Tenías ganas de verme? —oí su voz socarrona e imaginé esa media sonrisa de suficiencia otra vez.

Se dio cuenta de mi azoramiento y debió adivinar que estaba buscando inútilmente una respuesta desenfadada y distante. Pero no tuvo piedad.

—¿Tenías ganas de verme? —repitió esta vez adelantándose un poco y ladeando la cabeza para no perder la expresión de mi cara.

—No especialmente —mentí.

Se echó de nuevo hacia atrás mirando al frente y yo seguí dando vueltas al botón de la radio.

—Claro que sí —dijo como el maestro que acaba dando pacientemente la respuesta correcta al alumno desaplicado—. Claro que sí.

Después se quedó callado. No nos movíamos y yo sólo era consciente de su presencia, de su olor y de la tensión de ese silencio,

Al cabo de un momento desplazó la mano izquierda doblando el brazo muy lentamente sobre el codo que tenía apoyado en el respaldo de mi asiento y noté que había cogido el extremo de la trenza y se entretenía en tocar las puntas como si comprobara la calidad de una tela o la escobilla de un pincel. De reojo vi que torcía la cabeza y dirigía la mirada a lo que estaba haciendo sin perder la calma, y cuando le debió parecer que ya conocía sobradamente la textura del cabello comenzó a manipular el elástico, siempre con la torpeza de su mano izquierda —yo veía la otra displicentemente apoyada en la rodilla— hasta que no sé muy bien cómo, tiró tanto de él que se rompió y salió disparado en alguna dirección liberando inmediatamente los últimos mechones trenzados.

No fui capaz de apoyar la espalda contra el asiento ni apartar con un gesto brusco de la cabeza la trenza de su mano izquierda ni mucho menos abrir la portezuela y salir del coche, pero tampoco tal pasividad logró tranquilizarme. Y cuando la lejana caricia de sus dedos destrenzando lentamente el cabello con la mano llegó en forma de diminutas casi imperceptibles punzadas a mi cráneo abrí la boca para respirar, apoyé los codos en el volante y la cara sobre las palmas de las manos para esconder el rubor y alejarme de la luz y de la historia. La mano siguió manipulando y por el aumento en la intensidad de las punzadas yo sabía que avanzaba aunque cada vez con mayor lentitud de tal modo que aun sin detenerse y sin dejar el tiempo de transcurrir, el final iba siendo cada vez más lejano y distante, o quizá fue el ansia acelerada lo que paralizó ese instante que habría podido prolongarse sin medida y en algún momento, mucho antes de comprender la trampa de la aporía, yo habría probablemente desfallecido, cuando un estridente bocinazo hizo añicos la frágil eternidad de mi reducto y me devolvió al día y a la calle que había dejado. Como un dinosaurio, el gigantesco autobús de línea se volcaba sobre mí y me amenazaban los aspavientos sin voz del conductor desde lo alto de la cabina. El muchacho retiró la mano y yo, sofocada de ardor y de vergüenza por la invertida desnudez de mis cabellos que liberados finalmente cubrían ahora la mitad de mi cara, hice marcha atrás para dejar que el autobús pudiera terminar la curva y entrar en el garaje.

Cuando detuve el coche apagué la radio que yo misma había dejado mal sintonizada entre dos emisoras emitiendo unos ruidos abruptos y sordos en los que no había reparado hasta ahora, y el muchacho sonriendo abrió la puerta, salió, la volvió a cerrar despacio, con el mismo cuidado con que la primera vez había devuelto el sillón de mimbre junto a la mesa. Asomó entonces más de la mitad del cuerpo por la ventanilla y tocando levemente mis labios húmedos y temblorosos con un dedo dijo:

—Terminaremos otro día, mi señora.

Y desapareció.

Aun cuando me requería el reguero de ausencia que dejaba a mi espalda su partida, como succiona el torbellino el aire del espacio que él mismo crea, no me volví para ver cómo se alejaba ni para retener en la memoria otra instantánea a la que recurrir en la oscuridad. Y turbada como una adolescente cogida en falta, desazonada por su tono despreocupado y con el desconcierto y la brusquedad de la interrupción todavía vigentes, recibí a Manuela con la mente evaporada. No lograba concentrar la atención ni en lo que me decía ni en los lugares por los que pasábamos. Me equivoqué dos veces de camino; Manuela me interpelaba asombrada, yo la miraba sin comprender como si no fuera más que una ilustración surgida de las páginas de un libro.

—¿Está usted bien?

—Sí, sí, Manuela, es sólo un poco de mareo. El calor quizá —logré articular haciendo un esfuerzo para que me dejara en paz.

Y si bien durante la semana siguiente volví al bar donde nos habíamos encontrado en primavera y repetí los viajes al almacén de granos —aunque ya no con la esperanza de encontrarlo apoyado en el quicio de la puerta con una rodilla doblada y el pie contra la pared masticando distraídamente una hierba—, en cambio nunca volví a la playa vacía a contemplar el último resplandor del sol sobre las olas y dejarme mecer por el melancólico silencio de los atardeceres de otoño, porque supe enseguida que la espera había de ser infructuosa.

—¿Ya sabe usted la noticia? —me preguntó Manuela a los pocos días cuando me senté a la mesa a comer.

—No, ¿qué pasa?

—El Tarugos. Si ya sabía yo que ese hombre no era oro de ley. Se lo dije a usted, ¿recuerda?

—¿Quién es el Tarugos?

—Pues el hombre ése, el de la carpintería y el almacén de muebles. Le llamaban el Tarugos porque se hizo rico vendiendo tarugos, ¿se acuerda usted?

—Sí, ¿qué ha pasado?

—Pues que se ha ahorcado.

—¿Se ha ahorcado?, ¿por qué?

—Se ha colgado de una viga de la carpintería, que lo ha encontrado su mujer esta mañana. Porque se ha descubierto que era el jefe de una banda de chicos que se dedicaba a robar radios, televisiones, vajillas y hasta muebles, de todo, de todo robaban, ¿sabe usted? Porque dicen que con todo esto amueblaban los apartamentos, y él tenía muchísimos apartamentos en la costa. Y luego los alquilaba. Y les daba droga a los chicos. Dicen que la droga se la proporcionaba el político ese de la casa azul, ¿sabe usted? Ése ha desaparecido, dicen que se ha ido al Brasil. ¡Huy!, ¡si hay un escándalo en el pueblo!, que han dado orden de busca y captura, y está toda la Guardia Civil revolucionada; pero ése ya está en el Brasil con toíto su dinero. Han cogido a una barbaridad de gente, de los importantes, y gente de la ciudad, no vaya usted a creer.

—¿Les daba droga a los chicos? Y ¿esto no se sabía en el pueblo?

—Saberse, todo se sabe, pero descubrirlo lo que se dice descubrirlo, no fue hasta ayer, la Guardia Civil. La Engracia, ya sabe usted, la que tiene el puesto de legumbres cocidas, bacalao y olivas en el mercado, que tiene un hijo guardia civil en el cuartel de Toldrá, pues dice que le ha dicho que ha habido un soplo, que si no, de qué se iban a enterar ellos. Dice que les pagaban con droga.

—¿A los chicos?

—A los chicos, todos pringaítos que estaban.

Manuela comenzó a citar los nombres de los chicos del pueblo que habían caído.

—Y no tan chicos también. ¿Se acuerda usted del del bar, el de la plaza, ése tan malcarado? Pues ése ya está en la cárcel. Tenía un almacén detrás del bar. Allí han encontrado yo qué sé la de cosas, y drogas, y hasta armas, en cantidad.

—¿Armas? ¿Para contrabando?

—Para atracos sería, que han atracado muchos bancos también y cajas de ahorro y tiendas. Y el Tarugos pues habrá pensado que para estar en la cárcel y no poder llevar nunca más la cara alta, para qué vivir, ¿no?

Vaga, vaguísima fue al principio la inquietud, como una señal de alerta en alguna parte, como una voz que luchaba por concretarse y manifestarse.

—¿Y el holandés? —me atreví a preguntar finalmente—. ¿No trabajaba también con el Tarugos?

—Huy, no sé, si de todo esto me he enterado yo por la mañana en el mercado, las ocho serían, y ya estaba todo el mundo en la calle.

Yo también fui al pueblo y me senté en la barra del bar de la plaza. El hombre efectivamente no estaba y en su lugar una mujer llorosa hacía cafés y servía a los clientes. El silencio era denso y total interrumpido abruptamente por la presión del aire de la cafetera.

Aquí no me enteraré de nada, pensé.

Fui entonces al almacén de granos. Una muchedumbre se agolpaba a la puerta y en el interior junto al mostrador en torno a Bastos, el propietario, que sin perder la calma y dándose importancia como si fuera el único en conocer toda la verdad no hacía más que repetir lo que había dicho Manuela por la mañana, aunque cada vez en una versión levemente alterada que dejaba en suspenso algún punto de la historia. La gente no se disolvía y escuchaba pacientemente esperando quizá que la próxima versión traería información nueva.

Durante dos o tres días el pueblo fue un hervidero y excepto el bar de la plaza que seguía con la mujer llorosa sirviendo a unos pocos clientes silenciosos, no había puesto en el mercado ni corro en la plaza en el que se hablara de otra cosa. Cuando se encontraban por la calle o en las tiendas, las mujeres dejaban el cesto en el suelo y se disponían a pasar el rato que hiciera falta para redondear cada una su versión con las aportaciones de la otra y la luz que la conversación pudiera echar sobre ella.

Poco a poco comenzaron a conocerse más detalles. A veces una pequeña información invalidaba parte de lo que ya se daba por seguro, antes de ser desestimada a su vez, como si su única finalidad fuera mantener y renovar el interés. Otras veces al rumor que flotaba en el aire como una gigantesca y móvil tela de araña se añadía un pequeño dato sin importancia que sesgaba casi imperceptiblemente tal o cual extremo de la historia, acogido con entusiasmo por el pueblo entero. Se confirmó que, efectivamente, el político de la casa azul había huido llevándose esas cantidades de millones imposibles de imaginar para quien vive de un jornal. Se le atribuyeron conexiones con la mafia internacional, con la CIA y con los bancos del Vaticano, y se afirmó que su condición de alto funcionario del gobierno le había facilitado el acceso a buena parte de los grandes alijos de droga que se intervenían en el país.

—*No hi ha un pam de net*[54] —decían incansablemente entre indignados y satisfechos.

Se daba la circunstancia de que el verano ante-

---

54. Nadie está limpio.

rior durante la fiesta mayor y en agradecimiento por las farolas del paseo del arrabal y la pintura de la iglesia con que había obsequiado al pueblo, las autoridades locales le habían nombrado hijo predilecto de la villa y le habían hecho entrega de las llaves de la misma. «Porque el pueblo es una villa, como la ciudad», decía Manuela con orgullo, «es un privilegio que le concedió el rey hace muchos años, cuando se luchaba contra los franceses.» Y contaban que al finalizar el acto oficial, en la suntuosa mansión azul que tanto impresionaba a Manuela, el homenajeado había ofrecido una recepción a la que habían asistido más de doscientas personas, un número que fue aumentando al pasar de boca en boca y alcanzó rápidamente el millar. Alimentaron también el rumor y la imaginación —o quizá la envidia y el creciente resentimiento— la cantidad de habitaciones y de cuartos de baño y el número de personas del servicio de la casa, la longitud de las grandes avenidas del jardín, los metros de playa que mantenía vallados aun a pesar de la prohibición de las autoridades de Marina, y las botellas de alcohol y las fuentes de manjares y dulces que se consumieron aquella noche. Pero lo que más impresionaba y lo que admitió mayores fantasías fueron las medidas y los dispositivos de seguridad de la finca instalados por una agencia de la ciudad a los que en pocos días se les atribuyó la capacidad de ataque y disuasión de un armamento tan sofisticado que cuando desbordó los conocimientos de los vecinos del pueblo saltó la barrera de la realidad y entró en el mundo de los poderes mágicos.

Aparecieron en los periódicos locales e incluso en los de la ciudad fotografías de archivo del evadido en compañía de los más altos dignatarios del gobierno y de la Iglesia, y por supuesto con el alcalde y los concejales del pueblo que durante unos días no se dejaron ver. Esas conexiones provocaron tímidos conatos de protesta y hasta se formó ante el ayuntamiento una pequeña manifestación cuyos organizadores, del partido de la oposición, enarbolaron una elemental pancarta: Que salten todos, decía.

Se supo que el político de la casa azul tenía a sus órdenes en toda la comarca a decenas de hombres como el Tarugos que, a cambio de prebendas, concesiones y una parte sustancial de los beneficios, controlaban a su vez un enjambre de muchachos con ansias de dinero fácil o de droga que ellos mismos consumían y vendían, formando una verdadera red dedicada al robo en casas, apartamentos y masías, extendida en muchos kilómetros a la redonda. Se supo también que para preparar el robo se enviaba a esos muchachos a las casas a reparar pequeñas averías y hacer sencillos trabajos de carpintería, de lampistería o de limpieza para que mientras tanto se familiarizaran con ellas, vieran lo que había de valor y les fuera más fácil el acceso; que se vestían de cazadores y con escopetas y perros rondaban los caminos y las propiedades; que robaban perros de las masías y de los guardas de los apartamentos y los devolvían una vez amaestrados para que al llegar ellos a robar al reconocerlos no ladraran.

—Manuela —le pregunté—, ¿han detenido al carnicero de Toldrá?

—¿Se refiere usted al que vino a por Sultán? No que yo sepa —respondió—, pero ése no puede haber estado liado con el Tarugos, es un hombre de buena posición y no creo que lo conociera. Ya ve usted, Toldrá está lejos.

El Tarugos siempre había sido un hombre popular y, contrariamente al político que comenzó a ser odiado como todo hombre rico que además logra escapar a la justicia con el dinero, se convirtió en un mártir al que los hombres defendían y lloraban las mujeres, y se organizó un entierro improvisado para afrentar con ello al párroco, alineado por cura con las fuerzas vivas y por haberse negado a enterrarlo en el cementerio.

En un acto de solidaridad inusual en esas gentes ferozmente individualistas, compraron entre todos un diminuto terreno junto al cementerio antiguo, ahora sólo una reliquia de otros tiempos, en cuya iglesia se celebraba una mortecina romería pascual, consiguieron los permisos y organizaron una procesión laica tan nutrida que dejó al pobre párroco, acostumbrado a sus viejas y a los niños de primera comunión, con la boca abierta de sorpresa y envidia.

La solidaridad una vez desencadenada no tuvo límites. Se hizo una colecta para la viuda, probablemente una de las mujeres más ricas de los alrededores aun cuando se había requisado al difunto el botín que guardaba en los sótanos del almacén de maderas, las cuentas corrientes y una parte de las acciones de la carpintería que estaban a su nombre.

Las mismas mujeres que pedían y recogían los donativos cuchicheaban sin parar que el Tarugos había dejado una fortuna incalculable en bonos del estado y acciones a nombre de la mujer y los hijos, fincas a nombre de sociedades anónimas domiciliadas en Navarra y el extranjero, cuentas corrientes en Suiza, lingotes de oro, joyas, monedas, y hasta un fondo de pintura que guardaba en las cajas fuertes de los bancos de la ciudad.

Toda esta riqueza que aumentaba como la espuma no ofendía, al contrario, era un argumento más para atacar a las autoridades del pueblo y del país.

—¿Se creen que sólo pueden robar ellos? —decían.

La procesión salió de la casa del Tarugos presidida por la viuda enlutada y llorosa, los hijos y nietos y los miembros de la familia que no estaban detenidos o habían huido, todos de negro también, maquilladas las mujeres como para salir en televisión, y seguidas de hombres, mujeres y niños endomingados y en silencio, porque ése era un pueblo que no conocía más cantos que los religiosos y unos pocos melancólicamente patrióticos, y el folclore estaba demasido protegido para emerger espontáneamente. Pero sin música le falta cohesión a una ceremonia, y carece de orden y de ritmo, y no se sabe cuándo comienza ni cómo acaba. Sobre todo cuando nadie está dispuesto a iniciar un discurso. Así debieron de entenderlo los andaluces, afincados desde hacía tantos años en aquel arrabal de las afueras, que ya no sabían si esa tierra del sur de la que recibían todas las semanas jamones, garbanzos y olivas, era sólo un recuerdo de su infancia, o el paraíso fabuloso al que nunca habrían de volver. Y aparecieron los hombres con guitarras cantando sus lamentos, y dando palmas, coreados al principio por unos pocos paisanos y poco a poco por la larga hilera funeraria, incluso por aquellos autóctonos que las tomaron de prestado para despedir al hombre que, nadie lo olvidaba, les había dado trabajo a todos, y que por una vez ni los más intolerantes y xenófobos se atrevieron a rechazar. Y desde el almacén de granos la otra mitad del pueblo, y yo entre ellos, oía esos cantos que traía el aire y contemplaba la serpiente humana que subía al pequeño cerro del cementerio viejo.

El holandés había desaparecido. Manuela supo por su madre que la misma noche de la muerte del Tarugos, poco después de la cena, se había presentado en casa, había llenado a toda prisa una bolsa y se había marchado en la moto sin dar más explicaciones y sin hacer caso de sus lágrimas y preguntas. Y a los dos días la Guardia Civil con un mandamiento judicial había abierto la puerta de su habitación, que él siempre cerraba con llave y en la que ni siquiera dejaba entrar a su madre, y se había llevado todo lo que contenía, menos la cama, las sillas y el armario vacío.

Manuela, que siempre lo había mirado con desconfianza, se puso entonces de parte del muchacho quizá por compasión hacia su madre o quizá porque ante todo estaba contra los poderosos.

—Si no hay trabajo para la juventud, algo tendrán que hacer para comer, digo yo —repetía a modo de excusa.

Yo no la escuchaba. Los acontecimientos de los últimos días me habían dejado aturdida porque comenzaba a comprender ciertos enigmas que habían quedado siempre en la penumbra. Pero no quería pensar en ello, no quería mirar lo que veía ni entender lo que se manifestaba, porque no lograba desterrar al muchacho de mi mente y andaba inquieta por la casa y el huerto sin poder calmar mi desazón y en cuanto cerraba los ojos por la noche me acosaban las pesadillas.

Un sábado de madrugada me despertó un sueño demasiado tangible abruptamente desvanecido por un disparo que estalló en mis oídos antes de inundar el valle. Y sentada en la cama, húmeda la frente y las manos de sudor, y tiritando de frío y angustia, de alguna oscura forma que no lograba precisar, atribuí el estruendo y su estela de amenaza al visitante nocturno que habría reanudado los paseos; y sólo cuando, después de haberlo oído a la semana siguiente y a la otra, fui capaz de prestarle mayor atención comprendí que nada tenían que ver con el ser de los pasos ni podía achacarlo a la Guardia Civil irrumpiendo a disparos en mis sueños, sino simplemente a un cazador que recorría los campos al alba porque se había abierto la veda otra vez.

Algo me tranquilizó recordar que pocos días antes de la muerte del Tarugos y en previsión de la temporada de caza que se avecinaba había mandado plantar dos postes de poco más de un metro de altura, uno a cada lado de la entrada, al principio de la avenida de los plátanos, y tender entre ambos una cadena. Aunque era incómodo quitarla y volverla a poner cada vez que pasaba en coche, impedía el paso a los cazadores que, según la ley que les amparaba, de no encontrar el camino cerrado aunque sólo fuera con una cadena simbólica, podían entrar y pasearse tranquilamente en cualquier finca y nadie podía obligarlos a abandonarla.

Ese día era sábado y, aunque no cesaron los disparos desde antes de clarear, y les oí volver de los campos de poniente por la tarde cuando ya los animales del bosque se esconden para dormir, no los vi ni coincidí con ellos. Pero al cabo de dos o tres semanas volvíamos Matías y yo de buscar setas, desencantados ambos porque ni una habíamos encontrado ni siquiera adentrándonos en los umbríos encinares a más de dos horas de camino que acusaban como todo el campo polvoriento el rigor de la sequía, cuando a la altura de las masías gemelas nos cortaron el paso. Eran cuatro, tres de los cuales reconocí, con sus trajes verdes, casi militares, acicalados con correajes y bandoleras de cuero y colgando del cinto los conejos, liebres y perdices cobrados. Tenían el mismo aspecto de facinerosos que el año anterior y les rondaban un lebrel pardo y dos perdigueros rojizos de talla mediana y orejas grandes y caídas que se pusieron a ladrar. Yo agarré a Drake por el collar para que no se abalanzara sobre ellos, que al verse seguros incrementaron los ladridos sin dejar un resquicio al silencio. De pronto uno de los cazadores lanzó un grito feroz y entonces callaron asustados. Era el mismo hombre grande y corpulento con el cinturón apretado bajo su abombada barriga que el año anterior recogía del suelo las almendras mientras los demás vareaban con las cañas. Me miró y dijo:

—Así que hemos vallado la finca, ¿no?

—He vallado una parte para que el perro no persiga a la hija de Xofre cuando vuelve en moto a su casa.

—Claro —respondió sin apartar sus ojos de los míos, y añadió—: Le dije que le convenía estar bien con nosotros, ¿o quizá no se lo dije?

El tono y la mirada eran sosegados pero sombríos. Respondí:

—Sí.

Matías, que los había saludado brevemente, intervino:

—Es para que los perros no se lancen contra los motoristas, ya te lo ha dicho.

—Ah sí, ¿eh?, y la cadena ¿también?

—Saltaban por la parte de la viña sobre el torrente —dije sin convicción.

—Vaya, vaya, qué lástima. Así que es para los perros, ¿no?

—Sí —repetí.

—Así que no es para nosotros, ¿no? Sólo nos lo había parecido, pero si no es para nosotros quiere decir que podemos entrar.

—No, no entren —lo atajé aunque me asustaba la violencia contenida de sus palabras—. Ustedes no pueden entrar si van armados, no en mi casa. Me da miedo.

—Ah claro, nosotros somos gente mala, nosotros matamos, ¿no es así?

—No sé si son malos, pero sí matan, y ponen trampas y veneno en el monte para matar...

Matías me tiraba de la manga para que siguiéramos camino pero cada vez que yo daba un paso, los otros tres que permanecían callados se juntaban ante mí ocupando todo el ancho del camino. Detrás de ellos, en las masías, Iliana y la mujer de Xofre habían salido cada una a la puerta de su casa al oír las voces y el alboroto de los perros.

—Y esto a usted no le gusta, ¿verdad? —la voz del gordo se había vuelto todavía más torvamente melosa al tiempo que levantaba la escopeta como si quisiera admirar la madera de la culata.

Matías intervino otra vez:

—Oye, Andrés, déjalo ya, pásate luego por mi casa y tomamos un trago, ¿quieres?

—Claro, claro —respondió sin dejar de mirarme ni un momento—. Con su abuela nunca tuvimos problemas. Al contrario —y su voz adquirió entonces un tono misterioso que me desconcertó.

—¿Qué quiere decir?

—Quiero decir que al contrario, exactamente al contrario, eso quiero decir.

—Vamos —dijo Matías tomándome por el brazo y abriéndose paso entre los otros que se apartaron entonces—, y venid luego a casa a tomar ese trago —añadió procurando dar a sus palabras un tono festivo—, he recibido un ribeiro...

Comenzamos a caminar sin volvernos, yo sosteniendo todavía a Drake por el collar. Al cabo de un momento gritó el mismo hombre:

—No le gusta la sangre, ¿eh? Pobrecitos animalitos del bosque. A nosotros en cambio no nos gusta que nos prohíban la entrada. Su abuela lo sabía muy bien, y usted también lo aprenderá, vaya si lo aprenderá...

Apretamos el paso y dejamos atrás las masías gemelas y a sus dos dueñas, cada una frente a su puerta, ignorándose e ignorándonos pero atentas, inmóviles, simétricas. Y no nos detuvimos hasta estar seguros de que ya no nos veían, asustada yo y Matías intentando tranquilizarme:

—No son mala gente, lo que ocurre es que van armados, pero no hacen daño, mujer, están enfadados, ya se les pasará. Nadie hasta ahora les había prohibido la entrada en este valle.

—¿Por qué no puedo hacerlo? Es mi casa.

—Sí, pero ya sabes, un hombre armado se transforma, aunque sea un desgraciado se acaba creyendo Dios.

—¿Cómo se llaman?

—El gordo —dijo Matías— se llama Andrés Pous. Es muy amigo de Xofre, el que vive en una de las masías gemelas. Muchas veces van a cazar juntos. A los demás los conozco apenas.

—¿Qué van a hacer?

—Nada —respondió tranquilamente Matías, quitándole importancia.

Al llegar a casa Manuela tenía otra noticia que darme. Yo la temía porque nada en este mundo le gustaba más que ser portadora de desgracias, y lo hacía con tal profesionalidad que lograba aumentar aún más la desventura que iba a anunciar. Creí al principio, por la cara oscura que se le puso antes de comenzar a hablar, que se trataba de un nuevo eslabón en el escándalo del Tarugos. Llevábamos más de una semana sin saber lo que ocurría y yo de una forma u otra todos los días dando un rodeo llevaba la conversación hacia el holandés, no tanto por saber noticias suyas como por oírle pronunciar su nombre para que con ello se reprodujera vagamente su presencia. Pero cada vez me costaba más hacerla hablar porque hacía unos días que a Manuela la historia del Tarugos ya no la subyugaba como antes, cuando hacía y deshacía la última noticia hasta acoplarla a la multitud de informes que iba acumulando.

La memoria es frágil y el asombro difícil de mantener, y una vez estallado el escándalo, desvelado el secreto y exprimido el rumor tanto ella como la gente del pueblo perdieron el interés suplantado ahora por otra novedad: la Casa Grande se había vendido.

Una vez lo hubo dicho permaneció inmóvil con las manos cruzadas sobre el vientre mirándome fijamente para ver mi reacción, pero yo no hice ningún comentario. Confundió mi silencio con el escepticismo y con un gesto mohíno dio la vuelta y se fue dignamente a su casa.

Yo no sabía qué pensar. No había visto a Darío en todo el año. Algunos fines de semana en el verano había oído un coche seguido de dos o tres más y sabía que era el suyo porque la casa se llenaba de invitados que durante varios días subían y bajaban incansables con sus coches por el camino dando unos golpes de gas tan acelerados que dejaban el aire impregnado de olor a gasolina quemada. Luego llegaban los gritos y al encenderse los focos de las canchas de tenis y las luces del jardín, la Casa Grande se convertía en un lejano parque de atracciones que todos los habitantes de Almator, y yo con ellos por una vez, contemplábamos admirados debatiéndonos entre la envidia, el desdén y la protesta. A veces con el viento del sur, me llegaban ráfagas de música, fragmentos desacompasados de risas y gritos, y ritmos y melodías vagamente conocidos distorsionados por la intermitencia, y sentía punzadas de añoranza de alborotadas noches en la ciudad que no podía evocar porque no las había vivido yo sino otros que debieron dejar su recuerdo vibrando en el aire, y revivía en cambio fragmentos deshilachados de sensaciones que me costaba reconstruir porque tenían una cualidad no definible con palabras ni abordable con recuerdos, y era tal el eco de esa distorsión que no volvía a recuperar el ritmo ni mi alma se apaciguaba hasta bien entrada la semana. Habría querido que Darío me llamara alguna vez o viniera a verme y al mismo tiempo temía que lo hiciera porque yo no podría negarme entonces a ir a su casa y pasar la noche con esos grupos de gentes que imaginaba desenfadados y brillantes pero entre los que no habría sabido cómo comportarme.

Volvió Manuela al poco rato incapaz de soportar mi indiferencia ante una noticia tan importante, sin poder tolerar que sus palabras se hubieran puesto en duda. Y para demostrar la veracidad de su información dijo sin preámbulo alguno:

—La Casa Grande se convertirá en un hotel, me lo ha dicho Tana, la mujer de Pontus, y ella lo sabe por los propietarios de un campo, más arriba aún que los de la Casa Grande, que también lo han vendido a la misma empresa, y por Adela, la guarda que se lo ha dicho el Señor.

Es cierto que yo no quería creerlo, pero tuve que rendirme a la evidencia cuando aquella misma noche me llamó Darío para darme él personalmente la noticia. Había organizado una fiesta de despedida, añadió, a la que me rogaba que asistiera con las personas que yo quisiera invitar.

Manuela, plantada ante mí, debía oír a través del receptor, y estaba tan satisfecha de que hubiera llegado la confirmación que casi sin esperar a que me despidiera comenzó a chillar excitadísima:

—¿Lo ve usted? Si esas cosas se saben de seguro. Cuando las dice Tana, es que van a misa.

Sólo la palidez del cielo acreditaba la llegada del invierno y a veces una ligera telaraña de neblina, intacta hasta bien entrada la mañana, bastaba para dar pie a la esperanza: si un día u otro había de llover, bien podía haber llegado este momento. Pero a las pocas horas el sol se abría paso e inundaba las tardes de bochorno, y aunque día a día perdía esplendor y le costaba más remontar el cielo desde el horizonte y se alargaban las sombras sobre la tierra, las semanas se sucedían sin que cayera una gota de agua. Ya no quedaban en los chopos ni las hojas más altas que el viento se había llevado una noche de tímida y breve tramontana, y con ellas desaparecieron las rezagadas de los plátanos de la avenida, las de las moreras y el sauce, y las cepas quedaron con los vástagos desnudos extendidos sobre la tierra en un gesto de perezosa desenvoltura. Supe que se acercaba de nuevo la Navidad por el calendario colgado de un clavo en la cocina y porque el pueblo comenzó a adornarse con guirnaldas y bombillas y estrellas de plata que bajo el tórrido sol de aquel diciembre no lograban convencer a nadie.

El mismo día que comenzaron las ferias de los belenes y los abetos, trajo Manuela del apartado de correos la invitación de Darío. Se había levantado muy de mañana, antes de que llegaran los dos hombres de una modesta empresa de fabricación de cañizo para sombrajos a cortar las cañas del torrente, y mientras yo ajustaba con ellos unos precios tan breves que ni siquiera admitían el regateo, pasó por mi lado con una gran cesta, salió al camino y se sentó en un mojón periclitado a esperar a Adela, la guarda de la Casa Grande, que había de llevarla a la feria. No volvió hasta poco antes de la hora de comer. Los hombres habían ya cargado el camión con sus cañas y se habían ido dejando los ribazos del torrente afeitados y desnudos. Yo, desde lo alto del olivo, la vi subir jadeando por el camino, abanicándose con un sobre blanco, muy grande y cargando en la otra mano la cesta llena de ramas de acebo, sin parar de lamentarse del calor y de la edad. Desde hacía más de una semana, el hortelano y su nieto, un chico escuálido de unos doce o trece años, vareaban los olivos sobre las arpilleras extendidas en los rastrojos. Yo vareaba también, y Matías, que había venido a recoger su ración anual de aceitunas, se había prestado a ayudarnos porque desde la muerte del Tarugos era cada vez más difícil encontrar ayuda. No podíamos contar con los moritos: a uno de ellos, no sé si Bagdad o Useín, le habían encontrado sin papeles durante una de las redadas de los primeros días y lo habían devuelto a su país, y el otro había encontrado un trabajo fijo en la herrería de Toldrá.

—Se va usted a matar —chilló al llamarla yo desde las alturas, e hizo un gesto de desdén—. Tenga —añadió acercándose a nosotros—, mire esto antes de morir. —Metió el extremo de una larga caña por el borde despegado de la solapa del sobre y pasándola con cuidado entre las ramas rebosantes de olivas negras me alcanzó la invitación.

No había terminado aún de leer el texto al que Darío había añadido unas palabras escritas de su puño y letra cuando, como uno de aquellos cuervos vieneses posados en la rama más alta del chopo del parque, vi llegar por el camino el coche que tan bien conocíamos los perros y yo, y a su conductor, lo vi detenerse ante la cadena que el nieto de Casimiru había corrido a descolgar, subir luego por la avenida de los plátanos tocando brevemente la bocina, reducir la marcha al llegar frente a la solana, rodear la casa y aparcar finalmente bajo el sombrajo de brezo. Entonces se abrió la puerta y salió, acarició a Drake y Tom distraídamente mirando en todas direcciones, esperando quizás que yo abandonara lo que estaba haciendo y me sumergiera en sus brazos como siempre había hecho ya que a eso había venido. Pero yo seguí vareando con una mano sosteniendo en la otra la invitación, no por represalia a su larga ausencia ni por demostrar un resentimiento que evidentemente sentía, sino únicamente por esconder el desconcierto y ganar el tiempo que me permitiera decidir qué continente había de adoptar. Tantas ausencias e intermitencias y tantos acontecimientos nos habían alejado, aun sin que fuéramos demasiado conscientes de la magnitud de la distancia, del mismo modo que las calles de los cascos antiguos parten de una plaza casi en el mismo punto, parecen incluso avanzar en paralelo y terminan en zonas tan distantes que para pasar de una a otra ya no queda más solución que volver al punto de partida. Por eso en aquel momento, al verlo después de tanto tiempo, lo miré con curiosidad casi como se ve llegar a un desconocido.

La invitación era para tres semanas más tarde, el 21 de diciembre. Por primera vez llegué a la Casa Grande en coche porque mi largo traje de noche enfundado hasta los pies no me facilitaba la subida de la cuesta.

—No tengo traje que ponerme —le había dicho yo a modo de excusa cuando después de haber finalmente descendido del olivo nos habíamos encontrado a medio camino de la casa. Yo tenía todavía el sobre y la invitación en la mano que le mostré inmediatamente para paliar la frialdad del encuentro que, por el azoramiento quizás, había quedado más patente de lo que yo habría deseado.

Era cierto. Yo no tenía traje que ponerme porque como Manuela me había dicho mientras metía el extremo de la caña en el sobre, todo el mundo iría en traje largo.

—Y usted ¿cómo lo sabe?

—Lo dice Tana, y dice que lo pone la invitación.

Efectivamente, en el ángulo inferior derecho, como en una invitación oficial, figuraban las letras en caligrafía inglesa.

—Lo del vestido tiene arreglo —había respondido él, y me di cuenta de que esa cena de gala en una casa en el campo le atraía. A mí, que de haber estado sola ni se me habría ocurrido ir, susceptible como estaba, no me gustó que le apeteciera, aunque a medida que fue dulcificándose mi actitud en aquellos dos días fui convenciéndome también de que era sólo por mí por quien quería ir a la fiesta. Pero cuando la noche de la cena lo vi deambular por los salones de la Casa Grande, y abordar a unos y otros no sólo con naturalidad sino con esa complacencia que parecen extraer de las pláticas intrascendentes quienes tienen el gusto por la vida social, entendí que esos gestos y esos cambios de conversación, ese súbito interés por los opuestos que llevaba a cabo con la misma armonía con que se unen las curvas cóncavas con las convexas para formar líneas continuas incluso más perfeccionadas que las contradictorias partes que la forman, no era para él una rareza a la que se había prestado en esa ocasión para liberarme de mi exilio y apartarme por una noche del exceso de tomates, la muerte de Amín o la sequía creciente que no hacía más que aumentar el resquemor de mis vecinos, sino simplemente un hecho que formaba parte de su propia y cotidiana manera de vivir, el ambiente en el que se movía con soltura, el comportamiento que había practicado desde la infancia como un proceder que llevaba en sí mismo su propia retribución, igual que debieron enseñarle desde niño a escuchar música a horas fijas, soportando la incomodidad del asiento y del sueño a sabiendas de que desaparecerían con los años: era la primera vez que lo veía en público.

Yo, en cambio, me sentía extranjera en aquella casa que sin embargo era tan familiar. No conocía más reuniones mundanas que las que precedían o seguían a los conciertos de mi padre que, a medida que fui creciendo, quería que también yo asistiera; parecía no darse cuenta de que sin conocer a nadie ni estar dotada para las iniciativas y con el aspecto de estudiante que no lograron disimular mis primeros vestidos de noche, permanecía oculta tras una columna o confinada en un rincón esperando a que una vez terminados los discursos y los brindis, viniera a buscarme y sonriendo por mi timidez me dijera como cada vez que quería darme una lección: si buscas una mano que te ayude la encontrarás al final de tu brazo, y ofreciéndome el suyo con un gesto irónico me rescataba del olvido. Yo me serenaba entonces al recorrer los salones protegida por su mano sobre mis hombros que sin presionar me dirigía a donde quería, igual que esa noche en la Casa Grande él habría de escudarme entre unos personajes de otro mundo que así arropada me parecían lejanos e inofensivos.

Todos le interesaban, incluso aquella puntiaguda y petulante mujer rubia que nos acorraló para contarnos insistentemente sus éxitos profesionales convencida de que no recibían los aplausos que merecían. Él la escuchaba profundamente interesado y asentía con tal atención en el rostro que cuando la dejamos, sustituidos por otros incautos, me sorprendió el instantáneo cambio de expresión y el rictus de repulsión:

—Si un día tú fueras así, te mataría —susurró y casi automáticamente, al descubrir un rostro conocido, adquirió el mismo aspecto de complaciente inocencia con que unas horas antes había irrumpido por sorpresa en la cocina. Me había encontrado entonces, además de decidida a no ir a la cena, rodeada de botes de cristal y cuencos llenos de aceitunas que había de curar según la receta de Matías: ni lo esperaba ni lo había oído llegar.

—Es un vestido para ti —dijo sonriendo con inocencia, y como un niño que aporta por sorpresa el objeto que su madre lleva buscando durante horas, levantó con las dos manos una gran caja negra.

Me probé el traje escueto y sin hombros de un azul tan oscuro como la noche, demasiado estrecho para mis pasos largos.

—No puedo llevarlo —dije agarrándome todavía a una última oportunidad—, fíjate en el escote.

El escote parecía más pálido aún en contraste con la cara ligeramente tostada por el aire y el sol.

—Tonterías —dijo—, así estás más desnuda todavía —y alargó la mano para recorrer con el dedo el perfil del cuello y el hombro, y yo me dejé seducir una vez más sin imaginar entonces que aquélla habría de ser la última vez que sentía la cercanía de su desvelo que, unas semanas más tarde cuando corrí a su lado tras una agonía de confusiones y carencias, casi no habría de ser capaz de descubrir ni desear.

Cuando volví a vestirme me miré en el espejo, pero aquella imagen no me pertenecía: era otra mujer, aún más alta y quizás más distante, casi una aparición en la casa de mis abuelos de paredes toscas y pesadas vigas de madera, una sofisticada publicidad en un marco rústico que forzara el contraste. Y armada con ella igual que un guerrero con la cota de malla, adquirí el aplomo necesario para enfrentarme a esas damas enjoyadas y a esos devotos y complacientes caballeros con los que iba a pasar la noche.

Dejamos el coche en manos de un chófer que fue a aparcarlo, y caminamos los pocos metros que nos separaban de la verja atravesados por las miradas de nuestros vecinos y sus amigos que se habían agolpado a ambos lados para ver llegar a los invitados. Entre la penumbra y la súbita reverberación de los focos descubrí a Tana junto a Manuela, a Imelda, la mujer del hombre de la guadaña, y apartada de las demás pero atenta como ellas y con el mismo abrigo negro con que descendió por el camino el día de la nevada y con una bolsa de plástico en la mano, a Iliana, la Purráfula, entornados los ojos para que no le deslumbrara la luz de las hogueras ordenadamente distribuidas en todas las terrazas del jardín de la Casa Grande.

Debatiéndome como estaba entre la timidez de vestir ese traje y las ganas de hacerlo ni me había dado cuenta de cuándo se habían encendido esas fogatas, rodeadas ahora de grandes butacones de mimbre ocupados ya por algunas sombras envueltas en pieles. Esa insólita visión de la Casa Grande —los salones llenos de gente, la música, las flores y las velas en una sinfonía de rosas y malvas, el tintineo de los vasos y las voces, las mesas dispuestas para la cena, la luz de las hogueras a través de los cristales empañados— debió de quedar tan grabada en mi memoria que aun hoy cuando quiero evocar los escenarios de mi infancia se adhiere a la imagen más antigua del recuerdo y apenas deja asomar el jardín que recorrí con Darío tantas tardes de primavera y verano.

Después de la cena mientras los camareros deshacían las mesas y ya había comenzado ese tiempo en el que se habla con mayor convicción y exhaltación y la noche parece inagotable esculpida en una eternidad que sólo podrá desbaratar la luz del alba, nos sentamos en un círculo de personas que hablaban de acontecimientos de la ciudad desconocidos para mí.

Al principio miraba yo la casa que había de desaparecer buscando el pesar que me había acompañado desde que recibiera la invitación. Luego desapareció la historia de ese ámbito y su relación conmigo y hundida en un sillón demasiado grande para mí, oía como música de fondo las voces que me envolvían, bebiendo whisky sin precipitación pero sin descanso, como si yo fuera una bebedora consumada.

La música cambió de repente y se volvió melosa y anticuada y Darío, al que casi no habíamos visto en toda la noche, se acercó sonriente y con un gesto no dirigido a mí, sino a él, un gesto de complicidad entre iguales, entre caballeros, me quitó el vaso, lo dejó sobre la mesa, me tomó de la otra mano, y como si me levantara a rastras me llevó entre plantas, sofás, mesas y lámparas con tanta agilidad y ligereza como si para nosotros comenzara así el baile que habíamos de continuar con los demás en la terraza cubierta.

—Te vas a quedar muy sola en Almator —lo dijo quizás por cumplir con una formalidad, igual que me había dado el pésame por la muerte de la abuela, igual que había llamado el día de la nevada, porque no esperaba mi respuesta ni tampoco él iba a extenderse más. Pensé entonces en todo lo que habríamos podido volver a compartir, pero ya no quedaba tiempo para nada. Era tan cordial, tan elegante, que nunca debió de haber mirado a sus vecinos —y probablemente yo entre ellos— más que como las figuras indispensables en ese paisaje y los responsables de la marcha de sus campos a los que se les pedía cuentas y se les aceptaba los pollos y las barandas por mediación de un administrador que esta misma semana sería quien se despidiera de ellos en su nombre.

Bailamos en silencio. Yo no tenía nada que decir, y él cumplía pacientemente una formalidad, una más de las doscientas de aquella noche. Nuestro pasado ¿qué podía significar ahora? Lo estuve observando durante el resto de la noche, infatigable, dedicando la misma atención y deferencia a cada una de las invitadas.

Sólo cuando me fui y me abrazó y yo lo abracé a él, logró transmitirme cierta emoción. Estuvimos un instante unidos, apretados, como dos niños pequeños que han cogido frío y miedo al llegar la noche, pensé, pero no era cierto porque dijo, nos veremos, y los dos sabíamos que ya no habíamos de volver a vernos nunca más.

Era tan tarde cuando llegamos a casa que el último cuarto de luna se sostenía en la aurora invernal como un bumerán lanzado desde otro continente. Yo no quería entrar y cerrar con el sueño ese fragmento de tiempo después del cual ya no existiría la Casa Grande pero nos vencía el cansancio. Al salir del coche el aire era frío y desde la puerta contemplé todavía una vez los fantasmagóricos reflejos de las brasas que mezclados con la primera luz del día teñían la vieja casa de mis ensueños.

Quizá fue el reflejo de los faros de algún coche que descendía por el camino, quizá el cansancio y el alcohol dieron vida a alguno de los fantasmas que me acosaban, o quizá fueran las pupilas de Viernes, el gato, que desde su aventura con los perros vivía entre la casa y el bosque como si todavía dudara entre la libertad y el calor, pero lo cierto es que yo vi unos ojos mirándome entre los cipreses. Y lo dije.

Fue eso, sólo eso. Estoy segura. He hurgado noches enteras en la memoria hasta dolerme el pensamiento y no he podido recordar qué otra cosa pudo provocar el conflicto. Debió de hacer un gesto de impaciencia o incredulidad al oírme y en mi suspicacia acrecentada por el alcohol y el cansancio me impacienté y lo apremié a que aclarara ese gesto y él dijo entonces para terminar con la tensión: «Ves ojos por todas partes», y me cogió del brazo para entrar en la casa; pero yo saqué del alma la agresividad en la que parapetaba mi resentimiento y le eché en cara sus ausencias, él replicó ridiculizando mis angustias. Yo había pasado al ataque velado al principio pero espoleada por los suyos, de igual origen supuse, con los que respondía a los míos, atenacé los reproches agazapados y casi desconocidos que a su vez provocaron otros, alzando tanto él como yo el tono, la intensidad, el agravio en un crescendo que no podía sino acabar en desconcierto, como dos jugadores que echan sobre el tapete sus últimas cartas ante las cuales ambos quedan igualmente anonadados por el inesperado peso del juego del contrario como por la exigüidad del propio.

Subían por el camino los cazadores comenzando a gritos el día en el mismo momento y del mismo modo que nosotros terminábamos el nuestro. Entramos en casa avergonzados pero irremediablemente ofendidos, dejando en las viñas lustrosas de rocío el eco y la violencia de nuestras voces suspendidas en los horizontales rayos de sol que acababan de tenderse desde la loma de la casa de Pontus hasta la higuera al final de la solana.

Ya estaba dicho. Lo que se ha dicho es irreversible como lo que ha sucedido. Subimos pausadamente la escalera, nos desnudamos y nos metimos en la cama en silencio desvelados aún por la cólera reciente, y durante un rato permanecimos inmóviles, sordos por la tensión hasta que nos agotó la angustia y nos dormimos cada uno en su parcela, quietos para que ningún movimiento pudiera ser mal interpretado porque queríamos que constara el propósito de mantenernos inabordables, incapaces, como los vecinos de las masías gemelas, de conocer la fuente de nuestro rencor y salvar la barrera de reproche y orgullo que acabábamos de levantar.

A los hombres no les gusta que las mujeres lloren, pensé al despertar, y en lugar de hablar y buscar soluciones se esfuman, desaparecen. Yo no lloré ni él se sentó en la cama antes de irse. Se había vestido sin encender la luz ni levantar la persiana, como si realmente huyera y al darse cuenta de que lo miraba en la penumbra, nos llamaremos, dijo desde la puerta. Yo no respondí pero tampoco aparté la mirada del marco vacío cuando lo oí bajar la escalera, dar los buenos días a Manuela y cerrar con un golpe la cristalera del zaguán. Entonces me dormí otra vez.

Hasta muchos días más tarde no pude darme cuenta de lo que realmente había ocurrido ni de cómo pesaba la soledad. La de aquella mañana en la cama vacía se confundió con el cansancio y seguí durmiendo a trompicones hasta que a las cuatro me levanté. Tenía resaca y seguía cansada, y cuando llegó Abel, el jardinero al que yo misma había citado para esa hora porque llevaba semanas sin venir y había mucho que hacer, a punto estuve de pedirle que volviera otro día, pero no lo hice aunque lo único que quería era quedarme sola, meterme en la cama y seguir durmiendo.

Recorrimos el jardín, decidimos qué árboles había que plantar, cuáles había que podar, repasamos los parterres y los macizos anotando abonos y semillas. Después fuimos al cobertizo para el recuento de las herramientas y estábamos los dos inclinados sobre la máquina de cortar césped que llevaba un par de semanas sin funcionar, cuando levantó la cabeza, miró hacia el huerto y señalando con el dedo un punto lejano dijo quedamente:

—Mire.

Me volví. Drake subía tambaleándose y dando bandazos por la avenida de los plátanos y algo tenía en la cabeza que confundía, como un trapo negro o, pensé, quizás sea la sombra. Estaba lejos aún y desde allí no podía verlo con precisión. Al fondo, en el campo de enfrente, Pontus y su hermano, el hombre de la guadaña, como un telón de fondo miraban inmóviles apoyados en sus horcas. Corrí hacia Drake inquieta, sin comprender. Al acercarme descubrí el reguero de sangre que iba dejando en el camino; tenía la cabeza y los ojos y el hocico cubiertos de grumos oscuros y viscosos. No gemía, no se lamentaba, intentaba orientarse guiado sólo por la memoria. Me arrodillé en el suelo y lo abracé. Él apoyó la cabeza sobre mi hombro y permaneció inmóvil sin otra respuesta que el temblor de su cuerpo sobre mi pecho. Luego con la ayuda de Abel lo cogí en brazos. Se dejó hacer: ni se movió ni intentó zafarse. De vez en cuando un breve gemido como un chirrido corto y gutural me hacía comprender que había presionado en una zona dolorosa, pero seguía apoyado en mi hombro.

Va a morir, me dije.

Subimos hasta la solana y lo tumbé sobre una manta a la sombra. Ni siquiera podía acariciarle la cabeza, cubierta de grumos sanguinolentos que no me dejaban ver dónde tenía la herida. Le di de beber pero casi ni abrió la boca o lo que quedaba de ella, y me conformé apoyando mi mano en su lomo.

Así me encontró el veterinario al que Manuela llorando, más todavía de horror que de pena, había llamado.

—Son perdigones —sentenció—. Hay más de treinta en la cabeza y en los ojos. Si logramos curarlo quedará ciego y lelo.

Tom apareció al poco rato sin hacer ruido ni ladrar y se tumbó a mi lado. No había nada que hacer más que esperar.

Cuando se fue el veterinario, una hora más tarde, Drake no había dejado de sangrar pero estaba muerto. El espesor de las lágrimas que había mantenido durante más de una hora como una lente opaca bajo los párpados me impidió ver si entre las muchas manipulaciones que había llevado a cabo el veterinario alguna lo había ayudado a morir o si Drake había sucumbido por si solo a la barbarie y a la brutalidad. En la solana, y en mis manos, quedaron oscuros regueros de sangre cuyas huellas y el dolor de mi corazón intenté borrar inútilmente bajo la ducha que mantuve abierta hasta que salió el agua fría y limpia y comencé a temblar.

Cuando bajé, Abel ya había cavado un hoyo muy cerca de donde cinco meses antes habíamos enterrado a Amín, junto al lugar en que Drake se tumbaba aplastando los romeros. Ahora podrán crecer y florecer, pensé mientras Abel volvía a llenarlo de tierra.

Durante la infancia la muerte forma parte del devenir constante de las cosas de este mundo. Pero a medida que pasan los años la pérdida de los que amamos va siendo paulatinamente más dolorosa y va dejando hitos que marcan las etapas del recorrido. Al principio sólo son objetos que caen del equipaje mientras seguimos haciendo camino pero después poco a poco, a medida que todo va sucediendo cada vez más en nuestro interior, son miembros indispensables del propio cuerpo los que dejamos sin los cuales, de todos modos, tenemos que continuar.

Hasta un mes más tarde por lo menos no fui a poner la denuncia. Entonces no había sentido el ansia de la venganza y aunque Cosme y Manuela me lo aconsejaron lo fui demorando, porque aun siendo tan cierto no tenía pruebas para acusar a los cazadores, esos que se habían molestado por la valla, los que me habían robado las almendras secas, impertinentes, agresivos, facinerosos, malvados, asesinos de perros como de hombres de estar seguros que iba a quedar impune su crimen —Manuela me miraba horrorizada— que al amanecer cuando volvíamos de la Casa Grande había visto torrente arriba, y que después de enterrar a Drake bajaban del monte cantando, borrachos de piezas cobradas.

Por la noche apareció Matías con una botella de vino y adujo todos los argumentos y pretextos para consolarme.

—Ha sido un accidente —sentenció.

—No —respondí yo.

—Sí, ha sido un accidente.

—No, Drake llevaba collar y estaba a menos de quinientos metros de casa. De otro modo, en el estado en que lo dejaron, nunca habría llegado a la avenida.

—¿Qué tiene que ver el collar?

—Todo animal sin collar es pieza de caza —dije repitiendo las palabras del guarda forestal que a su vez citaba el reglamento.

—Los cazadores... —comenzó.

La ferocidad de mi mirada lo detuvo.

—Mujer, no todos son iguales.

—Con que haya uno basta.

409

Durante semanas me desperté por las noches con las manos húmedas creyendo que las tenía todavía empapadas en sangre y aterrorizada porque iba a manchar las sábanas y Manuela me regañaría como cuando era pequeña y me llevaba a la cama una pastilla de chocolate del cajón del pan que escondía y se fundía en la mano y me delataba al día siguiente.

La casa había quedado vacía. Cano apenas venía y Tom vagaba por el jardín y las viñas desconsolado buscando a Drake y Amín cuya ausencia todavía no había comprendido, acumulando desconfianza a medida que pasaban los días, quizás porque al verme más ausente debió de suponer que el próximo en partir había de ser él. Habiendo perdido el objeto de sus ataques se volvió agresivo contra el mundo en general pero la emprendió sobre todo con su antigua enemiga, Berta, la hija de Xofre, a la que esperaba todas las noches en silencio agazapado en el camino para abordarla al pasar y acompañarla ladrando, corriendo a su lado durante un buen trecho sin atacarla pero con la evidente intención de torturarla. Yo lo dejaba hacer porque sus ladridos eran el único consuelo en el que me refugié durante esos días, como si Tom hubiera sido la mano justiciera que iniciara el camino de una venganza que yo todavía no había decidido tomar.

Al principio achaqué la desolación a la ausencia de mis perros convencida de que no había de reparar en la otra, acostumbrada como estaba a ella. Pero el hombre que no ha de volver deja más vacío que el que impone el que se espera a todas horas, incluso como aquel cuya aparición nunca había podido preparar ni prever. ¿Y no había de volver sólo por aquella pelea? ¿Había sido una pelea? Me lo pregunté muchas veces durante los meses que siguieron sin que lograra comprender qué había ocurrido, qué estaba ocurriendo, por qué se habían torcido los acontecimientos y se habían desencadenado tantos desastres.

Las primeras semanas estuve atenta al teléfono y me asomaba a todas horas esperando verlo aparecer por el camino, pero cuando me convencí de que también esa espera era inútil, la soledad comenzó a pesar.

El día de Navidad había llamado mi padre desde Viena y sus amigos de la ciudad pero nadie más. Manuela había cocinado un pavo para mí sola y puesto la mesa en el comedor, esta vez sin más intención que la de dar realce a la fiesta, pero no me invitó a su casa ni para beber un vaso de vino. Y la noche de fin de año me senté frente a la televisión a ver moverse en la pantalla las mujeres sumergidas en burbujas de champagne y los endomingados locutores, para que esa alegría incontenible, esa fiebre de felicidad que se había apoderado del mundo, me hiciera olvidar mis amores desaparecidos, pero lloré desconsoladamente al tocar las doce campanadas sin uvas.

El año comenzó tan soleado como oscuro estaba mi ánimo. En el campo y el jardín había poco que hacer. Quizás estoy enferma, pensaba suspirando de añoranza y andaba anonadada por la casa y por el campo sin poder sacudir la apatía a la que me había sumido la tristeza y la inactividad, seguida de Tom que gemía de sufrimiento viéndome tan abatida. Y para remacharlo llegaron una mañana los furgones de mudanzas que con sus dobles juegos de ruedas subieron por el camino dejando indiferentes a su paso ramas rotas y aplastando las rodelas como tanques en guerra.

Tom los contemplaba atónito desde la viña, sin atreverse a ladrar ni a correr detrás de ellos conociendo de antemano la evidente inutilidad de su protesta, y unos días después los camiones de la empresa constructora que había de remodelar la Casa Grande y convertirla en hotel comenzaron un ir y venir llenando de obreros el camino para darse paso y evitar los embotellamientos y choques. Dos grúas se situaron frente a la casa y comenzó a crecer de un extremo a otro un gigantesco andamio de piezas de metal que durante la semana que duró el montaje repicaron sin parar dejando tras de sí un eco confuso e inacabable. Después vinieron las excavadoras para ensanchar el camino, retiraron la tierra recortando las viñas de Pontus, que como todos los demás habitantes de Almator perdía las horas arrimado al camino mirando las obras, y dejaron a cada diez metros un montón de grava. Y más tarde aparecieron los bulldozer para abrir el camino que había de continuar atravesando los campos y los bosques detrás de la antigua Casa Grande para acabar en la carretera, dejando el valle partido para siempre en dos.

Un día radiante había sucedido a otro y de nada servían los capirotes de brezo con los que como precaución contra las heladas y nevadas había cubierto las hortensias y las gardenias ni los nuevos troncos de la buganvilla. Pasó enero y florecieron las mimosas y los almendros sin que tampoco llegaron los fríos, y brotaron entonces todos los frutales en medio de los campos secos y agostados, y a mí no me hacía falta encontrar a Pontus o Tana o a la guarda de la Casa Grande que había de quedarse en el hotel o a los vecinos de las masías gemelas para saber que hervía el odio y se incrementaban día a día la aversión y la suspicacia. Y a mi desamparo vino entonces a añadirse el miedo y el rencor.

Quizás el día más caluroso fue el que escogieron los técnicos del Departamento de Aguas de la Subsecretaría Territorial para efectuar las pertinentes diligencias probatorias antes de decidir el juez si admitía a trámite la demanda de sus vecinos, decía la comunicación.

—Y eso ¿qué quiere decir? —pregunté al administrador.

—Significa —corrigió con paciencia— que llegarán los técnicos y harán una serie de pruebas cuyos resultados presentarán al juez, quien decidirá si procede o no procede, si ha lugar, si hay motivo para la demanda. Si la hay se iniciará el juicio. Pero usted siga tranquila —añadió—, no tenemos nada que temer.

Efectivamente llegaron a las nueve de la mañana los técnicos, dos muchachos recién salidos de la Escuela de Peritos Agrónomos, y se limitaron a abrir el grifo de la caseta del pozo nuevo y medir el nivel de agua de los de Pontus, Feliciano, Xofre y Matías.

—El agua ha de manar durante veinticuatro horas. Nosotros volveremos mañana y veremos si sacando agua del pozo de usted disminuye el nivel de los de ellos —y sellaron los grifos de sus pozos y bloquearon el del mío para que nadie pudiera utilizarlos, y colocaron en las entradas y salidas de agua complicados aparatos que registrarían cualquier manipulación.

El agua de mi pozo que durante todo el día y toda la noche salió a borbotones, corrió por la cuneta del camino hasta perderse más allá de la casa de Matías y atravesó después la carretera por un torrente reseco perdiéndose en él, no sirvió para otra cosa que para enardecer y excitar aún más a mis vecinos que yo oía gritar y veía gesticular frente a la puerta principal de la masía de Pontus. Allí seguían al atardecer y por la noche montaron guardia junto a uno de los montones de grava desde donde vigilaban mi pozo nuevo, con una evidente falta de confianza no sólo en mí sino también en los técnicos y sus instrumentos de precisión y control. Y yo, con la luz apagada, espiaba tras los cristales de la ventana de mi habitación y sabía que seguían allí por el haz luminoso de su linterna que de vez en cuando se dirigía al pozo desierto.

Al día siguiente todos se reunieron con los técnicos, incluso Matías intentando disimular su turbación frente a mi presencia que adivinaba a lo lejos y me dedicaba gestos de complicidad a escondidas de los demás.

Los técnicos cerraron el grifo y fueron de un pozo a otro desbloqueando las salidas de agua, seguidos todo el tiempo por el mismo grupo que también el día anterior los habían acompañado. Más tarde, una vez terminados los trabajos, cuando vinieron a casa a tomar el café que Manuela les había preparado, se quedaron ellos en la linde de la viña, quietos, atentos, como si estuvieran seguros de que algo se tramaba en mi casa y quisieran descubrirlo.

—No ha bajado ni un centímetro el agua, no habrá problema —dijo uno de los técnicos y añadió el otro:

—De todos modos, sus pozos están todos a punto de agotarse.

—¿Esto es todo? —pregunté yo.

—Sí, en dos o tres meses se conocerá la decisión del juez, o antes incluso.

Se despidieron y bajaron por la avenida de los plátanos hasta el camino donde habían dejado el coche. Los vi hablar con los vecinos, vi los gestos de impaciencia de Pontus y Feliciano, vi a Xofre más apartado. Luego se fueron abatidos, cada uno por su lado y finalmente también el coche desapareció sorteando los montones de grava y haciéndose a un lado para dejar paso a una hormigonera que se dirigía a la Casa Grande y rozando casi una máquina de asfaltar que desde hacía unos días esperaba inmóvil con su aspecto de anticuada máquina de vapor, a que la gravilla estuviera repartida para comenzar su renqueante trabajo.

No sabía si era mejor tener razón yo y seguir envenenados para siempre o que la tuvieran ellos y verme obligada a darles agua, con lo que se aliviaría su penuria y quizá podríamos vivir sin rencores. Si me avenía a dársela sin esperar el veredicto la tomarían como una limosna y aunque no tendrían más remedio que aceptarla su odio se acrecentaría. Y si el fallo del juez me favorecía sería la guerra abierta. La única solución era perder. Pero todos estábamos empeñados en ganar. Incluso yo, espoleada por sus constantes revanchas y descargando contra ellos y sus arteras maquinaciones todo el resentimiento que mi alma acumulaba por tantos y tan variados acontecimientos, acrecentando las ansias vindicativas hasta unos extremos que yo misma no habría imaginado; sin embargo para que ni yo pudiera darme cuenta de que los hacía responsables incluso de lo que desconocían, no había día en que no viniera el hortelano a comunicarme una nueva cornada de la oculta mano de la venganza: destrozadas las tiernas matas de las habas recién plantadas, esparcido el estiércol por el camino, cortadas las ramas de las higueras o de los cerezos, o pisoteados los ajos y las cebollas. Yo no respondía a nada porque nada podía hacer y de momento me bastaba con ver los campos agostados y secos y contemplarlos sacando agua del pozo con un cubo porque ya el motor no alcanzaba su bajísimo nivel, pero en la profundidad de mi alma alimentaba la hostilidad para que, al llegar la sentencia del juez, fuera mayor el regocijo que había de satisfacer mi desquite.

Cuando todavía corría al teléfono y se lo arrancaba de las manos a Manuela, era tan intensa la confianza de que había de oír su voz, que la que contestaba al otro lado del hilo me producía una irritación sin límites. Manuela debía de haberlo adivinado y esperaba pacientemente sabedora de que una vez perdido el interés había de pasarle inmediatamente el aparato y dictarle con gestos un mensaje que me evitara tener que hablar yo.

—Es de la Guardia Civil —dijo aquella mañana preguntándome con un gesto de la cara si quería o no quería ponerme. Y al ver que yo una vez más me desentendía, dio un pretexto para justificar mi ausencia y continuó la conversación que yo no oí porque no tenía más oídos que para mi propia decepción.

Llamó al poco Manuela a la puerta de mi cuarto para comunicarme que a las once me esperaba el sargento de la Guardia Civil en el almacén del Tarugos para ver si podía reconocer algunos de los objetos que me habían sido robados en el verano.

—Ese muchacho no aparece —dijo mientras yo iba hacia el coche—, el holandés me refiero —añadió mirándome para ver si la había comprendido—. Dice su madre que no ha tenido noticias pero nadie la cree. Hay quien jura que se lo vio en el pueblo una noche de la semana pasada y otros en cambio aseguran que ha pasado la frontera. Si lo encuentran, son años de cárcel, años...

En el almacén encontré al sargento y a uno de los números que había venido a casa cuando denunciamos el robo. Descendimos a un inmenso sótano casi sin ventilación que ocupaba toda la superficie del taller, atestado de los objetos más heterogéneos cuidadosamente ordenados en estantes que alcanzaban la altura del techo: vasos, platos, cubiertos, jarros, batidoras, cafeteras, portarretratos, televisiones y vídeos y muchos otros, y al fondo con menos orden pero con igual cuidado y limpieza, muebles, lámparas, alfombras, sillas, hasta varios pianos y por lo menos una docena de relojes de pared, la mayoría de ellos aún en marcha.

Estuve mirando sin encontrar nada de lo que buscaba. Había traído conmigo la copia de la lista que había entregado a los dos guardias civiles porque ya casi no recordaba más que el tapiz de mi habitación, la televisión y la máquina de triturar carne que había comprado yo misma cuando Drake era todavía un cachorro. Pero era muy difícil recordar cómo era exactamente la televisión y casi imposible saber cuáles eran mis vasos y jarros. Y el tapiz no estaba.

Fuimos después al cuartel de la Guardia Civil donde habían almacenado los objetos hallados en los domicilios de los muchachos huidos o detenidos. En un pasillo estrecho, sobre tablones arrimados a ambas paredes y debajo de los caballetes que los sostenían, se exhibían una serie de objetos agrupados en función de su procedencia. Sobre cada montón, en torpes mayúsculas a lápiz, figuraba el nombre de cada presunto autor del robo en una cartulina clavada con chinchetas en la pared. El lugar no era tan grande como el almacén del Tarugos, ni estaba tan meticulosamente ordenado, pero me hizo falta mirar muy poco para localizar entre aquella amalgama de trastos el tapiz de la monja agonizante y del gigantesco lagarto. Tuve que fingir un estornudo para esconder la turbación y el fuego de las mejillas al leer en el cartel: *Antonio Fuentes Martínez, alias el Holandés*, y junto a él, entre un manojo de cinturones y bolsas y bolsos de cuero colgando de un gancho de hierro como una aldaba, descubrí el collar ancho y fuerte con tachuelas y pinchos de metal y la placa de acero. Lo reconocí inmediatamente aunque no podía ver el nombre grabado ni descolgarlo sin que el teniente que me seguía se diera cuenta de mi interés por la pieza. Hice entonces ademán de volverme y al mismo tiempo simulé un tropiezo y como si fuera a sostenerme con lo primero que encontrara a mano agarré la carlanca, que cedió y cayó al suelo conmigo. Un instante antes de levantarme con la ayuda del teniente que se había precipitado a socorrerme, le di la vuelta y me dio tiempo a leer el nombre de Sultán.

No sé a qué se debía mi temor ni por qué no señalé al teniente los objetos que me pertenecían, creo que entonces yo le tenía miedo a todo, pero cuando estuve de pie di un ligero puntapié a la carlanca que fue a esconderse sin ruido bajo los tablones, como si al ocultarla y no desvelar la propiedad del tapiz defendiera la inocencia del holandés y preservara mi secreto.

—¿Se ha hecho usted daño? —preguntó el guardia civil.

—No, sólo ha sido un resbalón —y abrí la puerta para irme—. Por cierto —dije y me volví—, quisiera saber qué se puede hacer cuando alguien mata un perro. ¿Está castigado por la ley?

—¿Quién lo ha matado? —preguntó.

—Un cazador. Según el veterinario tenía la cabeza acribillada a perdigones.

—Puede usted poner una denuncia y la transmitiremos a la Sociedad de Cazadores de la Comarca. No hay más que rellenar esos impresos —y me alcanzó varios papeles que sacó de un armario.

Pacientemente, más como una última prueba de

cariño hacia Drake que por esperar una imposible justicia, rellené la denuncia contra todos los hombres que cazaban en Almator, y describí con detalle las amenazas del gordo del cinturón bajo la barriga, la firmé y la entregué al teniente.

—Guardaré el formulario hasta que haya traído usted el certificado del veterinario —dijo.

Me acompañó hasta la calle y añadió:

—En cuanto al robo, la avisaremos si encontramos algo más —y llevándose la mano al tricornio me saludó brevemente y volvió a entrar.

Hay tanta distancia entre una sospecha y su confirmación como entre lo que existe y lo que no existe, pero negándose a aceptar la evidencia, el pensamiento quería detenerse sólo en aquello que por derroteros complicados habría podido exculpar al muchacho, y no encontrándolo embrollaba los hechos a conciencia para que a cada paso aumentara la confusión. Era fácil admitir que el Tarugos lo había enviado a desbrozar el huerto para tomar vistas de la casa, sin embargo no había entrado en ella, y si bien había preguntado quién era el jefe de los perros no era él quien había ido a buscarlo sino el carnicero de Toldrá y, aunque el muchacho estaba esperando en el coche, no se entendía por qué había de tener la carlanca puesto que el carnicero, que no había sido detenido ni siquiera interrogado, no debía formar parte de la banda. Era cierto que nadie había reclamado a Sultán una vez vuelto a casa, y que no habían ladrado ni él ni los demás la noche del robo, pero tampoco lo habían hecho al oír los pasos en la solana. Si quien se dedicaba a caminar de noche bajo mi ventana había sido alguno de los payeses, a los que los perros conocían de sobra, ¿no podrían ser también ellos quienes habían entrado en la casa? ¿Desde cuándo no oía los pasos?, ¿desde la noche del robo?, ¿o más tarde? El recuerdo se confundía y el pensamiento se desviaba y daba rodeos quizás para no llegar a lo más difícil de admitir, más incluso que la seguridad de que fuera el holandés el autor del robo, más aún que recordar que era yo quien se lo había contado en la playa el mismo día que había ocurrido, momentos antes de iniciar el paseo en moto que había de terminar con mi absurda negativa. Ni siquiera la duplicidad de su comportamiento. No, lo más inquietante era imaginarlo saltando dentro de la habitación e iluminar con su linterna mi cama y mi cara dormida, una imagen que sin poder evitar me producía esa desazón que se disipa a ratos pero no remite, como el recurrente malestar con que se recuerda la pérdida de un objeto al que estábamos apegados o la insistencia con que mortifica una pequeña herida.

Comenzó febrero con una ráfaga de tramontana que parecía mitigar brevemente a las pocas horas. Pero la tramontana no es el garbí, el viento húmedo que en verano se levanta a media mañana y aumenta a ráfagas intermitentes a lo largo del día hasta morir al atardecer dejando el campo en paz.

La tramontana por muchas reglas que se le atribuyan no se somete y en contra de todas las previsiones puede arreciar durante semanas. Así fue entonces y aunque perdió fuerza en algunas ocasiones, e incluso un día de primavera cedió casi por completo oculta quizá tras un monte alejado para girar enfurecida sobre sí misma y tomar más impulso y arreciar con mayor fuerza y velocidad, nunca había de desaparecer aquel bramido ensordecedor que no tenía descanso, no por lo menos en todo el tiempo que aún permanecí en Almator. Seguía sin llover y la tierra ya resquebrajada por la sequía se tornó dura como la piedra y el paisaje desnudo ocre y pardo, sin más verde que el verde intenso de las habas y los guisantes del huerto y el césped del jardín, regados con el agua del pozo que mostraban su lozanía como un desafío en el corazón del páramo.

—Ese viento, ese viento —repetía Manuela como la abuela taponando con guata las fisuras de montantes y batientes porque por cuidado que se llevara golpeaban las puertas y las ventanas y la tramontana se filtraba por las rendijas silbando como una serpiente que quisiera deslizarse por ellas.

Había entrado un día de cielo claro; el sol apretaba, y yo había ido con Tom al monte sin jersey ni chaqueta, me había tumbado al sol y casi dormía cuando me despertó un golpe brusco de viento frío contra los árboles y después de ése, otro y otro. Volvimos a casa barridos por rachas cada vez más violentas y frías, pero hasta que llegamos, dos horas después, no pude abrigarme. Tenía frío en las manos y los pies, me sacudían temblores que no podía detener y no me hicieron reaccionar ni las mantas que Manuela acumuló sobre mi cama, ni las ardientes infusiones que me obligó a tomar durante toda la tarde. Por la noche la fiebre debió de provocar un delirio porque en el sueño las imágenes giraban como un remolino, imágenes de zapatos que se agigantaban hasta dibujar la silueta de un cazador ciego disparando descargas de perdigones en todas direcciones, y aparecía el holandés con la cara de Pontus Abreu, echada la gorra hacia atrás riendo a carcajadas junto a su familia porque yo me debatía en el mar sin poder salir mientras su mujer desplumaba gallinas ensangrentadas. Despertaba sudorosa y temblando y volvía a otro sueño y a otro despertar, sin apenas avanzar en aquella noche agónica.

También el médico que vino al día siguiente parecía salido de una pesadilla: era tan corpulento que inclinado sobre mí aumentaba su volumen hasta llenar casi por completo el espacio del dormitorio. Yo cerraba los ojos abrumada por su excesiva presencia pero nada podía hacer para que su atronadora voz de bajo no resonara en mis oídos como un pulso incesante.

Debió de durar la fiebre varios días confundidos con sus noches, entre sueños inquietos y largas horas de vigilia marcadas por las campanadas del reloj del zaguán y su tic tac, agigantando el volumen a medida que la oscuridad avanzaba hacia el alba.

Poco a poco descendió la fiebre, pero dejó en su lugar la debilidad en las piernas y los brazos y el cuerpo entero que me tenían dormitando a cabezadas durante horas y entonces, como la señal de que recobraba la conciencia, comencé a oír las máquinas de las obras de la Casa Grande y las apisonadoras y las excavadoras y los camiones de grava al descargar, y una mañana soleada en que remitió algo el viento, al abrir Manuela la ventana para ventilar el cuarto llegó el penetrante olor del alquitrán que había de cubrir el camino ya ensanchado y convertirlo en carretera.

Manuela acrecentó sus cuidados contenta de tenerme a su merced y finalmente quieta, y caminaba por la casa contando satisfecha a un interlocutor imaginario que esa enfermedad lejos de ser una gripe virulenta como decía el doctor, no era sino la que ella misma había diagnosticado desde siempre que había acabado por manifestarse; me traía en una gran bandeja los manjares más diversos: pan con tomate y jamón, requesón con miel, pestiños de su pueblo, una tortilla de espárragos tiernos, pan tostado con aceite y sal, todo en cantidades muy pequeñas como tapas en cuencos minúsculos para excitar mi apetencia, y lo dejaba sobre una mesa a mi lado mientras iba a reanimar el fuego de la gran sala central, junto a mi habitación. A veces, en su inconsciente sabiduría, me animaba hablándome del holandés al que, según decía, la Guardia Civil no lograba dar caza, pero a los pocos días vino con la noticia de que no iba a haber más novedades porque se había descubierto la implicación en el caso de otras personalidades entre las cuales un juez, y ya nunca se volvió a referir a él ni a mencionar su nombre. Otras veces me contaba chismes de los vecinos, cada vez más renegridos por la lluvia que no caía, o me pedía que decidiera qué verdura quería plantar en el huerto, dónde había que comprar el abono, o a quién había que llamar para que viniera a quitar el avispero que había renacido, decía, en las tejas de la cubierta de levante, pero yo no lograba interesarme y respondía siempre con evasivas para que fuera ella quien decidiera y me dejara en paz. Muchas veces hablaba y yo fingía dormir, sobre todo cuando insistía en que así que estuviera mejor había de ir al cuartel de la Guardia Civil a llevar el certificado del veterinario y a firmar uno de los ejemplares de la denuncia que había quedado traspapelado, según le había dicho el propio teniente la misma tarde que yo había caído enferma. Y si entraba en la habitación y me encontraba con los ojos entornados, creyendo que dormía se sentaba a mi lado, dobladas las manos sobre su vasto regazo como si no tuviera más que hacer que repetir como la abuela, ese viento, ese viento, con pesadumbre y encono haciéndolo responsable de cuantas desgracias ocurrirían sobre la tierra. Se había instalado en una de las habitaciones del fondo y cuando ya se retiraba después de arreglarme la cama, darme más medicinas y dejarme el vaso de agua en la mesilla, yo volvía a enfrentarme a la noche interminable, y sumida en el silencio que intentaba descifrar desde la cama echaba igualmente de menos las caricias que había recibido del uno como las que no había recibido del otro. ¡Dios mío!, que algo ocurra aunque sea a peor, que algo venga a sacarme de esa inmovilidad, de esa llanura donde nada puede ni anidar ni permanecer, y ansiaba oír de nuevo el eco de los pasos en la solana que habría puesto en mi soledad una nota de esperanza. Recordaba entonces esas botas que el muchacho llevaba en invierno y en verano, y a ratos todo parecía coincidir aunque en mi delirio llegué a olvidar la única prueba de la existencia del ser de los pasos, las cerillas, quizás porque nunca había visto al holandés encender un cigarrillo.

Pero sólo oía pasos en la galaxia de mi duermevela y al despabilarme se desvanecían bajo el crepitar de las llamas en la chimenea de la sala y los embates de la tramontana en los hilos de alta tensión, tan claros y manifiestos como el crujir de las cuadernas de un barco y la música del viento en sus jarcias en la soledad oscura del mar.

A veces, haciendo un esfuerzo me incorporaba en la cama, ponía los pies en el suelo y me acercaba a la ventana. Ya no había luces en el valle y la rendija de luz de la abuela de Palmira brillaba solitaria en la oscuridad como una estrella terrenal, orgullosa de haber durado más que la Casa Grande. Nunca debe dormir, pensaba yo con igual admiración y temor que cuando era niña, pero ya no podía, como entonces, contemplar embelesada el castillo de mis sueños: se habían desvanecido los haces de luz entre los árboles como leones despeinados por la tramontana y, aunque la noche fuera clara, ya no se dibujaba contra el cielo el depósito de agua como la silueta de un carguero anclado en un muelle fluvial, medio escondido por la selva: la Casa Grande había desaparecido.

Cuando comencé a sentirme mejor bajaba por las mañanas al zaguán y dejaba entrar a Tom, mi único perro, que había permanecido todos los días y noches de mi enfermedad tumbado a la puerta de la casa de donde no se levantaba, decía Manuela, más que al atardecer para correr y ladrar detrás de la moto de la hija de Xofre a la que culpaba, como Manuela al viento, de las desgracias encadenadas que nos habían sobrevenido.

Finalmente me levanté de la cama no sólo para volver a ella sino para permanecer fuera de ella y fuera de la habitación, e iniciamos los dos nuestros solitarios paseos y a veces, para descansar de las embestidas de la tramontana, nos deteníamos en el murete de la chopera donde casi todos los días encontrábamos a Palmira, dejada allí por su madre o sus hermanos para aprovechar el sol del invierno y distraer la inmovilidad de sus horas con el ir y venir de los camiones de las obras. Creyendo que quizá de alguna forma que yo no podía conocer apreciaría mi presencia, le tomaba la mano cuya ligera repugnancia había aprendido a superar y la apretaba con la vaga esperanza de que alguna vez había de tener una respuesta. Luego reanudábamos el paseo y subíamos la loma apartándonos para dejar paso a los camiones de las obras. El primer día nos habíamos acercado a la Casa Grande y yo contemplé incrédula lo que quedaba de ella, desnudos sus muros de hiedras y enredaderas, y desaparecida la valla y arrancados los setos que la escondían. Sin tener en cuenta la dirección, el empuje y la tenacidad de la tramontana se habían abierto en la fachada norte, reconstruida para que recordara la masía que nunca fue, un portalón excesivo, grandes ventanales y un porche; se había arrancado de las terrazas del parque la espesura de árboles y arbustos, y un ejército de hombres las estaban transformando en un jardín japonés salpicado de olivos, y detrás de la casa, donde antes se levantaba la verja de acceso, yacían cubiertos de plásticos, decenas de tiestos de geranios que habían de adornar las ventanas y balcones del nuevo hotel. Y comprendí entonces que ese picar constante que había acompañado mis fiebres no era más que un inútil intento de realzar las paredes exteriores con un revestimiento de piedra artificial más suntuoso que el encofrado teñido con sulfato de hierro al que había sustituido. Seguíamos luego el camino entre excavadoras y bulldozers que abriéndose paso por los bosques detrás de lo que había sido la Casa Grande continuaba hacia la carretera principal. El valle quedaría así dividido por una carretera de dirección única para que quienes accedieran al hotel no coincidieran con los que lo dejaban y evitar aglomeraciones.

Volvíamos sorteando máquinas, y yo más descorazonada aún vagaba por la casa desorientada, sin saber qué hacer. Quizás la convalecencia, más dura que la propia enfermedad, me impedía recuperar el interés y acelerar el ritmo de mis pasos. Cuando iba al huerto y veía a Casimiru regar los guisantes con la manguera a ras del suelo para evitar que la tramontana convirtiera el chorro en un surtidor, me parecía lejano y extraño, y no lograban tampoco irritarme las matas que todos los días amanecían arrancadas o pisoteadas. Daba vueltas por los dormitorios deshabitados, vacíos de historia, sin cuadros ni fotografías, ni objetos inútiles, como habitaciones de hotel. Y no me sentía con fuerzas para comenzar a transformarlas y cuidarme de la casa como había planeado tantas veces sin decidirme jamás a hacerlo. Tampoco podía ir a la biblioteca porque la sola visión de la maleta de los libros y la máquina de escribir me producían una mezcla de malestar y rencor como si los hiciera responsables de mi prolongada indecisión, y se revelaba entonces la misma agresividad que origina comprobar en los demás una carencia que reconocemos como propia.

Debía de ser ya la segunda o tercera semana de marzo cuando finalmente una tarde, quizás para no oír más a Manuela, cogí el coche para ir a firmar esos papeles al cuartel de la Guardia Civil y llevar el certificado del veterinario que había traído hacía días. Seguía soplando la tramontana en el cielo despejado y seguía sin llover. El pueblo azotado por ráfagas frías e intermitentes estaba sumergido en remolinos de polvo. El aire secaba las gargantas y las gentes cruzaban las calles corriendo, cubriéndose la boca y los ojos para defenderlos de las trombas de tierra. Dejé el coche sobre la acera y entré en el cuartel de la Guardia Civil, y al pasar ante un pequeño despacho junto al pasillo donde me habían mostrado los objetos robados vi al teniente riendo estrepitosamente una gracia de su interlocutor, un hombre grande y corpulento con el cinturón apretado bajo su abombada barriga: el cazador. Para esperar a que saliera y no coincidir con él me escondí en el pasillo. El cazador, una vez acabada su historia, se despidió del teniente que seguía riendo.

—Bueno, adiós —le dijo con la mano en el pomo de la puerta—, y ya sabes, saldremos a las cinco de la mañana; los cartuchos los llevo yo, todavía me queda la última remesa que me dio el Tarugos —y volvió a reír—. Han dicho que quizás caiga el viento, podría ser. Hala, adiós. —Y salió a la calle.

Yo dejé el pasillo, di media vuelta y me fui también. Es inútil, pensé, todo es inútil, Drake no volverá de todos modos y por lo menos yo no me sentiré tan ultrajada, decidí, como si hubieran estado riéndose de mí.

Me metí en el coche y tomé la dirección del centro para acercarme al bar de la plaza y tomar un café. Aparqué en una de las calles antiguas, estrechas y más resguardadas y al abrir la puerta oí a lo lejos un saxo atronando el aire. Llevada del reclamo de la música, recorrí las callejas y desemboqué en los soportales de la plaza, debajo de los cuales se había instalado un pequeño grupo de músicos ambulantes. Aunque los altos muros impedían el paso del viento, no dejaban asomar tampoco el sol horizontal del invierno y el frío intenso volvía indiferentes a los transeúntes que cruzaban la plaza. En la calle del mercado los escasos puestos de lechugas, patatas, puerros y nabos tenían un aire desamparado y fugaz.

Eran cinco y estaban envueltos todos en anoraks oscuros, gorros y bufandas. El que tocaba el contrabajo y la muchacha del banjo llevaban mitones que dejaban al descubierto parte de sus dedos, rojos de frío como los del saxo y el trombón. Estaban de pie todos excepto el que manipulaba una elemental batería con los dedos embutidos en dedales. Tocaban melodías de jazz mucho más viejas que ellos que debían haber repetido mil veces porque no se producía una entrada a destiempo ni un compás fuera de ritmo. Habían colocado la funda del contrabajo abierta con algunas monedas como cebo y unas cintas con la grabación de sus canciones y se sonreían brevemente cada vez que un transeúnte se deslizaba ante ellos sin mirarla. Muchachos rubios sin más equipaje que sus instrumentos, ni más camino que el de otras voces y otros ámbitos.

Cuando el contrabajo iniciaba un solo, el saxofonista se soplaba las puntas de los dedos y metía las manos en los bolsillos esperando su turno, y al llegar el momento, levantaba al cielo el saxo emitiendo el primer compás que resonaba en aquellos soportales con una nitidez que multiplicaba su potencia; entonces cerraba los ojos y acompañaba la cadencia con un balanceo de los hombros, y poco a poco adquiría su rostro tal expresión de concentración y de arrobamiento, abandonándose a la inspiración de forma tan contenida y ensimismada, que me habría ido con él al fin del mundo.

Me acerqué a comprar la cinta y permanecí después apoyada en una columna un poco apartada temblando de frío y arrobada por la música que embrujaba el pavimento empedrado de la plaza y los viejos muros de las calles estrechas sin más público que el viento aullando sobre los tejados y yo, que por una vez no rememoraba nada ni, frente a la soltura y libertad de esos músicos, podía evocar más imagen que la mía propia perdida en este rincón de mundo, luchando a ciegas sin saber por qué ni contra qué, como si me empeñara en hacer mis deberes sin lograrlo y en seguir un camino cuya dirección desconocía, sola, asustada, rodeada de enemigos visibles e invisibles contra los que no sabía luchar, porque también ignoraba el origen y la magnitud de su encono.

Los vi guardar sus instrumentos y recoger las monedas, y bebiendo un trago de aguardiente para entrar en reacción se metieron en una camioneta con matrícula extranjera, y desaparecieron por la primera bocacalle del mercado dejando la plaza sumida en el silencio y mi alma confundida por la envidia.

Debo de estar enferma otra vez, pensé al sentir tanta tristeza.

El saxo me había llevado tan lejos que ya no sabía lo que había ido a buscar. Cuando lo recordé me pareció un propósito lejano y absurdo. Caminé por el pueblo y los alrededores hasta cansarme, sin más rumbo que huir de los embates del viento. Y una vez en casa, afligida por fantasmas desconocidos y confusas apetencias de otros ámbitos, no encontré más distracción que la menestra de ajos tiernos preparada por Manuela para la cena, y la música de la cinta (*Little flower, On the sunny side of the street, The man I love*...) repetida hasta el agotamiento, llevada por una inquietud cuyo origen me negaba a reconocer.

Desde entonces cuando recuerdo al saxofonista rubio con los ojos cerrados al cielo y al mundo, balanceándose al compás de su propia música en esa pausa fortuita camino del sur, me cuesta creer que tengan razón los días laborables.

Sonó el teléfono poco después de las doce. Me levanté con calma, no era preciso correr: esta vez no había duda. Llevaba poco más de dos meses sin noticias suyas pero mirando ahora hacia atrás me parecieron años. Me temblaba la voz y también a él. Y fue tan fácil organizar el encuentro sin referencia alguna al motivo de nuestra separación que me encontré casi inmediatamente de nuevo sentada en el sofá oyendo las mismas canciones.

Había llamado desde un lejano país en el que había de permanecer todavía tres semanas. Después disponía de varios días que quería pasar conmigo. ¿Podría yo reunirme con él en su casa del pueblo blanco junto al mar, el viernes siete de abril? Cenaríamos y pasaríamos allí la noche y al día siguiente yo dejaría mi coche y continuaríamos viaje al azar en el suyo. Teníamos mucho de que hablar, había que decidir de una vez el futuro. ¿Podría? Claro que podría. Sí, lo había echado de menos. Sí, tenía ganas de verlo. Sí, esperaría el día del encuentro sin pensar en otra cosa. Y colgamos.

Quizás, me dije entonces dulcificada la ausencia

y la soledad por su voz, yo no había sabido ver más allá de su ir y venir, quizás era cierto que me necesitaba y yo no lo había sabido comprender. ¿Acaso no me había pedido infinitas veces que lo retuviera? A los débiles, me dije, nos cuesta entender que alguien nos necesite y exigimos más pruebas de amor porque con eso no contamos.

Me fui a la cama creyendo que con esa cita había ordenado y atajado el tiempo. En tres semanas arreglaría todo lo que había dejado pendiente durante mi enfermedad y una vez adecentado el presente estaría mejor preparada para afrontar ese otro futuro que él me había anunciado. Todo volvería a ser como antes. Tenía que arreglar muchas cosas en esas tres semanas, sí, tenía tiempo de sobra. Así me pareció porque a un período por breve que sea, apenas si se le ve el final cuando se inicia. Se diría que ese final habría de asomar impreciso e ir perfilándose con el transcurrir de los días, como la silueta del jinete en el desierto comienza por aparecer a lo lejos en forma de olas casi imperceptibles en el aire, y a medida que avanza va configurándose lentamente tiñendo el manto azul del beduino el invisible temblor de la brisa sobre la arena. Pero no es así, pasan los días y el final sigue oculto y por tanto el tiempo que queda es todavía infinito, y mientras vivimos confiados se suceden las horas a escondidas. Pero un día, casi simultáneamente al momento de ocurrir, asoma brutalmente, sin avisar, como un tajo en el futuro que acerca el horizonte, y descubrimos de golpe que ya no hay tiempo porque si algo ha de terminar de hecho ya ha terminado, si hemos de morir ya estamos muertos. Para corroborar la revelación, a partir de este momento, se suceden vertiginosamente las horas o los días restantes y se acortan con mucha mayor rapidez que nuestra capacidad de ir acomodándonos a su ritmo, y vemos acercarse el fin como una losa que amenaza con caer sobre nosotros. En los últimos instantes nos arrolla la vorágine y si, en un esfuerzo supremo, somos capaces de volvernos hacia ella, comprobamos asombrados que la tenemos detrás como un mal sueño que se diluye en la memoria del pasado.

Quizás acosada todavía por la desgana de la convalecencia, o confiando en ese tiempo infinito que tenía ante mí, todo lo dejaba para el día siguiente. Bien mirado, me decía, es poco lo que tengo que hacer: decidir con el hortelano cómo se puede defender el huerto de los continuos sabotajes, llamar al administrador para saber qué ocurre con el pleito del agua, y poco más porque el libro que había de escribir se había alejado tanto que ya no entraba en los planes inmediatos y me había olvidado completamente de las gallinas, pobres seres anónimos que no hacían más que reclamar constantemente nuevos sacos de maíz y de pienso. Debí de mantenerlas en el gallinero por inercia o por Manuela, porque hacía meses que había perdido la esperanza de que algún día fueran a poner un huevo. Como decía Cosme que seguía convencido de la estafa, no servían más que para gastar.

La única rentabilidad de las pobres gallinas eran sus hermosos excrementos, una elemental industria cuyo único jefe era Manuela, a la que yo oía dos o tres veces por semana recogerlos de debajo de la jaula con una pala y llevarlos directamente a las regatas de los rosales, exclamando con gritos de admiración que rompían la calma de las mañanas:

—¡Santo Dios!, ¡qué hermosura!

—Los va a quemar esta mujer con tanto estiércol —murmuraba entre dientes el hortelano.

Aquella mañana plácida y soleada como las del

mes de septiembre, la única desde hacía semanas que había amanecido sin tramontana, y la última sin ella que yo había de ver en Almator, al oír los gritos de Manuela en el gallinero creí que se debían una vez más al abono de sus gallinas. Estaba preparando el primer café en la cocina sin encender la bombilla porque ya los días se habían alargado tanto y con tanta rapidez que el valle clareaba al alba con la luz incipiente del sol que todavía tardaría en asomar tras las lomas de la masía de Pontus.

Acostumbrada como estaba a sus gritos, no me moví al principio, pero como lejos de cesar iban en aumento, dejé el café sobre la mesa y me asomé a la puerta. Estaba junto al gallinero agarrando con una mano el delantal con el que se secaba el sudor o las lágrimas, ¿quién podía saberlo?, y levantando el puño cerrado de la otra, como una imagen perdida de románticas y lejanas reivindicaciones.

¿Qué más puede haber ocurrido?, pensé.

Salí corriendo y a medida que me acercaba fui reduciendo el paso atónita, hasta quedar completamente inmóvil a unos pasos de Manuela que seguía gritando y hablando, fija en un punto del horizonte la mirada como si arengara a una multitud de desgraciados que escucharan arrobados su doctrina. Y lo que blandía y agitaba en el puño cerrado era un objeto pequeño, redondo y rosado, un huevo.

Sin atender al contenido de su apasionado discurso me acerqué a ella lentamente y le tendí la mano abierta en un gesto que debió de ser lo suficientemente claro y convincente para que, dejando de contemplar a su público, descendiera la mano portadora del prodigio y la juntara con la mía para que pudiera, también yo, ser testigo del milagro.

Un huevo. El huevo. Estaba todavía caliente y producía en la piel un contacto extraño, suave pero de una rara calidad levemente rugosa, tan insólita como mármol caliente. Tenía minúsculas motitas blanquecinas sobre el color asalmonado de la cáscara y era pequeño, pero jamás había visto otro tan hermoso. Bien es verdad que nunca los había contemplado como ahora, y por primera vez descubrí las delicadas curvas que lo conformaban entregándose unas a otras con tal naturalidad y perfección que sería difícil imaginar otro objeto sin aristas igualmente armonioso.

Lentamente se iba enfriando en mi mano mientras Manuela y yo lo contemplábamos, absorta cada una en sus propias reflexiones, arreboladas las mejillas y el corazón palpitando ante esta inesperada epifanía, una más y para nosotras la más codiciada, la que ya no había de llegar, la olvidada.

Levanté la vista y miré a mi alrededor. También los árboles se preparaban, las ramas todavía desnudas ya no tenían el mismo perfil que en el invierno, abultado ahora por las yemas que no tardarían en reventar y convertirse en diminutas hojas de un amarillo tierno; en el campo más allá de las viñas, el sembrado ignorando la sequía, era una pelusilla de hierba verde entre calvas de tierra seca que crecería y se doraría y se inclinaría bajo el peso de sus espigas colmadas, e incluso los rosales, cuyos muñones podados del color del vino se abrirían paso a través del estiércol de las gallinas levantando al sol sus tallos morados, habrían de cubrirse de flores rojas durante toda la primavera y todo el verano. Una golondrina azul que atravesó el cielo rasgando el aire hacia su nido en las vigas del porche había llegado, como la primavera, sin que yo me diera cuenta y sólo entonces reparé en que hacía muchos días, no podía decir cuántos, el amanecer aun a pesar del viento se había llenado con el piar de un ejército de pájaros; bajo los cipreses el suelo estaba lleno de violetas, y el jazmín de la fuente de capullos diminutos; florecían las lilas y las matas de margaritas y los márgenes de los caminos estaban tapizados de campanillas, gencianas y acederas.

¡Qué importaba que desde la otra ladera Tana con los brazos en jarras intentara saber qué habían sido aquellos gritos! O que desde un rincón escondido uno de ellos espiara el momento en que el hortelano se iba para destrozar el huerto. De repente no me bastaron los sentidos para apoderarme de la vida que renacía a mi alrededor. Lo primordial, pensé, se me había escurrido entre las manos, ocupada la mente y el corazón en odios y rencores, en venganzas y reconciliaciones, como las vírgenes necias que fueron a buscar el aceite para que no se apagaran sus lámparas y cuando volvieron las puertas se habían cerrado tras aquel a quien habían estado esperando tantas horas en vano.

Volví a la realidad inmediata. He aquí, me dije mirando a Manuela, el huevo más hermoso, el más esperado de la cristiandad, y lo llevé a la casa, midiendo mis pasos para no tropezar y con el mismo cuidado con que se transporta un pájaro herido o una sopera colmada lo dejé en una fuente sobre la mesa de la cocina.

Al día siguiente arreció la tramontana otra vez pero, como si se hubiera abierto su veda particular, todas las gallinas pusieron un huevo. Manuela los había colocado en un cazo viejo sobre la mesa y yo, buscando por toda la casa un cesto más decente, me encontré aquella tarde en el desván. Por la mañana había visto que la puerta de la escalera, junto al cuarto de baño de la bañera de mármol, estaba cerrada y aprovechando que Manuela había ido al pueblo fui al tablero de la despensa a buscar la llave. Efectivamente allí estaba con otras muchas, colgada de una anilla con su etiqueta escrita en la letra puntiaguda y un poco inclinada de la abuela.

Era la primera vez que iba al desván y al abrir la puerta y subir la escalera empinada que gruñía bajo mis pies me quedaban todavía residuos de la aprensión y el temor de cuando era niña, quizás por las repetidas amenazas de Manuela en cuanto yo me negaba a obedecerla. La escalera desembocaba en un amplio espacio abierto, bajo el techo a dos aguas, que abarcaba toda la superficie de la casa. Debía de haberse construido cuando el abuelo la heredó, más para aislarla del frío y el calor que para almacenar objetos. Había unos pocos muebles desvencijados, taburetes, lavabos de palangana, un balancín con el asiento de rejilla roto y viejas lámparas amontonados en los rincones. La atmósfera era asfixiante pero fría, y la tramontana retruñía más aún porque ese desván medio vacío era una caja de resonancia bajo las tejas que absorbía el lamento de los cables. Flotaban en el aire, sin duda levantadas por mis pasos, infinitas motas de polvo remedando los rayos de sol a través de las persianas. La luz que entraba por una claraboya de vidrio opaco era tan tenue que comenzaba a ser difícil distinguir los objetos, y como no encontré ningún interruptor aunque deslicé la palma de la mano con cierta aprensión por la madera áspera del marco polvoriento de la puerta, bajé a la planta en busca de una linterna con más prisa y excitación de la que había conocido a lo largo de las últimas semanas.

El haz se abrió paso en las tinieblas y fui recorriendo las vigas que llegaban hasta el suelo. El espacio era ahora mucho mayor. Avancé por la parte central y descubrí al fondo un tabique con una abertura casi cerrada por una larguísima hilera de marcos de madera, metal o piel de todos los tamaños ordenados comenzando por los grandes y acabando por los portarretratos minúsculos de metal o cristal, vacíos, formando una larga barrera que tuve que apartar para entrar en aquel ámbito misterioso. Estaba mucho más oscuro porque no le llegaba la luz de la claraboya y completamente lleno de grandes cajas de cartón, todas del mismo cartón oscuro y de la misma medida, apiladas y arrimadas a la pared, formando una construcción triangular que seguía ordenadamente las inclinaciones de ambas cubiertas. Había además un sillón, el parejo al de mi dormitorio que yo había echado de menos al llegar, una mesa de escritorio pesada y antigua con cajones, y sobre ella un martillo y unas larguísimas tijeras. Las cajas, cerradas y precintadas tenían, como todo lo demás, una capa de polvo que se convertía en nube al menor movimiento.

Ante tanta inmovilidad sentí aprensión e inquietud, pero aun así me dispuse a abrirlas. Tiré de una de ellas, la del ángulo, la que no tenía otras encima porque se lo impedía la inclinación de la cubierta y con las tijeras rasgué el precinto.

Al principio no entendí lo que contenía. Luego comprobé que estaba llena de trozos de papeles cortados a tijera algo mayores que los sellos.

¿Qué es eso?, me pregunté más inquieta aún. Saqué otra caja, otra, y otra. Las tres contenían lo mismo. Me senté en el suelo con la linterna sobre el escritorio para descifrar aquellos papeles. Algo se podía ver. Los de la primera caja estaban escritos con esa misma letra puntiaguda de las etiquetas de las llaves. La tinta había perdido intensidad pero no claridad y podían leerse aún ciertas palabras que me dieron la solución: eran los cuadernos de cocina de la abuela.

Los papeles de la segunda caja, aunque de la misma medida, estaban mezclados. Los había escritos a máquina, impresos y a mano. Y por lo que pude colegir debieron de ser expedientes del bufete del abuelo, notas personales y esa infinidad de papeles y documentos obsoletos que sin embargo llenan los escritorios de todas las casas del mundo.

¿Qué significaba aquello? ¿Quién lo había puesto allí? ¿Y quién se había entretenido en recortar y atiborrar las cajas, sin confunduir los contenidos, sellarlas y colocarlas en ese orden? Me invadió el miedo, pero no me detuve a pensar sino que seguí adelante.

En la siguiente encontré, igualmente troceada, la inacabable colección de postales de la abuela que guardaba en un fichero verde de cartón sobre la mesa camilla, donde iban a parar todas las que llegaban, incluso las de mi padre, y donde probablemente estarían también las de mi madre y las que yo había enviado a la abuela y a Manuela los primeros años.

Otra, más liviana que las demás, contenía las cajitas de la cómoda, todas ellas con un martillazo que las había destrozado sin desfigurarlas.

Y en otras encontré fotografías recortadas, partidas las caras y los cuerpos y las piernas de sus antepasados, del abuelo, de su hija, de sus amigos y hasta alguna debía de haber mía. Reconocí en un pedazo al padre de Darío, el Señor, con un trozo de jersey blanco de jugar al tenis, doblemente muerto por esas heridas incruentas, como todo aquel montón de mutilados, reducidos al mismo cuadrado que sólo podía haber alcanzado tal uniformidad por una repetición que debía haberse extendido a lo largo de innumerables horas.

Y trozos de páginas de libros, la mayoría de los cuales no reconocí aunque no tardé en encontrar pedazos de grabados de los que el abuelo me enseñaba y mis primeros libros de lectura que las prisas con que mi padre me sacó de aquella casa impidieron a Manuela incluir en la maleta, y muchos más, quizás los que el abuelo había escrito o los que le habían dedicado, quién sabe.

Y telas recortadas también, las telas al óleo que habían colgado de las paredes de la casa, y acuarelas y grabados. Ahí estaban sus marcos apilados. Una, dos, tres cajas de trozos de pinturas y dibujos. Habría podido descubrir a qué cuadros pertenecían y recordar quizás dónde estaban situados pero mi angustia no admitía calma ni mi curiosidad tenía paciencia.

Las bajé todas entre nubes de polvo y las abrí una tras otra, y las vacié para que no quedara un rincón por explorar, para saberlo todo de una vez, lo antes posible, y acabé descubriendo los adornos, los objetos, los recuerdos que vestían esta casa cuyas paredes, cajones, armarios había encontrado vacíos al llegar: la caja de costura hecha astillas, cortadas las sedalinas de colores y triturados los álbumes de cañamazo, los bolillos partidos y las puntillas cortadas concienzudamente en tiritas, los discos antiguos hechos pedazos, las figuras de porcelana machacadas, los barcos de la chimenea desguazados.

Ya sólo quedaban las del suelo. Eran tan pesadas que no se podían mover pero las abrí igualmente: dos de ellas estaban llenas de cristales rotos, algunos de cuyos pedazos contenían completas aún o en parte aquellas iniciales entrelazadas que yo recordaba de las sábanas y las toallas, las mismas de la cubertería que ahora tenía Matías, las mismas que adornaban el paragüero de la Iliana, la Purráfula, y aquel aguamanil cuyo paradero desconocía. Y otras tres contenían trozos de porcelana blanca con esas mismas letras, la vajilla completa que sacaban en Navidad de la vitrina del comedor.

Ya no había más cajas; me precipité a los cajones de la mesa: nada en el primero, nada en el segundo, pero en el último encontré la bolsa de terciopelo negro donde la abuela guardaba su eucologio, atiborrada de una amalgama informe de trozos de canica, plumas, flores secas, lazos, alfileres de perla, conchas minúsculas y caracolitos de mar, botones en forma de áncora, piedras de colores, pulidos huesos de albaricoque que quién sabe cuándo se habían convertido en silbato, figurillas y habas que aparecían en los roscones de reyes, barquitos de papel y pajaritas y muchas menudencias cuya forma original era difícil adivinar, que recompusieron parcialmente aquellas noches de mi infancia en que abría las cajitas de la cómoda antes de acostarme. Todo debidamente machacado como las copas y la vajilla, con el martillo que ahora yacía inerte sobre el escritorio. Alargué el brazo para coger las tijeras y ya me disponía a destrozar lo único que la abuela había dejado incólume, la bolsa negra de su misal, cuando cayó la linterna al suelo, botó sobre una caja y siguió rodando sobre sí misma con la bombilla todavía encendida. El sobresalto me inmovilizó y así permanecí incluso cuando se detuvo y encaró el haz de luz contra mis ojos. Estaba temblando de pavor porque el ruido me había hecho comprender que no estaba sola en aquel desván: la abuela estaba también, tan viva como la última vez que la había visto, sentada detrás de mí en esa misma silla en la que tantas horas debió de pasar con las tijeras en la mano cortando pacientemente las cartas, las postales, o rompiendo con el martillo las copas que llevaban sus iniciales. No la veía, era cierto, pero allí estaba, podía sentir su mirada acerada en la nuca y adivinar el rictus de sus labios delgados y oscuros como una arruga más de su rostro inmóvil y de su alma negra que ya podría descansar en paz porque había llegado a su destino el mensaje de odio y rechazo que había tardado un cuarto de siglo en redactar.

No oí las pisadas en los peldaños de madera. Ni vi avanzar a Manuela. Sólo tenía conciencia de la otra presencia, más deslumbrante y más cierta, que me impedía reaccionar y moverme, y me limitaba a temblar como si fuera el único movimiento que el concienzudo odio de ese ser me autorizara. Reparé en ella, en Manuela, cuando ya llevaba un rato hablando y llorando inclinada sobre mí, que seguía sentada en el suelo ciegos mis ojos a la luz de su mundo, y dándome golpes en la espalda para sacarme de ese infierno y sustraerme al influjo que me dominaba; y finalmente me arrastró de la mano fuera del recinto donde yacían despachurradas en el suelo mi herencia y mi historia, divididas, maltrechas, malditas, por una vejación que me llegaba desde el corazón de la muerte.

Manuela me llevó a la habitación, me sentó en la silla pareja a la que había dejado arriba y bajó a la cocina a prepararme una tisana. La dejé hacer. Ahora que había desaparecido la presencia de la abuela los embates de la tramontana contra las tejas no hacían más que repetir como ella, ese viento, ese viento, en chasquidos de cascanuez sincopados como las carcajadas que nunca le oí, y entonces corrí a la cocina y abrí la nevera y las alacenas en busca de embutidos, pan y queso que devoré sin masticar apenas, y bebí un tazón de sopa sobrante del día anterior, y engullí restos de comida y un pedazo de pastel, indiferente a la mirada de asombro y reprobación de Manuela aunque avergonzada del hambre voraz, irrefrenable que se me había despertado, mucho más poderoso y apremiante que el mensaje de ultratumba que acababa de recibir.

Dicen que los niños y las plantas crecen con las palabras tiernas, pero también las afrentas y humillaciones deben de tener esos poderes porque una vez vaciada la nevera me senté, abrí los ojos y me asustó ver el mundo tan diferente, como si yo, igual que Drake al morir Amín, me hubiera hecho adulta de una vez por ese golpe certero, mucho más eficaz para mi definitivo desarrollo que el plácido y sumiso transcurrir de hiedra de los últimos veinte años.

—Manuela, ¿quién dejó en el desván las cajas como estaban?

Manuela se puso lívida y comenzó a lloriquear y tartamudear pero conminada por la firmeza de mi voz que posiblemente no conocía balbuceó al fin:

—Su abuela.

—¿Cuándo?

—Terminó poco antes de morir, pero durante por lo menos diez años estuvo llevando cosas al desván.

—Y ¿nadie más ha subido?

—No.

—¿Por qué?

Ahora lloraba sin poder contener los sollozos. Era miedo. Pero no de mí, sino del más allá, tan real y pavoroso como si hubiera irrumpido en la habitación un hombre apuntándole el corazón con un arma.

—¿Por qué, Manuela?

No podía hablar. Y yo no quería calmarla.

—¡Ay Santo Dios! ¿Qué he hecho yo? —decía entre hipo e hipo—. ¡Qué tragedia!

Siguió llorando durante un buen rato y cuando se tranquilizó finalmente ante mi mirada fija e inquisidora continuó:

—Su abuela —dijo—. Nunca quiso que yo subiera al desván, ni para limpiar ni para ayudarla. Al principio ella misma trasladaba las cosas una a una y allí se quedaba hasta altas horas de la noche dando golpes con el martillo. Tenía arriba una lámpara de petróleo y todas las semanas la llenaba para no quedarse nunca a oscuras. Más tarde era Cosme quien se las subía, no yo. Cuando quería bajar, daba un golpe con una estaca en el suelo de madera y yo la ayudaba a bajar la escalera, porque ya al final casi no podía hacerlo sola. Todo se lo llevó arriba —sollozaba aterrada todavía—, todo, y yo nunca supe lo que hacía con ello. Mandó traer las cajas de Toldrá, y paquetes de cinta engomada, y cuando las tuvo todas llenas hizo ir a Cosme a que las colocara unas sobre las otras en el orden que ella misma disponía. A mí me prohibió subir incluso después de que ella hubiera muerto y juró que aun así me vería y me castigaría hasta el fin de mis días —y lloraba alterada por el terror que le provocaba la amenaza—. Dijo que sólo usted podía subir si venía aquí alguna vez.

—¿Y por qué no me lo ha dicho?

—Un día de esos lo habría hecho, de veras —respondió ya más calmada y recuperando ese aire de naturalidad que sólo empleaba para decir mentiras—. Muchas veces lo pensé pero luego se me iba de la cabeza. Ya sabe, la memoria, soy mayor...

Y a partir de ese momento se mostró más sombría, alejada y distante, porque, como ocurre a veces, compartir la ruindad de un secreto en lugar de unir a los humanos los separa todavía más, como si ese vínculo se hubiera teñido también de sordidez.

La imaginaba vieja y encorvada con el temblor en las manos, pero movida por una voluntad inquebrantable de borrar toda huella del pasado que pudiera conectarnos con ella y hacérmelo saber sin ambages, no fuera yo a pensar que la desaparición de esos objetos podía deberse al azar y que no era en sí misma un impedimento para seguir perteneciendo al mismo linaje. Había dejado pruebas irrefutables de que ella, el penúltimo vástago que quedaba de esa familia, a quien se le había confiado el traspaso de una generación a otra, había cortado la comunicación con la fuerza que sólo puede dar el irrefrenable odio al extranjero que osa adentrarse en nuestro territorio, y antes de que se perpetuase en él prefería ver extinguida su estirpe. Su guerra había sido ésa, sólo esa. No, como suponía mi padre, había querido quedarse con la casa, no. Podía ser cierto que con argucias e influencias hubiera cambiado el testamento de mi madre, pero sólo con la intención de conseguir el tiempo suficiente para borrarnos de su familia e imposibilitar la continuidad, y una vez la casa desnuda de sus atributos, de su nexo de unión con el pasado, devolverme lo que era mío, porque sólo de este modo yo habría de volver a Almator y un día u otro acabaría descubriendo ese rincón arcano, detrás del cual se extendía el más allá.

Recordé las palabras de mi padre al saber que había heredado la casa de Almator: Yo no me fío de tu abuela ni después de muerta, a las que no di importancia entonces del mismo modo que nunca acababa de creerlo cuando juraba que la abuela lo odiaba porque no perteneciendo a su país y a su casta había osado amar a su hija. Y una vez desaparecida ella yo también había dejado de pertenecer a los suyos. Por inverosímil que me pareciera entonces y por exagerado que lo juzgara ahora, así era, yo misma lo había comprobado, no había sido un sueño o un delirio de mi imaginación: en el desván encontraría la prueba, si dudaba aún no tenía más que volver a subir para convencerme.

Anonadada por la brutalidad del descubrimiento estuve dos días sin acordarme del encuentro que tan ansiosamente había esperado, ni reparar en el ir y venir de Pontus, Feliciano y Xofre estrechando el círculo a mi alrededor, ni ver el camión de obras públicas poner las señales de circulación que a partir de ahora me impedirían ir al pueblo descendiendo por el valle, y cuando finalmente lo recordé, todo aquello apenas significaba lo mismo, como si la claridad con que había contemplado las aguas más profundas hubiera cambiado el sentido de las cosas de este mundo.

Vino por la tarde el hortelano a comunicarme que no pensaba volver porque estaba harto de rehacer todos los días los estropicios que se encontraba por la mañana, y a enseñarme cómo había quedado la manguera después de que alguien le hubiera dado más de cuarenta tijeretazos; pensé, habrá sido la abuela, pero horrorizada por mi propia blasfemia y su inesperado génesis dije:

—Tiene usted razón, arranque todas las matas, tapone el grifo, tire la manguera y olvidémonos del huerto.

No sé si se sintió decepcionado o liberado; era tan parco en palabras como en gestos y tampoco me transmitió mayor emoción al despedirse porque se limitó a deslizar su mano grande y rugosa dentro de la mía con la misma pasividad con que desvió sus ojos al decirme adiós.

Vino Cosme más tarde y se sentó en la cocina mientras yo cenaba.

—¿Sabe usted que volvemos a tener un avispero en las tejas?

—Sí, eso me dijo Manuela.

445

—¿Cuándo quiere que lo quitemos?

—Vamos a dejarlo, Cosme.

—¿Quiere usted que le diga a uno del pueblo que yo conozco que venga a quitarlo?

—No —dije indiferente—. ¿Para qué?

Me miró sorprendido y dijo:

—No será muy caro —achacando la pasividad a mis economías.

—Da igual, no le pasa nada al avispero, nadie va a subir al tejado. Que se quede donde está.

—No sería difícil que viniera...

Lo interrumpí con la mirada.

—Déjelo —dije con voz firme.

Se fue musitando buenas noches dos o tres veces, dando vueltas a su boina nervioso y mirándome como si yo hubiera cambiado de rostro.

Nunca me ha tenido mayor respeto, pensé. ¿Qué me importa a mí el panal? Esta casa donde vivo ¿de quién es?

Con esa misma actitud acudí a la cita del pueblo blanco junto al mar. No recuerdo en qué iba pensando pero no me mordía la impaciencia: ni había limpiado el coche por dentro y por fuera como había previsto el día de su llamada, ni me había demorado en hacer la maleta por no acertar a poner la prenda adecuada, ni la espera había eternizado las horas y los días. Había conducido el coche cuesta arriba por el camino recién asfaltado y rodeando el nuevo hotel casi a punto de inaugurarse había salido a la carretera general unos kilómetros más al sur del cruce que hasta entonces habíamos tomado para entrar en el valle.

Probablemente pensaba en el encuentro. ¡Ah, esos encuentros tan esperados!, cederá con su presencia la tensión y la ansiedad y el futuro, informe hasta ese momento, se convertirá en un plácido sendero desprovisto de obstáculos. Sí, así era, así lo veía la noche de la llamada, pero ahora yo estaba tranquila y sosegada como si este encuentro que tanto había ansiado entonces ya hubiera tenido lugar.

Habló sin cesar durante la cena. Había abordado inmediatamente lo que más le interesaba, dijo, que estuviéramos separados. No lo podía soportar, no podía, y comenzó por justificar su falta de decisión en asuntos que nos concernían a los dos. Me habló por primera vez largamente y con la audacia de quien quiere solucionar de una vez la situación, de la mujer que dejaba en casa cuando iba de viaje o estaba conmigo a la que, dijo, no podía abandonar por ahora porque si bien lo había intentado, en el último momento siempre le había faltado valor, seguro como estaba de que ella no lo habría resistido. Y calló para que yo pudiera darme cuenta de que la magnitud de tal confidencia era todo cuanto podía ofrecerme, lo suficiente por otra parte, para tranquilizar mi inquietud y restablecer nuestra armonía.

Intenté imaginar a esa mujer que defendía su baluarte quizás incluso con amor, me dije, o por amor, o por lo menos con el pretexto del amor, o esgrimiendo las armas de la familia, de los respetos humanos y del buen nombre, satisfecha tal vez de ganar pequeñas batallas sin entender que tenía perdida la guerra y que cada victoria, cada renuncia que impusiera, serían pretextos acumulados con paciencia que él esgrimiría el día, lejano aún, que había de romper las amarras, cuando esa renuncia adquiriera con los años visos de costumbre y perdiera por el uso su carácter de responsabilidad irrenunciable. Y acabaría yéndose a vivir con otra mujer, quizá la última o como mucho la penúltima, no forzosamente con là más amada y deseada, sino con aquella en cuya compañía lo sorprendiera su decisión, para repetir de nuevo la situación inicial. Y así, la ruptura, un acto de juventud, no le sería concedida hasta mucho más allá de la madurez.

Yo, que le había encontrado a medio camino, no era esa mujer, ni había acudido a esa cita para hacer cábalas sobre su destino, concluí sintiendo una última y lacerante punzada. ¿Somos acaso responsables de los celos que sentimos?

No quería tenerme lejos nunca más, continuaba él, casi no había podido soportar esos meses; me había echado demasiado de menos y no había hecho otra cosa que pensar en mí. No podía vivir sin mí y de momento tampoco podía vivir conmigo. Pero a partir de ahora ya no nos separaríamos; tenía grandes proyectos: yo viajaría con él. Me tendría siempre a su lado y el poco tiempo que él permaneciera en la ciudad yo me quedaría en Almator que tanto me gustaba, con tus perros, añadió con esa sonrisa de ternura con que me había vencido tantas veces.

—Puedo ayudarte a llevar esta finca de modo más racional y rentable. Puesto que hay agua de sobra se podría convertir en una finca de regadío, bastarían unos pocos jornaleros, un capataz, y maquinaria adecuada; tú podrías entretanto escribir ese libro.

Se detuvo un instante:

—¿Por cierto, cómo va el libro? ¿Lo acabaste?

—No, todavía no —respondí sin darle más explicaciones porque la misma sorpresa que provocó tal pregunta me hizo caer en la cuenta de que era la primera vez que la formulaba desde que había recibido la beca. Interpretando mi reserva como vacilación o inseguridad alargó sobre el mantel su mano hasta encontrar la mía, detuvo en mis ojos los suyos para dar mayor convicción y firmeza a las palabras que iba a pronunciar y bajando la voz para mostrarme de qué profundidades ascendía la incombustible confianza que tenía en mí y en mi vocación literaria, dijo:

—Lo acabarás, estoy seguro.

Permaneció todavía inmóvil con la misma expresión arrobada casi sonriente, y del mismo modo que la imagen fija adquiere movimiento y vida repentina en cuanto se pone en marcha de nuevo el proyector, reanudó al mismo ritmo el hilo de su discurso enumerando los viajes que teníamos ante nosotros en lo que quedaba de año. Y en un gesto que yo le conocía bien y que hasta entonces no le había visto más que cuando había de recordar asuntos pendientes desconocidos para mí, echó hacia atrás el brazo, metió la mano en el bolsillo y sacó un papel doblado en cuatro donde tenía anotado nuestro itinerario completo.

—Ahora dispongo de cuatro días —dijo calculando—, luego he de volver una semana a la ciudad y el jueves de la siguiente nos encontraremos en el aeropuerto de París —y de la cartera de mano sacó un billete extendido a mi nombre con una lista de las escalas del viaje—; estoy libre toda la tarde del jueves y la mañana del viernes; el viernes por la tarde tengo una reunión y una cena en el mismo aeropuerto donde tú me esperarás y saldremos a las dos cincuenta y dos de la madrugada hacia... —e iba señalando en lápiz cada etapa para estar seguro de no perderse ni repetirse. Eran quince días de vuelos y hoteles, seguidos de una semana de descanso, para iniciar inmediatamente otra ronda. Nos quedaban todavía tres itinerarios antes del verano y cinco días —sin hacer absolutamente nada, recalcó— descansando en una playa dorada del Adriático donde nos tostaríamos al sol de junio. Y exceptuando agosto que había de dedicar forzosamente a la familia —tres semanas procuraría que fueran este año, no más— en septiembre...

Yo lo oía desde mi sillón de platea. Incluso contando con la novedad de que me hiciera partícipe de sus planes y sin olvidar que el tiempo transcurrido se había dilatado y·excedía en mucho del que medían los relojes, no podía haber cambiado tanto. Hice un esfuerzo por desmenuzar la expresión de su rostro, de sus gestos, el timbre de su voz y la entonación de sus palabras y confrontarlos con los de mi recuerdo y, uno tras otro, como se localizan en el paisaje los árboles, los caminos y las vaguadas que rodean nuestra propia casa y ella misma con sus ventanas y chimeneas desde la cumbre de una montaña distante, acabaron coincidiendo como un calco.

No, no era él quien había cambiado. Había que hacerle justicia.

La habitación al alba era blanca con luz de luna sobre una cama de sábanas revueltas y un cuerpo más tostado que a la luz del día, ya lejano pero cuyo calor seguía pegado a mi piel, como mi piel a mi carne y mi carne a mis huesos. El dolor de los ojos luchando con las lágrimas y esa estéril bocanada de deseo para recordarme lo que ya no había de suceder. Lentamente recuperé mis ropas de los ovillos de la penumbra en los rincones, bebí un trago del whisky aguado intacto sobre la mesilla, levanté sin ruido las llaves del coche y con los zapatos en una mano y la bolsa en la otra como la sombra convencional de la huida di la vuelta al pestillo con cautela, y atravesé el salón iluminado todavía por una lámpara sin apagar que se empeñaba patéticamente en mantener la supremacía frente al rosado amanecer. Y con los primeros chillidos de los vencejos surcando el cielo bajé las escaleras y salí a la calle empedrada que descendía a trompicones hasta los muelles y el mar.

Quizá no sean esas últimas imágenes las que recuerdo, quizá se hayan mezclado con las anteriores, o con las de los sueños y añoranzas, o no hago más que repetir las que he evocado tantas veces que han dejado de ser aquéllas para convertirse en otras con vida propia y distinta que quién sabe lo poco que realmente tienen que ver con lo que ocurrió, pero nada ha tergiversado aquel primer rayo de sol limpio de rocío y tramontana que cubría el campanario de la iglesia en lo alto de la loma tapizada de tejas cuando puse el coche en marcha. Enfilé sin prisas la cuesta y en cada una de sus curvas, abrumada por la brutalidad del sol en el horizonte miré de reojo el mar que plateaban las ráfagas de viento y el pueblo blanco, todavía dormido allá abajo, más temerosa por esas curvas cerradas abiertas al precipicio que por la decisión que acababa de tomar.

Coroné el puerto y descendí con igual cautela, y al desembocar en el llano y durante las dos horas del viaje, luchando contra el escozor de los ojos por la luz excesiva de la mañana y la falta de sueño, me obsesionó un único pensamiento: la vida, me decía, es como andar en bicicleta: el camino siempre va cuesta arriba, y uno se imagina que paseará junto al mar contemplando la corriente de las olas o las gentes que caminan por la riba o los bañistas jugando en la arena, cuando en realidad lo único que se puede hacer es pedalear con fuerza perdiendo el aliento y soportar el dolor que hiere los muslos como la herida de un cuchillo; lo mismo daría recorrer un pasillo flanqueado por altos muros porque no se tienen ojos más que para el pedazo de camino que precede la rueda delantera. Y aun así, hay días peores que otros: hay días en que el cansancio se apodera del ciclista y un camino con la misma pendiente que el de ayer exige mayor esfuerzo y parece imposible poder continuar, pero no cabe el desaliento ni el descanso: hay que seguir pedaleando porque, nos han dicho y así es, que detenerse es peor, como si fuera cierto que se trata sólo de hacer camino hacia la muerte.

Al subir por la avenida de los plátanos Tom no salió a recibirme ni apareció cuando aparqué el coche bajo el sombrajo. No podía ser más que su mirada la que me hizo volver en el momento de entrar en la casa porque lo encontré silencioso, inmóvil, los ojos tristes fijos en mí y atado con una gruesa cadena al poste de la parra esperando pacientemente el momento de mi llegada porque sabía que sólo yo podía liberarlo. Pero aunque quise hacerlo no logré encontrar la llave del candado. Era temprano todavía y Manuela no había aparecido aún a regar la solana. Me senté en un poyo junto a él esperando yo también para saber lo que había ocurrido y mientras tanto dejé que apoyara la cabeza en mi hombro, mirando los dos el mismo punto en la lejanía, como hacía Drake después de la muerte de Amín cuando se negó a aceptar muestras de cariño y consuelo que supusieran caricias y juegos.

Contemplamos los campos y las viñas, y las colinas de la otra vertiente y el hotel que desnudo del revestimiento de verdura se había convertido en una construcción mastodóntica, sin sentido en el paisaje. Dentro de poco se llenaría la fachada de banderas multicolores para mostrar a los clientes cuán amplia era su acogida. Había desaparecido la marquesina que habían colocado el día anterior, posiblemente arrancada por un golpe de tramontana como acabaría el portalón por pesado que fuera si se empeñaban los constructores en mantener la entrada en la fachada norte porque la tramontana de una forma u otra había de demostrar que no admitía más obstáculos que aquellos cuyas raíces están clavadas en la tierra.

Apareció Manuela envuelta en su viejo mantón negro de punto y flecos que la misma tramontana intentaba arrancarle, y dijo al verme:

—¿No iba usted a estar fuera una semana? ¿Qué le ha ocurrido? ¿No estará usted mal?

No me preguntaba ni por saber ni por curiosidad, porque comenzó otro discurso antes de darme tiempo siquiera a responder.

—En cuantito que usted se fue —dijo— llegó una pareja de la Guardia Civil. —Ella había creído que venían para reclamar la firma y el certificado del veterinario por los que tantas veces habían llamado ya. Pero no era esto lo que querían sino que traían una orden para que atáramos a Tom: Xofre había puesto otra denuncia, le habían dicho, ahí estaba sobre la mesa, y le habían asegurado que si no lo manteníamos atado con una cadena, tan larga como quisiéramos, eso sí, volverían y se lo llevarían a la perrera municipal.

—¿Qué pasa? —pregunté irritada a Manuela—, ¿que también Xofre es amigo del teniente, o le basta con ser amigo del cazador? ¿Cómo se puede ordenar que se aten los perros de las casas de campo? A los de los cazadores no hay que atarlos, ni a los cazadores tampoco. Ellos pueden matar los perros de los demás porque se les impide el paso, y vomitar sus estúpidas venganzas y no pasa nada. Todos deben de ser amigos, parientes, hermanos. Son el mismo, sólo hay uno, grande, con varias cabezas que ataca cada una por un flanco distinto.

—A no ser que valle usted toda la finca —dijo Manuela indiferente a mi irritación entrando en la casa—. Eso han dicho.

—Vale millones, Manuela —dije por decir algo, quizá por calmar el encono y la rabia, porque Manuela ya estaba en la cocina. Vallar ¿para qué? El monstruo de tantas cabezas acabaría encontrando una rendija por la que deslizarse y asestarme un nuevo golpe.

Entretanto, viendo que yo no lo soltaba, Tom seguía silencioso mirándome con tristeza.

—No puedo soltarte, Tom, te matarían, no sé qué hacer, pero ya pensaré algo —le dije con la mano sobre la cabeza. Cerró los ojos pero no entendió nada. Y exceptuando las horas que aquella noche siguiente estuvo ladrando a mis vecinos, se limitó a callar y como mucho gemir brevemente sin comer ni beber, porque se había incrementado el terror, nunca totalmente desaparecido, a que el día había de llegar en que yo también le abandonara.

—Aquí tiene usted su cafelito —dijo Manuela asomando la cabeza por la puerta.

Entré en la casa y cogí un periódico de la mesa de la entrada. Apareció entonces un sobre blanco con un membrete de mi abogado.

—¿Cuándo llegó ese sobre, Manuela?

—Anteayer lo trajo Cosme del apartado con el periódico —respondió—, ¿no lo había visto usted?

Era el fallo del Tribunal de Aguas sobre la denuncia de mis vecinos. Lo abrí sin demasiada emoción porque un segundo antes de desplegar la hoja de papel casi transparente que contenía el mensaje oficial creí adivinar lo que contenía, pero me equivocaba: mi pozo estaba en regla, la Comisión de Investigación de la Subsecretaría Territorial había decidido informar que mi pozo cumplía todas las disposiciones, la distancia con los demás era correcta y la corriente profunda de la que se alimentaba no interfería con las aguas superficiales de los que lo rodeaban, en vista de lo cual el juez había desestimado la demanda de mis vecinos Pontus Abreu Madí, Xofre Pellegrí Montsant, Feliciano Martínez Flores y Matías Nicasio Ponte. Yo podía extraer toda el agua que quisiera, no tenía que pedir permiso a nadie ni tenía obligación de compartirla tampoco, podía regar con ella el jardín y con el sobrante hacer un embalse, una balsa, una acequia, canalizarla o dejar que corriera descontrolada por los campos o por el interior de la tierra hasta su desconocida conexión con el mar.

Puse la hoja sobre la mesa de la entrada con cierta indiferencia porque me dejé llevar por la convicción popular de que la venganza es un plato que se come frío. Tomé el café y subí a la habitación. Me sentía sucia, tenía ojeras negras de cansancio y las uñas me habían crecido con tantas emociones, pero una vez fuera de la ducha no me metí en la cama como había previsto y deseado durante todo el camino de vuelta sino que me vestí de nuevo con ropa limpia, cogí el coche, bajé por el camino sin atender al desconcierto de Tom cuya mirada, al comprobar que mi llegada en nada había cambiado su situación había pasado de la tristeza al espanto, y una vez en el pueblo aparqué ante la peluquería.

No puedo decir ahora si el propósito se había fraguado subrepticiamente durante el viaje, o surgió cuando descubrí ante el espejo el mismo rostro, la misma expresión de siempre, sin un solo rasgo de esa otra persona que yo creía ser ahora y obré impulsada por la apremiante necesidad de que se manifestara, sin ocurrírseme otra forma de distanciarme de aquella niña de las trenzas prietas o de la apocada, dócil, paciente y pasiva mujer a la que yo había sustituido. O quizás me dejé llevar por una decisión más profunda que abarcaba todos los aspectos de mi existencia sin dejar nada al azar. O me abandoné a un impulso indescifrable. No sé, el caso es que una vez ante el espejo, me dirigí a la peluquera que apareció detrás de mí, y le dije sin titubear:

—Corte.

—Corte —insistí más para mí que en respuesta a su mirada de sorpresa.

—Pero ¿cómo? ¿Así, sin deshacer la trenza?

—Así, corte. Por ahí —y cerré los dos dedos a modo de tijera sobre el punto de la trenza donde había de cortar.

—¿No quiere lavarlo primero?

—No, ya lo he lavado yo.

La mujer con cara resignada cogió la tijera, la abrió, la apoyó en la nuca para hacer fuerza, y desde el espejo me miró y dijo:

—¿Así?

—Sí.

—Es que así no se hace —susurró indecisa ante mi aplomo.

—Da igual.

—¿Seguro?

—Seguro.

Mantuve abiertos los ojos todo el tiempo que duraron las embestidas de la tijera mirando cómo se abrían para cortar un nuevo trozo, y cuando la mujer me tendió la trenza la rehusé con la misma aprensión que si me hubiera dado la cola culebreante de un lagarto o hubiera visto caminar una gallina decapitada.

—No la quiero —dije conteniendo la repulsión y volví la vista al espejo. El cabello se había soltado sobre la cara dándome una expresión desconocida. Así debió de verme por última vez el holandés, pensé sin nostalgia ni zozobra ni vergüenza, constatando simplemente un hecho ya borroso que había ocurrido mucho tiempo atrás, y metí los dedos entre el cabello y con las uñas rasqué la piel del cráneo sacudiendo con los nudillos los mechones libres que se desperezaban ellos también después de tantos años de cautiverio.

La peluquera se entretuvo todavía en igualar el corte, luego mojó el cabello, me cubrió la cabeza con una redecilla y me ayudó a sentarme bajo un secador, y cuando lo puso en marcha, el súbito estruendo incrementado por la caja de resonancia o la furia del aire caliente en su interior debieron de actuar de detonadores, porque sin avisar acudió a mis ojos un llanto tan incontenible como el torrente que se precipita por la rambla en un día de tormenta.

Aun apagados por el zumbido que se escapaba del casco, los sollozos debían ser tan sonoros que se acercó la peluquera a indagar tímidamente si podía hacer algo por mí, pero ni sus palabras ni la certeza de que la peluquería entera me contemplaba, logró apaciguar los gemidos y convulsiones ni detener una sola de las lágrimas que se atropellaban sobre mis mejillas y acabaron empapando el peinador.

Me habría sido difícil explicarles qué poco se correspondía el espectáculo al que asistían azoradas y confusas con el dolor y la desesperación y cuánto tenía en cambio de alivio y aliento, de modo que no iba a detenerme mientras quedara en mi cuerpo una sola lágrima que verter.

Todavía al llegar a casa me estremecía de vez en cuando un gemido perdido o un hipo rezagado. Manuela examinó con atención mi cabello alborotado por el viento y la cara y los ojos congestionados y rojos aún de llanto y del aire caliente del secador, con el mismo recelo con que se contempla una señal de mal agüero, sin atreverse a preguntar ni a querer saber, y mientras me servía la comida en silencio no hizo más que espiarme de reojo.

Dormí toda la tarde y me desperté con la boca pastosa y la cabeza embotada. Flotaba en la oscuridad un murmullo lejano y al abrir los postigos los vi avanzar contra el viento a la luz rojiza del atardecer. Eran muchos, una multitud, un ejército de campesinos encolerizados y armados tal como habían aparecido en el horizonte de mis temores la lejana tarde lluviosa de la perforación del pozo. Venían en grupos por la avenida de los plátanos, o dispersos por la viña sorteando las cepas y no se detuvieron hasta estar a resguardo en la solana, sin inmutarse por los ladridos de Tom.

—¡Calla, perro! —gritó alguien distraídamente y se situaron formando un grupo compacto frente a la puerta pero más allá de la parra para que, de estar yo tras la persiana, como suponían con razón, pudiera verlos mejor. No venían en son de guerra como había temido al principio, ni empuñaban palos y horcas. Pontus, que iba al frente, llevaba la gorra en una mano y en la otra sostenía un pliego de papel que blandía cada vez que, todos a una, me llamaban por mi nombre.

Habrían dejado los campos vacíos y las casas solitarias porque no faltaban más que Palmira y su abuela. Vi a los hermanos de Pontus con sus mujeres e hijos, y al cazador gordo con dos o tres más que no reconocí caminando junto a Xofre, y a aquella caterva de niños, sus hijos, que no cesaban de sacar la lengua a Iliana, y a Iliana cubierta como siempre con su escuálido abrigo negro procurando mantenerse alejada de su vecina, y a la chica de la moto a la que Tom habría dedicado sus ladridos de haber sabido que era ella la culpable de su cautiverio, y a Feliciano y a Matías y su mujer algo apartados de los demás, estando sin querer estar, obligados y avergonzados como si dijeran con la mirada, tenemos que seguir viviendo aquí, no nos queda más remedio... y muchos otros que veía por primera vez. Debían de ser gente del pueblo porque reconocí entre ellos a la carnicera y al estanquero al que compraba los cigarrillos y a un empleado del almacén de granos. Habían venido a prestar su persona y su presencia para aumentar el número y convertir el grupo en muchedumbre, sin tener que aportar coraje o indignación en el asunto que se dirimía, ni habían de correr riesgo alguno porque sabían que ocurriera lo que ocurriera a un individuo en una masa, en un tumulto, no se le piden responsabilidades ni siquiera por la parte proporcional de la violencia perpetrada, no siendo ellos los culpables sino el conjunto con el que nada tienen ya que ver, como de la unión de varios elementos químicos surge otro singular, un compuesto, con atributos distintos de los que tenían sus componentes.

Permanecían en tensión, esperando; de vez en cuando repetían la llamada levantando Pontus pacientemente el papel que traía consigo. Procuraban no impacientarse pero viendo que yo no aparecía no sabían muy bien qué hacer. Quizá no lo habían previsto. Seguros estaban de que yo no había salido porque a ninguno de ellos se le había pasado por alto mi vuelta al mediodía en el coche que desde entonces seguía aparcado bajo el sombrajo detrás de la casa, y no podía haber ido al bosque porque era muy tarde ya y además ellos lo habrían visto. No llamaban a Manuela sino a mí y comprendí que prevenida por ellos debía haberse ido a su casa o al pueblo después de encender las luces del jardín y de la solana y ya no volvería hasta la hora de la cena.

Así pues estaba yo sola, pero no tenía miedo. Ni prisa, al contrario, me entretuve en mirarlos por las rendijas de la persiana y reparé entonces en que Feliciano, como todas las veces que lo había visto, encendía sin parar la colilla que tenía en la boca y echaba las cerillas al suelo. Me acordé de las que yo había recogido al día siguiente de haber visto la sombra caminando en la solana que todavía debían de estar en una cajita sobre la cómoda. Pero no, no podía ser Feliciano, porque aun siendo invierno llevaba unas alpargatas de esparto que habrían apagado sus pasos sobre las losas. ¿Quién llevaba zapatos? Xofre. Sí, Xofre llevaba las mismas botas con suela de cuero del día que lo oí descender por el torrente y de la tarde que fui hasta su casa para discutir la denuncia que había puesto a la Guardia Civil.

En aquel momento Pontus se puso la gorra y se acercó a la puerta para llamar y quedó escondido por la buganvilla. Pero en el instante que cruzó ante la luz de la pared reconocí su sombra. Luego hizo sonar la aldaba y volvió a su lugar pasando de nuevo ante la bombilla de la pared. Sí, reconocí esa silueta tan difícil de adjudicar a su figura, tergiversada por la luz de la solana y la rapidez con que había vuelto a unirse al grupo. Y recordé que era Pontus quien me había contado las historias de mis antepasados ahorcados en el almendro y sus paseos de noche por la solana. Pero Pontus llevaba botas de fieltro con suela de goma, como su mujer, como su hija y como toda la familia, y además nunca lo había visto fumar. ¿Quién más llevaba zapatos? ¡Matías!, sí, Matías, y Matías fumaba, bien es verdad que en muy raras ocasiones, y además llevaba sombrero también. ¿Podría el sombrero de pana de Matías convertirse en gorra por el efecto de la sombra? Sin embargo Matías era demasiado delgado y la figura que yo recordaba no parecía corresponderse con la suya. Y ¿para qué quería Matías pasearse por la solana de noche? ¿Se habrían turnado y yo adjudicaba los atributos descubiertos en días distintos a uno solo de ellos? ¡Qué importa!, pensé, son el uno o el otro, o todos a la vez formando parte de ese monstruo de tantas cabezas que no me ha dejado en paz en todo el tiempo.

Quizá algún día no lo viera tan claro como entonces y con el paso del tiempo acabara yo misma por creer que los pasos sólo habían existido en mi imaginación pero en aquel momento, por descoyuntadas que parecieran las pruebas, estaba completamente segura de que ellos, solamente ellos, eran ese ser cuya sombra y cuyos pasos me había torturado tantas noches de la primavera, del verano y del invierno. Sentí en el pecho el ahogo del rencor y sólo encontré alivio al recordar que esta misma mañana había acogido con indiferencia el fallo a mi favor del Tribunal de Aguas: ¿así que la venganza es un plato que se come frío?

En cuanto me tranquilicé bajé lentamente las escaleras, atravesé el zaguán sin perder la calma, salí a la solana dejando abierta la puerta, y caminé todavía unos pasos más. Se hizo el silencio. Sus miradas estaban fijas en mí, con extrañeza al principio por el nuevo aspecto que debía de tener sin el cabello recogido en la trenza que ellos conocían. Después se adelantaron un par de metros para aproximarse pero sólo Pontus se acercó. Lo oí hablar sin apartar los ojos de su cara medio escondida por la gorra. Lo vi morder el orgullo y pedir la paz. Pero no respondí.

Entonces él, que no sabía hablar en contra de sus convicciones ni tenía la costumbre de ser portavoz de un grupo tan amplio, hizo un último esfuerzo y volvió a resumir lo que había dicho:

—Hay agua para todos, ¿no? Podemos vivir en paz. Hemos venido a pactar. —Y me entregó el pliego de papel.

Lo desplegué y lo leí sin precipitarme: era un proyecto de contrato redactado por un abogado de Toldrá con fecha del día anterior entre, por una parte todos los vecinos de Almator, a los que se había sumado ahora la empresa constructora del nuevo hotel, y por otra yo como propietaria del pozo. En el preámbulo se describía su situación en la finca y su caudal de agua que se cifraba en varios cientos de miles de litros hora según el informe de la Subsecretaría de Aguas. Los términos de lo que había de ser el acuerdo constaban en dos párrafos: en el primero se concluía que puesto que el caudal era prácticamente inagotable yo autorizaba la conexión entre mis instalaciones y las suyas, especificando la exigua cantidad de agua a la que tendrían derecho cada uno de ellos y la forma en que habían de dividir los gastos de instalación y consumo de energía del motor. El segundo párrafo comenzaba diciendo: A cambio de ello y en pago de esa cesión, la otorgante recibirá...

Dejé de leer y levanté la vista. Había anochecido ya y desde donde yo estaba no alcanzaba a ver más que las primeras filas. Clavé la vista en el hombre que tenía más cerca sin verlo casi y así permanecí unos minutos. Ellos me miraban también a mí, pendientes de las palabras que yo había de pronunciar: eran pobres inocentes sin malicia, hostigados por la sequía, esperando la dádiva del agua que no habían podido obtener por la demanda; incapaces de matar perros, desangrar gallinas, pisotear lechugas, arrancar rosales, cortar mangueras, echar bichos podridos en el pozo y caminar de noche por la solana para crear incertidumbre y pavor.

Seguí mirándolos. No sé lo que supondrían que yo pensaba, de hecho una vez los hube juzgado y condenado, no hice más que calcular los metros que me separaban de la casa, doblé el papel con la misma calma que hasta entonces, los ojos de todos ellos fijos en mí, y lo entregué a Pontus.

—No —dije, y sin esperar respuesta me volví y alcancé la puerta con mayor prisa de la que había mostrado hasta entonces pero sin correr, cerré la cristalera y el portalón, puse la tranca y corrí escaleras arriba a situarme otra vez detrás de la persiana, un poco atemorizada, como si todavía conservara vestigios de la cobardía y el temor de la mujer de la trenza.

Tardaron en reaccionar, pero a los cinco minutos, cuando comprendieron cabalmente la contumacia de mi negativa, se pusieron en movimiento girando sobre sí mismos sin saber qué hacer como un enjambre de avispas encolerizadas, sin chillar ni gritar los insultos, amenazas y maldiciones que susurraban sus almas ultrajadas por la humillación.

De pronto dijo una voz:

—Tu abuela nos lo había dicho y a punto estuvimos de no hacerle caso, ella lo sabía, por suerte nos avisó.

Tana, con el brazo en alto, altiva y corpulenta desafiando al viento con sus gritos había encontrado su fugaz papel de cabecilla. Sería un solo instante de protagonismo porque, finalizada la misión de portavoz improvisado de esas exiguas masas, volvería a su anonimato como las heroínas de levantamientos y revueltas, y a la oscuridad de la costumbre que no habría de permitirle ni siquiera percatarse de su propia historia sin más aliviadero que seguir fisgando en las de los demás para borrar el tedio de su trabajo ciego todos los días que le quedaban de vida en esta tierra.

—Menos mal que la abuela nos avisó. Ya lo decía ella —repetían ahora los demás como los manifestantes repiten las muletillas que les llegan de las primeras filas.

Así que la abuela los había prevenido. ¿De qué?, ¿qué relación había entre la abuela y mis vecinos?

¿Qué habría querido obtener ella para rebajarse hasta el extremo de hablarles de igual a igual y olvidar la altiva superioridad con la que desde siempre los había mantenido a distancia?, ¿qué había hecho para conseguir unir esas gentes que se odiaban de forma tan irracional? El enemigo común, ése era yo, y ésa era su unión, pero ¿cuál era el pacto que tenían con ella?, ¿qué les habría exigido a cambio de sus regalos y tierras?, ¿que me asustaran de noche?, ¿que destrozaran mis tierras?, ¿o simplemente había dejado a su elección la forma de torturarme cada minuto que viviera en Almator? Ése era el último eslabón, la pieza final que faltaba para completar el conjunto.

—¿Y el holandés? —gritaba ahora Tana agotando sus reservas, más encolerizada y más desafiante cada vez—. ¿Dónde está el holandés? ¿Por qué no se lo decías a los guardias civiles cuando fuiste a denunciar la muerte de tu perro, eh?, ¿dónde lo escondes? Ya no vas a la playa como entonces, ¿verdad?

Un escalofrío de espanto recorrió mi cuerpo todavía al descubrir que durante casi dos años había estado tan obsesionada, tan enfrascada en mí misma, tan segura de mi soledad y tan absorta en todas las invenciones para paliarla y esconderla que no había visto hasta qué punto era tupida la corona de ojos escondidos que me espiaba a todas horas.

El alboroto iba en aumento. Comenzaron a silbar y a echar pequeñas piedras que encontraban en el suelo de la solana. De pronto uno de los hombres, me pareció que era Xofre aunque era difícil distinguirlo entre la baraúnda que habían armado, corrió a la viña y desde allí lanzó una piedra mucho mayor contra una ventana del salón. El cristal de la lumbrera cayó al suelo con estrépito hecho añicos. Ahora, pensé, recibirán el estallido como una orden y correrán en tropel hacia la viña en busca de más piedras. Manuela no aparecería, ni Cosme, ni nadie. De nada serviría llamar al sargento de la Guardia Civil que posiblemente, mañana domingo iría al monte con el cazador gordo, tomaría el primer vino en casa de Xofre y el último en la masía de la palmera con ese Matías que, yo lo veía, intentaba calmar los ánimos. Tom hecho un ovillo, había dejado de ladrar para no llamar la atención porque se sabía un posible blanco de la venganza. Ellos en su vehemencia lo habían olvidado, pero nadie podía estar seguro de sus intenciones, yo lo sabía bien. Comprendí que tenía que hacer algo.

Bajé lentamente la escalera sin hacer ruido, descolgué la lámpara de minero de la pared y la encendí, cogí la llave del candado de Tom que pendía de un clavo detrás de la puerta, quité la tranca y apagué el conmutador general de la luz. Se hizo el silencio en la solana, pero antes de darles tiempo a reaccionar, abrí el portalón y la cristalera y aparecí en el marco de la puerta con la mano alzada sosteniendo la lámpara. No se oía más que el zumbido de la llama. Un minuto permanecí inmóvil y luego me puse a caminar segura de que la irracionalidad y el aplomo de mi estampa multiplicada por los cabellos al viento, eran protección más poderosa que las palabras y las armas. Efectivamente, sin comprender mis intenciones se habían arrimado unos a otros y permanecían azorados e inquietos, confundidos ellos con las sombras móviles del chorro de luz que salía de mi mano, como un coro al que la subida del telón ha sorprendido en el escenario todavía sin vestir, sin texto ni partitura, vacíos el foso de la orquesta y el podio del director.

En aquel momento el súbito resplandor de una luna menguante que asomó un segmento gigantesco por las lomas de levante dio mayor fuerza a la tramontana cuyos bramidos dibujaban nítidos en el silencio los límites de un espacio en calma que nos abarcaba a todos.

Al llegar junto a la primera fila, levanté todavía más la mano que sostenía la lámpara y no tuve que hacer señal ninguna ni gesto para que me abrieran paso ellos mismos atónitos y sus sombras que se transformaban y se confundían a medida que yo avanzaba dejando a mi espalda una estela de luz y un reguero de estupor y desconcierto. Eso es audacia, me dije, y por primera vez en muchas semanas sonreí. No sólo para mí, sino hacia ellos, mirándolos como si saludara afablemente a unos conocidos en los que no había reparado anteriormente.

Al llegar junto a Tom dejé la lámpara en el suelo, abrí el candado, cogí su collar con una mano y en la otra de nuevo la luz, y con el mismo talante plácido pero impenetrable con el que había ido hasta allí, volvimos los dos partiendo esta vez el público por otro flanco, por variar, me dije sonriendo siempre a esos rostros deformados por el pasmo y por los caprichos de las tinieblas. Todavía me volví para mirarlos una última vez desde el portal, los saludé afablemente y volví a sonreír con toda la dulzura de que fui capaz borrando de mi expresión el menor asomo de ironía, de suficiencia, de miedo y de desprecio y, por la rendija que dejó un instante la puerta antes de que sonara el golpe de la madera, pude ver todavía aquel enjambre de fantasmas inmovilizados por la confusión y la sorpresa.

Entonces puse la tranca otra vez, di luz de nuevo a la casa aunque dejé el jardín y la solana a oscuras, y nos instalamos en la parte del salón más alejada de la ventana rota. Sí, una sonata de piano de Vivaldi, creo que fue lo que puse en el tocadiscos. Dejé que Tom, como el Tristán de mi infancia, se tumbara sobre los sofás de tela blanca que Manuela mantenía impolutos y aunque al principio no se atrevía lo obligué a subir empujándolo y así permanecimos los dos plácidamente uno junto a otro. De vez en cuando los murmullos del exterior nos llegaban ahogados por el piano y bajo sus notas yo imaginaba a mis vecinos encolerizados, animados por una furia destructora y armados con palos y hachas, echando piedras y rompiendo cristales. Pero debió de ocurrir únicamente en mi imaginación porque las voces que se oían en las pausas al acabar un tiempo no eran más que susurros apagados cada vez más lejanos. Tom respiraba pausadamente con los ojos cerrados, yo hice como él y ambos dejamos que corriera el tiempo sin que ni la curiosidad ni el temor de lo que podía ocurrir distorsionara la paz en la que estábamos sumidos. Y así permanecimos hasta que al acabar el último compás se hizo el silencio.

Me asomé a la ventana. Al resplandor de la luna que había recuperado una dimensión más moderada, la quietud del valle quedaba apenas enturbiada por el azote de la tramontana que después de tantas semanas había adquirido visos de normalidad y costumbre. El hotel estaba a oscuras. No había más luz que la exigua rendija de la ventana en la masía de Pontus. Excepto las ráfagas de viento intermitentes que silbaban entre las ramas desnudas de los árboles, el silencio era completo. El paisaje había recuperado su armonía.

Manuela no vino aquella noche ni yo la llamé por el teléfono interior. Apagué las luces, nos fuimos Tom y yo a mi habitación y también lo dejé dormir sobre la cama aunque con sus patas polvorientas ensuciaba la colcha como había ensuciado el sofá blanco del salón, y pasamos juntos aquella última noche, él enroscado a mis pies, yo con la mano sobre su cabeza, y los postigos de la ventana de par en par para que entrara el resplandor de la luna que yo quería recordar todos los días de mi vida.

Pero a la mañana siguiente un reguero de destrucción marcaba el camino de retirada: los grifos de la fuente del jazmín y la manguera debían de haber estado abiertos toda la noche porque el césped y la solana estaban inundados y se habían formado regatas en las viñas y bajo los plátanos; los parterres de espliego, mejorana y salvia estaban pisoteados, partidas las mimosas todavía en flor, destrozados los tiestos de las hortensias y las gardenias que iniciaban el brote de sus flores, y algunas cepas arrancadas de cuajo yacían tiradas entre los hoyos; habían destrozado las coliflores del huerto y desenterrado las cebollas y desbaratado a conciencia los surcos de las pocas lechugas que ellos mismos habían condonado unos días antes, pero a los rosales llenos de capullos rojos, transformados quizá por las sombras de la luna en espinos o cactus, no los habían tocado.

Esto no debía de ser todo, sin embargo no fui más allá del huerto ni me entretuve en buscar otros estragos: podían haber cubierto de huellas devastadoras la finca entera hasta las lindes de los prados y el borde de los caminos, a mí ya no me afectaba.

De pronto fui consciente de que una mirada me laceraba la espalda. Me volví: desde su puesto en el banco bajo el chopo, Palmira envuelta en una bata acolchada me miraba fijamente. No es posible, pensé. Crucé el camino y me acerqué a ella: sus ojos dorados habían adquirido un atisbo de vida y no vagaban de un lugar a otro sin ver como si medio dormida los tuviera aún sin acabar de abrir o despierta los hubiera entornado. Me senté a su lado, le tomé la mano y recosté la cabeza en el muro. Ella torció levemente la suya y siguió mirándome. En las ramas habían reventado las yemas y los chopos se habían cubierto de diminutas hojas de un verde más tierno que el amarillo de las mimosas doradas de la solana. Desde esta parte del camino los olivos mostraban el envés de plata de sus hojas alborotadas, y cruzando el cielo el pentagrama de cables temblaba y se lamentaba incansable como la misma tramontana que los tensaba. En el aire resonaban los martillazos y los golpes de las herramientas del hotel, por el camino convertido en carretera subían coches y camiones.

Mientras haya una sola posibilidad de mantener el recuerdo intacto, mejor es dejarlo quieto y no removerlo ni intentar recuperarlo, pero nunca creemos que los lugares de la infancia, como los amores, hayan desaparecido definitivamente y nos empeñamos en revivirlos y reavivarlos sin conseguir otra cosa que distorsionarlos y envenenarlos y finalmente destruirlos y machacarlos y convertirlos en unas cenizas que ya es bastante si no nos emponzoñan la vida para siempre.

Palmira tenía todavía los ojos fijos en mí. Solté la mano y acerqué mi mejilla a la suya.

—Adiós, Palmira —dije más para mí que para ella—, me voy.

Fue entonces cuando habló, y aunque de la larga frase no entendí más que una vaga referencia a mi abuela y a los vecinos de Almator que me fue imposible descifrar, reconocí aquel timbre de voz que, retenido durante años en el fondo de su alma junto a las cenizas de su propia agonía, se mantenía exacto al que yo había conocido. Era suave y monocorde, y habría fácilmente creído que era yo quien confundía este momento de lucidez con el susurro del viento, de no haber sido porque al ir a apartar la cara para mirar la suya y cerciorarme de que eran sus palabras las que había oído, me lo impidió la presión de una de sus manos. Dejé mi cabeza apoyada todavía en su hombro y le dije solamente:

—Palmira, dilo otra vez.

Repitió ella lo que había dicho antes, más claro quizá, pero yo seguí sin entenderlo, apagada su voz tenue y difusa por el viento aullando sobre nuestras cabezas y los camiones renqueando y chirriando cuesta arriba cargados de ladrillos y baldosas. Y no volví a insistir porque debió de ser tan agotador el esfuerzo de concentración que precisó su mente inactiva para resumir lo que había oído y comprendido durante tantos años que cuando me separé de ella buscando su rostro ya no hizo resistencia con la mano: volvió agotada al vacío, sesgada la mirada sin expresión y levemente torcida la boca en una media sonrisa sin motivo que le daba el mismo aire idiotizado y ausente de siempre. Sin embargo yo la besé de otra manera, porque mayor que el interés que podía haber tenido por conocer el contenido de sus palabras había sido el consuelo de que me dedicara ese instante fugaz liberado de la sombra, para desvelarme el último de los enigmas, la naturaleza del pacto entre la abuela y los suyos de cuya génesis y devenir, escudada en la imposibilidad de comunicar que se le había adjudicado desde que se inició su propia tragedia, habría sido testigo mudo; y quizá ahora esa traición a los suyos no fuera sino una oculta venganza contra quién sabe qué incomprensiones e imposiciones, o contra la única salida posible de un mundo que le había impedido en su momento su propia liberación.

Cuando dos horas más tarde atravesé el campo de batalla y pasé ante el banco, Palmira ya no estaba.

Tom sentado en el asiento trasero del coche había recuperado la mirada huidiza de cuando lo habían traído y no dejó de temblar en todo el trayecto de Almator a la Sociedad Protectora de Animales de Toldrá. Al obligarlo a bajar me miró con la misma timidez y espanto que hacía un año y medio, cuando llegó a casa con las pupilas turbias de terror, y si bien no alejó sus ojos de mí que hablaba ahora con la señora como ella lo había hecho conmigo aquel día, no mostró sorpresa ni esperanza, como si hubiera sabido desde siempre lo que iba a ocurrir. A veces, pensé al verlo, olvidamos que cada situación, cada sentimiento, llevan en sí mismos como una premonición el germen de su propio desenlace, y nos impacientamos y no comprendemos o no sabemos interpretar por pusilánimes los comportamientos de quienes amamos frente a una situación determinada hasta que llega a su epílogo, y sólo entonces nos abruma comprobar qué poco supimos comprender cómo, conocedores de su propio fin, el futuro transcurría para ellos al mismo tiempo que el presente, y cuánta razón tenían para el lamento y el terror.

Me acerqué a decirle adiós y lo abracé, pero ya no me reconocía porque había regresado al ámbito del miedo de donde sólo había salido el tiempo suficiente para proclamar a ladridos cuál había de ser su suerte.

—Sí, Tom, tenías razón, te abandono.

Más que el pequeño cuerpo de Amín tirado en la cuneta o la figura deforme y ensangrentada de Drake acercándose a trompicones, la visión de Tom, perdida la mirada, temblando los ijares, sin ladrar ni gemir ni oír, permanecerá en mi alma para siempre como esos recuerdos que rondan la memoria con tanta penetración que se dirían recientes y sin embargo no logramos situar ni en el pasado inmediato ni en el lejano, retazos de angustia de un sueño que no se borraron al despertar y han adquirido tal realidad que desaparecida su condición onírica se confunden con la propia experiencia y rondan la imaginación y la memoria inquietos en busca de su imposible ubicación definitiva, de un lugar para el olvido.

En casa me quedaba poco que hacer.
Apareció Manuela compungida y llorosa cargando con ambos brazos un bulto envuelto en una vánoba de algodón rosado que dejó en un rincón.
—¿Dónde está Sultán? —le pregunté porque llevaba días sin verlo.
—Lo he dejado en la casa de mis hijos, que aquí no hay nadie seguro —y comprendí que una vez más venía a traerme malas noticias.
—¿Qué ha pasado ahora?
—Las gallinas.
Esta vez las gallinas habían amanecido decapitadas a hachazos sin amagos de túneles de perros o de hurones.
Yo acababa de llamar al administrador y había tenido una breve conversación con él. Pero en vista de la importancia de mi decisión me había dicho que llamaría él en cuanto despidiera la visita que tenía en aquel momento.
Llevaba más de media hora de espera, caminando a grandes pasos por las salas abovedadas que tanto gustaban al abuelo y que yo apenas había pisado en todo ese tiempo. Las contemplé como si las viera por primera vez: salas sin más utilidad que la de encadenarse unas a otras, oscuras, de muros de piedra, con objetos en desuso alineados paralelamente en las paredes, antiguos calientapiés de cobre, tenazas para atizar el fuego, fuelles y aventadores de distintos mo-

delos y materiales dispuestos como piezas de museo, expresión de un desmedido amor por lo pretérito que desdeña los criterios de belleza y calidad para aceptar indiscriminadamente todo cuanto proceda del pasado, y que por ser anónimos y no llevar grabados nombres ni escudos que delataran su origen y propiedad se habían salvado de la devastadora obsesión de la abuela.

Manuela, tras haber comprobado el poco efecto que me había hecho la matanza de las gallinas, no se atrevía a decirme lo que había venido a decir, y estuvo siguiendo mis pasos durante tanto rato que me olvidé de ella y me senté a esperar la llamada en un trono de madera oscura y asiento de cuero, arrimado a la pared del fondo, apoyado el codo en el brazo del sillón y la cabeza en la mano. Quizás fue esa posición de majestad destronada lo que le dio ánimos, quizá el propósito previo de no volver a su casa sin habérmelo dicho, el caso es que haciendo un esfuerzo se acercó y me tomó una mano que se llevó a la mejilla. Un gesto tan inusual que no se había producido en todos aquellos meses, me habría llenado de desconfianza de no haber estado yo demasiado absorta como para hacer conjeturas.

—Esta mañana todas las gallinas estaban decapitadas —y comenzó a sollozar convulsivamente, porque, pensé, ella por raro que parezca, las amaba. Pero la noticia siguió sin impresionarme, había visto el campo y el jardín destrozados y poco importaba que los estragos alcanzaran el gallinero.

—Me voy, nos vamos —y volvió a llorar abrumada por sus propias palabras. ¿Qué podía decir yo? Se estrujaba los ojos con el pañuelo y el llanto era tan igual al del día de mi llegada a Almator que pensé: todo ha sido un sueño, una invención.

—Mire usted —dijo en cuanto se lo permitieron

los hipos y las lágrimas—, aquí pasa algo, yo no sé lo que es, pero pasa algo, se lo digo yo. Y no me refiero a lo de ayer, eso, ya se sabe y se entiende. Ellos necesitan agua y se enfadan porque no se la dan, ¿no ve usted cómo están los campos?, baldíos como la arena. Eso lo entiendo —repitió—. Pero lo demás no. Nosotros nos vamos antes de morir envenenados con el agua del pozo.

—¿Tiene miedo de los payeses?

—¡Huy no!, ¡Dios me libre! Ésos son buena gente. Tienen sus cosas como usted y como yo —hablar siempre la calmaba—, ¿quién no las tiene? No, ellos defienden sus intereses, es natural. Se enfurruñan y reniegan pero son buena gente. No, no son ellos, es la mala suerte, es una maldición, es... —dudaba—, es algo que ha entrado en esta casa.

—¿Ésa soy yo, Manuela?

—Yo no he dicho eso. Pero mire usted, ya sabe cómo la quiero yo que me dejaría arrancar los ojos por usted...

—Manuela...

—...que se lo juro a usted. Por mis muertos que en paz descansen —y se persignó, y volvió a llorar amargamente estrujándose los párpados pero siguió a través de los sollozos—: En cuarenta años no habían ocurrido aquí tantas desgracias: las gallinas muertas, la casa sin perros, los ladrones por la ventana, el huerto machacado —hizo un paréntesis—: ¡la cantidad de veces que nos han robado las verduras y las frutas y no se lo hemos dicho, y se han llevado mangueras y azadones, desviado las acequias, roto las cañas de las tomateras! —y continuó—: todos los vecinos sin hablarle a usted, la gallina negra muerta en el pozo —volvió a santiguarse—, el Señor que se fue, la Casa Grande convertida en hotel, una nevada que no había caído en un siglo, tormentas que no han llenado los pozos y riadas que han acabado con todo, no queda un palmo entero en el jardín ni en la huerta y para colmo ahora los lagartos.

Sabía que iba a decirlo, lo estuve esperando mientras enumeraba todas las calamidades que se habían abatido sobre Almator desde mi llegada. Yo los había visto por la mañana al levantarme, grandes y verdes, moviéndose por el techo a bandazos, deteniéndose para mirar o quizá escuchar u oler antes de recorrer un nuevo trecho, con sus patas palmípedas como las del diablo en el tapiz de las monjas. Dos había en el alféizar de la ventana, pero había apartado la vista para no verlos y olvidarlos y evitar que se sumaran a los recuerdos que había de llevarme de Almator. Ahora la noticia era oficial. Teníamos plaga de lagartos. ¿Sería como había dicho Pontus a mi llegada, el inicio de una nueva racha de desgracias o, quizá por un capricho de las fuerzas ocultas, su epílogo? Lo más seguro es que ayer ya lo supieran, ¡claro! Recordé entonces que entre los gritos de Tana en un momento alguien gritó, lagarto lagarto, que yo había confundido con sortilegios contra las desgracias que según les había anunciado la abuela, yo provocaba.

—¿Qué dijo la abuela, Manuela?
—¡Ay Dios mío! ¡Qué desgracia, qué desgracia! —y el llanto le salía del alma.

Insistí una vez más:
—¿Qué dijo la abuela?, ¿qué le dijo a usted?, ¿qué les dijo a ellos? Dígamelo, Manuela.
—¿Qué más da ahora lo que dijera? —dijo ahogada por los hipos.

Era cierto. ¡Qué más daba! Mejor no saberlo, ella que lo había previsto todo habría previsto también que algún día alguien me lo diría; y si había una sola posibilidad de que se revolviera inquieta en su tumba sólo podía venir de que no se cumpliera jamás lo que había programado durante años. Una parte del mensaje me había llegado, pero no dejaría que me alcanzara la otra. No, no quería saberlo, nunca lo sabría. No sería yo quien hiciera algo para que descansara en paz.

—¿Dónde está enterrada la abuela, Manuela? —pregunté fríamente.

Dejó de llorar un momento y con la voz nasal que dejan las lágrimas me miró sorprendida y preguntó a su vez:

—¿Por qué?

—Por saberlo nada más.

—En el cementerio del pueblo, con su abuelo, en la tumba de su familia.

Y reanudó el llanto con más fuerza aún. No podía detenerse ni hablar. Se echó sobre mí, en un conato de abrazo que resultó demasiado descontrolado para ser cierto, y es que no era su intención dármelo sino sólo esconderse en alguna parte como Tristán las noches de verbena. Y como él en los sacos de la despensa, encastró la cabeza en mi hombro con la esperanza de que en la oscuridad se borrara ese incierto sentimiento que provocaba su temor.

—No entiendo nada, soy muy ignorante pero tengo miedo —decía—, a mi edad. Soy tan vieja ya, y tengo tanto miedo. Voy a morir de miedo.

Yo la abracé también como si los papeles se hubieran cambiado y ella fuera ahora la niña que yo fui en busca de su cálido regazo. Pero no tenía consuelo, no había forma de detener esas lágrimas y antes de que me arrastraran también a mí en ese hueco de lejana intimidad que habíamos renovado, le dije:

—Soy yo quien se va, Manuela.

Y besé con ternura sus cabellos grises y su cara redonda y todavía tirante a pesar de la edad que tan poco tiempo me quedaba por ver.

Sonó el teléfono en el mismo momento en que mis palabras le habían aclarado el horizonte porque para ella esa decisión representaba el punto final de todas las desgracias, el momento deseado, a partir del cual todo volvería a la normalidad.

Debió de tranquilizarle más aún la conversación que sin duda escuchó, porque debió deducir de ella la orden de vender la casa que esa misma mañana, apenas una hora antes, yo había dado al administrador.

—Tengo un comprador —me dijo ahora satisfecho de poder cumplir mis órdenes con tal celeridad—. Sin embargo —continuó— es mi deber decirle que los informes, si bien financieramente son irreprochables, moralmente, es decir, desde el punto de vista de la moral financiera, no... quiero decir... —no sabía cómo continuar—, su abuela diría que... en fin no tiene escrúpulos. Su abuela he dicho, no yo, ya sabe usted cómo era su abuela. Pero..., en fin, usted verá.

—¿Qué me quiere usted decir? —pregunté a mi vez—, ¿que es un mafioso?

—¡Por Dios! ¿Cómo voy a decir una cosa así? —respondió asustado—. Yo nunca me atrevería a juzgar a una persona y adjudicarle este calificativo, bien, ni para entendernos, pero...

—Pero ¿tendremos problemas de pago?

—En absoluto. Paga al contado, y no exige que nos vayamos —seguía con su plural mayestático sin acabar de desprenderse de él— hasta dentro de un año. O sea que puede usted sacar sus cosas con calma.

—Yo no quiero sacar nada. Que se lo quede todo, así ya tendrá la casa amueblada.

—No, si él no quiere la casa para vivir en ella, creo que, en fin, es una operación de otro tipo, una operación más amplia de más altos vuelos, inmovilizar la demanda, en fin..., y entonces...

—Venda, pues —dije—, serán mis vecinos los que tendrán que entenderse con él para el agua, no yo.

—Eso es cierto —repuso el administrador.

—Y ponga también a la venta el coche y la tumba de la familia en el cementerio del pueblo —añadí para terminar.

Se hizo el silencio. Creí al principio que se había cortado la comunicación, pero luego al oír el hilo de voz con que al poco reanudó el diálogo me di cuenta de que finalmente había comprendido que no eran el aburrimiento ni el dinero lo que me había llevado a vender la casa de Almator. Y cuando se despidió hablaba quedamente, asustado, horrorizado casi.

Volví junto a Manuela y la encontré mucho más tranquila. Se fue al rincón, volvió con el bulto e hizo ademán de entregármelo.

—¿Qué es? —pregunté.

—Es el busto de su abuelo —dijo—, el que estaba en su habitación, bueno en la habitación de su abuela. Ella me lo dio antes de morir. Tenga, se lo regalo.

—No lo quiero, Manuela.

—No diga usted esas cosas, es su antepasado.

—Yo no tengo antepasados, Manuela —la dejé con el bulto en las manos y subí a mi habitación a hacer las maletas.

A las cuatro de la tarde había terminado. No me quedaba más que ir a la biblioteca, cerrar la maleta de los libros, meter la máquina en su funda y echar a la papelera el horario que seguía clavado a la pared. Manuela me ayudó a bajar el equipaje que esperaría en el zaguán hasta que yo llamara para dar la dirección a donde enviarlo. El taxi que había de llevarme a la estación esperaba detrás de la casa. La habitación estaba desnuda de los pocos objetos que había ido acumulando en esos meses, únicamente había dejado sobre la cómoda las figurillas de porcelana de sus viajes que no hacía falta machacar con un martillo para que dejaran de existir. Al salir me detuve un momento en la puerta con esa misma mirada que echamos a un ataúd un instante antes de que vayan a cerrarlo y se lo lleven, queriendo imprimirle trascendencia, deseando que ese momento adquiera significado aunque sólo sea para paliar la falta de emoción que no obstante teníamos prevista para el último adiós, pero la imaginación se niega a colaborar y no podemos vincular ese cadáver con su pasado ni a nosotros con él, y el recuerdo sólo añade figuras de papel que vamos colocando en su lugar con menos sentido que un teatro de marionetas sin público. Porque aunque me costara aceptarlo yo ya no estaba allí y Almator había dejado de existir.

Manuela, más servicial que nunca, me seguía. Había recuperado la calma que había perdido por la mañana al comunicarme que se iba, porque todo había cambiado para ella en un instante, y ahora volvía a ser la dueña de la casa, la que la enseñaría a ese comprador sin escrúpulos, como decía el administrador, que sin saberlo había de vengar en mi nombre a sus vecinos, y la que muy probablemente se quedara en la casa vacía y dirigiera la marcha de los campos, las viñas, la limpieza de los bosques y el mantenimiento de la finca.

Bajé las escaleras, recogí una maleta de mano del zaguán, y al salir por la puerta de la cocina para ir al taxi que me esperaba en el sombrajo, eché una ojeada a las estanterías de la despensa repletas de botes de toda clase de conservas de tomates, pepinillos, pimientos y berenjenas, y una infinita variedad de mermeladas y compotas que no habría podido acabar ni de haber permanecido en Almator hasta la vejez. Las había hecho yo misma, para vivir de mi tierra, con la intención de ser uno más entre aquellos campesinos, convencida de que bastaba con la voluntad y la vecindad. Sonreí al recordar el entusiasmo de los primeros días cuando quería que la casa volviera a vivir al ritmo de las estaciones para disponer de las primicias de las hojas y los frutos de la tierra, cuando soñaba con una despensa, como ahora, llena de botes de conservas y mermeladas alineados en los estantes. Allí quedaban y era imposible predecir en qué acabarían, ya que a mí no se me había concedido, como a la abuela, el don de elegir el destino de mis propias pertenencias.

—Bueno, pues que haya suerte —decía Manuela detrás de mí, deseosa de que todo terminara de una vez—. Y ya nos veremos, ya sabe usted dónde estamos para servirla, llame usted en cuantito sepa la dirección a la que hemos de enviarle sus cosas.

Ahora no lloraba. Me besó parcamente en ambas mejillas como a una vecina que se ha entretenido demasiado en la casa.

—Vaya Manuela, usted tendrá qué hacer —dije para facilitarle la huida, pensando de todos modos que se quedaría todavía un minuto. Pero no se hizo rogar; volvió a darme la mano, me besó de nuevo y se fue hacia su casa, una imagen barrida por el viento. Antes de entrar se agachó a recoger del suelo del patio unas almendras caídas que se metió en el bolsillo del delantal a rayas, pero no se volvió una sola vez.

Cano se había levantado y se había acercado al taxi. Me arrodillé a su lado y le acaricié las orejas. Gimió levemente y me lamió la mano. Luego se separó e inició su camino hacia la avenida de los plátanos que descendió pausadamente sin volverse tampoco. Lo vi todavía subir por el camino asfaltado y adentrarse un poco en el campo saltando la cuneta, temeroso de tantos coches y camiones como circulaban en los últimos tiempos, como un rey destronado sin herederos ni súbditos al que el enemigo o el progreso deja vivir confinado en un rincón exiguo de lo que fue su reino. Y desapareció detrás de la antigua Casa Grande en busca de una guarida donde dormiría solo ahora que de Almator nos habíamos ido los que fuimos sus amigos.

También el taxi descendió por la avenida mientras cien ojos me contemplaban, los veía claramente aunque las laderas del valle, resecas y agostadas, estaban tan vacías como el día que llegué. Escondidos y desconcertados no sabrían cabalmente qué significaba esta partida que no habían previsto, ni qué harían ahora con sus venganzas, ni de dónde sacarían el agua. Y quizá al verme desaparecer creerían que iba a caer la lluvia al instante sobre esos campos de tierra tan seca que ni siquiera podía alimentar los cultivos de secano: la cebada estaba esmirriada y amarillenta y la alfalfa clareaba dejando a la vista la tierra del color de la arena en la que el viento no tenía ya ni polvo que llevarse. Pero el cielo estaba sin nubes y no remitían los embates de la tramontana, y al torcer el último recodo y dejar atrás la chopera de Palmira, su inútil dote envejeciendo como ella misma sin provecho, me volví para contemplar por la ventanilla trasera la mujer que había sido yo, la que dejaba atrás, pero no vi otra cosa que el pasado huyendo como esos árboles de la carretera a la vuelta del pueblo blanco sobre el mar, y en la rendija la vieja abuela de Palmira, fijos los ojos en el camino, en paz por una vez porque quizás no era quién llegaba por el camino lo que espiaba día y noche, como yo había creído desde niña, sino quién se iba por él, y ahora miraba alejarse el taxi como se ve salir finalmente del cuarto el moscardón que nos ha tenido en vilo toda la noche.

El taxi me dejó en la estación.

—¿Adónde va? —preguntó el hombre de la taquilla.

La dirección que yo había elegido, con ser tan precisa, no tenía nombre todavía. Escogí al azar un punto del recorrido. Cuando llegó el tren me senté en un compartimiento vacío con los pies apoyados en el asiento de enfrente y cerré los ojos.

Me había quedado sin presente y sin pasado, y a partir de ahora no tendría más remedio que recurrir a otras facultades distintas de la memoria para utilizar la experiencia si es que algo quedaba de ella, y habría de iniciar un camino virgen de referencias en un mundo de signos distintos cuyo significado desconocía. Si buscas una mano que te ayude la encontrarás al final de tu brazo, había oído decir a mi padre a todas horas desde que tenía uso de razón pero hasta este momento no entendía cabalmente lo que me había querido decir.

El tren se puso en marcha y yo me dejé mecer por el acompasado vaivén que aceleraba lentamente.

Quizá aún había tiempo y un lugar en la tierra para mí si es que los había para alguien. De todos modos pasarían rápidos los años como los árboles de la carretera y el pasado que había visto huir, y las venganzas, amores y delirios de mis vecinos desaparecerían suplantados o renovados por los de otros como ellos, igual que los desperdicios del huerto y las hojas secas se pudrirían en el estercolero y se mezclaban luego con la tierra para rebrotar en forma de nabos o guisantes o romero o hierbas que unos nuevos campesinos arrancarían otra vez doblados sobre ella y bajo el mismo cielo azotado eternamente por la tramontana, y yo me iría volviendo vieja, vieja, y me encorvaría y retorcería como los troncos de los olivos y los sarmientos de las vides, y no oiría más pasos que los que sonaran en los pasillos de mi conciencia, y la memoria se convertiría en neblina, y llegaría un día en que no recordaría el gallinero ni los tomates y confundiría el nombre de mis perros y no podría delimitar la frontera entre el olor a espliego y el resplandor de la luna sobre el fondo de grillos y cigarras de las noches del verano en Almator, pero el suave paisaje de higueras y almendros y mimosas y el aire transparente de temblor que fija los colores y oscurece las sombras, los seguiría echando de menos hasta después de la muerte porque mi añoranza sobreviviría desprendida de mi alma, como una nube de residuos tóxicos flota y se desplaza en el aire para siempre, indestructible, gimiendo su vano desconsuelo como un fantasma sin reposo.

booket